Clopin Clopant

Du même auteure :

La courte échelle (2019)
Un peu plus loin (2021)

Clopin Clopant

Marie Claude

© 2022 — Marie Claude
Tous droits réservés dans tous pays
Dépôt légal : avril 2022
ISBN : 978-2-9570350-7-6
Impression : BoD – Books on Demand, Norderstedt, Allemagne
Impression à la demande
Mise en page et couverture : Anne Guervel

À notre quintette de choc

AVERTISSEMENT

Gaston, Louis et Madeleine sont des personnages sortis de mon imagination. Les autres, cités dans la partie historique, ont réellement existé et apparaissent sous leur véritable identité. Les notes de bas de page vous permettront d'en apprendre davantage. L'intrigue de ce roman est totalement fictive mais basée sur des faits qui, d'après ce que j'ai pu lire, auraient pu se produire.

Chapitre 1

Au volant de sa voiture, François progresse dans la nuit.

Coupant les virages, il fait abstraction des limitations de vitesse sur une voie pourtant sinueuse et tourne la tête à gauche et à droite pour essayer d'apercevoir Joséphine. Sa démarche est aussi inefficace que dangereuse.

Tout en conduisant, il vérifie sur son téléphone l'absence d'appel manqué provenant de la jeune femme, compose son numéro et se fait une énième fois accueillir par sa messagerie.

— Joséphine, c'est François. Rappelle-moi, s'il te plaît.

Si son téléphone est éteint, le monde ne tourne plus rond, pense-t-il.

— Je m'inquiète, ajoute-t-il avant de raccrocher.

La route bitumée sur laquelle il se trouve laisse place à une piste forestière plus étroite et moins praticable sur laquelle il éprouve quelques difficultés à repérer les ornières qui font sursauter et tressaillir son véhicule.

Le conducteur parvient au col de Menufosse et gare sa voiture en hâte sur un petit parking situé à l'orée du bois. Il jette son portable sur le siège passager, se munit d'une lampe frontale et se dirige vers le site de la Piquante Pierre. Il ne lui reste que quelques centaines de mètres à parcourir avant d'y parvenir et il est convaincu de la trouver là-haut.

Si seulement il avait compris plus tôt que Joséphine pouvait tomber aussi bas. Pourquoi ne l'a-t-il pas laissée s'approcher ? Plutôt que de lui proférer des leçons de morale et d'être sans cesse sur la défensive. Sa volonté de la maintenir à distance était trop grande pour qu'il lui permette une quelconque proximité. Préférant ériger des barrières autour de lui, il n'a pas arrêté de la rejeter et s'est montré trop dur envers elle. Il aurait pu empêcher ça et s'en veut terriblement.

François a appelé la directrice de l'agence d'aide à domicile où la jeune femme travaillait jusqu'alors, mais son interlocutrice ignore l'endroit où Joséphine se trouve. Cette dernière a quitté l'association il y a quelques jours maintenant, pas étonnant que son interlocutrice n'ait pas pu l'aider, mais il n'a voulu ignorer aucune piste. Louis, Madeleine et Gaston, les «vieux» de Jo comme cette dernière aimait les appeler demeurent, eux aussi, sans nouvelles de la jeune femme.

François a adopté auprès de Louis un ton qui se voulait neutre et détaché, glissant même une plaisanterie dans la conversation. Inutile d'alarmer le vieil homme d'une nature déjà si inquiète.

A-t-il vraiment fait illusion ?

Puis Madeleine l'a interrogé.

«Que se passe-t-il ?» lui a-t-elle demandé sur un ton ferme.

François a reconnu la poigne de la vieille dame et a cherché à mettre fin à la conversation.

«Ne me racontez pas d'histoires, François. Il est plus de 22 heures. Expliquez-moi immédiatement ce qui justifie votre appel !».

Elle a perçu l'inquiétude dans la voix de son interlocuteur et a voulu en apprendre davantage. Preuve d'un attachement sincère à son ancienne auxiliaire de vie malgré le malheureux enchaînement des événements.

Gaston, lui, n'a pas décroché. François lui a laissé un message vocal afin de lui expliquer la situation, en espérant qu'il en prenne connaissance le plus rapidement possible.

Joséphine, je t'en supplie, aide-moi, pense-t-il. Donne-moi une idée, un truc, un indice, n'importe quoi.

La voiture de Joséphine est garée chez François et il l'a aperçue dans le studio qu'il lui louait jusqu'alors aux alentours de 16 heures. Si elle avait voulu s'éloigner, elle aurait forcément pris son véhicule. Cette pensée l'apaise. Un instant seulement, car le champ des possibles reste immense.

Combien de kilomètres a-t-elle eu le temps de parcourir en l'espace de six heures ?

C'est sans doute la dernière personne que Joséphine a envie de voir, mais peu importe. Cette dernière doit savoir qu'elle a de l'importance pour quelqu'un et qu'elle ne sera pas laissée-pour-compte. Pas une nouvelle fois. François se fiche de la voir partir, il a été trop con pour la retenir, tant pis pour lui. En revanche, il est hors de question qu'elle se perde elle-même.

Il balaie le bord du chemin à l'aide de sa lampe tout en essayant de maintenir une cadence rapide.

— Joséphine ! hurle-t-il.

Pour toute réponse, une brise froide balaie son visage et une fine pluie se met à tomber. Il tend l'oreille dans le but de percevoir la voix de Joséphine, mais le calme le plus complet règne sur cet endroit.

Il rêverait de l'entendre susurrer quelques mots d'une voix faible, mais il ne perçoit que le murmure du vent.

Déjà, le chemin forestier sur lequel il se trouve le mène au plateau qui surplombe la commune de Planois et qui, de jour, offre un superbe panorama sur les Hautes Vosges. Il aimerait se trouver là pour admirer le paysage, et non parce que ce site isolé incarne le spot parfait pour mettre à exécution un funeste projet.

C'est là-haut qu'ils étaient montés tous les cinq. François, Joséphine, Gaston, Louis et Madeleine. Et, pour d'autres raisons, ce lieu revêt une signification particulière pour elle.

Il passe et repasse plusieurs fois au même endroit. En vain.

À cette heure-ci, une grande nappe de brouillard recouvre la vallée en contrebas. Une couche de brume aussi dense et aussi épaisse que celle qui nimbe son esprit.

Il perçoit du mouvement dans un buisson, mais ses espoirs sont rapidement déçus. Ce n'est qu'un renard sans doute pressé de rejoindre ses compères. L'animal s'enfuit à toutes jambes, se demandant probablement qui est la furie armée d'une lampe frontale en train de hurler le prénom d'une femme à cette heure avancée de la soirée.

— Joséphine! crie-t-il à nouveau.

Il se remémore la conversation au cours de laquelle Joséphine lui a énoncé qu'elle n'était «que de passage». Qu'avait-elle voulu dire exactement? Avait-elle pressenti que certains de ses choix n'étaient peut-être pas les meilleurs et que le vent allait tourner? La jeune femme avait-elle prévu que les choses dégénèrent à ce point?

Et si elle se trouvait au beau milieu de la forêt? se demande-t-il. À partir de la Piquante Pierre, elle aurait pu partir dans n'importe quelle direction. Il aperçoit les petits panonceaux matérialisant le balisage des sentiers. À cet endroit, les itinéraires de randonnées sont nombreux et les chemins partent dans tous les sens. L'hypothèse lui paraît néanmoins peu crédible.

Ils avaient parlé de la mort ensemble et, une fois encore, elle s'était insurgée. Ce coup-ci, elle avait raison. Elle savait, sans doute mieux que personne, ce que signifiait «ne pas tenir à la vie». Il se souvient de la lueur incandescente qu'il avait alors lue dans son regard. S'il avait su à quel point elle s'était familiarisée avec l'idée.

François décide de rejoindre son véhicule à grandes foulées, se tord la cheville en posant son pied sur une pierre et manque de perdre l'équilibre. Certaines branches, chahutées par le vent, débordent sur le sentier et lui fouettent le visage.

Il rejoint le parking et, par mesure de précaution, jette un dernier coup d'œil dans l'abri de randonneur situé à proximité. Il n'y a pas âme qui vive à l'intérieur. Il remonte dans sa voiture, allume le contact, mais réalise qu'il ignore dans quelle direction il doit désormais partir.

Les instants où il aurait pu essayer d'entrer dans son monde ont été nombreux. Tellement nombreux. Joséphine lui aurait ouvert la porte. Doucement, tout doucement, un pas après l'autre, elle lui aurait fait découvrir son univers. Et tout aussi délicatement, il aurait pu la ramener vers lui. Il lui aurait lancé une bouée de sauvetage et sans qu'elle ne se rende compte de rien, il l'aurait tirée de toutes ses forces vers le rivage. Il aurait fourni tous les efforts et elle n'aurait eu qu'à se laisser porter.

Il tape plusieurs fois sur son visage du plat de sa main, autant pour remettre ses idées en ordre que pour extérioriser sa contrariété, l'imagine en train de rendre son dernier souffle, puis chasse cette idée.

Il n'est pas l'heure d'imaginer le pire, il est juste temps de la retrouver pour la sauver.

Joséphine a dû choisir un lieu chargé de symboles pour elle. Elle est attachée aux signes et ne peut se trouver que dans un endroit lié à Lui. Camille. Cet homme qu'elle a tant désiré et qui a occupé une telle place dans sa vie. Mais que sait-il de lui exactement, en dehors du fait qu'il est employé au garage Renault situé au centre de la commune de Vagney?

Il a peu de temps devant lui. Joséphine a quitté la maison depuis plusieurs heures maintenant, il n'y a plus une minute à perdre. Le temps joue contre lui.

François se remémore leurs dernières conversations et, soudain, une idée lui traverse l'esprit. La jeune femme a évoqué avec lui la cachette qu'elle utilisait pour regarder Camille sortir de son lieu de travail. Un genre de cabanon laissé à l'abandon par son propriétaire, situé à proximité du garage. Cet endroit est forcément devenu, sinon un refuge, du moins un endroit qui revêt une sorte d'importance pour elle. Pourquoi ne pas y avoir pensé plus tôt?

Il y a sept milliards d'êtres humains sur terre, Joséphine, pense-t-il. Sept milliards, bon sang! Ne fiche pas ta vie en l'air pour un seul d'entre eux. Aucun homme ne mérite que tu t'en prennes à ta vie. Tu n'as pas été aimée par celui-là, ça ne signifie pas que tu ne seras plus aimée par personne.

Il enclenche la marche arrière et effectue précipitamment la manœuvre qui lui permet de rejoindre la route menant à Vagney.

Au volant de son véhicule, les minutes lui paraissent interminables. Ses gestes sont brusques et saccadés. La pluie rend la route glissante et réduit considérablement sa visibilité. Les essuie-glaces ont toutes les peines du monde à évacuer l'eau sur le pare-brise.

Et s'il arrivait trop tard ? Il n'a plus vraiment conscience des dangers que représente sa conduite, car un plus grand péril guette Joséphine.

Le conducteur ferme les yeux et essaie de garder son sang-froid. La voiture mord le bas-côté et il donne un grand coup de volant afin de redresser le véhicule.

Concentre-toi, bordel ! s'invective-t-il. Ce n'est pas le moment de flancher.

Madeleine l'a déjà rappelé quatre fois, Louis, deux fois.

Regarde bien ces appels en absence, Joséphine, songe-t-il. Ça fait six bonnes raisons de ne pas te foutre en l'air. Arrête tes conneries, tu es en train d'inquiéter tout le monde. Tes vieux pensent à toi. Tu n'es pas seule et tu comptes pour nous.

Gaston ne l'a toujours pas rappelé. Pas plus que Joséphine.

Arrivé au centre de Vagney, il gare son véhicule à proximité du garage et en sort précipitamment. Il regarde à droite et à gauche puis aperçoit le cabanon dont Joséphine lui a parlé. Il se rue dessus et tire sur la porte d'un coup sec.

Elle est là. Étendue sur le sol. Inconsciente.

25 ans, c'est décidément trop jeune pour crever sur un sol poussiéreux au bord d'une route peu fréquentée.

Il s'agenouille immédiatement auprès d'elle. Elle est pieds nus et ses jambes sont écorchées. Elle ne porte qu'un tee-shirt et une jupe légère et ses vêtements lui collent à la peau. Combien de kilomètres a-t-elle ainsi parcourus, trempée et transie de froid ?

— Joséphine ! hurle-t-il comme si la puissance de sa voix et la gravité de son timbre étaient suffisantes pour la tirer de là où elle est. Réveille-toi !

D'ailleurs, où est-elle exactement ? Et qu'a-t-elle ingurgité ? Quelle substance a bien pu la mener jusqu'à l'inconscience ?

Il voudrait apercevoir le mouvement de son thorax, souhaiterait qu'elle ouvre les yeux, là, maintenant. Il voudrait qu'il suffise d'un léger claquement de doigts pour la faire revenir à elle. Il lui dirait que le cauchemar est terminé, elle lui répondrait qu'elle respire, qu'elle a froid et qu'elle grignoterait bien un petit truc.

Un malaise vagal, c'est ça, ce n'est peut-être qu'un malaise vagal. Elle a peu mangé, elle a beaucoup marché, elle s'est évanouie et s'est écroulée là.

François voudrait n'avoir qu'à envelopper son corps dans une couverture pour la ramener à la maison, au coin du feu. Il lui préparerait une soupe. Pas la soupe de légumes de Gaston. La soupe de légumes de Louis. Avec de la crème et du beurre salé dedans. Comme les Bretons. Il lui dirait «Allez, on rentre tous les deux. Je vais prendre soin de toi et tout va bien aller». Si seulement il pouvait résoudre l'équation à lui tout seul.

— Jo, je t'en supplie! murmure-t-il à son oreille en espérant la faire revenir en usant d'une familiarité dont il détestait se montrer coutumier.

Il voudrait une baguette magique pour pouvoir lui commander de sourire et de danser à nouveau, souhaiterait la voir virevolter dans son salon et entendre son flot ininterrompu de paroles. Elle le questionnerait et il répondrait à chacune de ses questions. Sans exception.

Il aimerait lui enfiler une paire de baskets pour la faire courir et la laisser gagner.

— C'est promis, Joséphine, je te laisserai gagner cette fois-ci, chuchote-t-il à son oreille.

Si elle arrivait de nouveau à Planois, il ne lui demanderait pas de baisser le volume de son autoradio. Il lui dirait «Bonjour, je m'appelle François et je suis enchanté de vous connaître. Si l'on exécutait trois pas de danse, là, au bord de la route, à la vue de tous les cyclistes qui se lancent à l'assaut de l'ascension du col de la croix des Moinats, comme si le monde n'appartenait qu'à nous. »

Faisant appel à ses souvenirs pour repousser l'horreur de la situation face à laquelle il se trouve, il perd le fil et ses pensées deviennent complètement incohérentes.

François essaie de sentir son pouls, mais il a perdu tout sang-froid. Sa main tremble et il ne parvient pas à ressentir la moindre palpitation. Soit il s'y prend mal et ne pose pas ses doigts au bon endroit, soit il n'y a plus de pouls du tout.

— Pourquoi Joséphine ? Pourquoi avoir voulu partir ?

Il lui caresse la joue, le front, les cheveux, prend sa main dans la sienne et la serre aussi fort qu'il le peut.

Puis il se résout à appeler les pompiers. Ses mains sont saisies de tremblements incontrôlés et il a toutes les peines du monde à taper les bons chiffres sur le clavier de son téléphone et à expliquer calmement la situation. Il devrait sélectionner les informations importantes et les formuler dans l'ordre chronologique, mais tout s'embrouille. Déjà, il s'énerve et s'impatiente.

— Vous avez envoyé quelqu'un ? Dépêchez-vous, bon sang ! Qu'est-ce que vous n'avez pas compris quand je vous ai dit que j'étais agenouillé auprès d'un corps inerte ?

— Calmez-vous et expliquez-nous ce qui s'est passé ! lui ordonne son interlocuteur.

Il fait tous les efforts du monde pour canaliser ses pensées et délivrer aux pompiers les éléments décisifs.

— Quand l'avez-vous vue pour la dernière fois ?

Il voudrait fermer les yeux quelques instants car il lui est impossible de se concentrer avec la vue du corps de Joséphine étendu là sur le sol. Pourtant, il ne peut s'empêcher de la regarder fixement. Au cas où elle se réveillerait, au cas où l'un de ses doigts ou l'un de ses muscles bougerait.

Mais la jeune femme reste là, figée et parfaitement immobile.

Un nœud lui étreint la gorge et aucun mot ne veut plus sortir de sa bouche.

— Vers 16 heures, cet après-midi, réussit-il à articuler.

— Vous ne bougez pas, on vous envoie une équipe de secours.

— Faites vite, murmure-t-il.

Il s'agenouille à nouveau pour être auprès d'elle et reste là, muet et statique.

Il imagine les secouristes arriver, effectuer les vérifications d'usage, regarder leur montre et dresser le constat de son décès. Il est tellement perdu dans ses pensées que la notion de temps l'abandonne quelques instants.

Il reprend contact avec la réalité lorsqu'il perçoit le son de la sirène au loin, puis distingue le gyrophare du camion d'assistance aux victimes.

Très vite, les secouristes s'affairent autour du corps de Joséphine. Leurs gestes paraissent sûrs et précis. Leur assurance contraste avec sa propre impuissance. François a l'impression de leur laisser la charge de réparer des erreurs qu'il aurait pu éviter, se sent parfaitement inutile et reste là, comme un con, sur le trottoir.

— Elle n'est pas…

Il veut s'assurer qu'elle est en vie sans pourtant parvenir à extérioriser la fin de sa question. C'est comme si les mots lui brûlaient la langue.

— Elle est inconsciente, lui assure le secouriste.

Joséphine est vivante, songe-t-il immédiatement.

— Est-ce que vous savez ce qu'elle a avalé ? lui demande l'un des pompiers.

— Non.

— Ça nous faciliterait la tâche. Vous êtes sûr de ne pas avoir une petite idée ?

— Oui, j'en suis sûr, lui répond-il.

— Vous savez, les tentatives de suicide par prise de médicaments sont les plus fréquentes, mais ce sont aussi celles qui échouent le plus souvent, lui dit le secouriste afin de se montrer rassurant.

Pourtant, François connaît la détermination et la dose d'obstination dont peut faire preuve la jeune femme. Cette dernière est capable du pire comme du meilleur, mais, bonne ou mauvaise, une fois que sa décision est prise, elle fonce et ne recule devant rien.

Tandis que les pompiers déposent son corps sur la civière, François insiste pour monter dans le camion d'assistance.

— Vous êtes de la famille ? lui demande-t-on.

— Un peu… oui… pas vraiment… non…

Les secouristes le repoussent gentiment.

— Appelez l'hôpital demain, on vous donnera de ses nouvelles.

François lui répond par un simple hochement de tête.

— Il faut faire vite, ajoute le pompier à l'attention de son collègue.

— Vous allez la sauver, n'est-ce pas ? lui demande François avant qu'il ne monte dans le camion…

— C'est trop tôt pour le dire…

Il regarde le véhicule s'éloigner, sirène hurlante, vers l'hôpital de Remiremont, situé à une vingtaine de minutes du village de Vagney.

Ça y est, Joséphine a disparu. Les événements se sont enchaînés à une vitesse ahurissante. Tout est allé trop vite.

Il n'a même pas pris le temps de lui dire « au revoir ».

Après tout, il ne sait pas vraiment ce qu'il aurait dû lui déclarer. « À bientôt », « on se revoit très vite », « bonne continuation ». Les mots s'entrechoquent dans sa tête sans qu'il parvienne à trouver la formule adéquate.

Malgré la confusion qui règne dans son esprit, il éprouve tout à coup une forme de soulagement. Joséphine a été prise en charge et se trouve désormais entre de bonnes mains. La jeune femme s'est volontairement plongée dans l'inconscience, mais les médecins vont pratiquer les examens d'usage et la tirer de ce mauvais pas. Il ira la voir dès demain. Il s'en fait la promesse : il sera à côté d'elle dès son réveil.

Il respire longuement et retrouve un semblant de calme.

Joséphine a lancé un appel au secours. Elle a besoin d'être soutenue et a voulu lui signifier à quel point elle avait besoin d'aide. Désormais, il a compris. Sa présence ne sera pas suffisante. Peut-être même ne la jugera-t-elle pas souhaitable. Mais, avec ou sans lui, elle va s'en tirer. Elle va rebondir.

Parce qu'elle dispose de ressources incroyables, Joséphine, se répète-t-il.

Il reste prostré, sur le trottoir, perdu dans ses pensées.

Jusqu'à ce que la sonnerie de son téléphone retentisse dans la nuit.

— François ? C'est Gaston, lui dit le vieil homme.

Il écoute attentivement le vieil homme, mais ses paroles lui font l'effet d'une interminable chute dans le vide et ses mains se remettent à trembler. Les mêmes tressaillements que ceux qui l'avaient saisi lorsqu'il avait composé le numéro des secours.

— Vous faites peut-être erreur, tente de tempérer François.

Il aurait voulu ne pas entendre le vieil homme et aurait souhaité que cette conversation n'ait pas eu lieu.

— Non, lui assure Gaston.

Il aurait envie de lui dire de se taire et voudrait hurler au vieil homme qu'il s'agit d'un malentendu, d'une méprise, d'une confusion et qu'il subsiste une chance, une toute petite chance qu'il ait commis une erreur.

Gaston s'est emmêlé les pinceaux, voilà tout, songe-t-il.

— Vous êtes sûr de vous ? insiste François.

Répondez-moi que vous avez mal compté, que vous avez une nouvelle fois vérifié le contenu de votre armoire à pharmacie et que vous vous êtes trompé, le supplie-t-il intérieurement.

— Oui, je suis sûr de moi.

Mais l'assurance et le ton employé par le vieil homme ne laissent place à aucune équivoque.

— Appelez l'hôpital tout de suite. Il n'y a pas une minute à perdre, conclut le vieil homme.

François met fin à sa conversation avec Gaston, compose le numéro du centre hospitalier et demande à être mis en relation avec le médecin-urgentiste afin de lui délivrer les informations en sa possession.

Il raccroche et, de rage, jette violemment son téléphone contre le mur.

Puis, en désespoir de cause et de façon presque mécanique, il pose ses genoux à terre et ses deux mains à plat sur le sol pour sentir la présence du corps inerte de Joséphine sur le bitume. Il fait mine de pratiquer des pressions semblables à celles exécutées par les secouristes pour effectuer un massage cardiaque.

Il continue encore et encore.

Comme s'il s'agissait désormais de sa seule chance de la faire revenir.

Chapitre 2

Huit mois plus tôt, en octobre

Plus que trois kilomètres et Joséphine parviendra à destination. Elle regarde le GPS et l'inscription qui y est affichée. «Planois — arrivée à 15 h 32».

Les paysages qui défilent sous ses yeux sont tellement différents de ceux qu'elle connaît. Ici, elle n'aperçoit ni les voiles des bateaux ni les plaques «29» portant le numéro du Finistère ni les autocollants «À l'aise Breizh» sur les pare-brise des véhicules. Elle ne respire aucun effluve iodé et n'entrevoit aucune immense étendue d'eau salée.

La jeune femme a déjà oublié l'air maussade de son père. Celui qu'elle a entrevu la dernière fois qu'elle l'a aperçu. «À bientôt», lui a-t-elle affirmé, débitant là un énorme mensonge. Elle a l'intention de ne faire qu'un aller simple. Quelle que soit l'issue de cette aventure, la fin de celle-ci n'aura pas la Bretagne pour théâtre. Joséphine n'y remettra jamais les pieds, elle s'en fait la promesse.

Elle n'est attachée qu'à ce après quoi elle court, raison pour laquelle, malgré cet arrachement à ses racines, Joséphine n'a pas la sensation de se trouver en territoire hostile. Au contraire, cette contrée ne cherche qu'à l'accueillir.

La jeune femme a beaucoup roulé et n'a qu'une envie : parvenir à destination. Son empressement et son excitation la poussent à augmenter encore un peu plus le volume de la musique crachée par son autoradio et tandis qu'un large sourire se dessine sur ses lèvres, elle tapote le volant du plat de sa main pour battre la mesure.

Tout en cheminant vers Planois, la jeune femme lit les panneaux indicatifs des lieux dits qui défilent sous ses yeux. Le Cutié, Pubas, Trougemont. Leur mélodie est si différente des noms d'origine bretonne, ils chantent déjà à ses oreilles. Ils forment un air qu'elle connaît déjà par cœur et qu'elle pourrait chanter *a cappella*.

À droite s'étalent des montagnes à perte de vue. À gauche apparaissent des prairies abruptes et des petits chalets à flanc de coteau. Elle n'y prête que peu d'attention : elle a la vie devant elle pour les admirer.

Elle plisse les yeux afin de ne pas se laisser éblouir par le soleil. Inutile de fouiller dans son sac à main pour en sortir ses lunettes de soleil. Le panneau signalant l'entrée d'agglomération apparaît dans son champ de vision et, selon les indications de son GPS, la maison de François, son futur propriétaire, ne doit plus se trouver qu'à une centaine de mètres.

Elle réduit légèrement sa vitesse. Légèrement seulement tant elle a hâte d'arriver.

« Vous êtes parvenue à destination. »

Joséphine gare en hâte son véhicule devant l'immense bâtisse, dont elle constate que l'extérieur est proprement entretenu. La façade de la maison a dû être ravalée récemment et les pierres de grès qui entourent les portes et fenêtres lui confèrent un certain cachet. En effectuant un rapide calcul du nombre d'ouvertures qu'elle comporte, Joséphine se demande immédiatement combien de personnes cette maison peut accueillir et le nombre de voisins avec qui elle va pouvoir faire connaissance.

Un petit sentier de pierres blanches mène jusqu'à une large porte cochère et des jardinières colorées ornent les bordures du chemin. Un petit portillon en bois mène vers ce que Joséphine suppose être un grand jardin situé à l'abri des regards, derrière la maison.

L'ensemble est conforme à ce qu'elle attendait.

Apercevant un homme sur le perron, la jeune femme sort précipitamment de sa voiture sans prendre la précaution de couper l'autoradio qui rejette encore le son de la musique.

— Bonjour. Je m'appelle Joséphine, mais vous pouvez m'appeler «Jo», lui dit-elle tout sourire. Je suis votre locataire! Je suis ravie de vous connaître.

Elle suppose qu'il doit s'agir de François et constate qu'il paraissait plus jeune sur la photo qu'elle a aperçue lorsqu'elle a procédé à la location du studio.

— Jolis parterres de fleurs! On dirait que vous avez la main verte! ajoute-t-elle en désignant les bacs de fleurs posés à terre. Vous faites bien de rentrer ces géraniums, ils détestent le froid!

À première vue, il doit avoir la quarantaine. Peut-être le collier de barbe qui lui entoure le visage lui donne-t-il quelques années de plus? Son tee-shirt laisse apparaître une large carrure. Il adopte une posture droite, mais ses épaules sont légèrement voûtées. Comme s'il devait porter quelque chose de plus lourd que son poids.

— Ce ne sont pas des géraniums, ce sont des dahlias, lui répond-il tout en essuyant ses mains pleines de terre sur son jean. Mais avant toute chose, coupez votre radio! lui enjoint-il sur un ton chargé de reproches. On ne s'entend pas!

Joséphine le fixe un instant et découvre ses yeux ronds couleur vert-de-gris, son nez légèrement retroussé et ses lèvres charnues. Ses sourcils sont si froncés qu'ils sont ramassés l'un sur l'autre.

Plutôt bel homme, songe-t-elle, loin d'être perturbée par l'accueil qui lui est réservé.

— Désolée! s'excuse immédiatement Joséphine. Je me suis laissée emporter par cette mélodie si entraînante! Vous ne trouvez pas qu'elle est entraînante?! lui demande-t-elle tout en claquant des doigts.

S'il n'affichait pas une moue aussi réprobatrice, Joséphine exécuterait trois pas de danse là, sur le perron, juste pour le plaisir d'embarquer son corps dans cette aventure musicale.

— Si entraînante que vous n'avez pas vu que vous entriez dans un village et que la vitesse était limitée à 50 ? rétorque-t-il.

— Je ferai attention à l'avenir, lui promet-elle.

François détaille rapidement sa nouvelle locataire.

D'abord, sa peau aussi noire que l'ébène, son visage fin, son nez minuscule, ses oreilles légèrement en pointe, ses cheveux crépus coupés très court et ses yeux en amande, si étirés qu'ils lui donnent une allure féline.

Puis ses grandes boucles d'oreilles, composées d'un mélange de plumes et de perles et assorties au collier accroché à son cou.

Sa tenue, enfin, composée d'une robe seyante aux couleurs vives et de bottes à talons laissant deviner des jambes galbées. Quant à son imperméable léger, il se montre inapproprié à ces températures automnales et impropre à la protéger du froid qui règne malgré l'ensoleillement caractéristique de ce mois d'octobre.

L'ensemble fait apparaître une ligne sculptée et son style est coloré, sans excentricité.

Peut-être est-il tout de même légèrement détonnant ?

— Je vous montre le studio ? l'interroge-t-il.

— Allons-y !

François la conduit à l'intérieur de la bâtisse et, alors qu'elle pénètre dans son salon, elle marque un temps d'arrêt.

En scrutant attentivement la pièce, Joséphine est saisie de l'étrange impression de réaliser un immense bond dans le passé. Ici, tout est vieux. Il n'y a pas d'autre mot pour le dire.

De toute évidence, aucun meuble n'a été déplacé de cette maison depuis au moins trente ans.

La pièce à vivre bénéficie de peu de lumière naturelle et la faible hauteur sous plafond lui donne encore un peu plus l'effet d'une pièce tassée sur elle-même.

À la cuisine, la jeune femme aperçoit une table en Formica et elle en déduit que les quelques éléments qui l'entourent doivent avoir le même âge qu'elle. Un morceau de lino, dont on peut se demander quelle en était la couleur originaire, a été posé sur le sol de la cuisine et est craquelé à certains endroits.

Il se dégage de la pièce une légère odeur de renfermé, comme si l'air, suivant le reste des éléments, refusait de se renouveler.

Au milieu de la pièce trônent une immense table en chêne et, à côté d'elle, un poêle à bois. Au mur, elle entrevoit une hideuse tapisserie à fleurs dont certains morceaux sont arrachés — un effet de l'usure du temps probablement — et au sol, des tomettes anciennes de couleur ocre.

— Vous n'avez jamais pensé à abattre cette cloison? lui demande Joséphine en tapotant sur l'un des murs. D'après vous, c'est un mur porteur? Attendez, je vérifie! Si ça sonne creux, ça n'en est pas un. Si ça sonne plein, c'en est un! Toc, toc, toc? s'exclame-t-elle en joignant la parole à son geste. Ça sonne creux! Ce n'est pas un mur porteur! s'exclame-t-elle. Vous pourriez l'abattre et déplacer votre bibliothèque de l'autre côté de la pièce. Ça vous ramènerait un peu de lumière. Le sud se trouve par ici, n'est-ce pas?

Les espaces salon et salle à manger ne sont pas clairement délimités. Pourtant, la superficie de la pièce offre de beaux volumes et permettrait aisément de les séparer. La maison est encore dans son jus et il s'en dégage une atmosphère froide et vieillotte.

François paraît assez mal à l'aise et le silence s'installe entre eux.

Joséphine espère que le studio ne sera pas à l'image du reste de la maison. Ce n'est *a priori* pas le cas puisqu'elle en a aperçu quelques photographies avant de procéder à la location.

— J'ai terminé la rénovation du studio il y a trois semaines, lui précise-t-il comme s'il avait lu dans ses pensées. Vous êtes ma première locataire.

Ouf, pense immédiatement Joséphine. Le studio a été rafraîchi. Elle a tellement hâte d'investir sa nouvelle maison. Non pas que la partie habitée par son propriétaire soit sale ou encombrée. C'est juste que, chez François, une page d'histoire refuse obstinément de se tourner.

— J'espère que vous vous y sentirez bien, ajoute-t-il.

— Je n'ai aucun doute là-dessus. Je suis sûre qu'il sera parfait. Depuis combien de temps êtes-vous installé ici? Je n'ai jamais mis les pieds dans les Vosges. J'aimerais beaucoup que vous m'aidiez à les découvrir! Vous êtes de la région? Vous avez toujours vécu dans le département?

— Ça fait beaucoup de questions d'un coup, lui répond le propriétaire, laconique.

— Pardon, s'excuse-t-elle. On va cohabiter, on aura le temps d'en discuter! Vous n'auriez pas un truc à boire, par hasard? ajoute-t-elle. Je suis assoiffée!

— Hum… Probablement… Voyons voir… Limonade, jus de pomme, jus de poire?

— Une bière? ose hasarder Joséphine.

— Non. Désolé.

— Alors, un jus de pomme, ce sera parfait!

Alors qu'il se dirige vers le réfrigérateur, Joséphine fait le tour de la pièce à vivre.

— Est-ce que vous connaissez les associations d'aide à domicile du secteur? l'interroge-t-elle.

— Pourquoi donc?

— C'est mon métier. J'aimerais trouver un emploi assez rapidement.

— Ce n'est pas pour une opportunité professionnelle que vous êtes venue dans les Vosges?

— Pas le moins du monde, lui dit Joséphine en souriant. Mais je ne me fais aucun souci, le secteur recrute sans arrêt. J'irai voir les associations du coin dès demain, je suis persuadée de pouvoir commencer à travailler la semaine prochaine.

— Vous avez de la famille dans la région? la questionne-t-il.

— Non.

— Une connaissance? insiste-t-il.

— Non plus.

François marque un temps d'arrêt puis ajoute :

— Si je comprends bien, vous avez pris votre véhicule, vous avez roulé et vous avez atterri à l'autre bout du pays ?

— C'est un peu l'idée, oui. Ça paraît un peu dingue, n'est-ce pas ?

— Oui.

— Il ne vous est jamais arrivé de prendre des décisions qui semblent n'avoir aucun sens tout en étant convaincu que vous faites le bon choix ?

— Non, lui répond-il, sûr de lui.

Tout en sirotant sa boisson, Joséphine continue à tournoyer dans la pièce.

— Que faites-vous dans la vie ? l'interroge-t-elle. Laissez-moi deviner, vous avez une immense bibliothèque, lui dit-elle en désignant le grand meuble qui occupe toute la largeur d'un mur. Vous vous intéressez à tout, mais apparemment un peu plus à l'histoire locale qu'à autre chose, en examinant un rayonnage entier du meuble. Historien ? Sociologue ? Anthropologue ? Non, je sais ! s'exclame-t-elle. Instituteur !

— Bien vu. Je suis professeur d'histoire. Mais ce ne sont pas plutôt les copies posées sur la table qui vous ont mis sur la voie ?

Joséphine s'approche des polycopiés en question.

— Aïe, aïe, aïe… Il y a beaucoup de rouge sur ces copies !

— Une classe compliquée à gérer, lui répond-il.

— Vous avez mis un 2 à Théo ?! s'exclame-t-elle avant que François ne range les feuillets en question dans une sacoche.

Elle effectue trois pas supplémentaires dans la pièce à vivre.

— Vous aimez aussi les policiers apparemment, lui affirme-t-elle en examinant de nouveau les rayonnages de la bibliothèque.

— Très juste.

— Le dernier étage est apparemment réservé aux grimoires. Vous étudiez les hiéroglyphes à vos heures perdues ? plaisante-t-elle.

— Très drôle.

— Vous avez quel âge ? Laissez-moi deviner. 41… non… 47… non… 45 ? 45, vous avez 45 ans !

— Vous aimez faire les questions et les réponses ? lui rétorque-t-il sèchement.

François note que Joséphine tient fermement son portable à la main alors pourtant qu'elle dispose d'un sac à main.

Les jeunes et leur téléphone, pense-t-il.

— Vous aimez aussi la géographie ? l'interroge-t-elle en apercevant une carte IGN dépliée sur le coin de la table.

— Non, je préparais un itinéraire.

— Vous marchez ?

— Il m'arrive de courir.

— Incroyable ! Moi aussi, je cours ! s'exclame-t-elle en mimant des petites foulées et en feignant l'essoufflement. Vous pourrez me faire découvrir la région ?

— Vous n'aurez pas besoin de moi pour ça. Le Club vosgien fait ça très bien, vous verrez.

— Le Club vosgien ? s'étonne-t-elle. Il faut faire partie d'un club pour courir ?

— Non, pas nécessairement. Ce sont eux qui balisent les sentiers, voilà tout. Bon… Je vous aide à décharger vos valises ? s'impatiente-t-il.

— Ce ne sera pas nécessaire, je n'en ai qu'une, lui dit-elle, en tapotant sur son seul et unique bagage.

Signe d'un départ aussi précipité qu'audacieux, songe-t-elle.

— Vous n'avez emporté qu'une valise avec vous ? s'étonne-t-il.

— À quoi bon s'encombrer ? lui répond-elle du tac au tac. Le studio est meublé, n'est-ce pas ?

— Oui, tout à fait. Vous connaissez la durée de votre séjour ?

Lorsqu'elle a pris contact avec François, Joséphine lui a précisé qu'elle souhaitait séjourner dans les Vosges pour plusieurs semaines. Depuis, elle s'est accommodée de ce déracinement et, de temporaire, sa décision a pris une allure définitive.

Joséphine a décrété qu'il n'y aurait pas de retour en arrière.

— Indéterminée, lui répond-elle, sûre d'elle.

François lève un sourcil, signe d'un certain étonnement.

— Vous n'avez pas loué le studio à quelqu'un d'autre au cours des prochains mois? lui demande immédiatement Joséphine.

— Non, la rassure-t-il. Restez autant que vous le souhaitez. Votre studio se trouve par ici, ajoute-t-il en l'invitant à sortir de la pièce.

Ses parterres de fleurs, son métier, sa passion pour la lecture, ses activités sportives, la rénovation du studio, l'aménagement intérieur de sa maison... Joséphine a posé beaucoup de questions, mais son interlocuteur ne semble pas disposé à partager son enthousiasme.

C'est comme si François voulait à tout prix marquer immédiatement le « chacun chez soi » et éviter que la discussion ne prenne un tour plus personnel.

— Je vous y conduis par là, mais le studio possède une entrée indépendante, lui explique-t-il, tout en la conduisant à travers un dédale de couloirs et de corridors.

— La maison comporte d'autres logements? l'interroge Joséphine en examinant le nombre de portes qui s'étale devant elle.

— Il y aurait de la place pour en faire plusieurs. La maison est une ancienne ferme. Mais pour l'instant, je n'en ai aménagé qu'un seul.

Alors qu'il sort un trousseau de clés de sa poche, Joséphine le retient de nouveau.

— Une dernière chose, lui dit-elle. Pouvez-vous me dire où se trouve la Piquante Pierre? J'aimerais y aller courir.

— Pourquoi la Piquante Pierre en particulier? lui demande-t-il, intrigué.

— J'en ai entendu parler, il paraît que c'est joli.

— Vous avez entendu parler de la Piquante Pierre? Depuis la Bretagne?

— Je me suis rancardée sur la région avant de venir, lui explique-t-elle.

Joséphine ou l'art de la sémantique. Ce faisant, elle ne maquille que plus ou moins la vérité.

— C'est un endroit magnifique. Et chargé d'histoire qui plus est.

— Vous m'en dites un peu plus ? lui demande-t-elle.

— Je vous laisserai en juger par vous-même.

François se tient déjà sur le pas de la porte.

— On peut peut-être se tutoyer ? ajoute-t-elle.

Elle perçoit une sorte de gêne dans l'attitude de François.

— Je vous laisse vous installer, conclut-il.

Il s'apprête à ajouter « Si vous avez besoin de quoi que ce soit, n'hésitez pas », mais s'abstient de le faire. Déjà, il referme la porte derrière lui et la laisse seule.

Plus qu'une bricole à régler et je me sentirai chez moi, pense Joséphine.

La jeune femme consulte son téléphone, hésite un instant puis compose le numéro de son père. Elle est soulagée de tomber sur sa messagerie. Adoptant un ton neutre et détaché, elle lui assure qu'elle a fait bonne route et qu'elle est bien installée. Elle raccroche, en espérant qu'il ne rappelle pas.

Elle reste un instant plantée sur le seuil de la porte, pour s'imprégner de l'atmosphère dégagée par le lieu.

Entre le studio qu'elle occupe et la partie habitée par François, le contraste est saisissant. Idéalement orienté, son appartement a été rénové avec goût. Les larges ouvertures qui y ont été pratiquées donnent sur le jardin situé à l'arrière de la maison et, plus loin, sur les montagnes environnantes.

La couleur du parquet massif en chêne clair est semblable à celle des poutres apparentes qui traversent la pièce sur toute sa longueur. Le coin cuisine, séparé du reste de la pièce par des lames de claustra, fait face à un pan de mur revêtu d'un parement composé de pierres en granit, de taille et de forme disparates.

La teinte beige du lustre et des appliques murales est assortie à celle des rideaux.

Joséphine s'en approche, les ouvre en grand afin de baigner la pièce de lumière et les ramasse sur les deux extrémités des fenêtres grâce à de fines cordelettes.

La décoration se résume à quelques pièces posées ici et là : un globe terrestre, une malle de voyage de couleur marron foncé, un grand miroir en osier, un vase et une paire de bougeoirs. Compte tenu de leur âge, ces objets ont dû être chinés, ou peut-être François les a-t-il récupérés dans son propre salon. Néanmoins, ces éléments, quoique peu nombreux, confèrent à l'ensemble un style authentique et élégant.

Joséphine s'installe sur le lit en adoptant la position de l'étoile de mer, pratique de grandes inspirations puis sent aussitôt quelque chose se libérer en elle.

Les dernières chaînes qui l'étreignaient viennent de disparaître.

Elle se sent déjà chez elle et ne peut plus s'arrêter de sourire.

Ça y est, elle est arrivée à destination.

Nouveau départ, nouvelle vie.

La jeune femme se relève, s'étire puis va ouvrir sa valise.

Elle saisit sa trousse de toilette, en sonde le contenu puis attrape la plaquette de médicaments qui s'y trouve.

Elle fait une nouvelle fois le tour de la pièce, vient se figer devant le miroir et examine le reflet de son visage souriant. Ce dernier n'inspire pas seulement la gaieté : il s'en dégage un véritable rayonnement.

Joséphine regarde longuement les comprimés, hésite, puis les jette à la poubelle.

Chapitre 3

Camille,

Ça y est, je suis arrivée dans les Vosges.

Pardon de ne pas être venue plus tôt ! Pourquoi n'y ai-je pas pensé avant ?! J'aurais dû prendre cette décision il y a des semaines. Quand je pense à tout ce temps qu'on a perdu toi et moi, ça me rend totalement folle. Mais peu importe, désormais, je suis là, près de toi.

Je suis installée dans un studio situé non loin de la Piquante Pierre. J'ai hâte de découvrir cet endroit que tu affectionnes tant.

Le propriétaire du gîte s'appelle François. Il ne paraît pas très volubile. Pour ne pas dire légèrement sur la défensive. Il semble si droit et si carré ! Il paraît mener une vie si bien rangée ! Cet homme respire la demi-mesure. Qu'à cela ne tienne, je composerai avec son tempérament et je m'adapterai. Sa neutralité compensera mes propres excès et l'on arrivera à s'entendre.

Ce n'est pas pour lui que je suis venue ici, mais c'est important pour moi. J'ai envie d'apprendre à le connaître. Ces rencontres forment le matelas de cette nouvelle vie et j'ai envie de faire de mon existence une immense bataille de polochons ! Je veux découvrir chacune des personnes qui se trouvent sur mon chemin et apprivoiser quiconque voudra bien s'approcher. Je veux saisir chaque occasion pour m'en enrichir.

J'ai hâte d'en apprendre davantage à son sujet, je suis sûre qu'il regorge d'histoires et d'anecdotes sur la région… Il a tellement à me faire découvrir !

Sans compter qu'on va pouvoir sillonner la région ensemble. Sa carte IGN était dépliée sur le coin de la table et j'ai vu une paire de Salomon sur son étagère à chaussures. Partager une session de sport, c'est aussi un bon moyen de faire connaissance! Si ça se trouve, vous vous connaissez tous les deux!

Il me suffit de trouver la recette d'une cohabitation réussie. Je suis la spécialiste de la tambouille, j'arriverai à dégoter les ingrédients pour l'assaisonner.

Si tu savais comme je suis heureuse de t'avoir rejoint! C'était devenu intenable de vivre si loin de toi. La mer, les vagues et les goélands ne m'appartenaient plus parce que rien ne les rattachait à toi. Ils étaient devenus sinistres, hostiles et menaçants. Ces montagnes vosgiennes me sont étrangères. Pourtant, elles font tellement partie de ton environnement que je m'y sens déjà chez moi. L'inconnu ne me fait pas peur.

En m'approchant des Vosges, j'ai senti les verrous sauter les uns après les autres puis, une fois parvenue à destination, je me suis sentie comme l'alpiniste qui découvre l'immensité du paysage après une dure et longue ascension.

C'est comme si l'on m'avait placée en apnée pendant des semaines et qu'enfin, je retrouvais de l'air. Grâce à toi, je respire à pleins poumons.

Plus les semaines passaient, plus je m'enfonçais. La situation me paraissait sans issue. Je retournais le problème dans tous les sens et je ne voyais que des impasses.

Enfin, c'est un boulevard qui m'est apparu. Une avenue longue de mille kilomètres.

Quand on n'arrive plus à sortir la tête de l'eau, c'est qu'il est temps de s'éloigner des flots, n'est-ce pas?

J'ai quitté le port pour trouver un nouvel ancrage. Et cet ancrage, c'est toi. Sans remords, sans regret. Juste armée de la conviction de prendre la bonne décision.

Elle ne sera pas du goût de tout le monde. Je suis partie précipitamment et, à l'heure qu'il est, Papa me croit en vacances. Je n'ai pas eu le courage de lui révéler le caractère définitif de mon voyage. Chaque chose en son temps. Inutile de le brusquer.

Je me suis sentie vaguement coupable durant les trois premiers kilomètres du trajet. Je me suis trouvée apaisée durant les sept cent quatre-vingt-dix-sept autres. Après tout, combien d'enfants vivent loin de leurs parents ?

Désormais, mon bonheur ne dépend plus que de toi. De toi, de moi, de nous.

Le temps défilait tellement lentement là-bas. Cette distance entre nous était devenue insoutenable tandis que cette nouvelle proximité me rassure. Près de toi, je suis en sécurité. À l'abri des tourments.

J'ai besoin de marcher sur tes pas, de sentir ta présence, de respirer ton air et d'évoluer dans ton univers. Je ne peux plus vivre sans toi. Ça me paraît tellement évident maintenant !

Je suis arrivée dans ta région un jour de grand beau, ça ne peut que présager de magnifiques surprises. Cette nouvelle vie ne peut être faite que de beaux cadeaux, j'en suis convaincue.

Personne ne me fera renoncer à toi. Ni la chimie, ni rien ni personne d'autre.
Je suis arrivée jusqu'à toi.
La vie est belle,
Tendrement,
Joséphine.

Chapitre 4

Cher journal,

J'ai accueilli aujourd'hui ma première locataire. Elle s'appelle Joséphine. Elle est âgée de 24 ans.

Elle a atterri ici, sans y avoir aucune attache et sans que je comprenne bien ni comment ni pourquoi. Elle m'a avoué n'avoir dans le secteur ni boulot, ni famille, ni connaissance. Bien sûr, elle est jeune et l'inconnu ne lui fait pas peur. Mais, tout de même, n'est-ce pas un peu étrange?

Je me suis dit qu'elle pourrait pallier un peu la solitude et briser le calme qui règne dans cette si grande maison. J'ai pensé qu'offrir la location du studio serait un bon moyen de faire un pas vers quelqu'un, de tisser des liens et de renouer un peu avec le monde extérieur.

Mais lorsqu'elle a franchi le seuil de la porte, je me suis dit que j'avais commis une erreur... Je ne suis pas prêt à ça!

Je l'ai entendue arriver avec sa musique à tue-tête et, dès qu'elle a pénétré dans cette maison, elle m'a fait l'effet d'un raz-de-marée. Voilà, c'est exactement ça! Joséphine est un coup de vent qui a voulu souffler sur des choses qui n'avaient pas bougé depuis quarante ans. C'est comme si elle avait voulu tout bousculer en l'espace de dix minutes.

Si je ne l'avais pas arrêtée, elle m'aurait fait une danse du ventre et aurait couru un marathon au milieu du salon. En l'espace de cinq minutes, nom de Dieu!

Dans sa lancée, elle aurait aussi abattu une cloison. « Pour ramener un peu de lumière ». J'ten foutrais moi de la lumière ! Je ramène ce que je veux chez moi. Est-ce que je lui demande d'apporter la tempérance et la mesure ?

Elle m'a posé des tas de questions, en souriant et en virevoltant à travers la pièce comme si elle connaissait les lieux depuis toujours.

« On va cohabiter, on aura le temps d'en discuter ! » m'a-t-elle affirmé le plus naturellement du monde.

Et puis quoi encore ?! Elle dit ça comme si l'on allait passer nos soirées à refaire le monde ensemble !

Je lui offre un toit sur la tête en échange d'un loyer. Un point c'est tout. On va aller bosser toute la journée, on va rentrer le soir, chacun dans nos logis respectifs.

« Bonjour », « bonsoir », nos échanges se limiteront à ça.

J'ai vite coupé court à la conversation, vivant chacune de ses questions comme une intrusion.

Est-ce elle qui est bien trop volubile ou moi qui ne suis qu'un vieux loup solitaire ?

Et qu'est-ce que c'est que cette histoire de Piquante Pierre ? Elle n'a jamais mis les pieds dans les Vosges, elle me l'a avoué. Comment peut-elle connaître ce lieu ? Dans le département, on est fiers de nos trésors, mais, enfin, soyons raisonnables. Elle vient de Tréguennec. Il est strictement impossible qu'elle en ait entendu parler.

J'ai été saisi d'une sensation étrange lorsqu'elle a prononcé le nom de ce lieu.

Parce que je revois mon père, cet émérite professeur d'histoire-géogra-phie que tous les élèves appréciaient au collège de Vagney, emmener une fois par an ses élèves là-haut pour leur expliquer les événements tragiques qui s'y étaient déroulés. Il était tellement doué pour attiser la curiosité de ses élèves et leur transmettre son savoir! L'aura de René Receveur est exactement celle dont je ne suis pas en mesure d'envelopper cette classe de 3ᵉC avec qui j'ai le sentiment que l'année va être longue...

La dernière chose dont j'avais besoin, c'est cette présence brusque, cavalière et désinvolte dans mon salon. Je réalise maintenant à quel point je n'y étais pas préparé.

Joséphine est arrivée avec une valise seulement, donnant l'impression de ne pas avoir de passé et de sortir de nulle part. C'est comme si elle avait été parachutée ici en laissant ses souvenirs loin d'elle. N'y a-t-il plus que le présent et l'avenir qui comptent pour elle?

Moi je suis attaché aux souvenirs. Trop, peut-être? Je vis au milieu d'eux. C'est peut-être la raison pour laquelle la conduite de ma loca-taire me paraît si étrange.

Je ne suis pas professeur d'histoire pour rien... Je n'ai pas osé enlever un seul des meubles qui ornait la maison de mon père depuis son décès. D'une certaine manière, cette maison est encore la sienne et je n'ose pas m'approprier les lieux. Lorsqu'il est décédé il y a cinq ans, j'avais des tas de projets. Puis j'ai fini par m'habituer et j'ai tout laissé en l'état. J'aurais mieux fait de rénover ma cuisine, mon salon et ma salle de bains. Mais pourquoi ai-je préféré transformer le grenier en studio? Quelle idée?!

Est-ce que je vais réussir à m'entendre avec elle? Joséphine semble tellement... différente.

Je regrette d'avoir posté cette annonce de location.

Elle a quitté la Bretagne pour les Vosges et m'a indiqué qu'elle séjournait ici pour une durée indéterminée. Autant dire qu'elle a traversé la France pour arriver jusqu'ici.

Il y a forcément un motif qui l'a conduite dans ce petit village perdu au milieu des Hautes Vosges. J'en suis convaincu. Mais quel qu'il soit, il va falloir composer.

J'ai vu dans cette cohabitation une belle occasion de bousculer un peu mes habitudes, mais, désormais, j'ai peur de chambouler ma vie toute simple.

Et si j'avais commis la plus grosse erreur de ma vie ?

François.

Chapitre 5

Joséphine a dit vrai à François : le secteur de l'aide à domicile embauche sans cesse, raison pour laquelle elle n'a éprouvé aucune difficulté à décrocher un emploi.

Il a suffi d'un coup de fil à une association d'aide à domicile. La première de la liste.

— Vous pouvez commencer dès demain ? lui avait demandé la directrice de l'agence.

La pénibilité de ce métier rend le secteur coutumier des arrêts de travail. « Plus que dans le BTP ! » s'était exclamée son interlocutrice. Par conséquent, cette nouvelle recrue est la bienvenue pour soulager des salariées à bout de souffle et alléger des plannings surchargés.

Déjà, la liste de ses interventions s'affiche sur le téléphone de Joséphine.

Sa première bénéficiaire s'appelle Madeleine. Elle habite Planois elle aussi et Joséphine ne rencontre guère de problèmes pour trouver sa maison puisqu'elle a pris le temps d'aller repérer les lieux avant.

L'association lui a donné assez peu d'indications concernant la situation de la vieille dame. Joséphine sait simplement qu'elle ne souffre d'aucune pathologie lourde. « Âgée de 90 ans — GIR 4[1] ». Voilà ce qu'on lui a indiqué. Ce qui signifie que Madeleine a conservé la faculté de se déplacer dans son logement et n'a besoin que d'une aide ponctuelle pour certains actes de la vie quotidienne.

Joséphine aurait bien aimé en savoir davantage sur cette fameuse « Madeleine ». Sa situation familiale, son parcours de

---

[1] Le GIR (ou groupe iso-ressources) est un outil servant à apprécier le niveau de dépendance d'une personne âgée, en fonction de ses capacités fonctionnelles Source : www.grille-aggir.fr/definition-gir/

vie, son état de santé, son tempérament, les difficultés qu'elle rencontre au quotidien...

Sur le papier, la mission d'une auxiliaire de vie consiste à aider les personnes âgées dans les actes de la vie courante. Dans les faits, il lui appartient aussi et surtout de s'adapter aux personnes dont elle s'occupe, de s'accommoder de leur tempérament et de respecter leurs façons de vivre. C'est ce qui est le plus complexe quand elle débarque chez un inconnu.

Après tout, le sens de l'adaptation doit être une seconde nature quand on exerce ce métier. Lorsqu'on est confrontés à l'humain dans toute sa diversité, il faut savoir être flexible. Et même si l'association lui avait donné de plus amples indications, rien ne remplace la rencontre et la phase d'apprivoisement qui en découle. Il faut apprendre à se connaître pour que la confiance s'installe.

Aujourd'hui, Joséphine a pour mission d'aider Madeleine à faire sa toilette.

Elle sort de son véhicule, vérifie qu'elle se trouve à la bonne adresse puis sonne à la porte.

— J'arrive, j'arrive, claironne une voix chantante depuis ce que Joséphine suppose être le vestibule.

Madeleine apparaît tout sourire.

— Bonjour! C'est l'association «Du côté de chez vous» qui m'envoie, lui explique la jeune femme. Je suis votre nouvelle aide à domicile. Je m'appelle Joséphine.

— Tiens donc! Joséphine, comme l'ange gardien?! s'exclame Madeleine.

— Comme l'ange gardien, oui.

— Ça alors, c'est merveilleux! Entrez, entrez, ne restez pas dehors, vous allez attraper froid!

D'emblée, Joséphine apprécie le ton protecteur et maternant que la vieille dame emploie avec elle.

Sa bénéficiaire conduit l'auxiliaire de vie à travers un couloir particulièrement encombré et, alors qu'elles pénètrent toutes deux dans la pièce principale, Joséphine reste parfaitement statique.

La jeune femme croit voir le salon de François, mais en dix fois plus saturé. L'intérieur est propre et paraît bien entretenu, mais Madeleine semble profondément conservatrice. Exagérément conservatrice.

À droite, elle aperçoit un immense bahut en bois sombre, sur lequel elle ne dénombre pas moins de quatre lampes d'appoint de toutes couleurs et de toutes formes, deux chandeliers, trois vases, une Vierge fluorescente, une immense pile de journaux et de magazines, plusieurs peluches et poupées et ce qui ressemble à une collection de boîtes de biscuits en fer.

À gauche, la jeune femme ne peut que deviner le contenu d'une grosse armoire car ses portes ne sont qu'entrouvertes. Mais, de toute évidence, il y règne un bazar semblable à celui qui est amassé sur le bahut. Les deux meubles de rangement se font face et semblent se toiser, se demandant probablement qui ploiera le premier.

Le parquet doit se poser des questions sensiblement identiques car, en matière de concentration élevée d'objets en tout genre, les imposants meubles sont loin de détenir un monopole.

Une guitare à qui il manque trois cordes est posée à même le sol, à côté d'une roue de vélo, d'un ballon de foot, d'une boîte à outils, d'un escabeau et d'une pile de cartons traduisant un minuscule effort de rangement et d'organisation.

Sur le dos d'un grand chien en bronze ont été posés une caisse enregistreuse, un vieux téléphone et une petite horloge comtoise. Derrière cet assemblage dont l'équilibre semble pour le moins précaire, Joséphine croit même deviner la présence d'une pompe à eau en fonte semblable à celles que l'on trouvait autrefois dans les villages.

Un grand fauteuil vert olive semble avoir du mal à trouver sa place dans cet ensemble. Il doit chercher une position confortable depuis plus d'un siècle. L'un des accoudoirs a lancé un ultime appel au secours en se désolidarisant du reste de l'armature. Malgré l'amputation, rien ne s'est produit. Voyant que rien ne se passait, il a abdiqué et reste là, tassé sur lui-même, un morceau de lui en moins.

Un pan de mur entier est recouvert de photographies. Certains des clichés sont en noir et blanc, d'autres sont jaunis par le temps, les derniers semblent plus beaucoup récents. Certaines photos ont été aimantées sur d'autres, plus anciennes. L'auxiliaire de vie en déduit que Madeleine doit être entourée par une grande famille.

— Où est-ce que je peux poser mon sac à main ? demande Joséphine à la vieille dame.

— Posez-le donc où vous voulez ! Enfin… Où vous pouvez plutôt. Comme vous le voyez, j'accumule beaucoup.

Joséphine s'en dessaisit et le glisse entre un panier rempli de pelotes de laine, de patrons, d'aiguilles et de tricots entamés, et un canapé sur lequel ont été posés des coussins aux couleurs dépareillées ainsi que deux claviers d'ordinateur et une antique télévision.

— L'huile de moteur, c'est mon petit-fils qui l'a oubliée ici la semaine dernière, lui explique la vieille dame en désignant la bouteille d'un geste de la main, comme si cette dernière constituait le seul élément qui devait ne pas se trouver dans la pièce.

Madeleine fait le tour de la table, mais il y règne un tel désordre qu'elle disparaît un instant du champ de vision de l'auxiliaire de vie.

Pourvu qu'il ne faille pas faire la poussière sur chacun des bibelots, pense immédiatement Joséphine.

— Vous êtes nouvelle à l'association ? l'interroge la vieille dame. Je ne crois pas vous avoir déjà vue.

— Je suis arrivée dans les Vosges la semaine dernière, et vous êtes ma première bénéficiaire !

— Ça alors ! Quel dommage, je n'ai pas le temps de vous offrir un café, s'excuse Madeleine. Je suis vraiment désolée. Vous n'êtes là que pour une demi-heure et il faudrait que vous m'aidiez à me faire une petite beauté, je vais au club cet après-midi. Mais c'est promis, la prochaine fois, on prendra le temps de papoter un peu autour d'une boisson chaude.

— Ne vous excusez pas! la rassure immédiatement Joséphine.

— Je vous montre la salle de bains? lui demande Madeleine.

— Je vous suis.

Alors que la vieille dame la conduit à travers un couloir tout aussi encombré que la pièce à vivre, Joséphine constate que Madeleine sait exactement où poser les pieds pour ne pas trébucher tandis qu'elle, de son côté, progresse laborieusement au milieu d'un véritable capharnaüm.

— Joséphine, vous êtes là? l'appelle déjà Madeleine depuis la salle de bains où elle s'est confortablement installée.

— Me voilà, lui dit l'auxiliaire de vie.

— Vous pourriez m'aider à me maquiller et à me coiffer?

Joséphine prend le temps de détailler le reflet de la vieille dame dans le miroir, s'arrêtant sur ses cheveux blancs légèrement ondulés et tirés en arrière, puis sur son visage rond, l'éclat vif de son regard, son nez légèrement aplati et, enfin, sur ses lèvres fines et sa bouche étirée qui lui donne l'impression qu'elle sourit constamment.

La vieille dame ôte ses lunettes en forme de demi-lune et les pose sur le rebord du lavabo.

— Comment voulez-vous que je vous maquille? lui demande la jeune femme.

Vu le nombre de produits dont dispose Madeleine, Joséphine suppose qu'elle est coutumière du fait et qu'elle doit avoir des idées bien arrêtées sur la façon de procéder.

— On va faire quelque chose de très léger.

Joséphine en déduit que Madeleine ne recherche rien d'excessif dans ces produits. Il s'agit juste de se sentir jolie, et non de cacher quoi que ce soit pour paraître plus jeune que son âge.

— Pour les yeux, vous pourriez me faire comme vous? Le trait de crayon qui fait comme une vaguelette?

— Vous aussi, vous voulez un regard de biche ? taquine l'auxiliaire de vie. Fermez les yeux, je vais vous faire ça.

Madeleine s'exécute tandis que Joséphine saisit l'eye-liner dans la trousse à maquillage de la vieille dame. Alors qu'elle s'apprête à l'appliquer, Madeleine ajoute, tout en ouvrant un œil :

— À part ça, ne me maquillez pas comme vous !

Madeleine incline légèrement sa tête en arrière et ferme à nouveau les yeux.

Joséphine marque un temps d'arrêt et hausse légèrement les sourcils, afin de marquer son étonnement.

— Ce n'est pas que vous soyez moche, la rassure immédiatement Madeleine en ouvrant à nouveau les yeux.

— Me voilà soulagée… plaisante Joséphine.

— Mais pas comme vous quand même, reprend la vieille dame le plus sérieusement du monde.

Davantage amusée qu'offusquée par la remarque de Madeleine, Joséphine lui passe avec application le crayon noir sur le contour de l'œil, puis du mascara sur les cils et du fard sur les joues.

Alors que la jeune femme donne un dernier coup de pinceau, Madeleine se regarde dans le miroir.

— Magnifique ! s'exclame-t-elle.

Puis sur invitation de Madeleine, Joséphine allume le sèche-cheveux et enroule ses mèches de cheveux autour d'une grosse brosse ronde qu'elle fait tourner sur elle-même.

— Vous avez une très jolie robe ! lui dit Madeleine d'une voix suffisamment forte pour couvrir le bruit du séchoir. Le jaune poussin, c'est osé, mais vous le portez à merveille. Où avez-vous trouvé cette tenue ? Chez La Redoute ? Mais dites-moi, vous n'allez quand même pas faire du ménage habillée ainsi chez vos prochains bénéficiaires ?

— L'association m'a fourni une blouse blanche, mais je la trouve triste, lui répond Joséphine en se rapprochant d'elle pour être sûre de se faire entendre. Pour notre première rencontre, j'avais envie de me sentir jolie, poursuit-elle en lui adressant un clin d'œil. Pour le reste, n'ayez pas d'inquiétude, j'ai une pause entre vous et mon prochain bénéficiaire. J'aurai le temps de me changer!

— Vous n'êtes pas obligée de hurler! s'exclame Madeleine. Tous les vieux ne sont pas durs de la feuille, vous savez! Oh, mais quelles jolies boucles d'oreilles vous avez là! ajoute-t-elle.

Joséphine incline sa tête de gauche à droite de façon que Madeleine puisse entendre le cliquetis des petits triangles de métal entre eux puis la remercie du compliment.

— Voulez-vous que je vous aide à mettre vos bas de contention? lui demande l'auxiliaire de vie.

— Ah non! s'exclame la vieille dame. Ah non, non non! Je ne porte pas ces horreurs quand je vais au club. En revanche, vous pouvez aller chercher la robe et les collants que j'ai préparés. Ils se trouvent dans ma chambre. Première porte à droite en sortant de la salle de bains.

Comme Joséphine a pu s'en douter, Madeleine sait exactement ce qu'elle veut porter.

Elle atteint péniblement la chambre et trouve la tenue de Madeleine étendue sur son lit, soigneusement lavée et repassée. Il s'en émane un doux parfum de lavande que la jeune femme respire longuement.

— Joséphine? appelle la vieille dame depuis la salle de bains. Vous êtes là? Je regrette de vous brusquer, mais je vais être en retard au club!

Pendant que la vieille dame, encore agile, enfile ses vêtements, l'auxiliaire de vie se garde d'intervenir. Inutile d'imposer son aide si Madeleine ne le demande pas.

— Vous ne voulez pas ajouter un gilet?

— Non, il va cacher l'encolure de ma robe!

— Vous faites partie de quel club? l'interroge la jeune femme.

— Je préside la Ligue régionale de baby-foot subaquatique, lui répond Madeleine tout en ajustant le col de sa robe en faisant face au grand miroir.

Joséphine marque un temps d'arrêt, ne sachant trop quelle réaction adopter.

— Le principe est très simple : il s'agit de jouer au baby-foot, mais sous l'eau. Les joueurs sont palmés, la table de jeu est lestée et la balle est faite d'acier. Sinon, tout remonterait à la surface et ça ressemblerait davantage à du water-polo. Ce serait beaucoup moins intéressant. Cette petite merveille d'amusement nous vient d'Allemagne.

— D'accord…

— Unterwasser-Tischfussball ! s'exclame Madeleine en empruntant la langue de Goethe.

— Ça doit être amusant, lui dit Joséphine, circonspecte.

— Je vous charrie ! s'exclame la vieille dame en partant dans un grand éclat de rire. Je préside le Club du troisième âge. Aujourd'hui, on réélit le bureau et la Simone de Vermandois brigue elle aussi le poste de présidente ! Elle pense tous les éblouir avec son nom à particule, mais j'en ai encore sous le sabot, vous savez ! ajoute-t-elle en se vaporisant de parfum.

— Vous êtes radieuse ! lui soutient Joséphine. Le rouge, c'est osé, mais vous le portez à merveille, ajoute-t-elle, malicieuse.

— Comme vous êtes gentille ! On va bien s'entendre toutes les deux ! C'est vous qui revenez la semaine prochaine ? lui demande Madeleine.

— Oh que oui ! Et les suivantes aussi !

— Merveilleux !

L'auxiliaire de vie l'a vite compris : l'abord avenant et sympathique de la vieille dame se mêle à un certain franc-parler et à un caractère bien trempé.

Joséphine en est convaincue : cette rencontre lui promet de belles surprises.

Chapitre 6

Joséphine est désormais attendue chez Louis pour faire du ménage.

Il ne lui est pas utile de rentrer l'adresse dans le GPS car Joséphine a déjà pris le temps de venir ici, mais pour une raison qui ne porte pas Louis comme prénom. En effet, le vieil homme n'habite pas à n'importe quel endroit : il occupe un logement social situé au centre de la commune de Vagney, à deux pas du lieu de travail de Camille.

Joséphine a menti à Madeleine : elle ne rentrera pas chez elle pour se changer. Elle porte sa robe jaune poussin. C'est sa préférée et celle qui met le plus sa silhouette en valeur.

Sait-on jamais, si toutefois elle le croisait, il est hors de question qu'il l'aperçoive en leggings ou, pire, en jogging. Mieux vaut soigner son allure pour parer à toute éventualité. Désormais, elle est susceptible de le croiser à n'importe quel endroit et à n'importe quel moment.

Une fois arrivée devant l'immeuble collectif, elle cherche le nom du vieil homme sur le pavé des sonnettes.

« Abgrall ».

Un nom d'origine bretonne, pense-t-elle.

« Il n'y a pas de hasard, il n'y a que des rendez-vous », a dit un jour Paul Eluard.

Elle sonne une première fois puis attend quelques minutes. Elle appuie une seconde fois sur la sonnette et ne peut s'empêcher de jeter de brefs coups d'œil à droite et à gauche pour espionner les alentours.

— Qui est-ce ? murmure une voix faible à l'interphone.

— Monsieur Abgrall? lui répond-elle. Je m'appelle Joséphine, je suis votre nouvelle aide à domicile. Je suis envoyée par l'association « Du côté de chez vous ». Je viens pour faire un peu de ménage dans votre appartement.

— Venez, je vous en prie. L'appartement se situe au deuxième étage, mon nom est inscrit sur la porte, montez et entrez, lui explique-t-il.

Joséphine gravit lentement les escaliers et, une fois arrivée devant la porte, frappe trois coups avant d'entrer. Elle patiente un instant et, en l'absence de réponse de Louis, ouvre délicatement la porte. Elle s'attendait à être accueillie par le vieil homme, mais l'appartement semble parfaitement vide.

Elle n'en est guère étonnée car l'association lui a décrit Monsieur Abgrall comme une personne âgée immensément seule et apeurée par les contacts sociaux. Le bureau lui a même précisé qu'en l'absence de toute réponse du vieil homme, elle pouvait, en accord avec lui, entrer dans son appartement.

La jeune femme est soulagée d'avoir entendu le son de sa voix : cela signifie qu'il a pu se déplacer jusqu'à l'interphone. L'absence de toute réponse aurait pu lui faire craindre une chute ou un accident.

— C'est Joséphine, annonce-t-elle suffisamment fort. Je me suis permis d'entrer.

L'auxiliaire de vie reste immobile sur le seuil de la porte, observe un instant la pièce à vivre et est immédiatement frappée par la façon dont elle est meublée. Ou plutôt dont elle ne l'est pas.

L'espace est peu et modestement occupé. Pourtant, la superficie de la pièce est réduite et il suffirait de peu d'éléments mobiliers pour que l'endroit paraisse saturé.

Aucun élément de décoration ni aucun objet personnel ne viennent orner l'appartement. Seule une photographie jaunie par le temps est posée sur un petit meuble. En dehors de ce cadre, l'appartement ne comporte qu'une table, deux chaises et deux fauteuils. La cuisine ne comporte que le strict minimum.

Et encore.

S'il voyait le salon de Madeleine, l'intérieur de Louis serait vert de jalousie, songe Joséphine.

Louis occupe un logement social et les heures facturées par l'association sont prises en charge par le département, ce qui induit qu'il bénéficie de modestes ressources.

Aussi, Joséphine en déduit-elle que Louis ne vit avec rien ou presque.

La jeune femme n'aperçoit ni livre, ni revue, ni divertissement. La télévision n'est pas allumée, pas plus que la radio. Il ne règne aucun bruit dans cet endroit.

En dépit du fait qu'il soit déjà 10 heures, les volets sont encore fermés. Pourtant, dehors, le froid est installé. Ce mois d'octobre offre de magnifiques journées, le soleil étire ses rayons et la lumière pourrait facilement pénétrer et réchauffer la pièce.

Joséphine constate que la température intérieure est peu élevée et resserre les pans de son pardessus sur sa robe. Elle va tâter l'unique radiateur de la pièce à vivre et s'aperçoit qu'il n'est pas en état de marche. Pourtant, le chauffage ne serait pas superflu.

L'appartement est sombre, froid et silencieux.

C'est comme si la vie s'était déjà exfiltrée de son appartement, pense Joséphine en se remémorant la voix faible entendue à travers l'interphone quelques minutes plus tôt.

L'arrivée de Joséphine a été signifiée à Louis en amont par téléphone, à la suite de quoi, le vieil homme a téléphoné à plusieurs reprises au bureau afin d'en apprendre davantage sur l'auxiliaire de vie en question.

La secrétaire a répondu à chacune de ses questions, pour apaiser Louis et le mettre en sécurité. «Comment s'appelle-t-elle?», «Quel âge a-t-elle?», «Depuis combien de temps travaille-t-elle chez vous?», «Où travaillait-elle avant?», «D'où vient-elle? Je connais peut-être ses parents... Elle n'est pas d'ici dites-vous? Ah bon? De Bretagne?», «A-t-elle des enfants? ... Pas à votre connaissance, je vois. Elle a un chien? ... Vous ne savez pas non plus, je comprends. Un chat alors? C'est important d'aimer les animaux, vous savez. Elle a peut-être des perruches?», «Elle est gentille?», «Pourquoi n'est-ce pas Aurélie qui revient? Elle ne veut plus me voir?... Ah... Aurélie est malade... Elle va me manquer. Et elle va manquer à Carole aussi. Carole l'aime beaucoup aussi, vous savez... Qu'est-il arrivé à Aurélie? Ce n'est pas trop grave?... Un mois d'arrêt de travail... Bon... Elle reviendra en novembre alors?... Ah bon, ce n'est pas sûr? Vous lui souhaiterez un bon rétablissement et vous lui direz qu'elle me manque? Je peux acheter des friandises et les déposer à l'agence à son attention? Vous les lui donnerez quand vous la verrez? Je lui prendrai un sachet de gommes... Les gommes, les bonbons, vous savez. Elle les aime bien Aurélie. Surtout celles au miel de sapin. Elle aime bien les gommes au miel de sapin, Joséphine?».

Il ne s'était pas agi pour Louis de faire preuve de curiosité malsaine ni de commencer une enquête de moralité. Louis ne s'est pas montré insistant ou agressif. Il est simplement terrorisé chaque fois qu'il voit ses habitudes bousculées.

Néanmoins, les paroles rassurantes de la coordinatrice ne se sont pas montrées suffisantes car, à cette heure-ci, Louis n'a pas pointé le bout de son nez.

Joséphine effectue quelques pas dans la pièce, pose son sac à main et son manteau et devine rapidement les tâches qu'elle aura à accomplir. Elle commencera par nettoyer la cuisine et terminera par la salle de bains. Ce sont probablement les deux pièces qui demandent le plus d'attention.

Elle s'approche de la table de la cuisine et y trouve un mot griffonné à la main. Les mots sont tassés les uns sur les autres et l'écriture de Louis semble hésitante et malhabile.

«Pourriez-vous nourrir Carole, s'il vous plaît?».

L'association ne lui a pas précisé que Louis partageait sa vie avec quelqu'un et il est, au demeurant, le seul bénéficiaire des heures accordées par le département au titre des aides sociales.

Alors qui peut bien être Carole? se demande-t-elle.

— Ohhhhhhhh! Bonjour ma toute belle! s'exclame la jeune femme en apercevant une petite tortue venir à elle d'un pas lent. Je suppose que tu dois être Carole! Tu es mignonne comme tout! Moi, je m'appelle Joséphine. Joséphine Le Bihan. Je suis là pour aider Louis. Est-ce que tu sais où est Louis? J'aimerais me présenter à lui et faire sa connaissance. En attendant de le voir, je vais te trouver de quoi manger et ensuite je ferai un peu de ménage.

Les personnes âgées s'accompagnent parfois d'animaux qui ont pour eux une importance affective très particulière. Et si Louis a pris la précaution de laisser un mot à Joséphine, c'est que Carole représente beaucoup pour lui. Elle aurait pu trouver l'information dans le carnet de liaison, ce document rempli par les auxiliaires de vie qui se succèdent au domicile d'une même personne.

L'auxiliaire de vie saisit la boîte d'aliments préparée par Louis et lit rapidement les indications qui y sont portées.

— C'est l'heure de la soupe! Viens par ici ma toute belle! Promis, je ne te touche pas, je te laisse tranquille. Je veux juste faire ta connaissance. N'aie pas peur, tu n'as aucune raison de te méfier de moi.

Joséphine s'assoit par terre et observe la tortue dévorer les petits granulés.

— Je n'ai ni chien ni chat, explique-t-elle au petit animal. Je n'ai pas de perruches non plus. J'ai eu un poisson rouge. Il a eu une courte vie, mais j'avais énormément d'affection pour lui. L'eau dans laquelle il baignait était trop chaude, et trois jours après qu'il a fait son apparition dans ma vie, il a sauté hors de l'aquarium et s'est cassé la nageoire. Alors je l'ai euthanasié avec de l'huile essentielle de clou de girofle.

Elle donne une nouvelle poignée de granulés à Carole puis ajoute:

— Ne me regarde pas comme ça, ma chérie. Il était condamné, j'ai simplement abrégé ses souffrances. C'était la façon la plus douce d'y parvenir. J'aime beaucoup les animaux et je suis sûre qu'on va bien s'entendre toutes les deux!

Puis elle ouvre l'un des placards de la cuisine et y trouve les produits d'entretien dont elle aura besoin pour nettoyer la pièce.

Louis n'ayant toujours pas fait son apparition, elle s'adresse à nouveau à Carole.

— Aurélie souffre d'une tendinite à l'épaule, lui explique-t-elle. Elle n'a pu venir aujourd'hui et on ne va pas la revoir avant un moment. Tu connais Aurélie, n'est-ce pas? L'association m'a envoyé chez toi pour m'occuper de vous à sa place. Je sais que tu n'aimes pas qu'on bouscule tes habitudes, je comprends. C'est fatigant tous ces remplacements et ces changements de planning! ajoute-t-elle en soufflant.

Elle emprunte une voix forte, non pour imposer sa présence, mais pour être certaine d'être entendue de Louis. Joséphine pense qu'elle pourra l'amadouer ainsi, Carole incarnant une douce manière d'entrer dans son monde.

Elle astique la cuisine et, tout en nettoyant, se retourne de temps à autre vers Carole.

— Tu vois, aujourd'hui, c'est ma première journée de travail et deux interventions ont déjà été ajoutées à mon planning, poursuit-elle. Mais tu sais ce que c'est, entre les congés, les arrêts de travail et les incompatibilités d'humeur, ce n'est pas simple. Tout le monde fait de son mieux pour satisfaire les besoins de chacun, des fois ça coince, mais la plupart du temps, ça fonctionne bien.

L'auxiliaire de vie pratique des gestes délicats pour ne pas faire trop de bruit. Inutile d'effrayer Louis en jouant les ouragans. À ce stade, il est impératif qu'elle l'apprivoise. Tant pis si le ménage n'est pas fait de fond en comble. De toute façon, la cuisine se trouve déjà dans un état de propreté tout à fait satisfaisant à tel point que Joséphine doute qu'elle ait été utilisée récemment.

L'auxiliaire abandonne son éponge et son torchon sur le buffet de la cuisine, s'approche du couloir dont elle suppose qu'il va le mener jusqu'à la salle de bains et aperçoit une porte entrouverte.

Elle regarde furtivement par l'espace laissé libre entre le mur et la porte, sans pousser cette dernière davantage et entrevoit un matelas posé à même le sol ainsi qu'une masse tapie sous les draps.

Louis est caché sous sa couette, apeuré à l'idée de voir un visage nouveau apparaître dans sa vie. Son cœur se serre lorsqu'elle songe à l'immense solitude qui doit habiter le quotidien de Louis. Sinon, comment expliquer qu'une nouvelle rencontre fait naître chez lui une telle frayeur ?

Inutile de l'aider à sortir de là, songe Joséphine. Mieux vaut ne pas tenter de communiquer avec lui en forçant la rencontre à tout prix. Il est préférable de laisser ce vieil homme tranquille.

Elle effectue trois pas de plus dans le couloir et pénètre dans la salle de bains.

— Sais-tu que j'ai un nom d'origine bretonne comme ton papa ? demande-t-elle à Carole. Je suis née à Tréguennec et quelque chose me dit que ton papa est originaire de cette région lui aussi.

Puisque Carole l'a suivie jusque-là, l'auxiliaire de vie va poursuivre l'échange entrepris avec elle quelques minutes plus tôt. C'est là une belle occasion de faire comprendre à Louis qu'elle ne lui veut aucun mal.

— Mon père se prénomme Hervé. Tout le monde l'appelle « Professeur Le Bihan ». Il est médecin, précise-t-elle. Ma maman s'appelle Marie. Je l'ai à peine connue.

Elle remet la pièce en ordre et commence un rapide nettoyage.

— Je suis arrivée dans les Vosges la semaine dernière, j'habite Planois et je loge chez un homme qui s'appelle François… Mais ce n'est que temporaire, ajoute-t-elle aussitôt. J'ai emménagé dans la région parce que c'est ici que mon amoureux habite. Il s'appelle Camille.

Elle range les quelques produits dans le panier prévu à cet effet.

— À l'heure qu'il est, c'est un peu compliqué entre nous.

Puis elle enlève les taches de calcaire qui maculent la robinetterie.

— Les fils de notre histoire se sont un peu emberlificotés. Mais si la situation est compliquée, elle n'est pas désespérée, vois-tu ?

La jeune femme ouvre le panier dont elle suppose qu'il est destiné à accueillir le linge sale.

— On sera bientôt réunis, conclut-elle.

Il s'en échappe une légère odeur d'urine et, dans la mesure où l'appartement de Louis ne semble pas équipé d'une machine à laver, elle entreprend de laver ses habits à la main, dans la baignoire.

— T'as un mec toi, Carole?

Elle utilise un gros pain de savon de Marseille, à défaut de lessive, et frotte énergétiquement les vêtements du vieil homme.

— Non? s'exclame-t-elle. Pourtant, t'as d'beaux yeux, tu sais, ajoute-t-elle en lui adressant un clin d'œil appuyé.

Elle les essore à l'aide d'un drap de bain puis les étend sur le fil à linge tendu au-dessus de la baignoire.

— Si ça se trouve, tu as le même âge que moi : 25 ans. Il paraît que les tortues peuvent vivre très longtemps.

La jeune femme regarde l'animal se déplacer d'un pas lent dans la pièce, imagine la complicité de Louis avec ce petit animal et trouve cette dernière touchante.

— Une chose est sûre, si un jour je fais partie de l'ordre reptilien, c'est sur toi que je jetterai mon dévolu.

La jeune femme examine la pièce d'un air satisfait et consulte sa montre.

— Ne fais pas la moue, tu es vexante! la réprimande-t-elle gentiment. Je suis une chouette fille, tu sais. Allez viens! On retourne à la cuisine, mon intervention est bientôt terminée.

Elle récupère son manteau et son sac à main.

— Peux-tu dire à Louis que je reviens la semaine prochaine? Même jour, même heure.

L'auxiliaire de vie s'apprête à partir, mais se retourne une nouvelle fois vers la tortue.

— Une dernière chose, Carole. J'adore les gommes au miel de sapin! Ça fond sur la langue ces petites choses-là. Quand j'en mange une, j'ai l'impression de manger la forêt, c'est juste délicieux!

Elle ajuste son pardessus puis ajoute :

— On va être amenées à se revoir et ça me paraissait important que tu le saches ! Au revoir ma toute belle !

Joséphine ferme délicatement la porte, descend les escaliers et quitte l'immeuble de Louis.

★

Alors qu'elle sort de l'appartement, Louis expire longuement.

Il est soulagé que Joséphine ait respecté son souhait de rester caché.

Elle l'a laissé là où il était, a pris la précaution de lui laisser son espace, dans la chambre, et de ne pas s'approcher de lui.

Le vieil homme esquisse spontanément un petit sourire.

Joséphine a vu juste : Abgrall est un nom d'origine bretonne.

La jeune femme a 25 ans. Comme Carole.

Et Joséphine s'appelle Joséphine.

Comme l'ange gardien.

Chapitre 7

Sans consulter sa montre, Joséphine se rend à pied jusqu'à la place Paul Caritey située au centre de la commune de Vagney.

Elle s'assoit sur un banc, allume une cigarette et la fume aussi lentement que possible. La jeune femme a envie de rester ici quelques instants et de différer autant que possible le moment où elle va quitter cet endroit. Parce que Camille se trouve à proximité et que son aura plane sur ce village, venant l'envelopper d'un sentiment d'apaisement.

De plus, son intervention chez Gaston Parisot, son prochain bénéficiaire, est planifiée à 11 h 30, ce qui lui laisse un tout petit peu d'avance.

Elle sait qu'elle ne doit pas provoquer le destin au point de se rendre sur le lieu de travail de Camille, de sorte qu'elle se contente d'examiner le ballet des véhicules qui tournoient autour du rond-point, essayant de dévisager le visage des conducteurs et s'attardant plus particulièrement sur les Clio grises.

Il va lui falloir vérifier les heures d'ouverture de la concession, afin de connaître ses horaires de travail, songe-t-elle.

Soudain, sur le trottoir d'en face, une silhouette attire son regard. Même taille, même corpulence, même couleur de cheveux.

L'homme qu'elle aperçoit pénètre dans la maison de la presse.

Elle ne prend pas le temps de réfléchir, écrase rapidement sa cigarette avant de l'avoir terminée et jette son mégot à la poubelle. Attrapant son sac à main à la volée, Joséphine emprunte, d'un pas rapide, la même direction que lui. Pénétrer dans le même magasin et feindre de rencontrer Camille par hasard, ce n'est pas provoquer le destin, c'est donner à ce dernier une minuscule pichenette.

La jeune femme échafaude tout un tas d'hypothèses pour justifier sa présence ici. Il fume et veut acheter un paquet de

Malboro. Il apprécie la lecture et souhaite s'offrir un livre. Il souhaite connaître l'état du monde et veut se procurer un quotidien. Il choisit le tabac-presse situé à cinquante mètres de son lieu de travail. Logique.

Son cœur bat la chamade, sa respiration s'accélère et ses mains se mettent à trembler.

Notre première rencontre va avoir lieu le jeudi 18 octobre, rue Albert Jacquemin à Vagney, pense-t-elle en regardant le panneau indicatif du nom de rue, pour immédiatement ranger cet instant dans la bibliothèque de ses souvenirs.

Elle sourit sans même s'en rendre compte.

C'est tellement beau pour être vrai !

Elle pénètre dans le tabac-presse et constate que deux clients se trouvent devant elle, en plus de l'individu qui l'intéresse plus particulièrement.

Elle le détaille de haut en bas, scannant un à un tous les éléments qui composent sa tenue vestimentaire. Ses chaussures de sécurité, son jean, le portefeuille qui dépasse de sa poche, l'élastique de son caleçon, son pull jaune canari parfaitement assorti à la robe qu'elle porte, la chaîne qu'il porte autour du cou et la montre qui lui enserre le poignet. Elle se rapproche discrètement de lui.

Comme hypnotisée, elle guette chacun de ses mouvements sans parvenir à détourner son regard. Il lui suffirait de tendre sa main pour le toucher.

Impossible de contourner la file et de regarder discrètement dans sa direction pour vérifier qu'il s'agit bien de Camille. Elle ne pourrait pas s'empêcher de le dévisager et alors l'effet de surprise serait gâché. Il faut absolument qu'elle patiente et qu'il sorte du magasin pour, enfin, le croiser.

« Camille ?! Toi ici ? Ça alors ! Mais c'est incroyable ! » répète-t-elle plusieurs fois dans sa tête, afin de pouvoir feindre la plus complète des surprises.

Depuis qu'elle est arrivée dans les Vosges, elle a l'impression de le voir partout. Il se cache derrière chaque ombre, chaque visage, chaque silhouette qu'elle croise.

Se pourrait-il que son esprit lui joue un tour?

Le premier client est venu acheter un paquet de cigarettes et la commerçante doit aller chercher la marque demandée en réserve, à défaut de l'avoir en magasin. Le deuxième d'entre eux souhaite retirer un colis parfaitement introuvable et, pendant ce temps-là, les minutes défilent sans qu'elle en ait la moindre conscience.

Il y a de l'électricité dans l'air. Une telle concentration d'énergie ici, au tabac-presse situé au centre de Vagney, que le reste du territoire communal pourrait être privé de courant pour la journée.

Elle cherche une position naturelle, met une main dans sa poche, l'enlève, croise les bras, les décroise, pose sa main sur sa hanche puis la laisse tomber le long de son corps.

Être collée à lui dans une file d'attente, c'est trois fois plus chouette que de l'apercevoir autour d'un rond-point dans une Clio filant à vive allure, songe-t-elle.

Enfin arrive son tour. Joséphine tend l'oreille afin d'entendre le timbre de sa voix.

— Bonjour, dit-il à la commerçante.

Il a une voix incroyablement douce. Ses gestes dénotent le calme en même temps qu'une certaine assurance.

Le début de leur histoire commence maintenant. Au milieu des colis introuvables et des paquets de clopes.

— Salut Bertrand! lui répond la femme postée derrière le comptoir. Je viens de recevoir le dernier numéro du magazine «Causons-en».

Ce n'est pas Lui. C'est un Bertrand. Ce n'est pas un Camille.

— C'est ce que tu es venu chercher, je suppose? ajoute-t-elle.

La tension et la fébrilité retombent brutalement.

— Tu me connais trop bien! s'exclame-t-il.

Ça aurait été trop beau pour être vrai.

Tant pis, ce sera pour une prochaine fois.

L'homme se retourne et tandis qu'il sort du magasin, elle le salue timidement.

Joséphine se retrouve seule au milieu du magasin, sans trop savoir ce qu'elle vient y faire.

— Je peux vous aider, Madame ? lui demande la commerçante.

La jeune femme s'apprête à quitter la boutique, mais, puisqu'elle se trouve ici, autant en profiter pour faire un cadeau à François.

— Est-ce que vous avez un rayon dédié aux livres sur l'histoire locale ? lui demande Joséphine.

Ce geste sera une façon de faire un pas vers lui.

— Ils sont ici, lui répond-elle en désignant une étagère. Vous en cherchez un en particulier ?

François a déjà un rayonnage entier de livres consacrés à l'histoire et Joséphine ne voudrait pas lui offrir une édition qu'il possède déjà.

— Avez-vous des nouveautés ?

— Celui-ci vient de sortir, lui dit-elle en désignant un ouvrage intitulé « Piquante Pierre, dernière bataille de la Résistance ».

— Je vais vous le prendre, lui répond Joséphine, fière de sa trouvaille.

Si l'ouvrage vient d'être publié, il y a peu de chances que son propriétaire se le soit déjà procuré.

Elle attrape en même temps trois romans policiers à la volée.

— Si vous vous intéressez à l'histoire, l'un de mes clients vient de me déposer un exemplaire du livre « La Bresse martyre », ajoute-t-elle en la dirigeant vers un rayonnage de livres d'occasion. C'est également un livre dédié à l'histoire du maquis de la Piquante Pierre. Une édition rare qui n'est plus commercialisée aujourd'hui, mais qui contient quantité d'informations.

— Je vous le prends aussi.

Joséphine règle ses achats, sort de la maison de la presse et rejoint son véhicule.

Elle consulte son téléphone, rentre l'adresse de sa prochaine destination dans le GPS puis s'aperçoit qu'elle va arriver en retard chez son bénéficiaire.

Qu'importe. Il était hors de question qu'elle sorte de la maison de la presse sans savoir si, oui ou non, Camille s'y trouvait.

Elle devait en avoir eu le cœur net.

Et si Gaston Parisot se montre aussi insouciant que Madeleine ou aussi apeuré que Louis, il ne devrait pas lui en tenir rigueur.

Chapitre 8

Joséphine quitte Vagney et emprunte la direction du col de la croix des Moinats pour se diriger vers le village de La Bresse.

Gaston habite une maison située au lieu-dit «Le Pré de l'Orme» et le GPS lui indique une arrivée à 11 h 53 alors que son intervention était prévue à 11 h 30.

Elle suit scrupuleusement les indications qui lui sont données, emprunte une route qui part vers la gauche tout en ralentissant considérablement sa vitesse.

Elle poursuit ainsi sa trajectoire sur plusieurs centaines de mètres puis le système de guidage la conduit sur un chemin de terre qui semble ne mener qu'à la forêt. Elle plisse les yeux dans le but d'apercevoir une maison ou un immeuble à proximité, mais elle n'entrevoit que le chemin qui se rétrécit au loin pour ne plus former qu'un étroit sentier. Et compte tenu de la végétation qui le borde et de la terre humide qui le recouvre, il ne serait pas prudent de s'y aventurer.

L'auxiliaire de vie décide de faire demi-tour et enclenche la marche arrière. Ses roues patinent dans la boue, mais elle parvient à en dégager son véhicule. Elle décide d'emprunter une autre route.

«Faites demi-tour», lui ordonne immédiatement la voix de son accompagnatrice virtuelle, en guise de rappel à l'ordre.

Elle regrette désormais amèrement d'avoir perdu son temps à la maison de la presse.

La jeune femme tourne, retourne, revient sur ses pas sans même s'en rendre compte. Elle ignore désormais d'où elle vient et où elle doit aller.

Puis elle finit par rejoindre la route principale qui mène vers La Bresse, constatant qu'elle vient ainsi de regagner son point de départ.

Elle consulte l'heure et s'aperçoit qu'il est déjà plus de midi. Le caractère fantasque de son passage à la maison de la presse lui fait totaliser plus d'une demi-heure de retard et il faut que ça tombe sur le seul bénéficiaire pour qui elle n'a pas pris la précaution d'aller repérer les lieux avant.

Elle en conclut qu'elle ne parviendra pas à trouver seule le lieu de l'intervention et décide d'appeler son bénéficiaire.

— C'est pour quoi? aboie Gaston en décrochant.

— Monsieur Parisot? Gaston Parisot?

— Qu'est-ce que vous lui voulez à Monsieur Parisot? lui dit-il, méfiant. Ma maison est isolée et convenablement chauffée, ma douche a été changée récemment, mon assurance vie dispose d'un rendement tout à fait honorable, mon forfait téléphonique me convient et pour la télé, je n'ai besoin de rien pourvu que j'aie Vosges TV! Au revoir, Madame!

— Monsieur Parisot, ne raccrochez pas, s'il vous plaît! lui dit Joséphine en débitant ses paroles sur un rythme rapide pour éviter que le vieil homme ne coupe court à la conversation. Je suis Joséphine Le Bihan, l'aide à domicile qui doit intervenir chez vous. Je n'arrive pas à trouver votre maison.

— L'association ne vous a pas donné l'adresse? s'étonne-t-il.

— Si, mais j'ai fait trois fois le tour de votre quartier sans parvenir à trouver. Je me trouve en ce moment en face d'un genre de grand monument. Une espèce de statue blanche...

— Une espèce de statue blanche? s'énerve-t-il. Je vais vous dire un p'tit truc à propos de cette «espèce de statue blanche», répète-t-il, parodiant à l'excès la voix féminine de Joséphine. Cette espèce de statue blanche, c'est le «gisant aux fusillés» et à partir de là, ma maison n'est pas bien compliquée à trouver!

— ...

— Dépêchez-vous, vous êtes en retard! s'exclame-t-il en raccrochant.

Elle sort de son véhicule et décide d'appeler le bureau de l'association afin de demander des indications sur le chemin à suivre.

Elle hésite, rechignant à dévoiler son retard à son employeur, mais ce dernier incarne sa seule alternative.

Tout en commençant sa conversation, Joséphine s'approche du grand monument commémoratif qu'elle a voulu décrire à Gaston. Celui-ci représente un homme couché et, sur son socle, a été posée une grande plaque de granit.

— Votre intervention n'était pas prévue à 11 h 30 ? lui demande la coordinatrice.

— J'ai eu un contretemps, tente de se justifier Joséphine.

Alors que son interlocutrice la met en attente pour lui passer une personne qui connaît les lieux, Joséphine observe l'imposante statue et lit l'inscription qui y est portée.

« Ici, le 21 septembre 1944, à 1 heure, treize patriotes ont été fusillés par les Allemands ».

Ainsi, le monument en question est dédié au souvenir de ceux qui ont perdu la vie pour la libération de la France. Elle regrette aussitôt d'avoir évoqué avec Gaston « une espèce de statue blanche ».

Elle regarde distraitement les noms des résistants en question et s'arrête sur un d'entre eux.

« Camille Remy ».

Les mêmes nom et prénom que son Camille à elle.

La jeune femme reprend le cours de sa conversation et griffonne sur un bout de papier les indications qui lui sont données par le bureau de l'association.

L'impasse dans laquelle habite Gaston porte le même nom qu'une rue adjacente et elle n'y a pas pris garde lorsqu'elle a rentré son adresse dans le GPS.

Arrivée devant chez Gaston, Joséphine n'a pas le temps de frapper à la porte : le vieil homme lui ouvre brusquement.

— Vous voyez avec un peu de bonne volonté ! lui dit-il, agacé. Vous me dérangez là ! Je suis en train de manger !

— Bonjour. Je m'appelle Joséphine. C'est l'association « Du côté de chez vous » qui m'envoie.

— Vous deviez être là à 11 h 30, lui dit-il en tapotant sa montre avec son doigt. Vous êtes en retard ! lui répond-il sèchement.

L'auxiliaire de vie l'observe un instant.

Gaston n'a pas une carrure particulièrement imposante, mais sa voix forte et son regard perçant lui confèrent un puissant charisme. Sa posture est légèrement voûtée, mais tout son corps semble lutter contre cet affront du temps. Comme s'il refusait de se courber et de laisser faire le cours des choses.

Un collier de barbe blanche lui entoure le visage. Son nez est de forme arrondie et ses yeux sont minces. Dans ces derniers se reflètent l'opiniâtreté et la détermination.

— Si je comprends bien, on m'envoie encore une remplaçante ! s'exclame-t-il. Vous venez d'où ? lui demande-t-il en la dévisageant.

Joséphine en déduit qu'il veut sans doute faire allusion à sa couleur de peau.

— Je suis originaire de Tréguennec.

— C'est où ça ? Sénégal ? Rwanda ? Afrique du Sud ?

— C'est dans le Finistère. À l'ouest de la France, lui répond-elle calmement.

— Tréguennec, vous dites ? Je vois bien où c'est, Tréguennec.

— Vous y avez déjà séjourné ? l'interroge Joséphine qui s'imagine déjà que Gaston va lui raconter un lointain séjour en colonie ou une semaine de vacances en famille.

— Je vous en pose des questions, moi ?

— Je suis là pour faire un peu de ménage, lui précise l'auxiliaire de vie.

— Je sais exactement pourquoi vous êtes là. C'est moi qui vous paie, je vous rappelle. L'aspirateur est là. Il n'attend plus que vous. Lui aussi s'impatiente !

La jeune femme observe l'imposante machine. Elle a déjà aperçu des modèles semblables chez certains de ses anciens bénéficiaires. Ils sont lourds et d'une puissance telle, qu'ils clouent leur utilisateur au sol.

Joséphine fait un pas en avant, mais Gaston l'arrête immédiatement.

— Stop! crie-t-il. Pas un pas de plus! Retirez vos chaussures immédiatement et mettez ces patinettes!

Joséphine s'exécute immédiatement et prend soin de laisser ses chaussures sur le paillasson.

— Vous n'auriez pas un aspirateur un peu moins encombrant? se permet de demander Joséphine. Ou un balai?

— C'est une plaisanterie, je suppose? Le balai, ça remet les particules en suspension! On ne vous a pas appris ça dans votre école de femme de ménage?

Joséphine s'abstient de souligner qu'elle a obtenu un diplôme d'auxiliaire de vie. Elle a tellement entendu cet amalgame entre son métier et celui de technicienne de surface qu'au terme de quelques mois d'exercice, elle a déjà perdu l'habitude d'y répondre et de se justifier.

De plus, le vieil homme lui paraît particulièrement contrarié.

— Non, bien sûr, vous n'avez pas fait d'études et c'est pour ça que vous n'êtes que soubrette! la provoque-t-il.

— Quelles pièces souhaitez-vous que je nettoie aujourd'hui? lui demande Joséphine, sans prêter attention aux remarques désobligeantes de Gaston.

Encaisser, observer et ne surtout pas répondre à ses provocations, pense-t-elle. Avant de se défendre, elle doit connaître un minimum le personnage.

— Vous ne nettoyez pas toute la maison aujourd'hui?! s'étonne-t-il.

— Non, je ne suis là que pour une heure. Je ne décide pas du planning, c'est l'association qui m'a dit que…

— J'ai compris, j'ai compris, la coupe-t-il. Concentrez vos efforts sur l'entrée, le salon, la salle à manger et la salle de bains. Ne mettez pas un pied dans la cuisine… Je suis en train de manger! lui répète-t-il. Vous ne décidez pas du planning, mais la prochaine fois, décidez d'être à l'heure.

— Ne vous dérangez pas, Gaston, je vais faire ce que j'ai à faire pendant que vous déjeunez.

— De quel droit vous m'appelez Gaston? On n'a pas gardé les moutons ensemble! C'est bien la jeunesse ça!

Tandis que le vieil homme s'éloigne, elle distingue le bruit de ses patinettes traînant sur le sol et observe le carrelage qui lui semble déjà dans un état de propreté tout à fait satisfaisant.

L'auxiliaire de vie en déduit que Gaston doit être d'une nature plutôt maniaque.

Il n'y a rien de plus frustrant que de faire le ménage dans une maison qui est déjà astiquée, songe-t-elle.

Alors qu'elle met l'aspirateur en état de marche, il claque bruyamment la porte de la cuisine.

Joséphine constate que la maison du vieil homme est parfaitement rangée. Les télécommandes sont posées de façon parallèle sur la table basse. Ses journaux sont empilés les uns sur les autres et forment une pile parfaitement ordonnée.

Dans un meuble sont rangés plusieurs classeurs de même gabarit. Chacun d'eux porte, sur la tranche, une étiquette dactylographiée. Les chaises sont rangées sous une grande table, les livres de la bibliothèque sont classés par taille et, dans un grand vaisselier, elle aperçoit des serviettes de table triées par couleur.

C'est fou ce qu'un intérieur peut apprendre au sujet de quelqu'un, songe-t-elle.

En exerçant ce métier, elle s'en est vite rendu compte : le rapport des gens aux choses en apprend souvent plus qu'ils ne sont disposés à en dire. Il est d'ailleurs plus facile d'apprivoiser les inconnus lorsqu'on découvre leur intimité.

L'intérieur de Madeleine respire l'exubérance. La vieille dame remplit son intérieur comme elle semble remplir sa vie. Le foyer de Louis révèle la solitude et l'isolement. Même sa bouilloire se sent seule sur son plan de travail. L'univers de Gaston inspire l'ordre et une discipline presque militaire.

— N'oubliez pas de passer l'aspirateur sous la table ! s'exclame Gaston qui se tient juste derrière elle.

Joséphine ne l'ayant pas entendu arriver, elle pousse un cri de surprise.

L'auxiliaire de vie n'est néanmoins guère étonnée que Gaston vienne épier tous ses faits et gestes.

— Bien sûr, Monsieur Parisot.

— Après ça, vous remettez les chaises dans leur position initiale ! Voyez, comme ça, bien parallèles à la table, lui explique-t-il en faisant claquer le dossier d'une chaise contre la table. J'aime l'ordre !

Joséphine constate que la pièce à vivre est froide, mais pas pour les mêmes raisons que chez Louis : Gaston a démonté les radiateurs. À côté du convecteur est dépliée une grande malle à outils.

— Voulez-vous que j'appelle un plombier pour remonter vos radiateurs ? ose lui demander Joséphine, croyant pouvoir lui rendre service et attirer à elle un peu de reconnaissance.

— Certainement pas, non ! Je les ai démontés, je vais me débrouiller pour les remettre en état de marche. Et quand bien même, avoir 93 ans n'a jamais empêché de savoir se servir de ce truc-là pour passer un coup de fil ! lui dit-il en exhibant son téléphone.

Joséphine le voit exécuter un mouvement avec son bras en grinçant des dents et suppose que les effets du temps rendent probablement ses gestes compliqués et douloureux.

Elle l'entend s'éloigner puis claquer une nouvelle fois la porte de la cuisine, mais, quelques minutes plus tard, alors qu'elle enlève délicatement la poussière sur la commode de l'entrée, elle distingue à nouveau le bruit de ses patinettes traînant sur le plancher.

Scritch, scritch, scritch...

— Vous m'éblouissez avec votre tenue bariolée ! s'exclame le vieil homme en portant une main devant ses yeux. Vous n'auriez pas pu porter un truc plus discret ? On n'a pas idée de porter des couleurs pareilles ! Est-ce que je m'habille en jaune moi ?

Parce que je fais du ménage, il faudrait que je sois vêtue d'un pantalon dégueulasse ? pense Joséphine.

— Vous avez rangé l'aspirateur, j'espère ?

— Oui, Monsieur Parisot.

— Il y a au moins quelque chose que vous avez fait correctement... Mais... mais... Comment vous êtes-vous débrouillée pour que la commode soit plus sale qu'avant ?

— J'ai utilisé le plumeau, lui explique Joséphine tout en lui montrant l'auteur du délit.

— Le plumeau ?! s'exclame-t-il.

Le vieil homme est tellement outré qu'il paraît au bord de la suffocation.

— Je n'ai jamais vu qu'on utilisait un plumeau pour dépoussiérer une commode ! Un peu de bon sens, enfin ! Regardez-moi ça ! Vous avez fait valser la poussière ! Il fallait utiliser un chiffon microfibre légèrement humidifié. Tout le monde sait ça.

Gaston jette un chiffon à ses pieds puis ajoute :

— Au boulot ! Vous ne sortez pas d'ici avant que ça brille !

Joséphine n'écoute plus que distraitement le vieil homme qui, tout en se tenant juste derrière elle, lui débite les subtilités de l'utilisation du « chiffon microfibre légèrement humidifié » pour ôter définitivement la poussière sur un meuble qui étincelle déjà.

— Est-ce que je pourrais utiliser vos toilettes s'il vous plaît ? lui demande-t-elle, une fois sa tâche parfaitement accomplie.

— Tiens donc, vous connaissez la politesse ? Ça m'avait échappé ! Vous m'avez dérangé en plein milieu de mon repas, grogne-t-il. Et pour les toilettes, c'est non.

Gaston a trouvé là un prétexte facile pour l'accabler. Mais elle s'abstient de trop culpabiliser : vu le tempérament du vieil homme, leur première rencontre aurait forcément été électrique.

— S'il vous plaît, insiste Joséphine.

— Non, non, non, c'est hors de question!

— Je suis partie de chez moi à huit heures ce matin et je n'ai pas été aux toilettes depuis.

— Je m'en fous! Vous n'utiliserez pas mes chiottes! Un point, c'est tout! Il ne manquerait plus que vous me coûtiez une chasse d'eau.

— Je comprends, articule Joséphine.

— Je ne vous demande pas de comprendre, je vous demande d'obéir!

Puis Gaston se dirige une nouvelle fois vers la salle à manger, sans doute pour jouer le rôle d'inspecteur des travaux finis.

— Joséphine Le Bihan! Ici, tout de suite! hurle-t-il. Ça, ce n'est ni fait ni à faire! s'exclame-t-il. Mais qu'est-ce que c'est que ce boulot! Vous ne savez donc rien faire! J'ai dit qu'il fallait que les chaises soient «parallèles à la table». PA-RA-LLE-LES à la table, vous comprenez? répète-t-il en haussant encore un peu plus le ton tout en frappant le dossier de la chaise contre le meuble en bois. Mais quelle conne celle-là! C'est pas vous qui revenez la semaine prochaine, j'espère?

Joséphine hoche la tête afin de lui signifier qu'elle le gratifiera de sa présence la semaine prochaine. Et les suivantes aussi.

— Si? Il ne manquait plus que ça! s'étrangle-t-il.

À l'heure qu'il est, il est néanmoins délicat d'appeler le bureau pour demander à être remplacée. Ce n'est que son premier jour de travail et elle se demande comment une telle demande pourrait être interprétée. Et, de toute façon, une attitude pareille ne serait pas honnête vis-à-vis de ses collègues. Si Gaston se comporte de la sorte avec Joséphine, il doit procéder de manière identique avec elles. Elle entend déjà les remarques qu'elle pourrait essuyer de la part de ses compères et il est hors de question qu'elle passe pour la «petite jeune» qui recule à la moindre difficulté. Non. L'auxiliaire de vie va se faire adopter par Gaston. Elle est convaincue d'y parvenir. C'est son métier et elle a été formée pour ça. La partie est loin d'être gagnée, mais Joséphine a une foi inébranlable en sa capacité à venir à bout de Gaston.

La jeune femme ajuste son manteau, range les patinettes dans le meuble prévu à cet effet et remet ses chaussures.

— Remarquez, les autres ne sont pas plus douées que vous… note Gaston.

Le vieil homme soutient son regard puis ajoute :

— Mais, au moins, elles ne sont pas…

— Elles ne sont pas quoi !?

Il ne manquerait plus que les propos racistes pour que le tableau soit complet, pense la jeune femme.

Cette fois-ci, elle ne fait plus apparaître aucun sourire poli, redresse sa posture et lève légèrement la tête. Il n'est plus question de l'observer, il s'agit de le défier.

Le vieil homme teste ses limites et cherche à savoir jusqu'où il peut se permettre d'aller, mais elle est convaincue qu'il ne va pas réellement oser faire allusion à sa couleur de peau.

— C'est quoi votre prénom déjà ? l'interroge-t-il.

— Joséphine.

— Vous auriez dû vous appeler Julie, c'est plus facile à retenir, conclut-il en lui claquant la porte au nez.

Chapitre 9

Joséphine consulte son planning : il lui reste trois interventions à effectuer avant de terminer une journée de travail qui ne prendra fin qu'à 20 h 30.

Alors qu'elle se rend chez son prochain bénéficiaire, son téléphone sonne : la directrice de l'association cherche à la joindre.

— Comment s'est passée l'intervention ? demande-t-elle à la jeune femme.

— Gaston n'a pas un tempérament facile, lui expose Joséphine.

— Écoutez, je n'ai pas voulu vous affoler, mais je vous confirme que c'est un bénéficiaire particulièrement difficile à contenter. Il a déjà usé deux sociétés d'aides à domicile et aucune de vos collègues ne veut plus mettre un pied chez lui. Malgré plusieurs interventions de notre part auprès de lui, après les plaintes de salariées à bout de souffle, on ne peut pas dire que son comportement ait vraiment évolué. J'ai mis les points sur les « i » avant votre venue, mais n'hésitez pas à me faire savoir s'il dépasse les bornes.

— Je vois, lui répond l'auxiliaire de vie.

— Vous êtes un peu sa dernière chance.

— Ne vous inquiétez pas, ça va aller. Je maîtrise la situation.

— Parfait. Une dernière chose, Joséphine.

— Je vous écoute…

— La prochaine fois, tâchez d'être à l'heure, conclut la directrice.

★

Une fois sa dernière intervention accomplie, Joséphine monte dans son véhicule, pratique de grandes respirations puis laisse un large sourire se dessiner sur ses lèvres.

Elle a déjà oublié l'attitude outrancière de Gaston et ses humiliations car, ce soir, elle a rendez-vous avec Camille.

La jeune femme rejoint son appartement et grignote deux ou trois bricoles. Elle aurait pu mettre ses temps de pause à profit pour aller faire quelques courses et se cuisiner un repas digne de ce nom, mais elle a jugé qu'elle avait mieux à faire.

Elle saisit son téléphone et examine des clichés qu'elle connaît déjà par cœur.

★

Lorsqu'elle consulte l'heure, elle s'aperçoit qu'il est déjà 23 heures. Elle n'a pas vu le temps défiler et n'a pas eu l'occasion de croiser François en rentrant du travail.

Elle se lève, étire ses muscles et décide d'aller frapper à sa porte. La jeune femme espère ne pas l'importuner, mais elle est trop impatiente de lui offrir son cadeau.

Surtout cette édition rare dénichée parmi les livres d'occasion en vente à la maison de la presse.

— J'ai vu de la lumière alors je me suis permis d'entrer! lui dit-elle alors qu'elle se trouve déjà au milieu de son salon.

— Je ne vous dis pas d'entrer, c'est déjà fait!

Le poêle à bois diffuse une douce chaleur dans la pièce éclairée d'une lumière tamisée.

François est en train de corriger des copies.

— Vous avez mis un 0 à Théo? s'exclame Joséphine, en regardant par-dessus l'épaule de François. Il régresse ce garçon!

— Théo est la petite terreur de ma classe de 3ᵉC, lui explique son propriétaire. Il vient de me rendre une copie conforme à celle de sa camarade Mathilde. Je leur ai mis un zéro à tous les deux.

— Mais vous êtes tyrannique! s'indigne la jeune femme.

Joséphine saisit la copie de l'élève en question et en lit quelques lignes.

— Laissez-moi deviner. Mathilde est une élève modèle. Assise au premier rang, consciencieuse, appliquée, discrète. Des crayons bien taillés, un travail soigné et un bulletin affichant 15 ou 16 de moyenne générale. Quand vous lui demandez de dessiner la Loire sur une carte de France, elle représente son lit, ses affluents, sa faune, sa flore et le delta qui forme son embouchure ?

— L'embouchure de la Loire est un estuaire. Pas un delta, la corrige-t-il. On pourrait croire qu'il n'est pas facile de les distinguer, mais c'est plus évident qu'il n'y paraît. L'estuaire a une forme d'entonnoir, le delta a une forme triangulaire. À votre décharge, ils ont un point commun : ce sont tous deux des systèmes de transition entre un fleuve et un océan.

Tandis qu'il débite ses explications, Joséphine le regarde d'un air circonspect.

— Interférences complexes entre milieux fluviaux et milieux marins. Programme de 3ᵉ, ajoute-t-il, l'air satisfait.

Joséphine ferme les yeux, fait mine de somnoler et simule un long bâillement.

— Pardon ! s'exclame-t-elle. J'étais en train de mourir d'ennui !

— Et Mathilde a dix-sept de moyenne générale. Mais ça ne change rien aux données du problème. Elle a donné son devoir à Théo. Ça ne fait pas d'elle une élève consciencieuse. Si vraiment elle avait voulu l'aider, elle l'aurait envoyé sur les roses.

— Vous savez comment ça se passe dans les cours de récré ! Les terreurs s'en prennent aux bons élèves. Ce n'est pas à vous que je vais apprendre ça ! Mathilde n'a pas voulu provoquer de confrontation et Théo l'a peut-être même intimidée.

— Vous avez une meilleure idée ?

— Oui, j'en ai une. Vous divisez la note du devoir par deux jusqu'à ce que Théo se dénonce. Je ne lui donne pas deux jours pour le faire.

— Mathilde a triché, lui affirme-t-il sur un ton péremptoire. Elle doit écoper d'une sanction au même titre que Théo.

— Je n'appelle pas ça une punition, j'appelle ça une injustice, le corrige-t-elle. On pourrait croire qu'il n'est pas facile de les distinguer toutes les deux, mais c'est plus évident qu'il n'y paraît. L'injustice ne s'avale pas, elle est parfaitement indigeste. La punition peut être facilement assimilée. Elle a une forme d'entonnoir. Un peu comme l'estuaire.

Elle se tait un instant puis ajoute :

— Interférences complexes entre systèmes répressifs et systèmes inéquitables. C'est du bon sens. Le programme d'une vie…

— Merci pour vos conseils, mais j'ai quelques années de professorat derrière moi. Je n'ai pas besoin qu'on m'apprenne à enseigner.

Sans qu'elle s'offusque de la remarque de François et sans que ce dernier l'invite à poursuivre la conversation, Joséphine lui raconte sa journée en détail. Madeleine, la nonagénaire coquette, joviale et sympathique… La même retraitée qui, à l'heure qu'il est, a dû remporter la présidence du Club du troisième âge de la commune de Planois. Puis Louis, le vieil homme isolé du reste du monde que Joséphine n'a pas eu l'occasion de rencontrer parce qu'il est resté caché sous ses draps… Ainsi que Carole, la petite tortue avec qui elle a sympathisé.

— Ensuite, poursuit-elle, ça a été le tour de Gaston. Ça a mal commencé, je me suis accordé une pause un peu trop longue, je suis passée à la maison de la presse et je me suis mise en retard. Il a juste été imbuvable.

— Comment ça « imbuvable » ? l'interroge François.

Joséphine lui raconte brièvement les provocations et les humiliations dont elle a été la victime.

— Je le soupçonne d'avoir voulu faire une allusion déplacée en rapport avec ma couleur de peau, ajoute-t-elle.

— Vous en avez parlé à votre association ?

— Inutile d'en parler. Ils sont au courant. La directrice m'a dit que j'étais — je cite — « sa dernière chance ». Il suffira d'une parole plus haute que l'autre pour que Gaston soit ôté de ma tournée, ma cheffe me l'a assuré.

— Un propos raciste, ce n'est pas une parole plus haute que l'autre ?

— C'est gentil de vous en préoccuper mais je vais très bien ! J'en ai vu d'autres vous savez. Je me suis beaucoup amusée, Madeleine, Louis et Gaston sont toutes des personnes merveilleuses, chacune à leur manière. Avec ces trois vieux, je ne vais pas m'ennuyer !

— Les vieux, c'est comme ça que vous appelez vos bénéficiaires ?

— Ça vous choque ?

— Un peu, oui.

— Vous savez, on parle d'eux de toutes les façons aujourd'hui. Les seniors, le troisième âge, les vétérans, les aînés, les anciens, les cheveux gris… Je fais partie de ceux qui pensent qu'il ne faut pas craindre les mots. Entre ceux qu'on emploie à tort et à travers et qui finissent par ne plus avoir aucun sens et ceux qu'on ne veut plus prononcer, c'est impossible de s'y retrouver. Un vieux, c'est un vieux et la mort, c'est la mort. Ce n'est ni un au-delà, ni un départ, ni un envol. C'est la mort. On a peur de le prononcer comme si ça allait nous faire mourir !

— Si vous le dites, lui dit François, faussement convaincu.

Joséphine lui explique que ses trois derniers bénéficiaires étaient des personnes lourdement dépendantes et que les interventions se sont montrées plutôt éprouvantes.

— Alors vous devriez aller vous reposer, lui répond son propriétaire, laconique.

— Me reposer ?! s'exclame Joséphine. À 23 h ? C'est une plaisanterie, je suppose ? Ma journée vient à peine de commencer ! lui dit-elle en riant. Et vous, vous avez passé une bonne journée ?

— Oui, lui répond simplement François qui ne se montre pas vraiment disposé à lui en dévoiler davantage.

— J'ai un cadeau pour vous ! lui dit-elle.

— Ce n'est quand même pas pour moi que vous vous êtes mise en retard chez Gaston ? s'étonne-t-il.

Joséphine le voit adopter un regard méfiant. Le même que celui adopté lorsqu'elle est arrivée chez lui avec une seule valise. Il croise les bras et s'installe dans une posture défensive.

— Tadam! s'exclame Joséphine en lui tendant les livres qu'elle a choisis pour lui.

— Mais c'est trop voyons!

Elle croyait lui faire plaisir mais il a l'air sincèrement choqué. Son propriétaire regarde à peine les livres puis les pose sur la table.

— Merci, finit-il par murmurer.

De toute évidence, le cœur n'y est pas.

— Je vous les prêterai après, lui dit-il.

— Non merci. Je déteste les policiers et l'histoire locale ne m'intéresse pas. Je conjugue la vie au présent!

François finit par poser sa main sur la couverture du livre ancien. Comme elle s'y attendait, cet ouvrage semble attiser sa curiosité. Le scepticisme qu'il affiche n'est que de façade.

— La libraire m'a dit que celui-ci était une édition rare, lui explique la jeune femme en lui désignant l'exemplaire de « La Bresse, martyre ».

François le saisit, caresse la couverture du bout des doigts et hume l'odeur des pages jaunies par le temps.

— Vous voyez qu'il ne vous laisse pas indifférent! Vous le reniflez! plaisante Joséphine.

— Je ne le renifle pas! se défend François. J'aime l'odeur des livres anciens, voilà tout!

Il ouvre le manuscrit et parcourt du regard une page prise au hasard. Joséphine observe attentivement ses yeux qui se baladent de gauche à droite. Il ferme soudainement le livre puis le repose sur la table.

François regarde fixement Joséphine qui se tient debout à côté de la bibliothèque et, soudain, il replonge dans le passé. Il aperçoit les lèvres de la jeune femme bouger, sans plus parvenir à capter ce qu'elle est en train de lui dire.

Ce n'est pas Joséphine qu'il entend, mais une voix surgie du passé.

Sur les lèvres de la jeune femme se dévoile une tonalité grave dans laquelle se mêlent une certaine autorité et un puissant charisme.

— François ? l'appelle Joséphine en haussant légèrement le ton.

Son attitude songeuse n'a vraisemblablement pas échappé à sa locataire.

— Vous êtes avec moi ?

— Oui, lui répond-il.

Je n'ai pas vraiment eu le choix d'ailleurs, pense François.

— Vous aviez l'air perdu dans vos pensées !

— Merci… pour les livres, murmure-t-il.

— Je vous laisse, je vais continuer à vaquer à mes occupations ! lui dit Joséphine en quittant la pièce sous le regard étonné de François.

Avant de rejoindre sa chambre, il rassemble ses copies et les range dans son sac de travail.

Il quitte la pièce, éteint la lumière, revient sur ses pas, rallume la lumière et repose les copies de Théo et Mathilde sur la table.

Il les examine une nouvelle fois, sort un correcteur de sa trousse et rectifie les notes qu'il leur a attribuées.

Chapitre 10

Camille,

Je suis heureuse de te retrouver ce soir.

Je t'ai déjà parlé de François, n'est-ce pas ? C'est la personne qui m'héberge. Aujourd'hui, je lui ai offert des livres et il a eu l'air surpris par mon présent. Visiblement, c'est étonnant de vouloir faire plaisir à quelqu'un.

D'habitude, j'aime faire de nouvelles rencontres. Découvrir l'autre, l'apprivoiser, donner le meilleur de moi-même pour me faire accepter. Dans toute nouvelle rencontre, quelle qu'elle soit, il y a une sorte de phase de séduction où chacun essaie de faire le maximum pour se faire adopter. Le début de toute relation, c'est une sorte de lune de miel. Avec François, on n'est pas passés par cette phase-là. C'est comme s'il avait décrété que je ne valais pas le coup d'essayer. C'est assez frustrant. Je ne demande pourtant pas grand-chose.

J'essaie d'être sympathique avec lui, mais il ne semble pas mesurer la juste valeur de mes efforts. Non pas que je veuille acheter sa compassion. C'était juste pour lui montrer que je faisais un pas vers lui et que je m'intéressais à ce qui semble l'animer. Il est passionné par l'histoire locale, j'ai pensé que ce livre ancien pourrait piquer sa curiosité. Il a eu l'air interloqué, il a murmuré un vague merci. Il en a lu une page puis l'a précipitamment reposé sur la table comme si mon cadeau lui avait brûlé les doigts.

C'est comme si c'était une sorte de mur. Quand je demande à être acceptée, je suis capable d'être très exigeante et je deviens très gourmande en énergie. J'en demande peut-être trop ? Je ne sais pas.

J'ai reçu un appel de Papa aujourd'hui. Je n'ai pas voulu décrocher. J'ai décidé de me construire sans lui et je ne veux lui laisser aucune chance de me faire changer d'avis. Mon départ est récent, je ne me suis jamais absentée de la maison aussi longtemps et il est sans doute habité par la colère. Je n'ai ni envie qu'il m'accable, ni besoin qu'il me fasse culpabiliser. Je ne me sens pas de taille à l'affronter.

Tu me donnes désormais tout ce dont j'ai besoin. Quand je suis avec toi, plus rien d'autre ne compte et le temps s'arrête. J'ai déjà oublié le tempérament grincheux de Gaston et le fragile équilibre de Louis. J'ai même déjà oublié Madeleine.

Tu es une sorte de parenthèse. Une parenthèse que tu as ouverte et que je ne suis pas disposée à refermer.

Ne crois-tu pas qu'il serait dommage de n'avoir qu'un point final là où l'on pourrait avoir des onomatopées avec des tas de points d'exclamation après?

J'ai cru t'apercevoir aujourd'hui à la maison de la presse. J'aurais tellement voulu que ce soit toi! L'état de fébrilité dans lequel m'a mise la perspective d'une rencontre avec toi était assez incroyable.

Je me suis sentie plus vivante que jamais et je crois n'avoir jamais ressenti ça pour quelqu'un. Tu déchaînes un truc au plus profond de moi.

J'ignore à quoi ça se rattache, le désir, l'attirance, l'amour. Je déteste mettre des mots sur mes sentiments et les ranger dans des cases. Si j'étais un Gaston, je te rangerais dans un classeur avec une belle étiquette dactylographiée. Mais je suis une Joséphine. Je n'ai ni classeurs ni étiquettes. Chez moi, il y a des feuilles volantes dans tous les coins de la pièce. Je n'ai pas besoin de nommer mes émotions. Tout ce que je sais, c'est que c'est d'une puissance incroyable.

Tu illumines chacune de mes journées et j'attends chaque jour ce moment avec la plus grande impatience. Je suis tellement heureuse de partager ces moments avec toi. Même à distance, tu calmes les tensions et cicatrices de mes blessures.

Je l'ai trouvé mon traitement. Je n'ai pas besoin d'une autre molécule, ta présence suffira. Je ne ressens même plus le besoin de payer quelqu'un pour parler de moi quelques heures par mois. À quoi bon ? Je vais bien !

Je peux tout endurer tant que tu es là. Tu es mon antidépresseur, mon rayon de soleil et ma bouée de sauvetage. Car c'est exactement de cela qu'il s'agit : sans toi, je coule.

Ça fait aujourd'hui un an que tu m'as contactée pour la première fois. C'était le 25 octobre.

J'avais laissé un commentaire marrant sur un de tes comptes rendus de course à pied dans un groupe Facebook dédié à la pratique du trail dont nous étions membres tous les deux. Tu avais commis plusieurs fautes de syntaxe, j'avais trouvé ça légèrement maladroit, mais terriblement mignon. J'ai commenté. Tu m'as immédiatement répondu « Vous m'avez fait rire ». Je me souviens avoir souri en lisant ton message.

J'ai rebondi, on a échangé quelques nouveaux commentaires, puis tu m'as contactée par message.

On ne connaissait rien l'un de l'autre, ce n'est pas grave, on allait apprendre. « Bonsoir. Comment allez-vous ? » m'as-tu demandé.

À ce moment-là, si l'on m'avait dit l'importance que tu allais prendre dans ma vie, si l'on m'avait affirmé que je chamboulerais ma vie en m'installant dans les Vosges un an plus tard, je n'y aurais pas cru une seconde.

Maintenant que je suis là, j'aimerais t'apercevoir. Je veux encore entendre mon cœur tambouriner dans ma poitrine. Comme au milieu de la maison de la presse. Tout dépend de toi, tout est entre tes mains. J'espère que là où tu es, tu devines ma présence et tu sens que désormais, tout est envisageable. Le vent des possibles est en train de nous pousser l'un vers l'autre. Moi je suis la bourrasque, j'ai fait le plus gros du trajet. Tu n'as plus qu'à provoquer un minuscule courant d'air pour qu'on soit réunis. Un léger souffle suffira, comme si tu essayais d'éteindre une bougie.

À très vite,

Joséphine.

Chapitre 11

Cher journal,

Il s'est passé quelque chose de très étrange tout à l'heure, lorsque Joséphine s'est retrouvée au milieu de mon salon. À ses dépens, ma locataire a ouvert ce soir une véritable faille spatio-temporelle. Elle se tenait debout, à côté de la bibliothèque, et j'ai cru revoir mon père quelques années plus tôt. J'ai cru entendre le son de sa voix forte résonner à travers le salon.

Celui-ci occupait la même place que Joséphine lorsqu'il m'avait dit: «Ta mère vient de nous quitter et moi, je n'ai pas envie de rester tout seul. Tu ne vas pas repartir, hein, François?». C'était il y a huit ans. J'étais alors enseignant-chercheur auprès de l'Université de Nancy.

«Il y a un poste qui vient de se libérer au collège de Vagney. Viens enseigner l'histoire aux gamins, tu verras comme c'est gratifiant de leur apprendre à découvrir le monde! Ces mômes ont besoin de quelqu'un comme toi. Tes intellos, là-bas, à la ville, ils savent déjà tout sur tout!».

Maman venait d'être emportée par un cancer et lui se retrouvait plus seul que jamais dans cette grande maison. Je me suis défendu, arguant du fait que j'avais fait mes propres choix, ce qui n'enlevait rien à la grandeur et à la noblesse des siens. Sa proposition me paraissait tellement grotesque! Mais il a insisté et, contre toute attente, j'ai accepté. Le sort a d'ailleurs fini par conforter ma décision, car quelque temps plus tard, et pour des raisons indépendantes de sa volonté, mon père n'a plus eu la capacité de se passer de moi. Je l'admire, mais je ne peux pas m'empêcher de penser que, ce faisant, il m'a enfermé dans un rôle qui n'était pas le mien.

J'ai 45 ans, je n'ai pas d'enfants et je ne vis pas en couple. Je fais l'amour à ma collègue Laurence une fois tous les quinze jours pour me sentir vivant et cette relation est un peu à l'image de ma vie. Simple, sans prise de tête, mais sans projets et sans ambition.

J'ai l'impression d'être coincé dans un costume qui n'a pas été taillé pour moi. Où est-ce que j'en serais aujourd'hui si j'étais resté avec mes intellos? J'ai affirmé à Joséphine que j'avais plusieurs années de professorat derrière moi et que je n'avais pas besoin qu'on m'apprenne à enseigner. Mais si j'éprouve le besoin de me justifier auprès d'elle, c'est que je ne dois pas vraiment y croire moi-même.

Ce déménagement dans les Vosges a été un nouveau départ. J'avais des tas de projets. Sauf que huit ans plus tard, j'en suis toujours au même point.

J'ai quand même fait quelque chose. J'ai utilisé une partie du grenier pour aménager un studio que j'ai offert à la location à une pile électrique qui pénètre dans mon salon à 23 heures (23 heures!!!) sans y avoir été invitée. Une pile électrique à qui je reconnais quand même un certain sens de la répartie.

Elle exerce un métier physique et fatigant dans le cadre duquel elle est confrontée à la solitude, à la maladie et à la dépendance. Je suis bien placé pour savoir à quel point ça peut être éreintant. Pourtant, à cette heure avancée de la soirée, c'est encore une vraie tornade!

Est-ce que je suis devenu si vieux et si grincheux que je ne tolère même plus la joie de vivre?

Elle n'a pas eu une journée facile, la rencontre avec Gaston, l'un de ses bénéficiaires, a été électrique, elle me l'a dit elle-même. Il est tellement agressif que plus personne ne veut mettre un pied chez lui. Pourtant, elle revient toute guillerette. Il fallait la voir virevolter dans la pièce avec son grand sourire et son énergie débordante. Elle vient de vivre de vraies agressions verbales de la part de quelqu'un qui a juste eu envie de la rabaisser, mais c'est comme si elle flottait au-dessus de tout ça et que rien ne pouvait l'atteindre. Elle semble tellement inébranlable.

Quant à son histoire de maison de la presse, elle ne tient pas debout. C'est son premier jour de travail. Elle a une pause d'une heure pour effectuer un trajet qui, en temps normal, ne prend que vingt minutes et elle arrive à se mettre en retard sans en être perturbée le moins du monde. Ce n'est ni sérieux ni raisonnable. Pourtant, la situation n'a pas eu l'air de la chagriner beaucoup.

Elle ne s'est quand même pas mise en retard pour m'acheter des bouquins? Et qui offre cinq ouvrages à un type qu'elle ne connaît que depuis une semaine? C'est insensé! Je ne comprends pas son attitude.

Je me demande malgré tout si je n'ai pas été un peu sévère.

Et si Joséphine était là pour me bousculer un peu? Si elle était celle qui devait me remettre en question? Reconsidérer ma façon d'enseigner, de vivre mes relations aux autres et de vivre tout court? Si elle était tout ça à la fois?

En même temps, elle débarque ici et je devrais chambouler ma vie?

C'est plus fort que moi, je me méfie d'elle. Elle en fait des caisses et ça m'agace. Je ne sais pas si c'est faux ou si c'est juste trop. Cette fille m'embrouille!

Pourquoi ai-je voulu bousculer un équilibre que j'ai eu tant de mal à rétablir? POURQUOI?!

Avec elle, j'ai le sentiment de marcher sur des charbons ardents, mais ça ne m'a pas empêché de suivre ses conseils et de modifier les notes de

Théo et Mathilde. Le fait que je ne puisse pas m'empêcher de l'écouter la rend encore plus contrariante.

Voici ce que je vais faire : si Théo vient se dénoncer, je promets de faire un pas vers elle. S'il regarde lâchement Mathilde écoper d'une note qu'elle n'a pas méritée, je m'en tiens au plan qui consiste à me tenir loin d'elle. Théo a la tête bien plus dure que ce qu'elle pense et je parie un potiron que la stratégie de ma locataire va échouer.

François

PS Elle confond les géraniums avec les dahlias. Elle ne peut pas raisonnablement avoir raison.

Chapitre 12

Ce matin, Joséphine est de nouveau attendue chez Louis.

— Bonjour ma toute belle, dit Joséphine à Carole tout en pénétrant dans l'appartement du vieil homme.

Une nouvelle fois, Louis n'a pas osé l'accueillir et l'auxiliaire de vie trouve la pièce de vie parfaitement vide et silencieuse.

Pourvu qu'il ne soit pas encore caché sous ses draps, pense-t-elle.

— Je suis dans ma chambre, l'entend-elle murmurer.

Elle se dirige vers le couloir, frappe à la porte, rentre doucement dans la chambre et constate que Louis se tient debout au milieu de la pièce.

— Bonjour, lui dit-il d'une voix tout aussi faible.

— Bonjour, lui répond l'aide à domicile. Je m'appelle Joséphine et je suis enchantée de vous connaître.

L'auxiliaire de vie cherche à accrocher son regard, mais Louis fixe ses pieds et fait tout pour l'éviter. Il semble tétanisé par sa présence.

Le vieil homme a une silhouette frêle, un corps maigre et des jambes arquées. Il porte un jean usé et un pull élimé. Son teint est pâle, ses joues, creusées et ses lèvres, pincées. Il se dégage de lui une certaine apathie et une infinie tristesse. Chaque geste semble lui coûter.

— Je suis là pour une aide à la toilette, lui explique l'auxiliaire de vie.

Elle appréhende cette intervention car, pour cette première fois où elle rencontre le vieil homme, elle est amenée à rentrer dans son intimité. La réalisation de tâches strictement ménagères aurait été moins brusque pour lui. Aussi préfère-t-elle lui suggérer une alternative.

— Si vous préférez, on peut boire un café ou discuter un petit moment ensemble, poursuit-elle.

Si Louis refuse de faire sa toilette, elle respectera son refus. Vu son tempérament craintif, mieux vaut y aller doucement et ne pas le conduire de force à la salle de bains. On lui a assigné une mission qui consiste à l'aider à se laver, mais il faut avant tout que Louis se sente à l'aise.

Après tout, qui accepterait de se mettre nu devant une parfaite inconnue? Plus qu'un corps qu'on manipule parce qu'un plan d'aide le prévoit, Louis est un être humain.

— Je n'ai pas de café, lui dit-il, penaud. Vous en buvez? Vous aimez ça? J'en achèterai pour la prochaine fois.

— Oui, je bois du café. Mais je peux tout à fait m'en passer et je ne veux pas que vous achetiez quelque chose spécialement pour moi, le rassure-t-elle immédiatement.

Il esquisse un sourire puis la conduit jusqu'à la salle de bains.

— Si vous voulez, lui propose Joséphine, vous prenez place sur une chaise devant le lavabo et vous n'enlevez que le haut. Vous vous lavez le ventre, les bras et le visage, je vous fais un bain de pieds et on s'arrête là pour aujourd'hui. Est-ce que ça vous convient comme ça?

— Ce sera parfait. Je n'ai pas trop envie que vous me voyiez en slip…

— Je comprends tout à fait, lui assure-t-elle.

Louis ôte son pull et son tee-shirt troué en plusieurs endroits.

— Ne faites pas attention à l'état de mes vêtements, lui dit-il, gêné.

— Mon tee-shirt aussi est troué! Regardez, à cet endroit! s'exclame-t-elle en montrant au vieil homme un petit accroc sur sa tunique. Mais comme je l'aime beaucoup et que je porte un gilet par-dessus, personne ne le voit.

Il prend péniblement place sur une chaise en face du lavabo.

— Je suis désolé d'être si lent, s'excuse-t-il.

— Ne vous inquiétez pas pour ça et prenez le temps qu'il vous faut.

— Les gants de toilette et les serviettes se trouvent sous le lavabo, lui précise-t-il.

— Y a-t-il des choses que vous voulez faire seul ? l'interroge l'auxiliaire de vie.

Inutile d'infantiliser Louis ou de le rabaisser en faisant tout à sa place. Il est indispensable qu'il continue à faire seul ce qu'il est capable de faire seul. Qu'importe le temps que sa toilette durera, Joséphine n'est pas là pour se substituer à lui.

— J'arriverai à me débrouiller pour le visage, le ventre et les bras. J'aurai besoin d'aide pour le dos.

— Bien. Alors pendant que vous commencez, je vais préparer une bassine pour votre bain de pieds.

Tandis qu'elle remplit un petit bac d'eau, Joséphine observe Louis qui passe avec application une lingette sur le haut de son corps.

Puis elle lui frotte délicatement le dos avec un gant de toilette, rince, puis sèche sa peau fragile en la tapotant doucement.

— Vous avez des enfants ? lui demande la jeune femme.

Si Louis accepte de parler de lui, il sera probablement moins centré sur les gestes de Joséphine. Le simple fait de communiquer pendant ce soin fera de ce dernier un moment de partage, plus qu'un acte de la vie quotidienne.

— J'ai un fils.

— Comment s'appelle-t-il ?

— Bernard.

Le vieil homme se tait puis ajoute, avec un sourire au coin des lèvres :

— Sa mère est partie de la maison quand il avait 12 ans. Ça n'a pas toujours été facile avec lui... Mais cette année, il m'a invité à passer le réveillon de Noël avec lui. Je suis content parce que ça fait longtemps que je n'ai pas réveillonné avec lui...

Les festivités n'auront lieu que dans deux mois, mais Louis s'en réjouit déjà.

— Ça, c'est une bonne nouvelle! s'exclame Joséphine.

— Il passera me chercher le matin et ne me ramènera chez moi que le lendemain!

— Ça vous fera du bien de profiter de lui.

— Oui... Vous n'imaginez pas à quel point.

Une fois sa toilette terminée, Joséphine aide Louis à enfiler des vêtements propres puis s'agenouille auprès de lui.

— Je me permets d'enlever vos chaussettes, lui explique-t-elle.

Une fois cette tâche accomplie, elle laisse Louis plonger ses pieds dans l'eau chaude.

— Et Carole, quelle est son histoire? l'interroge la jeune femme.

— Il y a dix ans, Bernard a mis sur pied un commerce illégal de tortues terrestres. Il a eu quelques ennuis avec la justice, les tortues lui ont été retirées, mais, lors de la saisie, Carole était probablement cachée dans une armoire ou sous un meuble et personne ne l'a vue. Elle était minuscule, je n'ai pas eu le courage de la rendre. Alors je l'ai récupérée.

— Elle est très mignonne. Savez-vous que la dernière fois, elle m'a suivie dans la cuisine puis jusqu'à la salle de bains?

— Elle aime bien la compagnie, mais c'est une petite torture intrépide qui a tendance à s'enfuir... J'ai vu que vous aviez lavé mes vêtements la dernière fois que vous êtes venue. Merci beaucoup. J'avais eu un petit accident...

— Ça peut arriver à tout le monde...

— Alors comme ça, vous habitez Planois? lui demande-t-il.

— Oui, mon studio se trouve dans une maison située en face de l'église. Vous connaissez ce village?

— J'y ai passé toute mon enfance. Ma famille habitait une ferme dans une zone reculée de l'agglomération.

Puis, alors qu'elle frictionne délicatement ses pieds, elle chantonne doucement une chanson.

— Est-ce que la température de l'eau vous convient? lui demande-t-elle.

— C'est parfait.

Il fait encore incroyablement froid chez Louis et ses pieds sont gelés.

Le vieil homme ne commence pas une nouvelle conversation. Aussi laisse-t-elle le silence s'installer entre eux. Inutile de faire des intrusions trop lourdes dans le quotidien de Louis. L'essentiel est que le vieil homme se détende et passe un moment agréable. Peu importe qu'il oublie sa présence : elle n'est pas là pour marquer son territoire.

L'auxiliaire de vie le voit se tasser un peu sur sa chaise et fermer les yeux. Elle l'observe quelques instants, détendu et serein.

Mieux encore, elle est persuadée d'apercevoir un léger sourire sur ses lèvres.

Elle choisit de prendre son temps. Louis a accepté de sortir de sa cachette : ce n'est pas le moment de bâcler le boulot et de parer au plus pressé.

Elle jette tout de même un œil sur sa montre car elle se rend ensuite chez Gaston. Inutile d'arriver une deuxième fois en retard. Ce serait donner à ce vieux grincheux un trop beau prétexte pour râler.

Une fois le bain de pieds terminé, Louis la raccompagne dans la pièce à vivre.

Joséphine constate que l'assiette préparée la veille par une de ses collègues est intacte. Elle jette un coup d'œil sur le carnet de liaison et constate que ses assiettes restent souvent pleines ou presque.

— Vous n'avez pas aimé ce que ma collègue vous a préparé? lui demande-t-elle.

— Oh non pas du tout… C'est juste que son intervention est prévue à 18 heures et que je n'aime pas manger trop tôt, consent-il à lui avouer. J'ai de drôles de manies…

— On a tous nos petites habitudes, lui affirme Joséphine.

Dans la mesure où c'est elle qui doit assumer la prochaine mission d'aide au repas chez Louis, Joséphine appellera sans tarder l'association pour décaler son intervention d'une heure afin qu'il puisse manger plus tard. Inutile d'en parler à son bénéficiaire car ce dernier refuserait probablement qu'elle modifie son planning pour lui. Il paraît si discret et si réservé.

— Attention à bien fermer la porte quand vous partez car Carole risquerait de s'enfuir, lui précise-t-il.

Tandis qu'il la salue, le vieil homme reste tapi au fond de la pièce.

— Je ferai attention, lui promet-elle. Au revoir, Louis. Au revoir ma toute belle ! ajoute-t-elle à l'attention de la petite tortue.

Joséphine l'a vite compris : Louis s'excuse pour tout.

De ne pas avoir de café, de porter un tee-shirt troué, de pratiquer des gestes lents, d'avoir eu un petit accident, de ne pas avoir envie de manger à 18 heures…

Et en le voyant là reclus au fond du salon, dans la posture de celui qui tient à se faire oublier pour ne surtout pas déranger, Joséphine se dit qu'il en faudrait peu pour qu'il s'excuse de vivre.

Chapitre 13

Une fois arrivée chez Gaston, Joséphine consulte l'heure avec une certaine satisfaction : elle arrive chez lui avec dix minutes d'avance.

En sortant de son véhicule, elle aperçoit les voisins du vieil homme agenouillés devant leur portail électrique. Leur voiture est garée dans leur cour, mais ils semblent ne pas parvenir à ouvrir la porte automatisée. Elle les salue poliment, sonne à la porte et attend patiemment que Gaston vienne lui ouvrir.

— Bonjour, Monsieur Parisot, lui dit l'aide à domicile alors que le vieil homme apparaît dans l'embrasure de la porte.

— Vous avez de l'avance ! grogne-t-il tout en s'abstenant de la saluer. Mon programme télé n'est pas terminé et vous m'avez interrompu. Être juste à l'heure, c'est dans vos cordes ?

Sans la laisser entrer, Gaston lui claque violemment la porte au nez. Elle reste abasourdie puis fait quelques pas dans le jardinet qui se trouve devant sa propriété. Son intervention va durer trois heures et elle se montre soulagée de bénéficier de quelques minutes de sursis.

Le vieil homme ne réapparaît à la porte que quelques instants plus tard.

— Miss Tréguennec ! hurle-t-il à son attention, en faisant allusion au village d'origine de la jeune femme. Il est 11 heures ! Ramenez vos fesses !

— Vous en avez après tout le Finistère et après la ville de Tréguennec en particulier ? l'interroge-t-elle sur le ton le plus calme possible.

— Je n'ai jamais foutu les pieds dans votre satané bled et je n'y foutrai jamais les pieds ! On a voulu m'y envoyer de force ! Mais j'ai refusé, voyez-vous. Je leur ai dit d'aller se faire voir ! Je ne suis pas de ceux qui ploient moi !

— Je vois, lui répond Joséphine.

— Vous voyez ?! s'offusque Gaston. Non, croyez-moi, vous ne voyez rien du tout ! Tout ce que vous devez voir, c'est que vous venez de là-bas et qu'on n'est pas faits pour s'entendre !

Alors qu'elle ôte ses chaussures et les pose sur le paillasson, Gaston attaque à nouveau.

— Pour laver des culs toute la journée, il faut un « diplôme », lui dit-il en mimant des guillemets avec ses doigts. Ce n'est pas la même chose pour regarder l'heure sur une montre, si ? Avant l'heure, c'est pas l'heure, après l'heure, c'est plus l'heure. C'est plus clair pour vous comme ça ?

— Aide à la toilette, aide au repas et ménage ! On commence par quoi ? lui demande l'auxiliaire de vie en ignorant les sarcasmes du vieil homme.

— L'aide à la toilette, vous oubliez, je me suis débarbouillé hier soir !

— Bien, je vais le noter sur le cahier de liaison.

— Vous ne notez rien sur ce carnet, c'est ma vie, ça me concerne !

— Si vous voulez, je peux faire autre chose à la place, lui propose-t-elle.

Si Joséphine lui propose de faire un peu d'entretien, elle est sûre d'obtenir son approbation.

— Prenez ça !

Il jette un petit pinceau à ses pieds, comme il l'avait fait avec son chiffon la première fois qu'elle l'avait vu.

— Et faites en sorte que ça brille !

L'auxiliaire de vie examine l'objet puis lève ses yeux vers Gaston.

— Qu'est-ce que je suis censée faire étinceler avec ça ? l'interroge-t-elle, perplexe.

— Les plinthes, pardi! Commencez par celles du salon, lui ordonne-t-il.

Elle se dirige vers la pièce à vivre et constate qu'il y règne une température plus soutenable que la dernière fois.

— Vous avez réparé vos radiateurs? demande-t-elle au vieil homme.

— Évidemment que je les ai réparés. Aujourd'hui, j'ai démonté mon grille-pain, il est en panne et c'est chiant de manger du pain frais quand on aime bien les tartines qui croquent sous la dent. Enfin… la couleur «pain grillé», ça s'arrête aux tartines du matin. Pour le reste, ça a tendance à m'agacer, ajoute-t-il.

Ce faisant, son bénéficiaire passe deux doigts devant son visage pour faire une nouvelle allusion à la couleur de peau de son auxiliaire de vie. Mais il prend la précaution de ne pas s'exprimer plus clairement, privant ainsi Joséphine de la possibilité de s'en offusquer.

— Vous aimez bricoler on dirait.

— En effet…

— Vous ne voulez pas aller donner un coup de main à vos voisins? lui demande-t-elle, espérant ainsi disposer d'un peu de répit. Je crois qu'ils ont un problème avec leur portail électrique.

— Je ne crois pas qu'ils aient un problème avec leur portail électrique… J'en suis sûr! C'est moi qui ai débranché l'alimentation! s'exclame-t-il, une pointe de fierté et de satisfaction dans la voix.

Joséphine lève un sourcil vers lui et le regarde, étonnée.

— Ça leur apprendra aux jeunes à ne pas dire bonjour! se justifie le vieil homme. Je n'ai fait que débrancher un fil, mais ils sont tellement cons que ça va leur prendre la journée.

Avoir Gaston comme bénéficiaire trois heures par semaine est déjà éprouvant, alors comme voisin, songe l'auxiliaire de vie.

Il quitte la pièce tandis que la jeune femme se concentre sur sa tâche.

Mais, quelques minutes plus tard, elle entend déjà le bruit caractéristique des patinettes de Gaston glissant sur le carrelage de la pièce.

Scritch, scritch, scritch...

— Bon, on va la faire cette toilette ?! lui dit-il.

Joséphine retient son souffle.

Elle aurait préféré nettoyer les plinthes de l'ensemble de la maison avec ce fichu pinceau. Quitte à rester à quatre pattes toute la matinée et à ressortir de là avec le dos cassé.

Au moment où elle se relève, elle aperçoit une photographie sur le bahut du salon. Enlaçant une femme qu'elle suppose être sa femme, Gaston affiche un sourire radieux, qui amène l'auxilliaire de vie à se demander s'il s'agit bien du même homme.

Face à ce cliché, elle ne peut s'empêcher de s'imaginer ce qu'a été leur vie de couple avant qu'elle ne décède. Car Madame Parisot a rejoint le royaume des morts. Elle le sait parce qu'elle a interrogé l'association à ce sujet.

« Je sais que vous aimeriez comprendre, Joséphine », lui a dit sa directrice, devinant que Joséphine ne jetterait pas l'éponge. « Mais toutes vos collègues se sont efforcées de faire la même chose et se sont cassé les dents. Il a mis la patience et la bienveillance de plusieurs d'entre elles à rude épreuve et je ne tolérerai plus aucun faux pas de la part de Monsieur Parisot ».

— Vous arrêtez de rêvasser ? lui demande-t-il.

— J'arrive, lui affirme-t-elle.

— Il y a un accroc sur votre tunique, note-t-il. Mais vous ne savez pas coudre, j'imagine… Quand vous ne portez pas de robe bariolée, vous enfilez des haillons. Le juste milieu, vous connaissez ?

Joséphine sait déjà qu'ici, elle ne retrouvera pas l'ambiance « chez Louis ». Les mains plongées dans l'eau chaude en chantonnant une douce mélodie et en souriant tendrement à Carole la tortue.

Alors qu'il se dirige vers la salle de bains, il ajoute :

— Vous devez savoir que j'ai appelé le bureau pour me plaindre de votre comportement. J'ai demandé que vous soyez remplacée, mais, apparemment, mes remarques n'ont pas été prises en considération.

Certes, songe Joséphine. Mais rares sont les auxiliaires de vie à vouloir encore mettre un orteil chez vous.

— On est comme ça nous les vieux… On vous paie vingt-cinq euros de l'heure, mais on est surtout priés de fermer notre gueule!

Si seulement elle récoltait vingt-cinq euros de l'heure pour s'occuper de ce vieux grincheux, songe-t-elle. Le secteur de l'aide à domicile génère un coût, certes, mais dont personne ne profite vraiment. Ni les auxiliaires de vie, ni le personnel administratif, ni la direction.

Elle voudrait au moins qu'il se taise, qu'il l'ignore, qu'il l'oublie, mais le vieil homme ne lui laisse aucun répit.

— Je leur ai dit que vous ne faisiez pas l'affaire! ajoute-t-il. Je les ai prévenus! Je ne serais pas étonné qu'ils mettent fin à votre période d'essai.

Joséphine choisit une nouvelle fois de feindre l'indifférence et de rester concentrée sur les missions qu'elle est tenue d'accomplir.

— Vous voulez garder les mêmes vêtements? lui demande-t-elle.

— Non, on va les changer, j'ai dormi tout habillé la nuit dernière.

— Vous avez dormi tout habillé? s'étonne Joséphine.

— Ça vous pose un problème? Je fais ce que je veux! De quoi je me mêle! Aidez-moi à enlever le haut, mais faites doucement. Mon épaule me fait un mal de chien.

— Qu'est-il arrivé à votre épaule?

— L'arthrose! aboie-t-il.

Sans y prendre garde, Joséphine lui enlève en même temps son pull et son tee-shirt.

— Mais vous enlevez votre affreuse robe jaune canari en même temps que votre soutif?! s'indigne-t-il.

— Je suis désolée, bafouille-t-elle.

— Allez chercher de l'eau chaude dans la douche!

L'auxiliaire de vie examine la colonne de douche et s'aperçoit qu'outre la douchette à main, elle est pourvue d'une grande tête carrée permettant de diffuser une sorte de pluie dans la cabine. Si le mitigeur n'est pas positionné correctement, la jeune femme va se retrouver trempée de la tête aux pieds. Aussi décide-t-elle d'interroger Gaston.

— Je tourne le mitigeur vers l'avant ou vers l'arrière?

— Pour la douchette à main, vous tournez vers l'avant, lui assure-t-il. Magnez-vous, j'ai froid!

Tandis qu'un sourire narquois se dessine sur la bouche du vieil homme, elle actionne le mécanisme d'un coup sec et pousse aussitôt un cri de surprise.

— Mais quelle gourde! Je vous ai dit vers l'arrière! VERS L'ARRIÈRE! répète-t-il en haussant le ton de sa voix. C'est malin, maintenant, vous êtes trempée.

L'eau froide ruisselle à travers ses vêtements et un frisson lui parcourt le dos.

— Ne comptez pas sur moi pour vous prêter un sèche-cheveux. L'électricité, c'est comme les chasses d'eau, ça coûte cher. Vous ferez attention à ne pas vous enrhumer, on est en novembre et il fait 3 °C dehors. Enfin… Vous ne pouvez vous en prendre qu'à vous-même… Si vous m'aviez écouté, vous n'en seriez pas là…

Gaston ne sait pas s'exprimer autrement qu'en haussant le ton de sa voix, ce qui rend cette proximité avec lui d'autant plus pesante.

Elle s'abstient de répondre une nouvelle fois, consciente que le vieil homme cherche à la pousser à bout pour la faire sortir de ses gonds. Ce petit jeu doit se montrer bien frustrant pour lui puisqu'il ne trouve à présent auprès de Joséphine qu'une vague indifférence.

L'auxiliaire de vie tente désormais de faire abstraction de sa présence et de se concentrer sur tout ce qui n'est pas Gaston. Elle songe au sourire de Louis lorsqu'il lui a parlé de ses projets pour le réveillon de Noël, à Madeleine qu'elle va retrouver dans moins d'une heure et au moment où elle va pouvoir chausser ses baskets en fin d'après-midi pour monter jusqu'à la Piquante Pierre.

Peut-être qu'elle y retrouvera Camille et que, la magie opérant, ils vont s'embrasser sur le toit des Hautes-Vosges. Voilà, c'est exactement ce qu'elle va faire. Elle va rouler une pelle à Camille à mille huit mètres d'altitude.

Elle s'abstient de demander à son bénéficiaire ce qu'il voudrait faire seul et réalise chacun de ses gestes de façon automatique. Sans aucune forme de brutalité, mais dans le mépris le plus complet de l'individualisation de ce soin pourtant si intime.

Sans plus poser aucune question relative aux petites habitudes du vieil homme, elle lave sa peau, la savonne, la sèche, tel un robot. Elle ne commente plus aucun de ses gestes afin de les rendre moins intrusifs et n'essaie pas non plus de le stimuler.

Toute la douceur et la bienveillance dont elle avait fait preuve auprès de Louis se sont désormais évanouies.

Elle s'extirpe mentalement de la salle de bains de Gaston avec qui elle a hâte d'en finir. Tellement hâte que, sans s'en rendre compte, elle accélère légèrement la cadence.

— Ralentissez un peu, s'il vous plaît, lui dit-il, en guise de rappel à l'ordre.

La technique semble fonctionner puisque à mesure que les minutes défilent, il cesse de vouloir imposer sa présence à tout prix tandis que le volume de sa voix, lui, s'amenuit. Il vient même de glisser une formule de politesse dans une de ses phrases.

Sans doute a-t-il enfin compris qu'il ne parviendrait pas à l'atteindre.

Elle ne ressent pas l'envie de fuir ou de lui claquer la porte au nez. Ce serait s'avouer vaincue et elle ne souhaite pas lui donner cette satisfaction.

Une fois la toilette terminée, elle se dirige vers la cuisine afin d'y préparer le repas.

Le vieil homme a préparé des carottes sur la table de la cuisine. Elle en déduit que celles-ci composeront son repas de midi, saisit l'économe et les épluche.

Gaston regarde un programme télé au salon et ne vient lui hurler aucun ordre. Aussi Joséphine suppose-t-elle qu'il doit être épuisé d'embêter ainsi la terre entière.

Elle profite de son absence, mais reste sur ses gardes, s'attendant à le voir surgir dans la pièce d'une minute à l'autre pour condamner la largeur des rondelles de carotte ou la grosseur de la noisette de beurre qu'elle vient de mettre à fondre dans une poêle.

Toutefois, la pièce reste étrangement silencieuse. Il a pour habitude d'épier tous ses faits et gestes, mais peut-être s'est-il enfin rendu compte que son attitude frisait le ridicule en plus d'être complètement stérile.

Après tout, il a davantage besoin d'elle qu'elle n'a besoin de lui. Il a intérêt à mettre de l'eau dans son vin, ne serait-ce que quelques minutes seulement, car, à défaut, il se retrouvera vite plus seul et plus démuni que jamais.

Sa directrice le lui a signifié : il suffit d'un signalement de sa part pour que Gaston devienne *persona non grata* vis-à-vis de l'association et celui-ci vient certainement d'en prendre conscience.

Elle dresse son assiette puis l'invite à venir manger.

— J'ai terminé ce que vous m'avez demandé de faire, lui précise-t-elle.

— Mmmmmhhhhh! Ça a l'air délicieux, s'exclame-t-il en observant son assiette.

Beaucoup trop mielleux, pas assez Gaston, s'étonne-t-elle.

— Il vous reste encore dix minutes à faire, lui fait-il remarquer. Je paie pour trois heures, mais je vais quand même vous en faire cadeau…

La jeune femme le remercie puis se dirige vers le salon afin d'y récupérer son manteau et son sac.

— Vous avez fait un travail remarquable avec les plinthes! la complimente-t-il.

Joséphine lève à peine un sourcil, comme si elle était désormais devenue totalement imperméable tant aux reproches qu'aux compliments.

— Je me suis trompé sur vous… Vous vous débrouillez mieux que vos collègues, ajoute-t-il.

La jeune femme se sent légèrement décontenancée par ce brusque changement d'attitude, mais se l'explique aussitôt. Ses interventions revêtent pour lui une sorte de nécessité et il veut se racheter une conduite.

— Je suis désolé de m'être comporté comme ça avec vous.

Elle a vu juste. Gaston a joué avec le feu, mais ne souhaite pas pour autant prendre le risque de la perdre. Malgré le désintérêt qu'elle affiche, elle aurait presque envie de s'attendrir.

— C'est encore vous que je verrai la semaine prochaine, j'espère? l'interroge-t-il.

— Oui, lui affirme-t-elle.

Ça y est Gaston, songe-t-elle. Vous et moi, on va repartir du bon pied!

Elle va récupérer les affaires qu'elle avait posées dans le salon et revêt son manteau.

Mais, alors qu'elle saisit son sac à main, elle aperçoit à l'intérieur une chaînette en or posée en évidence sur son portefeuille. Un magnifique bijou qui, de toute évidence, ne lui appartient pas.

Peut-être Gaston l'a-t-il fait tomber dans son sac par inadvertance? se demande-t-elle. Il a pour habitude de tout ranger à sa place mais il commet certainement, comme tout un chacun, des maladresses et des erreurs d'étourderie.

Elle a observé cet enquiquineur et a encaissé sans broncher des propos désagréables et des allusions déplacées en rapport avec sa couleur de peau.

Et si, malgré son repentir, elle en profitait pour lui donner une bonne leçon?

— Au revoir, Joséphine, lui dit-il. Et bonne journée à vous !

La jeune femme lève les yeux vers lui, hésite un instant et saisit son sac à main.

— Merci. Bonne journée à vous aussi.

Sans rien mentionner au sujet de ce mystérieux objet trouvé, elle tourne les talons et se dirige vers la sortie.

À peine Joséphine a-t-elle fermé la porte que Gaston se frotte les mains.

Il ne se réjouit pas, il jubile.

Miss Tréguennec est tombée dans le panneau, songe-t-il.

Le vieil homme la regarde s'éloigner puis compose immédiatement le numéro de téléphone de l'association afin de signaler le vol d'un bijou qui appartenait à feu Colette Parisot et auquel il tenait particulièrement.

Chapitre 14

Alors que Joséphine pénètre dans le salon de Madeleine, cette dernière, comme à l'accoutumée, l'accueille chaleureusement. En apercevant le sourire de sa bénéficiaire, elle oublie aussitôt Gaston Parisot en même temps que sa magnifique chaînette en or massif.

Tandis qu'elle sort l'aspirateur du placard, la vieille dame l'interpelle.

— Joséphine, est-ce que vous pourriez attendre deux petites minutes avant de passer l'aspirateur ? J'ai une interview ! s'exclame-t-elle, la voix emplie de fierté. Je vous écoute, Madame, reprend sa bénéficiaire à l'attention de son interlocutrice. Mais dites-moi, pourquoi voulez-vous m'interviewer ? lui dit-elle malicieusement.

Sa bénéficiaire est confortablement installée sur son canapé, le téléphone à la main.

— Le but de ce sondage est d'appréhender la problématique du vieillissement, lui explique son interlocutrice dont la voix résonne à travers le haut-parleur.

— Comment dites-vous ? La problématique du vieillissement ? s'étonne Madeleine.

— Tout à fait.

— Parce que, selon vous, vieillir est un problème ? réagit immédiatement la vieille dame.

— Ce n'est pas vraiment à moi d'en juger, Madame.

— Bon… Vous me les posez vos questions ? s'impatiente déjà Madeleine, tout en se tortillant sur son fauteuil.

Tandis qu'elle dépoussière quelques bibelots, Joséphine écoute la conversation d'une oreille.

— Quel âge avez-vous ?

— 10 ans.

— Je vous demande pardon?

— X 9, ajoute la vieille dame. Ou 15 ans x 6. Notez ça comme vous voulez.

— J'en déduis que vous êtes inactive?

— Ah non! Je suis active, lui affirme Madeleine.

— De quelle catégorie socioprofessionnelle faites-vous partie? Cadre, employé, ouvrier?

— Retraitée.

— Vous êtes inactive alors.

— Non, non, non, je suis active. Je marche, je cuisine, je lis, je tricote et surtout, je préside la Ligue régionale de baby-foot subaquatique.

— C'est très intéressant ça! s'exclame son interlocutrice. Ça consiste en quoi exactement?

— Le principe est très simple, lui expose Madeleine. Il s'agit de jouer au baby-foot, mais sous l'eau. Les joueurs sont palmés, la table de jeu est lestée et la balle est faite d'acier. Sinon, tout remonterait à la surface, ça ressemblerait davantage à du water-polo et ce serait beaucoup moins intéressant.

Tout en répétant mot pour mot les explications qu'elle avait débitées à Joséphine quelques jours plus tôt, la vieille dame adresse un clin d'œil à son auxiliaire de vie puis lui dit doucement, l'air malicieux :

— Elle aussi, elle y croit dur comme fer!

Puis Madeleine ajoute, à l'attention de son interlocutrice :

— Et ce n'est pas tout! Si j'ai envie d'apprendre à jouer du piano, je peux apprendre à jouer du piano. Si j'ai envie de regarder l'intégrale de Walker Texas Rangers, je peux regarder l'intégrale de Walker Texas Rangers. Si j'ai envie de faire du vélo, je peux faire du vélo. Si je veux apprendre à parler tamoul, je peux apprendre à parler tamoul. Si je veux devenir maître-chien guide d'aveugle, je peux…

— … devenir maître-chien d'aveugle, la coupe son interlocutrice. Il me semble avoir compris le sens de votre propos.

— Croyez-moi, je suis plus dynamique que certains de ceux que vous classez dans la catégorie des actifs, affirme Madeleine. Question suivante ?

— À quel âge avez-vous commencé à travailler ?

— 8 ans. Vous savez ce que c'est les grandes familles, ajoute Madeleine. On donnait des coups de main.

— Je ne peux pas entrer votre réponse dans le formulaire.

— Et pourquoi donc ?

— Parce qu'il est interdit de faire travailler un enfant de 8 ans.

— Ah oui et depuis quand ?

— Depuis 1841, Madame.

— Pfffff, grommelle Madeleine, ne faisant aucun effort pour cacher sa désapprobation.

— Question suivante, lui annonce son interlocutrice. Êtes-vous en situation de dépendance ?

— Pas plus que vous, j'imagine, affirme la vieille dame.

— Vous pouvez développer ?

— On est tous dépendants les uns des autres, Madame. C'est ce qui s'appelle le lien social. C'est la base de toute vie en société. À moins que vous ne viviez en complète autonomie, vous aussi, vous avez besoin des autres. Alors, notez « pas plus que quelqu'un d'autre ».

Son interlocutrice restant silencieuse, Madeleine s'impatiente.

— Allô ? Allô ? Vous m'entendez ? Allô ? lui dit Madeleine en frappant le combiné contre le téléphone.

— Je regrette, Madame, lui dit l'hôtesse, visiblement désemparée. Votre réponse n'est pas exploitable. Ça ne rentre pas dans les cases…

— Ce sera tout pour aujourd'hui ?

— Oui, Madame. Je vous remercie de m'avoir accordé un peu de votre temps, poursuit la jeune femme à l'autre bout du fil, laquelle semble désormais pressée d'en finir.

— Avant que vous ne mettiez fin à cet entretien, j'aurais un message à faire passer à ceux qui vous paient pour poser ces questions.

— Je vous écoute.

— Je vais vous dire ce que j'en pense moi, de la « problématique du vieillissement » ! Depuis des décennies, la médecine a tout fait pour allonger l'espérance de vie. C'est à ça qu'on s'est attaché : faire en sorte que les gens vivent le plus longtemps possible. Et on vient me dire aujourd'hui qu'on dérange et qu'on est de trop ?! Le vieillissement pose des questions qui n'ont pas encore de réponses, mais ce n'est certainement pas un problème. Vieillir, c'est une bonne aubaine et un joli coup du hasard. C'est une chance, voilà ce que c'est que vieillir. Ce n'est pas un problème !

— Bien, Madame. Au revoir, Madame.

— Au revoir !

Joséphine a eu l'occasion de s'en rendre compte : Madeleine est une militante. Gare à ceux qui véhiculent des préjugés relevant de l'âgisme.

— Vous êtes poète, aujourd'hui, la taquine Joséphine. Alors comme ça, vous avez de nouveau remporté la présidence de votre club du troisième âge ?

— J'ai remporté le titre, mais le vote était serré !

— À ce point-là ?

— La tension était à son paroxysme ! Mais elle a été refaite, la Simone de Vermandois !

Mais Joséphine ne parvient pas à détourner l'attention de sa bénéficiaire. Elle constate que Madeleine se trouve encore sous l'effet d'une certaine contrariété car elle tapote nerveusement ses doigts sur l'accoudoir de son fauteuil.

— Avec des questionnaires pareils, on ira se demander pourquoi la vieillesse se trimbale une image aussi déplorable ! s'indigne la vieille dame.

Cette dernière n'a pas encore dit son dernier mot.

— C'est quand même incroyable ! Ce travail de sape est tellement efficace que, désormais, même les vieux sont persuadés qu'ils ne sont plus bons à rien ! Vous vous rendez compte ? Une bonne majorité d'entre nous intègre toutes ces stupidités qu'on vous raconte sur le vieillissement ! Vieillir, c'est déprimer, perdre, décliner. Bien sûr qu'on avance moins vite et qu'on voit moins bien. On s'adapte, on se transforme, mais surtout, on gagne !

— Arrêtez de me pointer du doigt comme ça, plaisante Joséphine pour détendre l'atmosphère. Dites-moi plutôt pour qui vous tricotez ce joli pull !

— Celui-ci, c'est pour la Croix-Rouge. Il sera vendu à bas prix aux plus démunis… Avant, je tricotais des pulls pour mes petits-enfants, mais ceux-ci n'en veulent plus…

Joséphine songe aussitôt à Louis, à son vieux pull élimé, à ses pieds gelés et ressent un léger pincement au cœur. Le peu de ressources dont il dispose le pousse à réaliser des économies de bout de chandelle avec son système de chauffage et elle aimerait qu'il puisse se pelotonner dans ce tricot doux et chaud. Peut-être pourra-t-elle lui suggérer de se rendre dans ce dépôt de la Croix rouge ?

— Allez, on va faire couarôge ! lui dit Madeleine en se levant de son fauteuil.

— Je vous demande pardon ? lui demande Joséphine.

— Ah oui, c'est vrai ! J'avais oublié que vous n'étiez pas du coin ! C'est du patois vosgien. Ça veut dire discuter, tailler une bavette…

— C'est plus clair comme ça ! s'exclame Joséphine en riant.

— Café, thé ou infusion ?

— Un café, s'il vous plaît. Si vous voulez, vous restez assise et je vais nous chercher ça à la cuisine, lui propose l'auxiliaire de vie.

— Ah non ! Vous ne bougez pas et vous ne me gagatisez pas ! lui dit Madeleine sur un ton autoritaire. J'en ai assez soupé pour aujourd'hui !

Alors que sa bénéficiaire se dirige vers la cuisine, Joséphine s'approche du mur sur lequel sont suspendues les photos de la vieille dame.

Elle s'arrête sur l'une d'entre elles. La photographie compte au moins soixante visages souriants. Au vu de la coiffure et de la tenue de Madeleine, Joséphine en déduit que la photographie a dû être prise il y a plusieurs années. La vieille dame est assise au premier rang et la jeune femme imagine qu'elle a pu être, à ce moment-là, le chef d'orchestre de retrouvailles réussies.

Elle en examine un autre puis encore un autre et revient sur le premier, réalisant qu'elle n'avait prêté aucune attention à ce cliché la dernière fois.

Se pourrait-il que…

Non, ce serait comme le croiser à la maison de la presse ou à la Piquante Pierre au terme de quatre jours de séjour dans les Vosges. Ce serait trop beau… Et pourtant… Ses yeux verts, les traits de son visage, son sourire… La jeune femme est sûre de ne pas se tromper.

— Ce petit garçon fait-il partie de votre famille? demande Joséphine à la vieille dame, qui revient à la salle à manger les bras chargés d'un lourd plateau.

— Le petit Camille? Oui, c'est l'un de mes petits-enfants, lui explique Madeleine après s'être penchée sur le cliché.

Le simple fait d'entendre Madeleine prononcer son prénom provoque en elle de véritables ondes de choc. Sous l'effet de la surprise, elle a du mal à réprimer un rire nerveux et porte sa main devant sa bouche afin que son attitude échappe à sa bénéficiaire. Madeleine est sa grand-mère à Lui et cette nouvelle lui fait l'effet d'un séisme émotionnel. Elle reste parfaitement interdite devant la photographie, imaginant déjà chacune des implications de cette révélation fracassante. La vieille dame connaît son passé, de ses premiers babillements à sa crise d'adolescence. Elle l'a vu faire des grimaces et du vélo à roulettes, mettre une cagoule et enfiler ses chaussures à l'envers. Elle a déjà caressé son visage et tenu sa main dans la sienne.

Elle a même sûrement conservé certains de ses gribouillages. Elle imagine Camille, vêtu d'un pull couleur vert bouteille, attablé à la même table qu'elle, celle-là même qu'elle est en train de caresser du plat de sa main, la langue tirée, appliqué à ne pas dépasser.

— Est-ce que tout va bien? lui demande Madeleine. Vous avez l'air troublée.

Madeleine est un morceau de son histoire à Lui.

— Pourquoi est-ce que vous souriez comme ça? insiste la vieille dame.

— Parce que vous m'êtes sympathique et que j'aime bien passer du temps avec vous!

Joséphine a soudain envie de sauter au cou de la vieille dame. Ou de danser. Ou de faire quelques tours sur elle-même. Car c'est tout bonnement incroyable!

Oui, Joséphine sourit car, si elle est arrivée dans cette maison, c'est qu'il y a une raison. Il n'y a pas de hasard.

Un signe, c'est un signe, pense-t-elle.

Non, c'est davantage qu'un signe. C'est le destin qui commence à les réunir. Elle a fait le premier pas en venant dans les Vosges et sa bonne étoile est en train d'achever le boulot.

Joséphine est si distraite qu'elle se cogne dans le chien en bronze qui trône à côté de la table de la salle à manger. Sous le coup d'une certaine confusion d'esprit, elle a déjà oublié que chez Madeleine, c'est un peu comme une course à pied sur les sentiers vosgiens : il faut sans cesse regarder où on pose les pieds.

— Si je peux me permettre, votre intérieur est quand même sacrément encombré, plaisante l'auxiliaire de vie.

— Parce que vous ne vous encombrez de rien vous? lui demande Madeleine avec des yeux de félin.

Ce n'est peut-être pas le jour pour pointer du doigt un quelconque dysfonctionnement chez Madeleine, pense Joséphine après coup.

Quoique avec le sens critique et l'à-propos de Madeleine, le débat promet d'être intéressant.

— Pour être tout à fait honnête, je me suis installée dans les Vosges il y a maintenant trois semaines et je suis arrivée ici avec une valise. Une seule.

— Certes. Mais vous avez toujours votre portable vissé dans votre poche. Et je suppose que vous faites partie de cette vaste communauté qu'est Facebook ? Par curiosité, combien avez-vous d'« amis » ? lui demande la vieille dame en mimant des guillemets avec ses doigts.

Sans qu'elle ait pu l'anticiper, Madeleine a déjà refermé une sorte de piège sur Joséphine.

— Environ cinq cents.

Mais je n'en vois qu'un, songe aussitôt la jeune femme.

— Cinq cents ?! s'écrie Madeleine. Mais ça dépasse l'entendement enfin ! Cinq cents amis, cinq cents amis, continue-t-elle à grommeler.

— Mais ce sont des humains qui se cachent derrière les photos de profil.

— Certes. Mais combien d'entre eux pourriez-vous appeler à l'aide en cas de pépin ? Et surtout, combien d'entre eux vous répondraient ? Et combien avez-vous de photos stockées sur votre téléphone ? Les miennes se trouvent dans les gros albums que vous voyez là. Il n'y en a pas des milliers, mais il y a les plus belles.

Madeleine se lève, fouille dans sa commode et en sort un gros livre qu'elle pose sur la table de la salle à manger.

— Vous avez raison, admet Joséphine. Je collectionne les amis et les photographies, vous conservez des objets en tout genre et des clichés anciens. On n'a pas le même âge, mais on dirait qu'on livre le même combat…

Alors que la vieille dame commence à tourner les pages de l'album, Joséphine pose son doigt sur l'un des clichés :

— Ce petit garçon qui a le nez qui coule n'était-il pas en train de faire une grosse colère au moment où la photo a été prise ? Cet homme avait-il vraiment envie de se rendre à cette réunion de famille? Cette dame a-t-elle vraiment passé une bonne journée? Je ne crois pas que les sourires factices sur les photographies soient une question de génération… Un album photo, ce n'est pas non plus l'électrocardiogramme d'une vie. On n'y trouve souvent que la partie haute du tracé… Les vibrations, les palpitations et les papillonnements. Le reste a été laissé de côté.

— Vous avez le sens de la répartie, relève la vieille dame. Je me trompe peut-être, mais j'ai la sensation que vous n'êtes pas exactement comme tous les gens de votre âge.

«Pas comme tout le monde», non, en effet, songe Joséphine. Ce couplet, elle l'a souvent entendu, tantôt lorsque cela servait ses intérêts, tantôt lorsque cela les sabotait.

— Quant à cette dame souriante que vous voyez là, poursuit Madeleine en lui désignant le visage pointé du doigt par Joséphine quelques minutes plus tôt, je vous assure qu'elle a passé une magnifique journée.

Madeleine caresse la page du bout des doigts puis ajoute, dans un murmure :

— C'est ma mère.

— De quand date cette photo? lui demande Joséphine en apercevant le groupe de randonneurs souriants assis autour d'un grand monolithe de pierre. Cet endroit, c'est la Piquante Pierre, non?

Encore ce lieu, pense-t-elle.

— C'est la Piquante Pierre, en effet. C'était en août 1939. On était montés là-haut en famille. L'homme qui enlace ma mère en riant aux éclats, c'est mon père. On avait bien rigolé ce jour-là… Enfin… Ça, c'était avant que…

—… Avant que la guerre débute? l'interroge Joséphine.

— C'est exact oui. Cette photo a été prise quelques semaines avant que mon père ne soit mobilisé…

Joséphine ne peut décidément pas passer à côté de cette occasion en or. François ne va pas en croire ses oreilles quand elle lui racontera son entrevue avec Madeleine.

Mieux qu'une édition rare de «La Bresse, martyre», la vieille dame est une bibliothèque vivante.

Elle aurait bien aimé voir Camille en photo, mais elle voit sa bénéficiaire plusieurs fois par semaine. Elle trouvera, en une autre occasion, n'importe quel prétexte pour regarder avec elle l'album des années 90.

— Vous me racontez? lui demande Joséphine.

Chapitre 15

Nous habitions au centre de Planois. Dans cette maison que j'habite toujours aujourd'hui et qui était un café à l'époque. À l'époque, ce salon où vous êtes assise constituait la salle de bar. On n'était pas les seuls d'ailleurs car, à l'époque, il n'y avait pas moins de sept cafés entre Vagney et le col de la croix des Moinats!

La France a déclaré la guerre à l'Allemagne le 3 septembre 1939. C'est à partir de là que mon père a été mobilisé.

— Les combats ont commencé dès 1939 ? lui demande Joséphine.

Non. Mon père a d'abord connu ce qu'on a appelé la «drôle de guerre». Pendant cette période de faible activité militaire, il nous écrivait qu'il s'ennuyait et enrageait d'être loin de nous alors que Maman devait assurer seule la gestion du foyer. Pendant qu'elle s'occupait du café et de notre famille, lui passait ses journées à ne rien faire ou presque.

— Vous étiez préparés à la guerre? lui demande Joséphine.

Jamais de la vie! On n'avait pas imaginé ça! Les journaux avaient minimisé le risque de conflit mondial, se moquant même de notre envahisseur, on croyait notre armée invincible et l'on se pensait bien à l'abri derrière la ligne Maginot. D'après l'état-major, c'était une défense qu'une division de blindés ne pouvait pas franchir.

— Que s'est-il passé ?

En mai 1940, les troupes allemandes ont attaqué le front ouest, en contournant cet obstacle. On était tous abasourdis! En l'espace de quelques semaines, l'armée française a été encerclée et les soldats ont tous été faits prisonniers. Mon père faisait partie de ces hommes-là. On ne l'a pas revu avant la Libération.

— Vous vous souvenez de l'arrivée des Allemands dans les Vosges?

Le 22 juin 1940, un groupe de dix soldats français démoralisés stationnaient devant le café. Deux fantassins allemands sont arrivés à moto. C'est la première fois que j'ai aperçu leurs uniformes vert-de-gris et j'entends encore le bruit de leurs bottes résonner sur le sol!

Ils ont fait signe à nos soldats de se diriger vers le village de La Bresse et ceux-ci nous ont quittés avec un regard si triste! Mais avant de se mettre en route, ils nous ont laissé leurs armes, leurs provisions et leurs couvertures. « Cachez-les », nous ont-ils ordonné. À ce moment-là, on était loin de se douter qu'on ne reverrait pas leurs uniformes bleu horizon avant cinq ans au moins. On a obéi. On est allé camoufler les armes à la cave, derrière de lourdes pierres.

— J'imagine que vous n'avez pas été les seuls dans ce cas-là. Ça n'a pas inquiété les Allemands?

Bien sûr que si! Quelques mois plus tard, les autorités locales, se conformant en cela aux directives des occupants, ont imposé la déclaration et la remise des armes abandonnées par les soldats français. Puis un groupe d'Allemands est venu perquisitionner la maison, mais ils n'ont, fort heureusement, rien découvert.

« Elles resserviront un jour », nous avaient affirmé les soldats français. Ils avaient raison! Elles ont resservi!

— Si je comprends bien, à partir de 1940, il a fallu cohabiter avec eux?

Oui. Encore que, les premières années, l'occupation allemande n'a consisté qu'en quelques garnisons. Ce n'est que bien plus tard, en 1944, à la suite des débarquements successifs en Normandie puis en Provence que l'armée allemande s'est repliée dans les Vosges. Là alors, les soldats étaient nombreux et l'on pouvait apercevoir l'armée allemande dans toute sa diversité.

Pour autant, il nous a fallu vivre avec eux dès 1940.

— Vous vivez vraiment avec eux? Dans cette maison?

C'est arrivé, oui! Un jour, un groupe d'officiers allemands est venu occuper la maison. On a été obligés de les loger durant quelques semaines. Ils se sont réservé plusieurs chambres et l'on en était réduit à dormir et à manger à sept dans la seule et unique pièce qu'ils avaient laissée libre. Ils n'étaient pas vraiment désagréables, mais on ne se sentait plus vraiment chez nous.

Ils rentraient dans la maison avec leurs armes en bandoulière et leurs chaussures boueuses. On enjambait parfois leurs corps quand on se levait le matin. Notre consolation, c'est qu'ils avaient des tickets supplémentaires pour le charbon qui nous permettaient de chauffer convenablement toute la maison, ce que n'autorisait pas la maigre ration à laquelle notre famille avait droit.

Car le charbon était rationné naturellement. Le charbon et tous les produits dont nous avions besoin au quotidien. Le pain, le sucre, le café, le vin, le tabac, le savon, les textiles, les chaussures…

La première année, on a eu faim. Car les portions de ravitaillement étaient bien insuffisantes pour couvrir nos besoins. Et encore fallait-il qu'elles puissent être assurées par les distributeurs, parce que ce n'était pas toujours le cas. C'était l'époque des longues files d'attente devant les magasins. Le problème du ravitaillement alimentait la plupart de nos conversations. On n'était pas vraiment obnubilés par les victoires du Reich ou la propagande vichyste, on était tous obsédés par nos ventres creux.

Le prix des denrées s'était envolé, mais les salaires, eux, n'avaient pas bougé.

Alors on a agrandi notre champ de pommes de terre et l'on a acheté des produits au marché noir. Il a fallu qu'on se débrouille comme on pouvait.

On a pu compter sur l'entraide et la solidarité du voisinage, mais, malgré ça, je me souviens de l'occupation comme d'une époque faite de restrictions et de souffrances.

Quoique à la campagne, on ait certainement moins souffert de la famine qu'en ville. On voyait d'ailleurs parfois revenir des cousins éloignés qui habitaient en milieu urbain et qui, le week-end, venaient se ravitailler à la campagne.

Chez nous, on allait chercher des produits auprès d'une ferme située sur les hauteurs de Planois. On connaissait bien la famille parce que l'un de mes frères avait le même âge que l'un des fils. Mon frère allait donner des coups de main à la ferme en échange de quelques fromages. On faisait du troc en quelque sorte. Cet agriculteur était généreux et compréhensif...

— J'imagine que les Allemands fréquentaient le café ?

Bien entendu. Ils venaient de temps à autre et, surtout, ils payaient. On n'en était pas fiers, mais c'était ce qui nous importait. Ils étaient pourvus d'une monnaie d'occupation qui valait vingt fois plus que les francs. Ma mère devait nourrir six enfants, alors ça mettait un peu de beurre dans les épinards...

À leur arrivée, les conversations s'amenuisaient ou l'on utilisait le patois pour ne pas être compris. Car certains Allemands maîtrisaient la langue française à la perfection, voyez-vous.

— Vous ne les aimiez pas beaucoup, n'est-ce pas ?

Ah ça, non ! Croyez-moi, on leur jouait chaque tour qu'on pouvait leur jouer. Lorsque l'un d'eux cherchait sa route, ma mère lui délivrait instantanément les renseignements les plus vagues et les plus fantaisistes possibles quant au chemin à emprunter.

Non, on n'était pas spécialement germanophiles ! Et ça, c'est un euphémisme.

Le conflit de 14-18 n'était pas si loin et l'on trouvait encore parmi nous de nombreux mutilés.

Sans compter qu'à cause des Allemands, le village comptait beaucoup d'absents. Les Français qui, comme mon père, avaient été mobilisés puis avaient été faits prisonniers ou étaient morts pendant les combats, les Vosgiens qui avaient fui devant l'envahisseur en 1940 et qui, se trouvant en zone libre, ne pouvaient plus rentrer chez eux... Et, par la suite, il a fallu y ajouter les travailleurs réquisitionnés pour aller travailler en Allemagne. Le pays ennemi s'était engagé dans une guerre mondiale et il avait évidemment besoin de main-d'œuvre pour la gagner. Il a fallu les regarder partir puis composer sans eux.

J'aidais ma mère naturellement. Je lui donnais des coups de main au café et je m'occupais de mes petits frères...

Lors de l'hiver 1941, ceux-ci avaient confectionné en classe « le colis des prisonniers ». Ils avaient joué, à cette occasion, une petite pièce de théâtre. C'était une belle distraction. Une des seules d'ailleurs, car les bals ne tardèrent pas à être interdits. On ne s'est pas démontés. À partir de là, on a commencé à organiser des fêtes clandestines au café. On faisait venir un accordéoniste et l'on dansait toute la nuit. On n'a jamais été dénoncés pour ça, les gens étaient tellement heureux de se retrouver !

Il faut dire aussi que je vivais ça avec l'insouciance et la légèreté d'une jeune fille de 16 ans. Ma mère ne vous en aurait sans doute pas parlé de la même manière.

La seule précaution à prendre, c'était de ne retourner chez soi qu'au petit matin, après la levée du couvre-feu car la violation de ce dernier pouvait être lourdement sanctionnée.

Et si encore il n'y avait eu que le couvre-feu...

Du jour au lendemain, il nous a fallu faire une croix sur bon nombre de nos libertés.

— Vous reprochiez au maréchal Pétain d'avoir négocié de telles conditions d'armistice ?

Non. Pas immédiatement du moins.

Ma mère croyait en lui. Ce qu'il faut comprendre, c'est que le maréchal Pétain était un héros de la guerre de 14-18. « Il va reconstituer une armée et va faire un soulèvement ! » nous affirmait-elle.

Ses espoirs ont vite été déçus.

D'abord, dès le mois de juillet 1940, l'Alsace et la Moselle ont été annexées par l'ennemi. Quand on passait le col de la Schlucht, on était en Allemagne. En même temps qu'elle occupait notre territoire, l'armée allemande a fait de la ligne de crête vosgienne une zone frontière où il n'était plus judicieux de s'aventurer. Cet espace voyait affluer les prisonniers de guerre évadés, les Juifs qui tentaient de rejoindre la zone libre et les Alsaciens qui refusaient d'être enrôlés de force dans la Wehrmacht. Aussi, les sentinelles avaient reçu l'ordre de tirer sur tout ce qui bougeait là-haut. C'en était fini de nos randonnées sur les Hautes-Vosges...

Ensuite, on a appris que les Vosges, comme d'autres départements voisins, étaient situées non pas en zone occupée, mais en zone interdite, ce qui, comme le rétablissement de l'ancienne frontière, n'avait nullement été prévu dans la convention d'Armistice. Les Allemands entendaient sans doute coloniser notre territoire en cas de victoire, ce qui explique que ceux qui avaient fui face à l'envahisseur en 1940 n'étaient plus autorisés à rentrer chez eux.

Puis on a connu de nouvelles désillusions lorsque les Allemands ont envahi la zone libre en 1942 et, enfin, lorsque le régime vichyste a entamé une étroite politique de collaboration.

Mais tout le monde n'était pas pétainiste, bien sûr. Certains ont, dès 1940, refusé la défaite de la France et l'occupation qui a suivi.

L'agriculteur dont je vous parlais tout à l'heure, par exemple, était un fervent nationaliste. Il avait combattu lors de la guerre de 14-18 et, avant lui, son père avait combattu les Allemands lors de la guerre de 1870.

À l'heure où les mouvements de Résistance n'existaient qu'à l'état embryonnaire, il contribuait déjà à faciliter le passage de prisonniers évadés, de Juifs ou d'Alsaciens désertant vers la zone libre. Ils leur offraient le gîte et le couvert, leur fournissaient quelques vivres et leur indiquaient le chemin à suivre.

Madeleine se tait un instant puis ajoute :

Ce brave homme a d'ailleurs fini par payer ses actions de sa vie.

Chapitre 16

Après être montée à la Piquante Pierre en courant, Joséphine s'est prélassée sous la douche puis s'est confortablement installée sur son canapé en se blottissant dans un plaid.

Une nouvelle fois happée par les contenus qu'elle fait défiler sur son téléphone, elle ne réagit pas immédiatement lorsqu'elle entend frapper à la porte de son appartement.

Mais les trois nouveaux coups secs qui résonnent dans la pièce la poussent à se lever péniblement pour aller ouvrir à son visiteur.

— Ça alors! François! s'exclame-t-elle.

Elle remarque qu'il porte un jean et une chemise à carreaux et s'amuse intérieurement du fait que cette tenue lui donne le faux air des hommes un peu rustres au premier abord que l'on voit dans les films de Noël.

Les deux premiers boutons ne sont pas fermés, laissant ainsi apparaître une petite partie de son torse.

— Je ne vous dérange pas? lui demande-t-il.

— Du tout! Entrez, je vous en prie! Je m'apprêtais à venir vous voir, ajoute-t-elle. Avant, je voulais me mettre un petit truc sous la dent parce que j'étais affamée, mais, en ouvrant le frigo, je suis tombée sur une bouteille de pinot noir... Alors nécessité oblige...

— Vous n'avez pas eu le temps de manger à midi?

— Pas vraiment non, mais ne vous inquiétez pas pour moi.

La jeune femme remplit un deuxième verre et le lui tend, mais son propriétaire le refuse poliment.

— Vous avez passé une bonne journée? l'interroge-t-il.

— Voyons voir... j'ai fait la connaissance de Louis aujourd'hui. Louis, vous savez, c'est le bénéficiaire qui a la petite tortue et qui est resté caché sous ses draps lors de mon premier passage chez lui.

Cette fois-ci, il a accepté de sortir de sa cachette et on a passé un moment très agréable !

Joséphine lui explique avoir fait décaler ses prochaines interventions chez lui afin qu'il puisse manger plus tard. Dans la mesure où il est rare qu'elle ait des interventions après, autant s'efforcer de respecter ses habitudes.

— Ensuite, il y a eu Gaston qui est toujours aussi Gaston, poursuit-elle. Il est même encore plus Gaston que ce que je pensais.

Elle s'abstient de raconter à son propriétaire l'incident de la chaînette en or mystérieusement apparue dans son sac à main sans qu'elle ait pris la peine d'en faire mention à Gaston.

— Enfin, il y a eu Madeleine… Que dire à propos d'elle si ce n'est qu'elle est tellement adorable ! D'ailleurs, est-ce que vous savez où je pourrais trouver un fleuriste et une esthéticienne ? J'aimerais lui offrir un petit quelque chose.

— Vous voulez offrir des cadeaux à Madeleine ? s'étonne-t-il.

François se demande aussitôt s'il s'agit d'une pratique répandue parmi les auxiliaires de vie, mais il s'abstient de le vérifier auprès de Joséphine, devinant que ce n'est pas le cas.

— Et vous, votre journée s'est bien passée ? l'interroge-t-elle.

— Bof.

— Vous me racontez ?

François l'observe du coin de l'œil puis passe une main dans ses cheveux. De toute évidence, il hésite à se lancer et se montre réticent à dévoiler quoi que ce soit à son sujet.

— C'est la classe de Théo et Mathilde ? ajoute-t-elle pour l'inviter à poursuivre.

— Avec eux, je ne suis pas au bord du désespoir, mais presque, plaisante-t-il. Rien ne les intéresse, j'ai l'impression de ne pas savoir m'y prendre. J'ai le sentiment qu'il ne faudrait pas grand-chose pour les motiver, mais je n'y arrive pas. Les méthodes classiques ne fonctionnent pas avec eux.

— Mais c'est une classe de 3e ! Ils doivent être tellement mignons à cet âge-là !

— Vous vivez dans le monde des Bisounours ?

Joséphine ne semblant pas avoir une conscience bien nette de ce que sont les adolescents du monde d'aujourd'hui, il lui explique la nature du triptyque auquel il est quotidiennement confronté. Les élèves respectueux et disciplinés composés de ceux qui ont grandi dans un environnement familial structurant et épanouissant, d'où résulte notamment l'envie d'apprendre et de découvrir le monde. Puis les élèves chez qui se mêlent une certaine indifférence et une dose de lassitude, ceux qu'il sent sur la tangente et dont il sait qu'ils pourraient rejoindre la première catégorie ou, au contraire, basculer avec les autres.

— Ces autres-là, lui explique-t-il, passent leurs nuits sur Snap, Facebook, Insta, YouTube et Youporn. Ceux-là ont généralement un vocabulaire plus pigmenté que la fête des fleurs à Plomeur[2] et n'ont pas peur d'affronter les professeurs et l'autorité qu'ils incarnent. Ceux-là ne respectent pas l'école car, bien souvent, leurs propres parents l'ont détestée avant eux. Ces mêmes autres célèbrent l'armistice de la Première Guerre mondiale le 14 juillet, pensent que le général de Gaulle est à l'origine de la constitution de 1789, situent la première croisade entre 1996 et 1999 et connaissent plus de pratiques sexuelles que vous et moi réunis.

— Quelles pratiques sexuelles ? l'interroge-t-elle, espiègle.

Sans relever la dernière remarque de Joséphine, il lui avoue qu'il se sent en échec de ne pas savoir attiser leur curiosité sur un sujet qu'il maîtrise pourtant parfaitement.

— Avez-vous essayé de les associer à une sorte de projet ? l'interroge Joséphine. Vous êtes passionné d'histoire locale, ça devrait être facile pour vous !

— Je travaille dans un collège, pas dans un musée.

— Mais que vous êtes terre à terre ! Qu'est-ce que vous étudiez en ce moment ?

— La Seconde Guerre mondiale.

---

[2] Fête des fleurs qui a lieu annuellement, fin février, dans le Finistère.

— Vous avez pensé à faire venir des personnes âgées afin qu'elles puissent leur parler de leurs expériences?

Son père, lui, savait faire ça, songe François. Déployer des trésors d'ingéniosité pour faire de ses apprentissages un divertissement plutôt qu'une contrainte. De rencontres en visites des hauts lieux de l'histoire, il regorgeait d'idées qu'il renouvelait sans cesse pour surprendre les adolescents qu'il avait en face de lui. Dans les yeux de ses élèves et grâce à René Receveur, l'histoire s'écrivait avec un grand « H ».

— À l'heure qu'il est, les survivants seront bientôt tous morts, lui répond-il, défaitiste.

— Pas tous, non. Je connais au moins une survivante et elle habite à deux pas de chez vous.

— Qui est-ce?

— Madeleine!

— Comment pouvez-vous être sûre qu'elle accepterait de livrer ses souvenirs?

— Parce qu'elle m'en a précisément confié une partie. Il s'est passé un truc assez incroyable aujourd'hui! Elle a sorti un de ses albums photo et le premier cliché datait du mois d'août 1939.

— Quel âge avait-elle à cette époque-là?

— 16 ans! Et devinez quoi?! Elle m'a parlé de la guerre! Pendant deux temps de temps!

François lui demande aussitôt si ces heures ne risquent pas d'être facturées à la vieille dame, mais Joséphine lui répond par la négative. Elle a notifié la fin de son intervention au moyen de son téléphone, avant de commencer sa longue conversation avec Madeleine.

— Ses souvenirs sont intacts, lui précise Joséphine. C'était absolument passionnant!

— Ce n'est pas moi qui vais vous dire le contraire...

Son propriétaire va se planter devant la fenêtre, place ses mains dans ses poches et reste silencieux quelques instants.

— Croyez-vous qu'il serait possible de...

— … De la rencontrer ? continue Joséphine, voyant que François a du mal à achever sa phrase, rechignant probablement à lui demander un service qu'elle est pourtant tout à fait disposée à lui rendre.

Avant qu'il ait le temps de lui répondre par l'affirmative, la jeune femme dégaine son téléphone et compose le numéro de Madeleine.

— Mais qu'est-ce que vous fabriquez ?

— Je l'appelle, pardi ! Je ne crois pas qu'il serait possible que vous la rencontriez, j'en suis sûre.

— Je ne pense pas que…

— Parfois, il faut arrêter de penser, il faut agir !

— Mais…

— Chut ! lui murmure-t-elle. Madeleine ? Bonsoir, c'est Joséphine !

Tandis qu'elle amorce sa conversation avec la vieille dame, son propriétaire pratique de grands gestes afin de lui ordonner de raccrocher immédiatement.

— Vous êtes là, jeudi ? demande-t-elle à François.

— Oui, s'entend-il répondre malgré lui.

— Madeleine ? Vous êtes toujours là ? Il est là jeudi ! 10 heures chez vous ? C'est parfait !

Puis Joséphine met fin à son échange et le regarde d'un air satisfait.

— Vous allez bien vous entendre ! affirme-t-elle à son proprié-taire. Elle aussi, elle adore conserver des tas de trucs ! Et puisqu'on parle de cette époque-là, j'aurais une petite chose à vous demander.

— Je vous écoute.

— C'est à propos du travail obligatoire… Il ne concernait que des travailleurs forcés de partir en Allemagne, non ?

François lui explique que les Allemands avaient besoin de travailleurs dans les industries françaises qui leur étaient nécessaires, ainsi que dans certains secteurs clés qui manquaient cruellement de main-d'œuvre comme les chantiers forestiers ou l'agriculture.

— Mais à côté de ces pans de l'économie plus ou moins proté-gés contre les départs en Allemagne, les chantiers de l'organisation Todt[3] exigeaient, eux aussi, certains quotas de main-d'œuvre. Des ouvriers ont été envoyés dans le Nord ou ailleurs.

En Bretagne, par exemple, songe aussitôt Joséphine.

— Certains Vosgiens ont par exemple été envoyés sur l'île de Ré pour édifier des blockhaus et des casemates.

Joséphine observe François lui délivrer ses explications avec l'air passionné de celui qui souhaite transmettre son savoir. Il n'oublie pas de ponctuer ses explications de petites anecdotes.

Il parle en faisant bouger ses mains, comme s'il voulait donner vie à ses propos et, en le voyant ainsi, elle a du mal à croire qu'il ne parvient pas à susciter l'intérêt de ses élèves.

— Vous vous intéressez à l'histoire locale désormais? lui demande-t-il. Je croyais que vous viviez votre vie au présent. C'est Madeleine qui vous a parlé du travail obligatoire?

— Non. Son père a été fait prisonnier en Allemagne pendant cinq ans et ses frères étaient trop jeunes pour être concernés. J'ai vu ça dans un reportage, je m'interrogeais, voilà tout, esquive-t-elle.

Joséphine sirote une nouvelle gorgée de pinot noir puis ajoute, en passant du coq à l'âne :

— Savez-vous que c'est bientôt mon anniversaire ?!

— Ah…

— C'est le 25 décembre.

— Dans un mois vous appelez ça «bientôt»? l'inter-roge François.

— Ne me préparez pas de surprise surtout!

— …

— Oh! s'exclame-t-elle en sautillant sur place. Vous m'avez préparé une surprise!

— …

---

[3] « Formation paramilitaire allemande, créée en 1938 pour utiliser à des fins économiques et stratégiques la main d'œuvre des chômeurs (...). Elle entreprend, avec l'appoint forcé d'ouvriers, de nombreux travaux de fortifications dans les territoires occupés, notamment le mur de l'Atlantique ». Source : www.larousse.fr

— Non, chut! Surtout ne me dites rien, je ne veux pas savoir! chuchote-t-elle.

— Vous ne prenez pas congé à Noël? lui demande-t-il afin de vite la détourner de cette idée saugrenue. Vous pourriez en profiter pour retourner en Bretagne et voir votre famille, non?

— Vous ne vous débarrassez pas de moi comme ça! Je n'ai personne à rejoindre en Bretagne et nos bénéficiaires ont aussi besoin de nous le 25 décembre. Ainsi que le 31 décembre et tous les autres jours de l'année. Certaines de mes collègues ont des enfants. J'aime autant leur laisser passer Noël en famille.

Puis il se dirige vers le couloir menant à son propre appartement et en rapporte une grosse citrouille.

— J'ai récolté des potirons au jardin, vous en voulez un? C'était le but initial de ma visite d'ailleurs.

Il le dit comme s'il avait besoin de justifier le caractère purement utilitaire de sa venue chez elle.

— Non merci. Mais c'est gentil à vous de me le proposer. Mon emploi du temps ressemble à un morceau de gruyère et je grignote dans ma voiture. Ce sont les joies de l'aide à domicile en milieu rural. Alors, entre une soupe qu'il me sera impossible de tenir au chaud et le paquet de gâteaux que m'a offert Madeleine, je choisis les gâteaux!

Puis elle le regarde et ajoute :

— Vous enseignez, vous lisez, vous jardinez, vous ne buvez pas d'alcool… Est-ce qu'il vous arrive de faire des trucs divertissants?

— Très drôle. Vous restez chez vos bénéficiaires bien au-delà de l'heure à laquelle vous êtes censée partir, vous vous abstenez de déjeuner, vous ne mangez aucun légume, vous picolez… Est-ce qu'il vous arrive de faire des trucs rais…

Son propriétaire n'a pas le temps de finir sa phrase : il est interrompu par la sonnerie du portable de Joséphine, laquelle sort immédiatement son téléphone de sa poche pour prendre l'appel avant que François n'ait le temps de finir sa phrase.

Il la laisse commencer sa conversation, l'entend élever de vagues protestations puis conclure sa conversation par un bref « d'accord » murmuré sans réelle conviction.

— Que se passe-t-il ? lui demande-t-il en voyant sa mine déconfite.

L'assurance qu'elle avait affichée jusqu'alors avec lui a complètement disparu.

— Ma directrice a décidé de retirer Louis et Madeleine de ma tournée, lui explique-t-elle d'une petite voix.

Le bureau de l'association vient d'expliquer à l'auxiliaire de vie que la procédure a été établie comme telle dans cette association, afin de ne pas créer de relations trop intimes entre les intervenantes et les bénéficiaires.

— Ça ne paraît pas complètement illogique ? tente de tempérer François.

— Pas illogique ? Je vais vous dire ce qui est illogique moi ! s'insurge-t-elle. Au fur et à mesure de nos interventions, on apprend à les connaître nos bénéficiaires. Eux aussi s'habituent à nous. Certains d'entre eux finissent par nous apprécier. Ce qui est illogique, c'est de prendre des décisions pareilles au mépris de leurs souhaits et de leur bien-être. Vous croyez que ce n'est pas fatigant pour un Louis apeuré par les relations sociales de voir débarquer une nouvelle auxiliaire de vie tous les quinze jours ?

Joséphine paraît sincèrement révoltée par cette situation et rien de ce que François peut dire ne paraît pouvoir apaiser sa colère.

La directrice lui a expliqué qu'il s'agissait d'éviter pour les auxiliaires de vie des dégâts bien plus importants si l'un des bénéficiaires tombait malade ou, pire, rendait son dernier souffle. Ces professionnelles-là travaillent avec des humains et sont confrontées à la maladie et à la souffrance. C'est épuisant, physiquement et psychologiquement. Aussi, la direction estime-t-elle préférable d'essayer de préserver les intervenantes comme les bénéficiaires. Ceux pour qui les auxiliaires de vie sont parfois la seule et unique présence de la journée.

La jeune femme a vainement essayé d'argumenter.

— Pourquoi est-ce que vous souriez ? lui demande François.

Madeleine est la grand-mère de Camille et Louis habite à deux pas de son lieu de travail.

— Parce que je n'ai pas l'intention de me laisser faire, conclut Joséphine.

En pareilles circonstances, elle sait pouvoir compter sur un sens aigu de la persuasion.

Chapitre 17

Camille,

François avait l'air plus détendu ce soir. C'est lui qui est venu frapper à ma porte, et non l'inverse. Il a même voulu m'offrir un potiron! Je suis soulagée que cette cohabitation prenne une allure plus apaisée. Je déteste qu'on ne m'aime pas. Surtout quand je donne le maximum pour être acceptée. Personne n'aime être méprisé, moi encore moins que les autres.

Il est très observateur et fait souvent des remarques pertinentes. Je n'en tiens pas compte, mais je les trouve sensées. Il est assez calme, il réfléchit et pèse ses mots. Il me provoque, mais nos discussions après nos journées de travail respectives sont assez agréables. Cinq minutes par ci, cinq minutes par là, c'est devenu comme une sorte de rituel. Et même si ma décision de venir dans les Vosges a été un vrai chambardement, j'aime les repères.

Je crois que c'est ce que François pourrait incarner.

Un repère. Voilà, c'est ça, un repère. S'il était un astre, il pourrait être l'étoile du berger. Celui vers qui l'on peut se tourner si l'on ignore la direction à emprunter. Il se dégage de lui une sorte de sagesse dont j'ai le sentiment qu'elle n'est pas innée chez lui. Bien que je l'aie gentiment taquiné à ce sujet, je suis presque sûre que son sens de la mesure s'est construit avec les erreurs qu'il a commises par le passé.

Assez parlé de lui!!

J'ai rencontré ta grand-mère aujourd'hui! Ta mamie, tu t'en rends compte?! Combien y avait-il de chances pour que ça arrive? Si j'ai atterri chez Madeleine, il y a une raison. C'est que, comme je le pense, cette histoire n'est pas terminée et qu'on est fait pour se retrouver un jour ou l'autre.

J'ai immédiatement reconnu tes yeux verts malgré les années qui te séparent de ce cliché et je n'ai pas pu réprimer un rire nerveux qui m'a rendue parfaitement ridicule aux yeux de Madeleine.

Je connais tellement ton visage que je pourrais te reconnaître entre mille. Ce cadre était accroché au mur entre mille autres, vous étiez au moins soixante sur ce cliché et pourtant, c'est vers toi que mon regard s'est dirigé.

On est deux aimants qui s'attirent irrémissiblement l'un vers l'autre !

Ensuite, Madeleine a ouvert un énorme album photo. J'ai beaucoup espéré t'apercevoir à nouveau. Ça m'aurait permis de la questionner à ton sujet. Mais il se trouve que notre conversation s'est arrêtée au mois de juin 1940. J'ignore encore pourquoi je l'ai interrogée à ce sujet. Peut-être est-ce parce que cette période de l'histoire intéresse particulièrement François ?

(J'ai le sentiment qu'il ressemble à certains de ses élèves, qu'il ne lui faudrait pas grand-chose pour débloquer quelques verrous ou pour qu'il bascule vers le mépris le plus total vis-à-vis de ma petite personne.)

Je me suis dit que je reverrais Madeleine très vite, j'ai pensé qu'on aurait tout le temps de papoter à ton sujet. C'est sans compter qu'elle a été retirée de ma tournée. Ainsi que Louis. Je sais, au fond de moi, que cette décision a été prise dans l'intérêt de tout le monde mais je ne peux abandonner ni l'un ni l'autre. C'est plus fort que moi.

Je ne m'inquiète pas plus que ça. Ce problème sera bientôt réglé.

Je me suis laissée porter jusqu'à maintenant mais ça ne m'empêche pas de bousculer le destin lorsque les circonstances l'exigent.

Regarde où celui-ci m'a menée : chez ta mamie!

Je vois que tu m'adresses des signes, mais que tu n'es pas encore prêt à franchir le cap. Aujourd'hui, tu as posté sur Facebook une chanson de Franz Ferdinand. La même que celle que tu m'as fait écouter lors d'une de nos conversations. Je fais toujours partie de ta vie! Tu penses encore à moi, c'est évident. Ta publication est un subtil mélange de regrets et de nostalgie, il n'y a aucune autre explication.

Depuis, je l'ai écoutée cent cinquante fois.
(Ne l'écoute pas cent cinquante fois, à force, ça devient chiant.)

Je suis sûre que, comme moi, tu te souviens que c'est à ce moment-là que nos conversations ont commencé à prendre un tour plus personnel.

Les messages du style « Tu me manques » et autres niaiseries du genre ont fait leur apparition dans nos échanges. Je suis un ours en peluche, rien n'est jamais assez mielleux pour moi!

J'ai compris que tu me courrais après. Pour autant, j'étais persuadée que tu n'arriverais pas à m'attraper.

Je n'attendais rien de toi à ce moment-là. Je pouvais laisser passer des heures avant de te répondre. Tu ne représentais aucun manque ni aucune attente, tu ne suscitais aucun désir particulier. J'étais heureuse d'avoir de tes nouvelles, mais j'avais largement la capacité de me passer de toi.

Puis on s'est écrit de 7 heures jusqu'à 23 heures. Nos métiers, nos régions d'origine, nos situations familiales, nos études, nos parents, nos amis, nos vacances, nos recettes de cuisine préférées, nos activités sportives…

À ce sujet, je suis allée visiter la Piquante Pierre ce soir ! J'y suis montée en courant. Tu as raison, c'est un endroit magnifique ! C'est vachement plus chouette en vrai que sur la carte IGN affichée sur Strava[4]. L'ouverture du paysage y est spectaculaire.

François a raison : c'est un lieu chargé d'histoire. Au sommet trône un grand monolithe sur lequel est posée une plaque commémorative dédiée à ceux qui ont sacrifié leur vie pour la Libération de la France en 1944.

L'un d'eux porte le même nom que toi !

Aujourd'hui, tu meubles mon esprit, tu occupes mes pensées et tu enflammes mes nuits et si l'on m'avait dit où toute cette histoire me mènerait six mois plus tard, je n'en aurais pas cru un mot !

Pour autant, je comprends que tu ne veuilles pas à nouveau investir ma vie. Je n'entreprendrai rien tant que tu ne l'auras pas décidé, je te le promets. Je suis assez lucide pour reconnaître que je ne peux plus me passer de toi mais ce n'est qu'une question de semaines, de jours peut-être avant que tu n'apparaisses de nouveau dans ma vie.

Je sais que tu as de bonnes raisons de ne pas revenir. Quelles qu'elles soient, je les respecte.

Tu penses toujours à moi, c'est tout ce qui m'importe.
Prends le temps que tu veux, je serai patiente, je t'attendrai.
Amoureusement,
Joséphine.
PS Ne tarde pas trop quand même.

---

[4] Réseau social dédié à la course à pied

Chapitre 18

Cher journal,

J'ai rendu leurs copies aux 3ᵉC aujourd'hui. Ça me fait mal de l'admettre, mais Joséphine avait vu juste. J'étais pourtant persuadé que son stratagème ne fonctionnerait pas!

À la fin de l'heure, Théo est resté sagement assis sur sa chaise en attendant que tous ses camarades sortent de la salle. C'est assez inhabituel de la part de ce gamin qui a pour habitude de commencer à ranger à ses affaires vingt minutes avant la fin du cours. Et ça, c'est lorsqu'il daigne les sortir au début. D'autant que, cette fois-ci, il ne s'est pas balancé sur sa chaise et a spontanément enlevé sa capuche et ses écouteurs. Il n'a pas pianoté de SMS, ni roulé de pelle à Clara, ni même inséré son compas dans l'oreille de Valentin. Il n'a pas non plus voulu niquer la mère de quelqu'un, ce qui est tellement rare que cela mérite d'être souligné.

Il a observé la mine déconfite de Mathilde assise au premier rang, laquelle se demandait probablement de quelle façon elle allait justifier le soir même un 8 auprès de ses parents car, de toute évidence, son travail studieux méritait le double.

« Ça s'fait trop pas c'que vous avez fait à Mathilde, M'sieur!» a fini par lâcher Théo lorsqu'on s'est retrouvés seuls tous les deux.

Je lui ai expliqué la note que je leur avais attribuée pour ce travail en duo, de façon qu'il comprenne la fâcheuse posture dans laquelle il se trouvait vis-à-vis de sa camarade. Puis je lui ai dit que s'il n'avait rien d'autre à ajouter, il pouvait rejoindre ses camarades en cours de français parce qu'il serait dommage de ne pas savoir conjuguer le verbe «expier» à l'imparfait du subjonctif.

Il m'a rendu sa copie. Il avait rayé le 8 et avait ajouté un 0 à côté.

Alors je suis allé frapper à la porte de Joséphine ce soir pour lui donner le potiron que je m'étais promis de lui offrir si son stratagème fonctionnait. Sans toutefois oser lui avouer qu'elle avait trouvé une façon juste et équitable de gérer cette difficulté. Une sombre histoire d'ego mal placé sans doute.

Sauf que ma locataire a encore réussi à me surprendre par l'étrangeté de sa conduite!

Elle bosse de 7 heures jusqu'à 21 heures, elle court, elle oublie de manger ou elle grignote des tas de bêtises, elle dort peu. À ce train-là, je ne lui donne pas deux mois pour se retrouver sur les rotules.

Et il faut la voir parler de ses bénéficiaires! Elle a déjà une amplitude horaire énorme et elle décale encore sa dernière intervention auprès de Louis pour qu'il puisse manger plus tard. Quant à Madeleine, elle m'a paru si exaltée lorsqu'elle m'a parlé d'elle. Cette vieille dame n'est pas sa grand-mère, c'est son boulot bon sang! Pourquoi tient-elle à la couvrir de cadeaux? Venant d'une auxiliaire de vie, je trouve la démarche déplacée. Elle peut prétendre qu'elle bosse avec des humains, je suis persuadé qu'elle ne reste pas dans son rôle. Pourquoi cette femme en particulier? C'est comme si elle se faisait un devoir d'être acceptée par elle. Lorsque cette vieille dame a été retirée de sa tournée, elle m'a semblé réagir de façon totalement irrationnelle. Ce n'est quand même pas comme si elle la côtoyait depuis quinze ans! La directrice de son association a eu raison de le souligner : elle doit garder ses distances.

Moi aussi, parfois, certains gamins en difficulté, certains enfants aux parcours compliqués me touchent et m'émeuvent. Je n'y suis pas insensible mais je fais en sorte de rester à ma place.

Elle ne voudrait quand même pas exploiter la fragilité et la vulnérabilité des personnes dont elle s'occupe? Après tout, ce ne serait pas la première auxiliaire de vie à dépouiller de ses richesses une personne âgée.

À ce stade de l'histoire, je ne saurais dire si mon sentiment de méfiance est légitime ou si je ne suis que le sale con qui tire des conclusions bien trop hâtives. Après tout, on doit voir dans les colonnes des quotidiens autant d'enseignants indélicats que d'auxiliaires de vie chapardeuses. Si elle me prenait pour un prof maltraitant parce que je donne une pichenette à un élève, de quelle façon prendrais-je ça?

Je ne sais plus quoi penser de cette fille.

Un point d'interrogation. Je crois que c'est ce que ma locataire incarne. Voilà, c'est ça, un immense point d'interrogation! Si elle était une constellation, elle pourrait être le caméléon. Elle change de couleurs tellement souvent que c'est juste impossible de s'y retrouver.

Elle donne le sentiment de vouloir se faire adopter et a même été jusqu'à penser que j'allais lui préparer une surprise pour son anniversaire. Une surprise pour son anniversaire?! C'est une douce blague! Elle s'emporte tellement vite! C'est comme si, d'un coup de baguette magique, elle s'était trouvé une nouvelle famille.

Est-ce la différence d'âge entre nous qui fait que j'ai constamment envie de la remettre à sa place? On a vingt ans d'écart, je pourrais être son père. Est-ce pour ça que je me sens obligé de juger ses conduites? Ou est-ce pour oublier qu'à un moment donné dans ma vie, moi aussi, j'ai eu besoin d'aide?

À ce moment-là, je me sentais terriblement seul et j'aurais eu envie qu'on me prenne par la main, qu'on me dise « non, ne fais pas comme ça, tu vas aller dans le mur ».

Est-ce que Joséphine n'est pas le miroir de ma propre vie ? Mais si c'est le cas, est-ce que vraiment je m'y prends de la bonne manière ? En même temps, elle paraît si solide, si sûre d'elle, si fonceuse qu'elle semble avoir besoin de coups de semonce. Et c'est comme si elle y était parfaitement indifférente.

D'un autre côté, c'est assez attendrissant de la voir se donner comme ça à 200 % pour ces personnes âgées. Elle se fiche de l'amplitude horaire, accepte tous les remplacements que son agence veut bien lui confier et ne prend aucun congé à Noël pour arranger ses collègues… Combien de jeunes de son âge sont capables de s'investir de cette façon-là dans leur métier ?

Pourquoi faudrait-il se méfier par principe de la bienveillance et de la gentillesse ?

Lorsque je lui ai parlé des 3ᵉ C, elle m'a immédiatement suggéré de faire venir Madeleine au collège. Elle a même fait en sorte que je la rencontre jeudi prochain. J'habite à deux pas de chez elle depuis cinq ans et je ne sais pas à quoi elle ressemble. Joséphine la connaît depuis un mois et elle parvient à me mettre en relation avec elle. Avec Joséphine, tout problème paraît avoir sa solution. La vie selon elle semble si simple et si évidente.

Alors pourquoi ne puis-je pas m'empêcher de penser qu'elle va terriblement compliquer la mienne ?

François

140

Chapitre 19

À nous deux, Gaston Parisot, pense Joséphine en garant son véhicule devant la maison du vieil homme.

Elle en est convaincue : cette intervention ne va pas être une partie de plaisir.

«Ça passe ou ça casse», c'est en ces termes qu'elle pourrait le formuler.

Comme elle s'y est attendue, Gaston n'a pas manqué d'appeler son employeur afin de signaler le vol d'un bijou par son auxiliaire de vie préférée.

Sa dernière intervention chez lui s'est déroulée de façon très étrange. Trop étrange. Gaston avait commencé par ses sarcasmes habituels. Et puis, tout à coup, plus rien... Plus de provocations, plus de critiques, plus de cris... Il avait même fini par s'excuser de s'être comporté de la sorte avec elle.

C'est lorsqu'elle a vu ce bijou dans son sac à main qu'elle a compris pourquoi son attitude avait soudainement changé. Il lui avait alors paru évident que Gaston avait cherché à la piéger en glissant la chaînette dans son sac à main. La perfidie du vieil homme ne semblait avoir aucune limite.

Sans doute Gaston avait-il pensé que lorsqu'on était payée au SMIC pour «laver des culs», il était naturel d'avoir tendance à chaparder les trésors de ses bénéficiaires. Et quand, par-dessus le marché, on venait de Tréguennec et qu'on avait la peau un peu plus foncée que les autres, la pensée se muait en certitude : d'après lui, Joséphine devait forcément être une voleuse.

La directrice de l'association avait immédiatement relayé les accusations du vieil homme auprès de l'auxiliaire de vie, laquelle lui avait calmement répondu que Monsieur Parisot trouverait sa chaînette en or dans la petite boîte à bijoux posée sur le bahut dans le salon, et dont elle a pensé qu'elle était prévue à cet effet.

« Je n'ai pas pris la précaution de le lui signifier avant de partir. Je n'ai pas voulu le déranger. Je me doute qu'il tient à ce bijou et je m'excuserai de cette méprise auprès de lui la prochaine fois que je le verrai », avait ajouté Joséphine sur un ton dont l'innocence était teintée de la plus parfaite des hypocrisies.

Le vieil homme avait effectivement retrouvé le bijou à l'emplacement indiqué par Joséphine et ses menaces de plainte lui avaient fait perdre le peu de crédibilité qu'il lui restait auprès de l'association.

Gaston ne lui laisse pas le temps de sonner à la porte, il ouvre brusquement celle-ci et, sans rien dire, la détaille de haut en bas.

— Bonjour, Monsieur Parisot.

— Pas de ménage aujourd'hui, lui dit-il sèchement. Je suis bien luné. Vous allez faire du repassage.

De peur d'attiser sa hargne, elle n'ose pas faire mention auprès de lui de ce qu'elle appelle désormais « l'affaire de la chaînette en or ». Elle se justifiera quand elle aura accompli les tâches qu'il lui demande d'exécuter. Peut-être se trouvera-t-il, à ce moment-là, dans une meilleure disposition d'esprit ?

Le vieil homme l'invite à entrer et la conduit dans une pièce aveugle. Une sorte de buanderie aux dimensions incroyablement réduites, éclairée à l'aide d'une unique ampoule.

— Vous avez trois heures pour vider cette panière. Pas une minute de plus, pas une minute de moins.

En l'observant, Joséphine se demande tout à coup si elle n'aurait pas dû régler ce différend autrement, en rendant immédiatement ce bijou à son propriétaire, plutôt qu'en prenant son sac à main puis en partant sans rien dire.

Était-il bien judicieux de jouer avec lui au chat et à la souris ? se demande-t-elle.

Tandis qu'elle observe la bassine de linge, Gaston referme doucement la porte sur elle.

— Bon courage, marmonne-t-il, un sourire narquois au coin des lèvres.

L'auxiliaire de vie en examine le contenu et y trouve des pantalons, des chemises, des pulls, des sous-vêtements, des serviettes de toilette, des torchons, des gants de toilette, des mouchoirs, des housses de couette et des taies d'oreillers. Vu la quantité de textile, elle se dit que le vieil homme a dû faire un paquet de lessives ces derniers jours et va même jusqu'à songer qu'il a lavé du linge propre dans le but d'aggraver exagérément l'ampleur de sa tâche.

Heureusement, l'hiver est installé et il gèle dehors. C'est la saison idéale pour faire du repassage. Il n'y a rien de plus désagréable que de s'adonner à cette tâche en plein été.

Le fer à repasser est déjà en état de marche, elle frotte ses mains glacées l'une contre l'autre et ne tarde pas à s'atteler à l'ouvrage. Cette session de repassage sera un bon moyen de réchauffer les cœurs.

Mieux vaut du repassage qu'une aide à la toilette, songe immédiatement Joséphine.

Malgré l'étroitesse de la pièce, elle savoure le calme qui s'en dégage. Tout ce qu'il lui importe, c'est que Gaston ne vienne pas rôder dans les parages pour lui reprocher la façon dont elle plie ses mouchoirs en tissu.

Elle sourit en songeant aux voisins du vieil homme, ceux que ce dernier avait empêchés de sortir de chez eux en débranchant l'alimentation électrique de leur portail. Lorsqu'elle est arrivée, elle les a vus installer leurs décorations de Noël. Quand elle ressortira d'ici, le soleil sera couché et les guirlandes multicolores scintilleront dans la nuit.

Noël approche et elle adore Noël.

★

Trente minutes à peine se sont écoulées depuis son arrivée ici et, pourtant, la température de la pièce lui paraît légèrement élevée. Le mercure a tellement grimpé qu'il vient de la ramener brusquement à la réalité. L'auxiliaire de vie ôte son gilet, s'approche du radiateur, le touche du plat de sa main et s'aperçoit que le thermostat a été poussé à son maximum.

— On crève de chaud ici, marmonne-t-elle.

À quel jeu Gaston a-t-il voulu jouer?

Elle essaie de tourner la molette pour réduire la température de la pièce mais ne parvient pas à la faire bouger. De toute évidence, le vieil homme a trafiqué le convecteur afin que Joséphine prenne un petit bain de chaleur. Il démonte les radiateurs, les grille-pain et les portails électriques. Bloquer un thermostat ne doit lui poser aucun problème particulier.

Sans s'en inquiéter, elle saisit une grande housse de couette, passe le fer dessus avec application puis la plie soigneusement. Du moins aussi soigneusement que le lui permet l'étroitesse de la pièce.

Au terme de cette opération délicate, elle s'aperçoit qu'elle est en nage et qu'elle ne parviendra pas à rester enfermée dans cette espèce de cagibi pendant trois heures.

Encore une heure comme ça et l'atmosphère sera tout bonnement irrespirable.

La pièce n'étant pourvue d'aucune fenêtre qu'elle pourrait ouvrir, elle se dirige vers la porte dans le but d'entrouvrir celle-ci. Si elle laisse rentrer un filet d'air frais, son environnement deviendra tout à coup plus supportable.

Elle en profitera pour aller chercher sa bouteille d'eau et une bricole à grignoter dans son sac à main car, comme d'habitude, elle n'a pas pris le temps de manger correctement à midi. La jeune femme songe aussitôt à la délicieuse soupe qu'elle aurait pu déguster si elle avait accepté le potiron que lui avait proposé François.

La jeune femme tente d'ouvrir la porte. En vain.

— Ce vieux loup ne m'a quand même pas enfermée ici ? murmure-t-elle.

Elle essaie une deuxième, puis une troisième fois, mais ses tentatives restent infructueuses. Elle en déduit qu'en partant, Gaston a discrètement fermé la porte à clé en projetant de ne venir la chercher qu'une fois son intervention terminée.

Le vieil homme a probablement vécu l'épisode du bijou soi-disant volé comme une humiliation et cherche à se venger. Qu'à cela ne tienne. Elle va entrer dans l'arène et lui montrer de quel bois elle se chauffe.

L'auxiliaire de vie cherche à accélérer la cadence afin d'en terminer au plus vite. Mais, malgré ses efforts et son application, la bassine de linge ne semble pas désemplir. C'est comme si son bénéficiaire avait utilisé un vérin hydraulique pour en faire rentrer le maximum à l'intérieur. Elle ne s'est pas rendu compte au premier abord mais elle se rend à l'évidence : elle n'en viendra pas à bout dans le délai imparti et le vieil homme le sait parfaitement.

L'air est désormais saturé d'humidité et la température de la pièce atteint la limite supportable. Son tee-shirt lui colle à la peau et des gouttes de sueur perlent sur sa peau. Elle les essuie du revers de la main.

Elle voudrait se ruer vers la salle de bains de Gaston puis tourner le mitigeur vers l'avant, afin que la pluie ruisselle à nouveau dans son dos.

La plaisanterie a assez duré.

— Monsieur Parisot ! appelle-t-elle en frappant trois coups à la porte.

Elle aimerait distinguer le bruit de ses patinettes glissant sur le carrelage.

Scritch, scritch, scritch.

D'habitude, ce frottement la hérisse mais, cette fois-ci, elle rêverait de l'entendre.

La jeune femme colle son oreille contre la porte mais le silence le plus complet règne dans la maison.

Pourvu qu'il ne se soit pas endormi.

— Monsieur Parisot! tambourine-t-elle une nouvelle fois à la porte en haussant le ton.

Peut-être se trouve-t-il en ce moment même juste derrière la porte. Elle l'imagine se frottant les mains en affichant un sourire mauvais tout en jubilant à l'idée d'entendre les cris implorants de son auxiliaire de vie.

En désespoir de cause, elle saisit le bidon d'eau qui est destiné à alimenter le réservoir du fer à repasser et boit quelques gorgées. Elle ignore depuis combien de temps l'eau s'y trouve mais elle a terriblement soif et n'a que ça sous la main.

L'auxiliaire de vie se sent tout à coup profondément mal à l'aise. Son bénéficiaire l'a cantonnée dans une pièce qui ne dispose d'aucune autre issue que cette porte fermée à clé. En n'oubliant pas de trafiquer le radiateur afin que la température grimpe de façon exponentielle.

Elle essaie une nouvelle fois de tourner le thermostat du radiateur, se dirige vers la porte et appuie rageusement sur la clenche en lâchant quelques jurons.

Puis la jeune femme ferme les yeux, s'adosse au mur quelques instants et n'a désormais plus qu'une idée en tête : sortir d'ici le plus vite possible. Elle se sent prise au piège entre ces quatre murs de lambris et pratique de grandes respirations pour retrouver un semblant de calme. Si son téléphone se trouvait dans sa poche, elle appellerait l'association sur-le-champ afin de signifier que Gaston était en train de la séquestrer dans une pièce de sa maison mais son portable est resté dans son sac à main.

Pour une fois où elle s'en est séparé, c'est un comble!

Elle a faim et l'air saturé de vapeur d'eau l'amène au bord de la suffocation. Ou peut-être est-ce seulement un effet de la panique? Elle essaie de s'éventer avec sa main mais ses gestes sont devenus lents et l'énergie lui manque. Manger à sa faim à midi aurait été une précaution bienvenue.

La jeune femme donne quelques coups supplémentaires dans la porte puis son corps glisse doucement le long du mur jusqu'à atteindre une position assise. Elle essaie de se relever sans toutefois y parvenir. Une immense fatigue s'empare d'elle et la cloue au sol.

— Monsieur Parisot, articule-t-elle dans un murmure presque inaudible.

Elle déglutit péniblement et incline légèrement sa tête tandis que, devant ses yeux, apparaissent de minuscules lampions multi-colores. Des petites lumières semblables à celles accrochées aux fenêtres par les voisins de Gaston.

Doucement, les illuminations disparaissent. Ce sont désormais les torchons et les serviettes qui semblent sortir de la bassine de linge pour danser la java.

Ses mains se mettent à trembler et sa respiration s'accélère.

Elle ferme les yeux et, sans qu'elle ne puisse y opposer aucune résistance, laisse le reste de son corps s'écrouler lourdement sur le sol.

Et puis plus rien.

Chapitre 20

— Putain de merde ! s'exclame Gaston en entrant dans la pièce.

Il s'agenouille auprès d'elle et lui tapote doucement la joue.

— Joséphine !

La jeune femme ouvre péniblement les yeux et il semble aussitôt soulagé de voir qu'il ne s'agit que d'un malaise vagal. Tandis qu'elle se relève doucement, il cherche à l'aider en lui prenant la main afin de la tirer vers lui.

— Ne me touchez pas, lui ordonne-t-elle.

Elle le voit ouvrir des yeux grands comme des soucoupes, comme s'il venait tout à coup de prendre conscience de son degré de perversité en même temps que du caractère dangereux de sa conduite.

— Il fait chaud ici, pas vrai ? le tance-t-elle en le voyant triturer l'encolure de sa chemise.

— Ne bougez pas, je vais vous chercher de l'eau.

Le vieil homme sort de la pièce et en revient aussitôt, un verre d'eau fraîche à la main. Il a même pris la précaution d'y ajouter quelques glaçons.

— Merci, lui dit-elle.

Joséphine le boit d'une traite et le lui tend.

— Je vais vous en chercher un autre, lui propose-t-il sans qu'elle ait quoi que ce soit à ajouter.

Il revient une nouvelle fois auprès d'elle avec un petit plateau sur lequel il a posé un verre d'eau, quelques bonbons et un paquet de petits gâteaux.

Il le pose sur la table à repasser et murmure :

— Je suis désolé.

Sa voix est presque brisée et il n'ose plus la regarder.

Joséphine devrait sortir d'ici le plus vite possible et appeler l'association sur le champ de façon à ne plus jamais y mettre les pieds. Ni elle ni personne d'autre. Elle devrait trépigner, crier, hurler, l'accabler et s'indigner. Cette fois-ci, Gaston Parisot a dépassé les bornes et elle sait ce qu'il lui en coûtera si elle en avertit sa cheffe. Pourtant, aucun mot ne veut plus sortir de sa bouche.

— Je… Je ne sais pas ce qui m'a pris, ajoute-t-il.

Elle devrait lui dire qu'il a gagné le combat, qu'elle ne peut pas lutter, qu'elle jette l'éponge parce qu'elle n'a pas assez d'imagination pour rivaliser face à tant de méchanceté.

Mais la seule chose qu'elle parvienne à faire, c'est prendre un petit sablé au chocolat pour le déguster lentement. Elle se laisse envoûter par la douceur des arômes concentrés dans ce petit biscuit pour oublier un instant la bassesse des instincts ramassés à l'intérieur de ce vieil homme.

Sans qu'elle le retienne, ce dernier la quitte et rejoint son salon.

De là où elle se trouve, elle distingue le son caractéristique des aiguilles d'une horloge. Elle n'y avait pas fait attention les deux premières fois. Parce qu'elle passait le pinceau, le plumeau, le chiffon et que Gaston criait. Le vieil homme hurlait aussi fort qu'elle s'agitait et aujourd'hui, le contraste avec ce remue-ménage est saisissant. Il n'y a plus de bruit et il n'y a plus d'effervescence.

Après avoir repris ses esprits, elle remet son manteau, saisit son sac à main, pose sa main sur la clenche, s'apprête à partir puis revient sur ses pas.

Elle ne peut pas le quitter sans lui avoir expliqué ce qu'elle a sur le cœur.

La jeune femme refuse de commencer sa nouvelle vie sur un échec pareil. Elle est venue ici pour se reconstruire et il est hors de question qu'on la jette comme ça. Aucune de ses collègues ne parvient plus à se faire accepter par Gaston, mais son instinct lui murmure qu'elle peut y arriver.

La jeune femme va le trouver au salon et, sans ressentir la moindre appréhension à l'idée de le défier de la sorte, plante son regard dans le sien.

— Ma journée de travail devrait être terminée, lui explique-t-elle calmement. C'était prévu comme ça dans mon planning. J'étais contente parce que je finissais à 21 heures tous les autres soirs de la semaine. Si je commençais ma journée à 14 heures, je ne serais pas tellement fatiguée mais comme je la débute à 7 heures, j'aime encore bien profiter d'une soirée libre de temps en temps. Parce que, naturellement, il m'arrive de travailler le week-end aussi. Certains d'entre vous ont besoin de nous le samedi et le dimanche et même parfois la nuit. Bref. Aujourd'hui, Céline est tombée d'un escabeau et s'est cassé la jambe. Vous connaissez Céline, n'est-ce pas ? C'est celle que vous avez traitée de connasse parce qu'elle avait utilisé une éponge plutôt qu'une brosse à dents imbibée de vinaigre blanc pour nettoyer les joints de votre lavabo. Mais si, vous savez, elle est grande, blonde, svelte, sympa et elle n'a pas la peau « pain grillé » de Miss Tréguennec. Je m'égare. Céline, elle n'était pas censée monter sur un escabeau. Non, non, non, c'est interdit ça. Trois marches, pas plus. Eh oui ! Sauf que sa bénéficiaire n'avait plus de lumière dans sa cuisine. Alors plutôt que de lui dire d'aller se faire voir, Céline a fait preuve d'un peu d'humanité. Elle a pris l'escabeau et elle est montée dessus pour pouvoir lui changer son ampoule. Et badaboum. Des exemples comme ça, j'en ai à la pelle. Ces petites choses qu'on n'est pas autorisées à faire pour vous mais qu'on fait quand même, soit parce que ça vous rend heureux, soit parce qu'il n'y a personne d'autre pour faire le boulot. On s'occupe des quatre chats de Monsieur Muselli parce qu'il les aime beaucoup, on arrose les vingt-cinq plantes de Monsieur Dupont parce qu'il adore la verdure, on nettoie la terrasse de Monsieur Michel parce qu'il apprécie de pouvoir profiter du soleil. On met du vernis sur les ongles de Madame Poidevin parce qu'elle aime bien se sentir jolie, on déplace le frigo de Madame Bailly parce qu'elle a fait tomber sa taxe foncière derrière sans faire exprès et parce qu'il faut la payer vite, sinon il y a 10 % de pénalité ! On fait aussi la toilette de Monsieur Durand parce qu'aucune aide-soignante n'est disponible sur le secteur. Quand je dis qu'on fait la toilette, on fait la toilette hein! Pas une petite aide à la toilette, non, non, non. Ça, c'est notre boulot, ça nous fait pas peur. Non, une toilette complète, y compris les parties intimes et tout et tout. On n'est pas diplômées pour la réaliser mais comment faire autrement? Bref, on fait un peu tout. Vétérinaire, paysagiste, coiffeuse, esthéticienne, déménageur, aide-soignante...

Joséphine ne hausse pas le ton et débite ses explications à Gaston sur le ton le plus calme possible. Elle n'a pas envie ni de se battre avec lui, ni de se plaindre, ni de tirer la couverture à elle, voire d'attirer sa compassion ou même sa pitié. Elle aime ce boulot qu'elle a choisi mais elle veut que le vieil homme se mette à sa place l'espace de dix minutes seulement. Et comme il vient de l'enfermer dans un hammam pendant deux heures, il lui doit bien ça.

— Hier, je suis allée chez Simone. Elle n'a plus toute sa tête, Simone, voyez-vous. J'irais même jusqu'à dire qu'elle déhotte complètement. Par exemple, elle a oublié qu'il fallait faire ses besoins dans les toilettes. Alors quand je vais chez elle, je ramasse ses excréments. Je respire par la bouche parce que ça sent le caca chez Simone. Sa famille a voulu la placer en EHPAD mais n'a pas trouvé de place. Et quand une place s'est libérée, Simone n'a plus voulu y aller. Alors sa famille a voulu mettre en place une mesure de tutelle. De façon à ne pas lui laisser le choix. Parce que tant que Simone n'est pas sous tutelle, c'est encore elle qui décide. Mais ça prend du temps ces procédures-là. Alors, en attendant, Simone reste chez elle et nous, on s'occupe d'elle. D'habitude, elle fait caca dans ses poubelles. C'est pratique, me direz-vous. Et c'est un peu ludique aussi parce qu'elle ne fait pas toujours dans la même poubelle. J'ai des fois l'impression de faire une partie de cache-cache, vous ne suspectez pas à quel point je m'amuse. Sauf que l'autre jour, elle avait fait ses besoins en plein milieu du salon. Et quand je suis arrivée, elle en avait plein les mains et elle jouait avec ses crottes. J'étais là pour une demi-heure mais il a fallu que je la nettoie, puis que je lessive la pièce. Le pire dans tout ça, c'est que Simone voulait rester dans son salon parce qu'elle ne voyait pas vraiment le problème. Alors elle m'a insultée et elle est allée chercher un rouleau à pâtisserie pour essayer de me frapper. Essayer de convaincre Simone d'aller à la douche, c'était un peu comme essayer de faire comprendre au roi de la jungle qu'il vaut mieux bouffer trois brins d'herbe plutôt qu'une antilope. Vous voyez un peu l'idée? Simone, elle ne voulait pas plus se rendre à la salle de bains que le lion affamé ne voulait manger des feuilles d'acacias. J'ai quand même réussi à la calmer mais je suis sortie de chez elle trois heures plus tard. En même temps que j'esquivais les coups de rouleau à tarte, j'ai prévenu le bureau, j'ai demandé qu'on envoie quelqu'un chez Monsieur Dufour mais personne n'était disponible. Mais, j'ai demandé, Cathy vient d'être embauchée, non? Elle ne peut pas y faire un saut, ça urge là! «Ah non», m'a-t-on répondu, «Cathy a tenu quarante-huit heures mais elle a trouvé que c'était un métier bien trop dur. Alors elle a quitté l'association». Quand j'ai retrouvé Monsieur Dufour ce matin-là, il pleurait. Autant parce qu'il avait faim que parce qu'il pensait que je l'avais oublié.

Elle n'invente rien, se bornant à lui décrire les scènes de vie qui meublent son quotidien. Et pour rendre son message percutant, la jeune femme n'a besoin ni de faire preuve d'imagination ni de forcer le trait à outrance. Elle partage de beaux moments avec certains de ses bénéficiaires, mais le bien-être des uns n'enlève rien à la tristesse, à l'isolement et à la décrépitude des autres.

Quant à Gaston, il ne cherche pas à interrompre son auxiliaire de vie ni à lui imposer son point de vue. Le vieil homme ne l'ignore pas non plus. Il la regarde fixement, avec l'air de celui qui boit ses paroles et qui découvre pour la première fois qu'il a affaire à un humain et pas à un punching-ball.

— Joséphine... lui dit-il doucement.

Gaston vient de l'appeler par son prénom, signe qu'il commence à lâcher du terrain. C'est le moment ou jamais de lui porter le coup de grâce, pense Joséphine. Le moment de lui tenir tête et de lui montrer qu'elle est aussi solide que lui.

Elle est en train de jouer un majestueux coup de poker. Soit Gaston la mettra dehors et elle ne le reverra plus jamais parce qu'elle a osé exprimer sa façon de penser. Soit il l'adoptera.

Et c'est maintenant que ça va se jouer.

— Monsieur Dufour, parlons-en justement, poursuit Joséphine. Ce matin-là, comme tous les autres matins, il n'a pas pu se lever tout seul. Parce qu'il est alité Monsieur Dufour. Il ne peut plus bouger un seul de ses muscles. Alors il a besoin de nous. Pour ses repas, sa toilette, ses besoins naturels. Pour tout quoi. Au début, il avait encore la gnaque. Il avait tellement la gnaque qu'il a demandé à Aurélie de bien vouloir le masturber. Mais si vous savez, Aurélie, vous la connaissez, elle aussi. Petite, brune, rondouillarde. C'est celle que vous avez incendiée parce qu'elle avait oublié une toile d'araignée au plafond. Cela étant dit, vous ne risquez pas de la revoir, elle a une tendinite à l'épaule. C'est ce qui arrive quand on passe vingt ans de sa vie à faire du domicile. Je m'égare à nouveau. Il est grand seigneur, Monsieur Dufour, parce qu'il a proposé à Aurélie de la rétribuer pour ça. C'est vrai que le système est insuffisamment financé par les pouvoirs publics, qu'on a des salaires misérables et que ça pourrait être tentant d'arrondir ses fins de mois. Surtout que Monsieur Dufour lui a assuré que ce serait «leur petit secret». Bref. Aurélie en a référé à l'association, l'association en a référé à Monsieur Dufour et ça ne s'est plus jamais reproduit. Ouf. Oui, sauf qu'il est seul cet homme-là. Il n'a aucune famille et les seules présences de sa vie, c'est nous. C'est moche, hein? Du coup, quand je me rends chez lui, il me demande à quoi ça sert la vie. Et il me supplie en pleurant de l'aider à mourir. Ben oui, évidemment. Il a besoin que je lui mette ses petites cuillères dans la bouche, alors c'est pas pour aller chercher une corde et se pendre avec. J'ai envie de pleurer avec lui quand il me demande ça. Mais je ne peux pas pleurer, ce serait bien trop sinistre. Alors je fais le clown. Je mets deux Curly dans ma bouche pour faire le vampire ou je mets de la musique et je fais la danse du robot. Ça le fait marrer quand je fais l'automate Monsieur Dufour. Mais quand je pars, il me demande quand même systématiquement quand est-ce qu'il va crever. Chaque fois il me pose la même question et chaque fois il la formule dans les mêmes termes. «Joséphine, vous croyez que demain je serai mort?».

Joséphine regarde Gaston prostré dans son fauteuil. Elle en a désormais la certitude : il va ne pas la mettre dehors.

«Ça passe», pense-t-elle, heureuse d'avoir ainsi retourné cette situation rocambolesque à son avantage. Elle se fiche qu'il l'ait volontairement menée jusqu'à l'évanouissement car, en dépit de sa conduite plus que discutable, elle ne peut s'empêcher de ressentir pour lui une immense compassion.

La directrice de l'association le lui a expliqué : Monsieur et Madame Parisot formaient naguère un couple très fusionnel auprès de qui toutes les aides à domicile aimaient intervenir. Gaston était alors un homme sociable, souriant et même blagueur.

Ils n'ont pas eu d'enfants ensemble mais ils paraissaient tellement complets tous les deux que personne ne ressentait jamais la moindre tristesse pour eux. La vie en avait décidé ainsi et ils s'étaient construits comme ça.

Il disait toujours qu'il faudrait qu'il parte le premier parce qu'il ne supporterait pas de vivre sans Madame Parisot. Malheureusement, l'état de santé de sa femme s'est dégradé et il a fini par la voir mourir avant lui. Il ne l'a pas supporté. Du jour au lendemain, les intervenantes à domicile se sont trouvées confrontées à un autre Gaston. Irraisonnable, irrespectueux et injurieux. Plus les auxiliaires fuyaient, plus il tempêtait contre les remplacements. Et plus il se rebellait, plus les aides à domicile en appelaient au concept d'incompatibilité d'humeur pour ne plus avoir à mettre un pied chez lui.

C'est pour ça que Joséphine s'est accroché. Parce que son bénéficiaire n'est qu'un homme perdu et meurtri. Malgré son assurance, son charisme et sa grosse voix, Gaston est malheureux à en crever.

— Je ne veux pas m'attacher à vous parce que vous êtes comme toutes les autres, Joséphine. Vous finirez par partir, finit-il par lâcher. J'avais besoin de Colette et elle est partie.

La jeune femme en déduit qu'il doit vouloir parler de sa femme décédée.

— Alors depuis ce jour-là, j'ai décidé que je n'aurais plus besoin de personne.

— Pourtant, vous payez volontairement vingt-cinq euros de l'heure pour faire venir quelqu'un chez vous, lui répond-elle afin de pointer du doigt cette apparente contradiction. Il faudrait que je vous présente l'une de mes bénéficiaires, ajoute-t-elle. La dernière fois qu'une jeune femme lui a demandé si elle était dépendante, vous savez ce qu'elle lui a répondu ?

— Non.

— «Pas plus que vous, j'imagine». Et lorsque la même jeune femme lui a demandé de développer, voici ce qu'elle a ajouté. «On est tous dépendants les uns des autres, Madame. C'est ce qui s'appelle le lien social. C'est la base de toute vie en société. À moins que vous ne viviez en complète autonomie, vous aussi, vous avez besoin des autres».

— Mais vous virevoltez vous. Nous, on est diminués.

— Vous êtes diminué pour ce que vous voulez…

— Vous, les jeunes, vous méprisez les vieux !

— Vous en parlez comme s'il existait une guerre des générations ! s'indigne-t-elle. Je déteste les généralités qui visent à mettre tout le monde dans le même panier ! Il y a des jeunes cons et des vieux qui le sont tout autant, il y a des jeunes tolérants et généreux et des vieux qui le sont tout autant. On vieillit comme on a vécu. Personne n'a une trajectoire de vie identique mais la diversité, c'est ce qui fait la richesse du monde.

— Si vous le dites, lui dit-il, faussement convaincu.

— Oui, je le dis ! Si je suis votre raisonnement, je suis censée en retenir quoi ? Que, sous prétexte qu'on a soixante-dix ans de différence, on ne se comprendra jamais? C'est complètement ridicule! L'âge, c'est relatif et on ne peut résumer personne à cette donnée biologique. Moi aussi, je vieillis. On est tous le vieux de quelqu'un.

Puis, sans laisser à Gaston le moindre répit, elle ajoute immédiatement :

— Savez-vous que la commune de Tréguennec est réputée pour ses galets?

Elle le voit hausser un sourcil. Soit il se montre surpris qu'elle passe ainsi d'un sujet à un autre sans raison apparente. Soit il a deviné dans quelle direction elle voulait orienter la conversation.

— Oui, on a des tas de galets à Tréguennec. Mais on en a quand même un peu moins qu'avant.

Gaston s'apprête à l'interrompre mais Joséphine n'est pas décidée à lui en laisser la possibilité. Il lève son index en signe de protestation mais, tel le professeur soucieux de terminer un exposé qu'il a consciencieusement préparé, la jeune femme fait semblant de ne pas l'apercevoir.

— On en a moins qu'avant, ajoute-t-elle. Parce qu'en novembre 1941, les Allemands ont entrepris un grand dragage dans la baie d'Audierne. Cette demande des occupants a été accueillie avec une certaine réserve parce que la fragilité de ce secteur était connue de tous. Tellement connue que, dès les années 30, l'extraction des cailloux avait été interdite dans la commune.

Depuis sa dernière visite chez lui, Joséphine a eu le temps de se renseigner et quelques mots tapés dans un moteur de recherche lui ont permis de découvrir un pan entier mais méconnu de l'histoire de son village natal.

— Le dragage envisagé était d'une telle ampleur qu'il menaçait de submersion plusieurs hectares de terre. Mais les Allemands avaient besoin de ces cailloux pour construire des fortifications militaires. Alors ils ont usé de persuasion et ont fait passer les craintes des Ponts et Chaussées pour romanesques et fallacieuses. C'est ainsi que les prélèvements de galets ont commencé dès le mois de décembre 1941.

Elle récite ses explications comme elle énonçait ses poèmes lorsqu'elle était enfant. Avec la peur de se tromper et un mélange d'angoisse et d'appréhension dans la voix.

— Ils ont débuté les prélèvements de galets, reprend-elle, et la construction de la ligne de chemin de fer nécessaire pour les acheminer jusqu'aux chantiers de construction. Enfin... quand je dis «ils», ce n'étaient pas eux directement bien sûr. Ils ont demandé des bras pour faire tout ça.

Autant, il a été facile de dépeindre ses journées de travail auprès du vieil homme, autant il est délicat de chercher à entrer dans son intimité. Car c'est bien ce à quoi elle essaie de parvenir.

Elle aurait pu se contenter de forcer un seul verrou avant de quitter son bénéficiaire. Mais l'auxiliaire de vie est décidée à en apprendre davantage au sujet de Gaston.

— Alors les Allemands ont réquisitionné de la main-d'œuvre.

Joséphine se tait un instant puis ajoute :

— C'est là-bas qu'on a voulu vous envoyer, n'est-ce pas ?

Gaston hoche la tête en signe d'approbation.

— Les Allemands voulaient que j'aille casser des galets, ajoute-t-il. Des galets qui allaient servir à construire le mur de l'Atlantique.

— Et vous, naturellement, vous ne vouliez pas que l'Allemagne se protège contre une invasion alliée. Parce que la dernière chose que vous souhaitiez, c'était contribuer à sa victoire ?

— Comment vous savez tout ça ? s'étonne-t-il.

— J'ai vécu toute ma vie à Tréguennec. Aujourd'hui, le site est abandonné, il n'en reste que des vestiges et il n'y a pas un seul panneau explicatif sur ce qui s'est passé là-bas. Mais je me suis renseigné. Moi aussi, j'ai de la ressource, le défie-t-elle.

— Vous êtes un sacré phénomène, Joséphine Le Bihan.

Et vous n'avez encore rien vu, songe-t-elle.

— Vous me racontez de quelle façon ça s'est passé ? l'interroge-t-elle.

— Assoyez-vous et mettez-vous à l'aise, Miss Tréguennec, ça va durer un moment...

Chapitre 21

J'avais 19 ans à l'époque, je travaillais dans le textile et, en 1940, au moment de la défaite, l'état de l'économie s'était détérioré et le chômage était devenu endémique à cause des restrictions d'énergie et du manque de matières premières.

Régulièrement, l'usine fermait et je me retrouvais sans travail pour quelques jours ou quelques semaines. Tantôt le contingent d'électricité alloué n'était plus suffisant pour qu'on fasse tourner les machines, tantôt le coton et le lin faisaient défaut. Et, chaque fois, je voyais mon salaire diminuer. Je n'étais déjà pas bien riche... Les salaires étaient restés à leur niveau de 1939 tandis que les prix, eux, s'étaient envolés.

La fermeture des usines et le chômage, ça arrangeait bien les Allemands qui faisaient une propagande incroyable pour le travail en Allemagne. Tous leurs gars étaient partis au front, alors ils avaient besoin de main-d'œuvre pour leurs usines et leurs chantiers. Ils ne recherchaient pas n'importe quelle main-d'œuvre : ils avaient avant tout besoin d'ouvriers spécialisés. Comme moi.

Et, au fil des mois, la pression n'a pas cessé de s'accentuer.

Les Allemands ont fait distribuer des tracts, ont collé des affiches un peu partout puis ont ouvert des bureaux de recrutement. Ils envoyaient des agents au domicile des ouvriers dans le but de les convaincre.

L'un d'eux est venu chez nous. Il m'a promis un travail continu, un salaire mirobolant, une prime d'équipement et une prime d'éloignement si j'acceptais de travailler pour l'occupant. J'ai poliment refusé.

— Les services français n'ont pas cherché à protester contre les départs ? lui demande Joséphine.

Si, bien sûr. Les services préfectoraux ont essayé de transférer certains ouvriers dans l'agriculture ou les chantiers forestiers, des secteurs dans lesquels la main-d'œuvre faisait défaut. Mais les occupants ont riposté en soumettant à une autorisation de leur part l'embauche dans les différents secteurs de la vie économique.

Ce qu'il faut voir, c'est que tout, des commerces aux industries en passant par l'agriculture, était soumis au Gouvernement et contrôlé par lui.

Régulièrement, mon patron devait établir un état de son personnel : les Allemands recherchaient les ouvriers en excédent pour les emmener de l'autre côté du Rhin.

Alors on savait bien qu'un jour, on finirait par ne plus avoir le choix. Surtout avec un patron comme le mien.

— Pourquoi un patron «comme le vôtre»? l'interroge la jeune femme.

Il s'est retrouvé face à un dilemme : soit il acceptait de travailler pour l'occupant, soit il refusait de se soumettre. Dans le premier cas, il pouvait conserver nos emplois, générer quelques profits pour payer nos salaires et être accessoirement accusé de collaborer avec l'ennemi. Dans le second cas, il prenait le risque de voir ses ouvriers partir travailler dans les usines du Reich ou ailleurs. Croyez-moi, je préférais être à ma place, plutôt qu'à la sienne.

Il a pris le parti de ne pas collaborer et la sentence ne s'est pas fait attendre : les autorités d'occupation ont immédiatement réquisitionné un contingent d'ouvriers pour un chantier Todt et c'est même lui qui a dû personnellement établir la liste des ouvriers appelés.

— Vous aviez déjà mauvais caractère à l'époque? plaisante Joséphine. C'est pour ça qu'il vous a mis sur la liste?

Non, au contraire, j'entretenais de bonnes relations avec lui. Sur le coup, je n'ai pas compris, je l'ai pris comme une punition et je suis allé le voir furax. Je lui ai demandé : «Mon père s'est montré trop virulent lors des grèves de 1936? C'est pour ça que vous m'envoyez là-bas?».

«Non», m'a-t-il répondu. «Je t'ai noté sur la liste parce que je sais que tu vas désobéir et que tu sauras te débrouiller».

J'ai immédiatement été convoqué pour une visite médicale. J'ai utilisé de la caféine pour faire accélérer le rythme de mon cœur. Ça avait fonctionné pour un de mes copains qui avait été déclaré inapte.

Mais ça n'a pas marché pour moi. On m'a ordonné de partir à Tréguennec trois jours plus tard.

J'aurais pu rester caché dans la ferme de mes parents mais on a jugé ça trop dangereux. C'était une drôle d'époque, voyez-vous. Il y avait de la solidarité mais il y avait aussi de la jalousie. Chez nos voisins, le grand-père était une gueule cassée[5] de la guerre de 14-18 et le père avait été fait prisonnier en 1940 lors de la reddition de l'armée française. Mes parents ont craint que sa mère ne me dénonce.

— Mais quel est le rapport entre vous et ce prisonnier de guerre? lui demande Joséphine.

En mai 1942, l'Allemagne a réquisitionné un contingent d'hommes. Le gouvernement de Vichy a accepté à condition que cinquante mille prisonniers de guerre soient libérés en échange de cent cinquante mille ouvriers qualifiés. C'est ce qu'on a appelé « la Relève ». Lorsque trois ouvriers partaient, un prisonnier rentrait. À l'époque, la Feldkommandanture avait même relayé dans la presse l'arrivée du premier train de prisonniers rapatriés.

Mes parents ont supposé que cette femme avait vu dans mon départ une chance de revoir son mari. Ce mince espoir avait suffi à la rallier à cette politique de départ des ouvriers français. Je ne sais pas si elle aurait été jusqu'à me dénoncer et je ne le saurai jamais. Tout ce dont je suis sûr, c'est que la souffrance, ça peut parfois vous conduire à faire n'importe quoi.

— Qu'avez-vous fait à partir de ce moment-là?

Mon patron m'a mis en relation avec un garde des eaux et forêts, un homme qu'il connaissait et en qui je pouvais avoir confiance. Il cachait plusieurs réfractaires dans un abri forestier. Il m'a donné ses coordonnées et c'est comme ça que ma vie de fugitif a commencé.

Car ce qu'il faut voir, c'est que, quand on refusait de partir, on devenait un hors-la-loi. On perdait ses papiers d'identité, sa carte de travail, sa carte de ravitaillement... Et, à l'époque, vivre sans carte de

---

5 « L'expression "gueules cassées" inventée par le colonel Picot, premier président de l'Union des blessés de la face et de la tête, désigne les survivants de la Première Guerre mondiale ayant subi une ou plusieurs blessures au combat et affectés par des séquelles physiques graves, notamment au niveau du visage ». Source : Wikipedia.

ravitaillement, c'était pire que de perdre son salaire.

— Alors comment vous êtes-vous débrouillé ?

Le garde champêtre connaissait un agriculteur à Planois. Ce dernier a pu me procurer une fausse carte d'identité et des tickets de ravitaillement.

— Les réfractaires comme vous n'étaient pas recherchés par la police ?

Si, bien sûr. Mais, dans ce domaine, les gendarmes français ne faisaient pas d'excès de zèle voyez-vous. C'était même plutôt l'inverse. Lorsqu'une perquisition était ordonnée, certains allaient jusqu'à envoyer la veille un émissaire en civil pour prévenir la famille.

Mais mes parents, quant à eux, n'ont pas eu à subir de perquisitions ou d'interrogatoires.

— C'est à ce moment-là que vous êtes entré dans la Résistance ?

Pas immédiatement, non. Au début, je ne faisais que me cacher. Je ne faisais pas de bien à l'occupant, mais je ne lui faisais pas de mal non plus.

Ce n'est que plus tard que j'ai été contacté par le chef local de la Résistance.

C'est lui qui m'a proposé de monter là-haut, au maquis.

— À la Piquante Pierre ?

Oui, à la Piquante Pierre.

Mais il est déjà tard et je vous raconterai ça une autre fois.

Joséphine consulte sa montre et ajoute :

— Il me reste vingt minutes pour me rendre chez Monsieur Dufour ! Vous venez de m'éviter de passer une heure dans ma voiture alors qu'il fait un froid de canard dehors.

— J'aurais… j'aurais un petit service à vous demander, lui dit Gaston, hésitant.

— Je vous écoute.

— J'ai démonté ma colonne de douche et je n'arrive pas à la remonter. J'ai essayé d'appeler mon plombier mais il est en vacances. La période des fêtes, vous savez ce que c'est… Je suis obligé de me laver dans ma baignoire mais je manque de me casser la figure chaque fois…

— Vous avez dû faire un peu trop de bricolage ces derniers temps, lui dit Joséphine en lui adressant un clin d'œil.

— Est-ce que vous pourriez m'aider à trouver quelqu'un pour le réparer ?

— Je vais vous trouver ça, Monsieur Parisot, lui affirme-t-elle.

— Oubliez Monsieur Parisot. Appelez-moi Gaston.

Chapitre 22

Ce soir, c'est Noël et Joséphine en soupire d'aise.

« Oubliez Monsieur Parisot. Appelez-moi Gaston ». C'est ce qui lui a dit le vieil homme et si Madeleine n'avait pas été réintégrée dans la tournée de Joséphine, il aurait presque pu devenir son bénéficiaire préféré.

En effet, la jeune femme n'a pas pu s'empêcher d'utiliser ses gros sabots et a égoïstement mais astucieusement mis en avant des arguments dont elle ne doutait pas qu'ils allaient faire réagir sa bénéficiaire.

« Vous vous rendez compte ? Ils font ça sans demander leur avis aux bénéficiaires ! Ce n'est pas parce que vous avez 90 ans que vous n'avez pas le droit de donner votre avis ! » lui avait dit Joséphine.

Cette dernière ne s'est pas trompée.

« Vous avez tout à fait raison. On nous infantilise ! » s'était insurgée Madeleine.

Sa bénéficiaire a eu une réaction conforme à celle qu'elle attendait.

« À mon âge, je suis quand même libre de m'attacher à qui je veux ! Vous pouvez compter sur moi pour les appeler. Soyez sûre qu'on se verra lundi prochain ! ».

Sa bénéficiaire a immédiatement contacté l'association et a obtenu que Joséphine intervienne à nouveau chez elle.

Quant à François, il est seul ce soir et lui a proposé de partager un repas avec elle.

Gaston l'a adoptée, Madeleine la reverra dès lundi prochain et son propriétaire se décide enfin à lui accorder une petite place, conclut-elle, l'air satisfait.

Si elle jouait au rugby, on dirait d'elle qu'elle a transformé les essais.

Il ne manque plus que Louis, songe-t-elle.

En effet, la jeune femme n'a pas souhaité jouer les stratèges avec lui car elle l'imaginait mal exiger auprès de l'association sa présence à ses côtés. Elle ressent un léger pincement au cœur à l'idée de ne plus le voir mais se plaît à l'imaginer en ce moment même en compagnie de son fils.

Joséphine songe au sourire du vieil homme, celui qu'il avait affiché lorsqu'il lui avait parlé de ses projets pour le réveillon et se sent heureuse de le savoir en bonne compagnie. Bernard n'a pas vu son papa depuis longtemps et Louis était impatient de partager ce moment-là avec son fils.

Une fois ses interventions terminées, Joséphine se dirige vers le tabac-presse situé au centre de Vagney afin de s'y procurer un paquet de cigarettes.

Depuis l'extérieur, elle regarde les fenêtres de l'appartement de son ancien bénéficiaire.

« Joyeux Noël, Louis », murmure-t-elle.

Puis elle pénètre dans le commerce et, comme chaque fois qu'elle en franchit la porte, son cœur effectue trois bonds dans sa poitrine. Lorsqu'elle en ressort, elle examine les alentours, ayant fait de cette inspection des lieux une véritable routine.

Elle jette de brefs coups d'œil à droite et à gauche puis s'apprête à rejoindre son véhicule lorsqu'elle aperçoit un homme assis sur un banc. À cette heure-ci, la nuit est déjà tombée et un mélange de pluie et de neige s'échappe d'un ciel gris et bas, réduisant ainsi sa visibilité.

Qui peut bien patienter, immobile sur un banc, par des températures pareilles ? se demande-t-elle.

François doit déjà l'attendre mais elle plisse les yeux pour deviner l'identité de l'homme qui se cache sous ce béret noir et décide de s'approcher doucement de lui.

Avant de partir, il lui faut infirmer un lugubre pressentiment.

— Louis? l'interroge-t-elle lorsqu'elle arrive à sa hauteur.

La jeune femme espère encore commettre une erreur.

Le vieil homme n'est pas censé se trouver là. Il en a fait part à Joséphine : son fils Bernard devait venir le chercher à onze heures ce matin et ils devaient ensuite passer tous les deux la journée et la soirée ensemble. Mais il ne subsiste aucune équivoque : c'est bien son bénéficiaire qui se cache sous ce couvre-chef.

Louis a le regard complètement vide et ne semble apercevoir ni son aide à domicile ni les quelques passants qui circulent encore dans la rue avec des cadeaux plein les bras.

La température extérieure et la pluie ne semblent avoir aucune prise sur lui et les traits de son visage ne reflètent pas l'air enjoué du père qui vient de passer la journée avec son fiston.

Pourquoi se trouve-t-il dehors à cette heure de la soirée?

Ses vêtements paraissent complètement détrempés, le tissu de son manteau est raidi par le gel et ses doigts sont bleuis. Il est transi de froid pourtant, elle suppute aussitôt que son petit cœur fragile doit être bien plus glacé encore que sa carapace.

— Louis? répète-t-elle tout en s'agenouillant auprès de lui. Qu'est-ce que vous faites ici?

Et surtout, depuis combien de temps vous trouvez-vous ici? songe-t-elle sans toutefois oser lui poser la question.

Il semblerait qu'aucun passant n'ait pris la peine de s'arrêter pour lui demander ce qu'il faisait là, assis sagement sur un banc, à 19 heures, une valisette posée à côté de lui.

Après tout, ils n'ont sans doute que ça à faire les retraités : s'asseoir et contempler les passants en train de se perdre dans le grand tourbillon de la vie. Au moins, là, ils n'embêtent personne. Ils peuvent bien crever de froid sous la neige ou sous la flotte, on s'en fout un peu. La seule chose qu'on exige d'eux, c'est qu'ils n'aillent pas faire leurs emplettes au supermarché aux heures de pointe, en même temps que les parents pressés et les «actifs» débordés.

— Vous ne deviez pas passer le réveillon de Noël avec Bernard ? insiste la jeune femme.

— Je l'attends, lui affirme-t-il.

Le vieil homme passe sa main sur ses yeux pour les essuyer et ajoute :

— Il va venir me chercher…

Le vieil homme ne la regarde pas, triture ses doigts fins et ridés puis sort un mouchoir de sa poche pour essuyer son nez.

Vu l'état du tissu, il a dû passer sa journée à pleurer, songe Joséphine.

Il n'émet aucun sanglot bruyant car chez Louis, tout est discret et calfeutré. Y compris la tristesse.

Du rez-de-chaussée de l'immeuble, près duquel Louis se trouve, jaillissent de la lumière, des cris d'enfants et des éclats de voix. Ils sont sans doute à imputer à une famille heureuse de fêter des retrouvailles dans une ambiance gaie et chaleureuse et ces bruits-là s'insinuent jusque dans cette rue comme une provocation.

La jeune femme observe un instant la petite valise de Louis et imagine aussitôt son bénéficiaire plier soigneusement ses vêtements et y ranger ses affaires de toilette puis s'installer sur son fauteuil en attendant Bernard tout en rêvant déjà à cette délicieuse journée.

Puis, elle le voit se lever, regarder le ballet des véhicules et des passants circulant dans la rue, vérifier l'heure, puis son téléphone, puis de nouveau l'heure, se lever, enfiler son manteau, revêtir son béret, sortir de son appartement et rejoindre ce banc.

Jusqu'à ce que le doute s'installe puis que l'évidence s'impose.

— J'ai sûrement dû me tromper, on a dû mal se comprendre, reconnaît Louis.

Sa voix n'est pas teintée par l'accent de la révolte et il ne semble animé ni par la colère ni par le ressentiment. Il préfère croire qu'il a commis une erreur plutôt que d'imaginer que son fils l'a oublié.

Parce qu'il est dans la nature de Louis de s'incriminer par principe.

— Vous voulez qu'on appelle votre fils ?

Après tout, des tas de raisons peuvent justifier que Bernard ne soit pas venu chercher son père comme convenu. Peut-être n'est-il pas trop tard pour sauver le réveillon de Louis ?

— Non. Je ne veux pas le déranger.

Louis emploie un ton catégorique qui ne lui ressemble pas et qui ne laisse place à aucun marchandage.

Joséphine ôte son écharpe pour la passer autour du cou du vieil homme.

Les gestes de Louis sont marqués par une extrême lassitude et ses yeux sont rougis par les larmes.

Oui, il existe une vieillesse qui va bien et dont on ne parle pas assez bien qu'elle soit majoritaire. Mais il y a aussi une vieillesse qui souffre. Et face à une telle détresse, Joséphine subodore que ramener Louis dans son appartement et faire le pitre avec Carole ne sera pas suffisant.

Joséphine lutte pour ne pas se laisser aspirer par la tristesse du vieil homme et réprime les larmes qui lui montent aux yeux.

C'est son petit côté Spontex qui s'exprime : une face Scotch-Brite qui peut rayer l'acier et le détériorer durablement et une face éponge qui est capable d'absorber la misère du monde.

Il lui faut absolument se ressaisir. La dernière chose dont Louis a besoin, c'est qu'elle pleure avec lui sur la tristesse de son sort.

Elle va faire comme avec Monsieur Dufour quand ce dernier lui demande de l'aider à mourir : elle va réchauffer son cœur. Joséphine s'en fait la promesse : elle ne partira pas d'ici avant de lui avoir arraché un sourire. Elle procède de la même façon qu'avec Gaston et en fait une nouvelle question de principe. Maintenant qu'elle est parvenue à dompter ce vieux grincheux, l'auxiliaire de vie se sent prête à relever n'importe quel défi. Louis profitera de sa chaleur et de sa joie de vivre, quitte à ce qu'elle s'en vide elle-même.

Joséphine reste là, assise à côté de lui, pendant quelques instants, sa main dans la sienne.

— Ne vous sentez pas obligée de rester, vous avez sûrement mieux à faire, lui dit-il.

La voix de Louis n'est plus que murmure et il lui parle si doucement qu'elle est obligée de tendre l'oreille pour entendre. Comme s'il tenait à produire le moins de bruit possible parce qu'il était persuadé de ne plus avoir voix au chapitre.

Elle visualise les lampions multicolores des voisins de Gaston et, en tenant ainsi la main de Louis, elle les voit s'éteindre les uns après les autres. Mais ce que veut Joséphine, c'est retrouver la part lumineuse de Louis. Ce soir, ces petites lumières vont scintiller à nouveau et, pour ça, elle a juste besoin d'un interrupteur.

— Je n'y suis quand même pour rien si la mort ne veut pas encore de moi, lui dit-il en sanglotant.

Ça y est, Louis s'est décidé à lui confier ce qu'il a sur le cœur et ce n'est pas joli à entendre.

Sa voix rauque s'est brisée sous l'effet des spasmes et ses épaules sont saisies de légers tressaillements.

Madeleine a raison : pour certains, vieillir est un délit et, ce soir, son bénéficiaire, cassé en mille morceaux, se sent coupable de ne pas déjà être mort. Le réverbère qui les éclaire montre des signes de faiblesse et émet une sorte de grésillement, rendant l'atmosphère encore plus sinistre.

Il faut que Joséphine se connecte à Louis, pour le faire revenir ici et maintenant, avec elle.

— Si la mort ne veut pas de vous, c'est qu'il y a une raison. C'est que votre place est encore ici, avec nous.

— Mais je suis si vieux... et si fatigué...

— Il y a plein de choses qui ne vieillissent pas, Louis. Le regard, le cœur, le sourire, les émotions, le désir...

Le vieil homme la regarde et lui sourit faiblement. Là où certains auraient cherché à esquiver cette conversation, là où d'autres auraient fui, elle, au contraire, se sent prête à y faire face. Sûrement parce qu'elle a déjà connu ce sentiment de culpabilité à l'idée de vivre encore et que, dans ces moments-là, elle aurait voulu que quelqu'un s'agenouille à ses côtés en lui prenant la main.

Elle pourrait lui dire que ça va passer et que ça ira mieux demain mais elle sait que c'est faux. Demain, Louis sera toujours seul. Demain, après-demain et les jours d'après.

— Je suis là, lui dit-elle doucement.

Joséphine a imaginé autrement son premier Noël ici et repense à tous ces réveillons où, elle aussi, a attendu quelqu'un qui n'était jamais venu.

— J'imagine que vous n'avez rien prévu à manger pour ce soir ?

— Non.

Elle ne peut décidément pas se contenter de le ramener dans son appartement.

« Ne créez pas de relations trop intimes avec vos bénéficiaires ». C'est ce qu'on suggère aux auxiliaires de vie. Exprimé de la sorte, le postulat paraît tellement simple. Comme si elle était capable de se munir d'un double décamètre pour jauger la quantité d'amour qu'il convenait de laisser auprès de ces vieux… Non. Joséphine, elle, déteste la mesure, le calcul et le parallélisme. Elle ne connaît que la variable, la courbure et la tangente.

Son ventre est noué et sa gorge serrée, des manifestations physiques évidentes de la révolte et du tourment qui grondent à travers elle.

Comment est-elle censée se comporter face à un tel désespoir ? D'autres y arrivent mieux qu'elle. Ces autres-là manifestent de la compréhension et de l'empathie mais parviennent à se tenir loin du maelstrom, là où Joséphine ne sait que tempêter plus fort que le vent.

François, Louis et moi, pense-t-elle tout à coup comme une évidence.

— Vous savez ce qu'on va faire ? dit-elle à Louis.

— Non…

En plantant son regard dans celui du vieil homme, elle trouve son idée aussi lumineuse que naturelle et la proposition qu'elle s'apprête à formuler est motivée par l'envie de rafistoler un cœur brisé plus que par le sentiment de pitié que pourrait lui inspirer la tournure tragique de cette soirée.

— On va aller tous les deux chez François.

Sa décision est prise : elle n'abandonnera pas Louis chez lui en se disant que demain, peut-être, il aura commis l'irréparable.

— Votre ami François ? Celui qui vous héberge ? l'interroge-t-il.

Joséphine l'entend déjà marmonner de vagues protestations.

— Oui. Lui aussi, il est tout seul ce soir.

Le vieil homme semble retrouver de l'énergie. Du moins le minimum requis pour affirmer qu'il ne veut imposer sa présence à personne parce qu'il n'en vaut pas la peine. Il vient même de trouver la force nécessaire pour se mettre debout et se diriger à pas lents vers l'entrée de son immeuble.

— Non, non, non, murmure-t-il en guise de conclusion.

La jeune femme hésite un instant et décide de ne pas lui laisser le choix.

— Vous avez laissé Carole dans votre appartement ? lui demande Joséphine.

La présence de la tortue sera sûrement prompte à rassurer le vieil homme.

— Oui.

— Je vais aller la chercher et on va la prendre avec nous.

Sans laisser à Louis le temps de réagir, la jeune femme pénètre dans son immeuble, monte les escaliers en hâte, puis les redescend accompagnée de Carole.

— Je vous encombrerai bien assez comme ça… lui dit Louis lorsqu'elle refait apparition auprès de lui.

Elle s'attendait à devoir faire preuve d'un peu plus de persuasion. Et si le vieil homme l'accepte avec autant de facilité, c'est que son plan ne doit pas être si saugrenu, pense-t-elle pour se convaincre elle-même.

— Je lui ai demandé son avis et elle m'a dit qu'elle était d'accord, lui affirme-t-elle.

Elle cale le petit animal dans son sac à main, entre son portefeuille, sa clé de voiture et son chéquier.

— Je prends votre valise, ajoute-t-elle.

Joséphine l'invite à se mettre en route pour rejoindre son véhicule stationné non loin de là.

Alors qu'ils cheminent tous deux dans l'obscurité, Louis s'arrête quelques instants. La jeune femme le prend par le bras, de peur qu'il ne décide de faire demi-tour et de rentrer chez lui.

— Vous savez dans quelle rue on se trouve ? lui demande-t-il.

— Oui, dans la rue Albert Jacquemin.

C'est la rue dans laquelle elle a cru apercevoir Camille le jour de sa première intervention chez Louis.

— Mais est-ce que vous savez qui est Albert Jacquemin ?

Joséphine l'a lu sur le panneau indicatif du nom de la rue mais elle ne veut pas voler la vedette à Louis. Il est persuadé de pouvoir lui apprendre quelque chose et elle ne souhaite pour rien au monde lui retirer ce petit plaisir. Ce serait la dernière des choses à faire dans un moment pareil.

— Non. Je l'ignore, lui affirme-t-elle.

— Il était résistant pendant la guerre de 39-45.

— C'est vrai ? s'exclame-t-elle en feignant la plus complète des surprises.

— Oui.

— Quel âge aviez-vous en 1944 ?

— Huit ans.

Trop jeune pour être un résistant, mais assez vieux pour se souvenir de cette funeste page d'histoire, songe-t-elle.

— Vous savez que je le connaissais, Albert ?

— Albert Jacquemin ? Celui dont cette rue porte le nom ?

— Celui-là même, oui.

— Gardez-moi son histoire pour plus tard si vous le voulez bien.

— Pourquoi donc ? l'interroge le vieil homme.

— Parce que je connais quelqu'un qui sera ravi de partager ça avec nous.

Chapitre 23

Joséphine n'a pas jugé utile de prévenir son propriétaire de la présence d'un invité surprise et se sent tout à coup légèrement mal à l'aise. Si elle l'avait appelé, François aurait sans doute trouvé une alternative crédible pour sauver le réveillon de Louis ou l'aurait tout simplement envoyée sur les roses.

Alors qu'elle pénètre dans le vestibule avec Louis, elle défait lentement son manteau, de façon à retarder le plus possible le moment où elle va faire irruption dans le salon de son propriétaire.

Celui-là même qu'elle entend déjà maugréer.

«Mais qu'est-ce que vous êtes en train de faire? On nage en plein délire là, Joséphine! Vous avez imaginé un instant que ça revienne aux oreilles de l'association qui vous emploie? Vous risquez votre emploi. Et s'il arrive quelque chose à Louis? Vous avez pensé à ça? Comment justifierez-vous sa présence ici? Votre association a raison de vous éloigner de certains de vos bénéficiaires!».

Elle s'imagine déjà ramener Louis chez lui, le laisser rejoindre son matelas posé à même le sol puis fermer la porte et le quitter. Sa décision s'est imposée comme une évidence mais, désormais, elle adopte le scepticisme propre à François. Pour quelles obscures raisons ce dernier lui pardonnerait-il son retard et le fait qu'elle lui impose d'héberger pour la nuit un parfait inconnu?

Elle adopte l'attitude de celle qui a commis un faux pas et qui ignore la juste façon de présenter les choses pour en minimiser l'ampleur.

— Joséphine? C'est vous? appelle François depuis le salon.

François vient les rejoindre et marque un temps d'arrêt en les apercevant là, tous les deux.

— C'est Louis, lui explique immédiatement Joséphine. Louis — François, François — Louis, ajoute-t-elle pour finaliser les présentations. Et voici Carole!

Joséphine plante la petite tortue sous les yeux de son propriétaire.

— Venez, entrez donc, ne restez pas là! leur dit leur hôte.

Son propriétaire n'a l'air ni surpris ni contrarié et les invite à venir s'installer.

Tandis que Louis s'installe à côté du poêle à bois et y approche ses mains, Joséphine va aussitôt chercher une couverture et en recouvre les épaules du vieil homme.

François ne lance aucun regard noir à sa locataire, pas plus qu'il ne l'interroge discrètement sur les motifs qui l'ont conduite à amener Louis ici ce soir, se contentant d'ajouter une assiette sur la table.

— J'ai corrigé des copies en vous attendant, leur explique François tout en poussant les feuillets à l'autre bout de la table.

— François est professeur d'histoire, explique Joséphine à Louis. En ce moment, il a une classe un peu dissipée. Il y a de bons élèves comme Mathilde et des élèves qui font le bordel et qui ne s'intéressent à rien, comme Théo.

La jeune femme débite ses propos sur un rythme rapide pour briser la glace et mettre tout le monde à l'aise.

— Théo, chaque fois qu'il a un devoir à faire, soit il copie sur Mathilde, soit il ne fait rien. La dernière fois, François a dit à Théo «je te laisse deux minutes pour me donner la raison pour laquelle tu n'as pas fait ton devoir».

Ce faisant, la jeune femme imite la voix sévère et masculine de François.

— Ensuite, poursuit-elle, François a ajouté «tu as eu trois fois la varicelle et ta grand-mère paternelle est morte cinq fois. Alors, sois inventif».

— Vous m'imitez très mal, souligne François tandis que Louis, lui, s'en amuse.

— Théo a commencé ses explications par «oui justement, je voulais vous dire, M'sieur». Après, il y a eu beaucoup de «en fait» et de «du coup» mais résultat des courses : son devoir n'était pas fait. François, ça le rend complètement dingue parce qu'il est passionné par l'histoire. Quand il parle de la Seconde Guerre mondiale, il agite ses mains, comme ça! lui dit-elle tout en mimant de grands gestes.

Joséphine observe Louis du coin de l'œil. Il a déjà englouti son entrée et accepte avec plaisir que François le serve une nouvelle fois. La faim devait sans doute le tenailler.

Au demeurant, la jeune femme se rend vite compte que François et Louis participent volontiers aux conversations. Elle découvre même son propriétaire presque transformé par la présence de Louis. Celui-ci est si serviable et si souriant qu'elle a la sensation de se trouver face à un autre homme. A-t-il deviné sans qu'elle ait besoin de le lui expliquer la tournure des événements? C'est comme si accueillir une âme en peine était parfaitement naturel chez lui.

Il lui est désormais inutile d'animer les discussions car François et Louis se débrouillent très bien tous seuls. Pour un peu, elle se sentirait presque de trop. L'attitude de François est si différente de celle qu'il adopte avec en sa seule présence qu'elle en viendrait presque à se demander la raison pour laquelle elle ne mérite pas de tels égards.

— Savez-vous que Louis a connu Albert Jacquemin? demande Joséphine à François.

— Le résistant originaire de Vagney? s'étonne son propriétaire.

— Celui-là même! Pas vrai, Louis?

— Oui. Mon père le connaissait bien car il venait fréquemment chez nous chercher du ravitaillement pour le maquis.

— Le maquis... de la Piquante Pierre ? l'interroge François avec un intérêt évident.

Son propriétaire ouvre désormais de grands yeux et esquisse un sourire.

— Celui-là même oui.

— Je vous avais bien dit que votre histoire ne laisserait pas notre hôte indifférent ! s'exclame Joséphine.

— Je ne crois pas pouvoir vous apprendre quelque chose que vous ne savez déjà, dit Louis, hésitant.

— Des témoignages comme le vôtre sont précieux, lui assure François.

La jeune femme va chercher un plat dans le four puis le pose au milieu de la table.

— Désormais, on va passer au plat de résistance ! s'exclame-t-elle.

Elle remplit les assiettes de chacun des convives.

— Sans mauvais jeu de mots, s'empresse-t-elle d'ajouter alors que François et Louis la fixent avec des yeux étonnés.

Chapitre 24

— Alors comme ça, votre père ravitaillait le maquis de la Piquante Pierre ? l'interroge François.

Oui. On habitait une ferme située au-dessus du village de Planois, sur les Plateaux près de Gerbamont.

Mon père était agriculteur et, à cette époque-là, les agriculteurs étaient des dieux. Durant toutes les années d'occupation, ma famille s'est efforcée de donner des coups de main. Aux familles des alentours dont les pères avaient été faits prisonniers, à ceux qui habitaient la ville et qui, le week-end, venaient se ravitailler à la campagne, à ceux qui ne voulaient pas partir pour l'Allemagne et, plus tard, aux maquisards montés à la Piquante Pierre.

Même si mon père manquait de tout pour travailler. D'aliments pour le bétail, d'engrais, de semences, d'outils… Tant et si bien qu'il a bien fallu revenir aux travaux manuels alors pourtant que la main-d'œuvre faisait cruellement défaut.

— Comment votre père faisait-il pour soustraire sa production aux réquisitions allemandes ?

Comme tous les autres pans de la vie économique, l'agriculture était placée sous le contrôle des autorités françaises et allemandes. Nos déclarations de superficie et de production de récoltes étaient complètement fantasques mais, dans toutes ces administrations récemment créées, bon nombre d'agents ne maîtrisaient pas les subtilités du monde agricole, de sorte que les mensonges de mon père passaient complètement inaperçus. Il aurait pu, comme d'autres l'ont fait à l'époque, se créer une fortune scandaleuse en profitant de la pénurie mais il a toujours préféré vendre ses produits aux Français plutôt qu'aux Allemands.

— J'imagine que votre père ne les livrait pas de bon cœur aux occupants ?

Ah ça, non ! Et si encore ces produits n'avaient été destinés qu'à nourrir la population française. Mais ce faisant, ils contribuaient à nourrir les troupes allemandes et leur permettaient d'envoyer des colis à leurs familles. On n'était pas dupes, on savait que, quotidiennement, des trains bondés de marchandises partaient vers l'Allemagne tandis qu'en France, tout le monde crevait de faim.

Et plus le temps passait, plus les réquisitions se faisaient lourdes.

Pour les éviter, mon père usait de tous les subterfuges possibles. Il déclarait qu'il n'y avait pas d'électricité dans le poulailler lorsque les Allemands venaient chercher des œufs, cachait des aliments à la cave et prétendait que ses veaux étaient mort-nés… Il n'y a jamais eu autant de mort-nés qu'entre 1940 et 1944 !

« Un jour, vous aurez des problèmes ! » l'avait prévenu le secrétaire de mairie.

— Vous habitiez à proximité de la Piquante Pierre. C'est en ravitaillant le maquis que votre père est entré dans la Résistance ?

Pas vraiment, non. Il nourrissait une haine féroce de l'Allemand et, dès 1940, il a intégré un réseau de passeurs clandestin. Il recevait chez nous des prisonniers de guerre évadés, des Juifs pourchassés ou des Alsaciens qui refusaient d'être enrôlés de force dans la Wehrmacht. Ils les nourrissaient, les logeaient et les aidaient à rejoindre la zone libre. Ils ne connaissaient pas ces gens-là et ne leur devaient rien. Mais il avait pour mission de les conduire d'un point A à un point B et il n'a jamais refusé cette faveur à un seul d'entre eux.

Plus tard, en décembre 1943, un groupe de résistants est venu s'installer non loin de chez lui. Il est intervenu auprès du secrétaire de mairie afin de leur fournir de faux papiers et des tickets de rationnement et les a déclarés comme ouvriers agricoles. C'est à partir de là qu'il a commencé à ravitailler le maquis.

— Ce sont ces hommes-là qui ont formé un petit maquis précurseur à la Piquante Pierre ?

Oui. Et, petit à petit, le maquis s'est étoffé. En septembre 1944, ils étaient plus d'un millier là-haut. Il fallait évidemment nourrir tous ces hommes et mon père n'a pas manqué d'y contribuer.

— Et pour vous, comment ça se passait ?

Oh moi, je n'étais qu'un gosse ! Mais un enfant qui avait été pétri par les élans nationalistes de son père.

À l'école, l'idéologie vichyste suintait à travers les pages des manuels d'histoire qui, de la même façon que les journaux, avaient été censurés. On apprenait par exemple que l'Armistice de la guerre 14-18 avait été une faveur demandée par les Allemands eux-mêmes, qui leur avait été accordée !

« Maréchal, nous voilà, tu nous as redonné l'espérance ». Voilà ce qu'on chantait.

Et pendant ce temps, mon père répétait que la France venait de connaître la défaite la plus humiliante qu'elle ait jamais connue. Ça le rendait complètement fou !

Lorsque, non content de chiper des craies en douce dans le but de les donner aux maquisards afin que ceux-ci aillent taguer des croix de Lorraine sur les murs, j'ai suggéré à mon instituteur d'observer cinq minutes de silence pour les soldats tombés au combat lors de la guerre de 14-18, celui-ci n'a pas apprécié ça à sa juste valeur... Car, à l'époque, on ne célébrait plus ni le 14 juillet ni le 11 novembre.

— Vous aviez vous-même des rapports avec les maquisards ?

Un jour, mon père a hébergé pour quelques nuits le commandant Gonand[6] qui dirigeait le 4e groupement FFI des Vosges et il a affirmé à ce dernier que son jeune fils était prêt à rendre quelques services à la Résistance. Je n'ai pas eu mon mot à dire.

C'est ainsi que j'allais, de temps en temps, porter des messages au maquis. Je les cachais dans le guidon de mon vélo ou dans le talon de

---

[6]   Le Commandant Gonand dirigeait le IVème Groupement F.F.I des Vosges (le département vosgien étant alors divisé en trois groupements). Ce secteur comprenait les villages de Corcieux, Gérardmer, La Bresse, Le Thillot, Melisey et Servance en Haute-Saône et Giromagny dans le territoire de Belfort. Après son action au sein de la Résistance, il a rejoint les troupes régulières pour œuvrer à la Libération de la France. Source : *Piquante Pierre, dernière bataille de la Résistance*, Michel Lemaire, (2014) éditions Gérard Louis.

ma chaussure. Les femmes et les enfants incarnaient de parfaits agents de liaison car, contrairement aux hommes en âge de travailler, ils suscitaient moins de méfiance.

Je n'avais que huit ans à l'époque et tant que je ne voyais pas de patrouilles, je me sentais en sécurité…

Lorsque je montais là-haut, au maquis, je tombais sur une sentinelle armée d'un FM qui me disait «Halte, qui va là!». Il fallait que je réponde «FFI» puis que je donne le mot de passe qui m'avait été remis. Celui-ci changeait régulièrement et il n'était pas toujours évident de s'y retrouver!

Je n'avais pas vraiment conscience des risques que je courais et j'envisageais ça comme une sorte de jeu.

Après avoir joué les passeurs clandestins, mon père s'est livré à d'autres espiègleries durant les années 1943 et 1944. Mais il a eu, par la suite, un peu moins de chance que moi.

— Je suis fatigué, leur avoue Louis.

— Je comprends, lui affirme Joséphine.

— Je vais préparer votre chambre, ajoute François.

Chapitre 25

Louis s'est endormi et Joséphine rejoint François au salon.

— Je l'ai retrouvé assis sur un banc, en train d'attendre son fils. Je ne sais pas depuis combien de temps il se trouvait là, explique-t-elle à son propriétaire afin de devancer la réprimande qu'il jugule sans doute depuis qu'elle a fait son apparition au salon en compagnie de Louis.

— Je vois.

Il devrait sans doute lui dire qu'il aurait été préférable de laisser Louis là où il était mais, en apercevant le vieil homme et sa petite tortue, sa tristesse l'avait prise aux tripes et François n'avait pu que rendre les armes. Ce soir, il n'avait pas eu envie de se battre. Sans doute parce que la solitude du vieil homme avait résonné en lui comme un tambour dont il n'avait pu ignorer les battements bruyants et réguliers.

Il sait Joséphine quotidiennement confrontée à la souffrance et cet état de choses, à lui seul, avait été propre à réfréner les reproches qu'il aurait pu lui adresser.

— Vous avez pris la bonne décision, lui affirme-t-il.

Il l'invite à venir s'asseoir puis ajoute :

— Telle que je vous connais, vous auriez été capable d'aller passer la nuit avec lui.

— Je vous ai connu plus en forme, lui rétorque-t-elle. Des fois, vos remarques sont fines mais là c'est carrément grossier.

Vexée, Joséphine se lève et se dirige vers le couloir afin de rejoindre son studio mais François la rejoint et la retient par le bras.

— Lâchez-moi ! lui dit-elle en haussant la voix.

Il effleure son poignet et y ressent des cicatrices. À certains endroits, sa peau est marquée et boursouflée.

— Pardon, je suis désolé, lui répond-il.

Il desserre son étreinte et lève ses deux bras en signe d'excuse.

— Vous avez fait ce qu'il fallait. C'était déplacé, je n'aurais pas dû.

Puis il se dirige vers le réfrigérateur et en sort une énorme bûche.

— Le repas n'est pas terminé… Vous partagez le dessert avec moi ? lui demande-t-il.

— Vous n'avez pas trouvé un format plus réduit ? s'étonne la jeune femme.

— C'est qu'il fallait de la place pour ajouter la touche finale…

— Quelle touche finale ?

Son propriétaire jette un œil sur sa montre.

— C'est bon, il est minuit, on est le 25 décembre.

Il fouille dans un de ses tiroirs et en rapporte des bougies qu'il pose minutieusement sur le gâteau.

— Et voilà ! Vingt-cinq. Le compte y est. Joyeux anniversaire !

François se munit d'un briquet puis les allume les unes après les autres.

— Je pensais que vous aviez oublié ! s'exclame-t-elle en frappant dans ses mains comme une enfant de cinq ans.

Joséphine regarde les flammes des bougies crépiter dans la pénombre du salon. Celles-ci semblent se dandiner en suivant le rythme d'une douce mélodie. Elle observe la mine amusée de François et ferme les yeux un instant pour mémoriser cet instant suave et délicieux.

Puis elle prend une grande inspiration et souffle sur les bougies. Les petites lumières tanguent et vacillent pour finalement s'éteindre tandis que Joséphine chasse la fumée du revers de sa main.

— Ça me touche vraiment, merci beaucoup, lui dit-elle.

— Tenez, c'est pour vous, lui dit-il en lui tendant un petit paquet-cadeau.

Joséphine déchire le papier et en sort un stylo rouge.

— C'est le plus beau stylo rouge que j'ai jamais vu, rit-elle.

— C'est mon préféré après mon stylo quatre couleurs. J'y tiens beaucoup.

— Merci infiniment.

— Mais je vous en prie.

Tandis que François ajoute une bûche dans le poêle à bois, Joséphine laisse le silence s'installer entre eux.

— Il ne me souhaitait jamais mon anniversaire à la bonne date, finit-elle par lâcher.

— Qui donc ?

— Mon père… Il me le souhaitait avec deux jours de retard ou trois jours d'avance. Et ça, c'est quand il n'oubliait pas.

— Vous n'êtes pas proche de lui ?

— Pas vraiment, non.

— Et votre maman ?

— Je ne l'ai pas vraiment connue… Elle a mis fin à ses jours. Je n'avais que trois ans.

— Je suis désolé… Pour ce qui concerne votre père, il n'est peut-être pas trop tard…

— Voyez-vous, il arrive parfois qu'une faille vous sépare et qu'au fil du temps, la faille devienne un fossé, puis le fossé un trou, puis le trou un gouffre. On peut s'éloigner de quelqu'un comme on vieillit, tout doucement et sans vraiment s'en rendre compte. Et un beau jour, vous vous réveillez et vous comprenez que la distance qui vous sépare de l'autre est bien trop grande et qu'il n'y a plus rien à faire.

Joséphine ne semble vouloir n'amorcer aucun dialogue, adoptant l'apparence de celle qui débite des propos qu'elle pense indiscutables et évidents.

— C'est faux. Vous pouvez construire des ponts.

— Quand vous faites un pas vers l'autre, et puis encore un autre et puis encore un autre et que vous ne trouvez face à vous que de l'indifférence ou du mépris, vous finissez par fuir pour vous protéger. Il vaut parfois mieux rester en sécurité de l'autre côté du gouffre.

Ses certitudes ne semblent vouloir ne souffrir aucune contrariété et elle n'arrive pas à envisager qu'elles puissent avoir une sorte de subjectivité..

— Pour quelqu'un qui voyage léger, vous me paraissez avoir l'esprit bien encombré…

François saisit son téléphone et tape quelques mots dans un moteur de recherche.

— Savez-vous que le plus grand viaduc du monde est le pont ferroviaire Danyang-Kunshan ? Il relie la ville de Danyang à celle de Kunshan, comme on pouvait s'y attendre, et mesure cent soixante quatre kilomètres et huit cents mètres.

— Vous oubliez un truc, je ne suis pas une locomotive.

Joséphine affiche désormais le sourire malicieux dont elle est coutumière. C'est comme si elle avait ouvert une vanne qu'elle s'empressait désormais de refermer en utilisant un trait d'humour.

— Non mais vous avez quand même beaucoup d'entrain.

Il la regarde longuement puis ajoute :

— J'aime bien vous voir dérailler de temps en temps…

Il saisit un couteau et coupe une part de bûche.

— Vous filez à vive allure sans prendre le temps de faire des escales pour remettre du charbon dans la motrice.

Puis il la pose délicatement dans l'assiette de Joséphine.

— J'ai le sens de la métaphore, je pense que je pourrais encore en trouver deux ou trois comme ça, ajoute-t-il.

— N'ajoutez rien de plus sinon…

— Sinon quoi ?

— Sinon gare à vous !

Elle se sert un nouveau verre de jus de pomme et en boit quelques gorgées.

— Vous n'allez pas me proposer une bière ou quoique ce soit d'autre qui contienne un peu d'alcool, n'est-ce pas ? l'interroge-t-elle.

— Non, en effet.

Elle ôte une à une les bougies de la bûche puis les pose sur la table sans prendre garde aux affaires de François.

— Est-ce que vous pourriez éviter de mettre des fruits rouges sur les copies de la classe de 3ᵉC ?

— Si vous ne passiez pas votre réveillon de Noël à corriger des copies, on n'en serait pas là…

— Si vous étiez arrivée à 19 heures comme je vous l'avais suggéré, je n'aurais pas ressenti le besoin de vérifier que mes élèves avaient bien saisi l'étendue des objectifs expansionnistes des Forces de l'Axe entre 1937 et 1942.

François ôte la bougie du polycopié tandis que Joséphine passe un doigt dessus dans le but de réparer son méfait. Mais, ce faisant, elle étale encore davantage les fruits rouges sur le papier.

— Vous ne voulez pas prendre une taloche ? l'interroge-t-il. En même temps, j'ai envie de vous de dire que vu la qualité du travail rendu, ce ne sera pas une grande perte…

— Je suppose que cette copie appartient à Théo ?

— Vous lisez en moi comme dans un livre.

— Je serais la femme qui partage votre vie, je vous aurais invité à passer le réveillon de Noël avec moi. Ça vous aurait évité de corriger des devoirs maison, souligne-t-elle.

— Je ne partage pas ma vie avec une femme.

— Je m'en doutais. C'était juste une façon de vérifier que vous étiez célibataire. Vous l'avez toujours été ?

— Non, j'ai vécu en couple pendant plus de dix ans. J'ai connu une mauvaise passe. Nos chemins se sont séparés à ce moment-là.

— Quel est le truc le plus fou que vous ayez fait pour elle ?

— Je l'ai quittée !

Elle adopte une posture lascive et incline son buste de façon à faire apparaître encore un peu plus un décolleté laissant deviner une partie de ses seins ronds et fermes.

— Vous croyez que je ne vous vois pas venir avec vos gros sabots ? lui dit-il en partant dans un grand éclat de rire dont

Joséphine devine qu'il cache une sorte de pudeur plutôt qu'une franche moquerie.

— Je crois que c'est la première fois que je vous vois sourire.

— Vous n'en rajoutez pas un peu là ?

Elle trempe son doigt dans la bûche, le porte à sa bouche et le lèche, ayant à cœur de ne faire planer aucun doute quant à la nature de ses desseins.

— Vous ne pouvez pas prendre une petite cuillère comme tout le monde ?

En même temps qu'elle se délecte des arômes fruités, elle l'observe avec ses yeux de félin.

— On fait l'amour ? lui demande-t-elle.

— Vous n'y allez pas par quatre chemins.

François n'est pas choqué, il est surpris. Joséphine est sûre de ne pas le laisser indifférent et en veut pour preuve que ses yeux ne quittent pas l'encolure de sa robe. La dentelle rouge du soutien-gorge qu'elle porte ce soir, contrastant avec la noirceur de sa peau, n'a pu échapper à son propriétaire.

— Donnez-moi une seule bonne raison de ne pas faire l'amour avec moi ce soir.

— À l'horizontale, ça crée toujours un tas de problèmes.

— Je comprends.

Elle l'observe avec un regard espiègle, se lève puis ajoute :

— Dans ce cas, on va le faire à la verticale.

La jeune femme se lève. Le bruit des talons de ses bottes résonne sur les tomettes tandis que François ne peut s'empêcher de la détailler de haut en bas.

Elle adopte une position semi-assise en faisant reposer son corps contre la table.

— Descendez de là, vous venez de vous installer sur mes copies ! la réprimande-t-il gentiment.

Joséphine attrape une des copies froissées et la retourne sur la table.

— Pardon, Théo. Ce n'est pas que tu m'ennuies mais j'ai un rancard très très chaud avec ton prof d'histoire et je ne veux pas que tu assistes à ça… On va voir, mon p'tit, lequel de nous deux connaît le plus de pratiques sexuelles! chuchote-t-elle tout en approchant son visage de la copie de l'adolescent.

— Vous êtes impossible!

— Ça fait peut-être longtemps que vous n'avez pas posé vos mains sur le corps d'une femme mais je vous assure, ça nous fera du bien à tous les deux. On est deux pour essayer de faire rentrer un machin dans un autre, on n'est pas plus cons que les autres, *a priori*, on devrait s'en sortir.

— Sensuelle et poète donc. Et qui vous dit que ça fait longtemps que je n'ai pas… Non, vous savez quoi? Laissez tomber, je ne vais même pas répondre!

— Mais c'est Noël! s'indigne-t-elle.

— Et alors? Bonne nuit Joséphine, conclut-il en la regardant rejoindre son studio avec un air faussement boudeur.

Une fois la table débarrassée et ses idées remises en ordre, François quitte la pièce et éteint la lumière.

Une soirée riche en émotions, songe-t-il.

Si luxuriante d'ailleurs qu'il ne parvient pas à trouver le sommeil.

Cette parenthèse inattendue l'a réuni avec Louis et Joséphine et à l'occasion de ce moment improbable, chacun a semblé avoir trouvé sa place.

Sans compter que, pour la première fois, Joséphine lui a paru faillible. Les cicatrices qui marquent son poignet pourraient même suggérer qu'elle l'est davantage que les autres.

Il rejoint le salon et rallume la lumière.

Comme lorsqu'il s'était relevé pour modifier les notes de ses deux élèves.

Sauf que cette volte-face-là ne s'appelle ni Théo ni Mathilde.

Cette palinodie porte des bottes à talons, une robe seyante et un soutien-gorge en dentelle rouge.

François tourne en rond dans la pièce, hésite un instant puis va frapper à la porte de son appartement.

Chapitre 26

— Bonjour Madeleine! J'ai des petites choses pour vous! lui explique Joséphine en tendant ses cadeaux à la vieille dame.

Bien qu'elle ait conscience du caractère quelque peu excessif de son attachement, l'auxiliaire de vie a décidé de choyer sa bénéficiaire préférée. François n'a pas eu totalement tort lorsqu'il s'en est étonné. Mais, après tout, la vieille dame n'a plus toute la vie devant elle. Pour Joséphine, il n'est pas question d'attendre ni trois mois, ni trois semaines, ni même trois jours pour lui signifier à quel point elle aime passer du temps en sa compagnie.

— Oh! C'est tellement adorable! s'exclame Madeleine. Ces fleurs sont magnifiques! Et que renferme ce petit paquet? lui demande-t-elle tout en ouvrant la petite boîte en carton.

— C'est un baume qui sent bon la lavande! Il va vous faire une peau de velours!

Madeleine ouvre le pot de crème et le hume en fermant les yeux.

— Vous avez raison, ça sent diablement bon! s'exclame-t-elle.

Sa bénéficiaire sort le pot de crème de son étui cartonné et baisse ses lunettes sur son nez.

— Bon... Ils auraient au moins pu appeler ça «crème anti-rides». Crème anti-âge... Anti-âge, anti-âge... C'est comme si l'âge était un ennemi qu'il fallait absolument combattre! s'indigne la vieille dame.

— Je suis désolée, s'excuse Joséphine, confuse. Je ne voulais pas vous offenser.

— Ce n'est pas après vous que j'en ai mon p'tit! Mais quand même, ça m'énerve! Bref, passons! Ça tombe bien, je revois François cet après-midi et j'aimerais être présentable... Vous ne m'aviez pas dit qu'il était bel homme!

L'auxiliaire de vie se sent tout à coup drôlement confuse. Elle repense au réveillon de Noël et une sorte de chaleur inonde ses joues.

— Vous m'aidez à me faire une beauté? l'interroge la vieille dame.

— En même temps qu'une petite toilette? lui demande Joséphine.

— Pourquoi on ferait une toilette? Je n'ai rien fait aujourd'hui...

Connaissant le personnage, Joséphine en déduit qu'elle veut sous-entendre qu'elle n'a pas de plaisir en solitaire, attendant certainement que la jeune femme s'en offusque pour entamer un nouveau plaidoyer sur la sexualité et le vieillissement.

— Hier, oui. Mais pas aujourd'hui, ajoute-t-elle tout en lui adressant un clin d'œil lourd de sous-entendus.

La jeune femme a vu juste : sa bénéficiaire prend un malin plaisir à la taquiner.

— Bon... C'est d'accord pour la toilette! Allons-y!

— Vous avez le temps de boire un café? demande Madeleine à Joséphine une fois qu'elles quittent toutes deux la salle de bains.

— Avec plaisir.

Tandis que Madeleine s'affaire en cuisine, Joséphine s'arrête longuement devant la photo de mariage de la vieille dame, s'obstinant à deviner les traits de Camille à travers ceux de son grand-père paternel.

— Comment s'appelait votre mari? lui demande-t-elle alors que sa bénéficiaire refait son apparition au salon, évitant de percuter le grand chien en bronze posé au milieu du salon avec une agilité déconcertante.

— Il s'appelait Arthur... Je l'ai choisi lui, mais j'ai eu beaucoup de demandes! s'exclame-t-elle.

— Ah oui ?

— Oui, oui, oui… D'abord, il y a eu Joseph. Il avait du charme mais il n'avait pas inventé la roue. Ensuite, il y a eu Georges qui est venu me chercher pour aller danser mais qui a été refait parce que je dansais beaucoup mieux que lui. Enfin, il y a eu Jean. Qu'est-ce qu'il était beau celui-ci ! Dès que je l'ai vu, je me suis dit « je préfère qu'il tombe sur moi plutôt que la foudre ! ».

La vieille dame verse le breuvage chaud dans les tasses et tend la sienne à Joséphine.

— Et vous, dites-moi, vous avez un amoureux ?

— Oui, lui confie Joséphine.

— C'est François, votre amoureux ?

— Non ! François n'est pas mon amoureux, c'est le propriétaire du logement que j'occupe, lui explique Joséphine, sûre d'elle.

Joséphine apprécie particulièrement ces conversations, celles dans lesquelles elle donne à son tour un peu d'elle-même. Sans doute parce qu'elles insufflent une sorte de réciprocité dans la relation avec ses bénéficiaires qui se trouvent plus ou moins contraints d'ouvrir leurs portes et leurs cœurs à une parfaite inconnue.

— Alors dites-moi, que font les amoureux à votre âge ? l'interroge Madeleine.

— C'est-à-dire que… Le mien est plutôt réservé et je veux lui laisser du temps… Je ne crois pas qu'il ait saisi l'importance qu'il avait dans ma vie.

— Ne lui laissez pas trop de temps ! Bousculez-le un peu ! s'exclame la vieille dame.

— J'y penserai…

Se confier ainsi à eux sans tromperie ni pudeur n'est qu'un juste retour des choses et, ce faisant, elle a toujours eu l'impression de rendre ses interventions moins infantilisantes.

— Justement, je dois le voir ce soir, murmure Joséphine.

Madeleine sirote quelques gorgées de café puis ajoute :

— Si ça ne marche pas avec lui, sachez que François est célibataire. Vous savez qu'il est très érudit ?

— Je suis sûre que ça fonctionnera avec le mien, lui affirme la jeune femme en fixant la photographie de Camille sur le mur du salon.

— Oui mais François, c'est une affaire! s'indigne Madeleine.

— Vous n'avez jamais eu de regrets? lui demande Joséphine.

— Oh, vous savez… À mon âge, on va à l'essentiel. Tout ce qui n'est pas franchement utile, on le chasse et les regrets en font partie… On est plus libres parce qu'on n'a plus besoin de prouver quoi que ce soit. Ce qu'on a à prouver quand on est en âge de construire quelque chose… Une vie de famille épanouie, une carrière, une situation sociale… Là alors, il faut faire des sacrifices, accepter des compromis, consentir des renoncements. On y va, on fonce, peu importe le prix, parce que le jeu en vaut sans doute la chandelle… Mais à 90 ans, on est affranchis de ces contraintes-là et on peut être soi. Et croyez-moi, la liberté intérieure, ça n'a pas de prix!

— Je veux bien vous croire, lui dit Joséphine, pensive.

Mais faut-il vraiment attendre 90 ans pour essayer d'être libre? se demande-t-elle. Ses propres sacrifices en valent-ils vraiment la peine?

— Je fais la maligne mais j'ai quand même des regrets, lui avoue Madeleine.

— Comme… par exemple?

— Vous voyez cet homme? lui demande-t-elle en décrochant du mur la photographie d'un petit garçon riant aux éclats au milieu d'un champ de blé. C'est l'un de mes fils et je n'ai plus de contacts avec lui…

— Comment s'appelle-t-il?

— André. C'est le père du petit Camille dont on a parlé la dernière fois!

— Ah bon?! s'exclame Joséphine qui sent déjà ses méninges tourner à plein régime.

— Ça a toujours été compliqué avec lui et ça n'a fait que s'aggraver avec le temps… Lorsqu'il a fondé une famille et que

Camille est né, je me suis dit qu'il aurait à cœur de renouer avec ses racines mais c'est tout l'inverse qui s'est produit. Un beau jour, il est parti et je n'ai plus jamais eu de nouvelles. Je ne sais même pas où il habite aujourd'hui… Je sais que je ne le reverrai plus jamais mais je donnerais cher pour seulement apercevoir son visage une seule fois avant de mourir…

— Et son fils, Camille, vous le voyez encore ?

— Je sais qu'il est revenu dans le coin il y a quelques années. À ce moment-là, j'ai essayé de l'appeler. Je lui ai dit que je respectais ce que ressentait son père à mon égard mais que nos conflits ne regardaient que nous, que ma porte était grande ouverte, qu'on habitait à quelques kilomètres l'un de l'autre et qu'il serait dommage de ne pas en profiter…

— Que s'est-il passé ? lui demande Joséphine, impatiente d'entendre la suite de l'histoire.

— Il n'est jamais venu. Pas une seule fois. Il m'est même arrivé de le croiser sans qu'il tourne la tête vers moi…

— Ah… murmure Joséphine, terriblement déçue.

Avant de quitter sa bénéficiaire, la jeune femme se lève, se dirige vers la cuisine, lave les deux tasses, ouvre le placard dont elle suppose qu'il est destiné à les accueillir et retient juste à temps à l'aide de sa main libre une boîte en ferraille avant qu'elle ne tombe par terre.

— Mais vous avez un de ces cirques dans vos placards ! s'exclame-t-elle.

Camille n'a plus aucune relation avec sa grand-mère, songe-t-elle tout en rangeant la boîte à sa place.

— Vous n'avez jamais pensé organiser un vide-maison ? demande-t-elle à Madeleine.

Donc Camille ne montera pas la voir, donc il ne se retrouvera jamais au milieu de son salon en même temps que son aide à domicile, donc Madeleine ne lui dira jamais «Camille, je te présente Joséphine, c'est mon auxiliaire de vie, tu devrais tenter un truc avec elle, c'est une affaire ! ».

— Un vide-maison ? s'étonne la vieille dame. Quelle drôle d'idée !

À moins que…

— Je pensais à quelque chose, lui dit Joséphine, hésitante.

Si André se réconcilie avec sa maman…

— Dites toujours…

… Camille fera probablement la même chose avec sa grand-mère.

— On recherche une photo de votre fils à l'aide de ce petit concentré de technologie, lui propose-t-elle tout en exhibant son téléphone.

— Et en échange ?

— On fait un peu de tri chez vous… Vendu ?

— Vendu.

★

« Je dois le voir ce soir ».

C'est ce que Joséphine a affirmé à Madeleine au sujet de Camille. Ce qui n'est pas complètement vrai mais pas entièrement faux non plus.

La jeune femme se trouve dans les Vosges depuis maintenant trois mois et elle ne l'a pas encore aperçu. Elle connaît par cœur les clichés qu'il affiche et qui le font systématiquement apparaître sous son plus beau profil. Mais elle n'a jamais vu le vrai Camille.

En sortant de chez Louis l'autre jour, elle a repéré un genre de cabanon à l'abandon à deux pas du garage Renault. Aussi décide-t-elle de s'y rendre et de s'y cacher pour l'observer.

Sa Clio grise est garée sur le parking, ce qui signifie qu'il travaille aujourd'hui. Et dans la mesure où elle a pris soin de vérifier les horaires d'ouverture de la concession, elle sait exactement à quelle heure il va pointer le bout de son nez.

Peut-être Camille ne correspondra-t-il pas à l'image qu'elle s'en est construite ? Auquel cas elle reprendra le cours de l'existence qu'elle a commencé à se façonner ici.

Si ça se trouve, tu as les cheveux gominés, la démarche claudicante, des lunettes à triple foyer et un affreux tic nerveux qui consiste à tirer la langue en même temps que tu louches, pense-t-elle.

Joséphine vérifie discrètement que le cabanon n'est pas fermé à clé et pénètre discrètement à l'intérieur. Celui-ci est pourvu d'une minuscule fenêtre qui donne directement sur la concession. D'ici, elle jouit d'un angle de vue parfait pour trouver ce qu'elle est venue chercher.

Les dernières paroles de Madeleine résonnent encore en elle.

« Ne lui laissez pas trop de temps ! Bousculez-le un peu ! ».

La vieille dame a raison : il est temps de l'approcher.

Tic, tac, tic, tac, murmure-t-elle, tout en regardant attentivement les minutes défiler sur son téléphone.

Elle a l'impression de patienter dans une salle de cinéma pour voir le début d'un film dont elle a maintes fois regardé la bande-annonce et dont elle attend la sortie depuis six mois.

Ça y est, le voilà. En chair et en os.

Il salue ses collègues en riant puis ferme sa doudoune.

Tu as raison, ferme ton manteau, tu vas attraper froid, pense-t-elle.

Il jette un coup d'œil sur son portable et ses pouces semblent s'agiter sur le clavier. Par réflexe, elle vérifie son propre téléphone, pour vérifier qu'elle n'est pas la destinataire de son message.

Puis elle l'observe monter dans sa voiture, enclencher la marche arrière et partir.

Joséphine sourit puis ferme les yeux.

Camille n'est pas un fantôme : il est bel et bien vivant.

Tapie ainsi dans l'obscurité, elle ressent tout à coup un plaisir profond et évident.

Un plaisir dénué de tout arrière-goût de culpabilité à l'idée de l'espionner de la sorte.

Mais un plaisir fugace, fragile et éphémère.

Chapitre 27

— Salut, François! dit Joséphine à François en faisant irruption dans son salon.

— Ça vous ennuierait de frapper avant d'entrer? lui demande-t-il d'un air sévère.

— Ça y est, la magie de Noël, c'est terminé?! On se vouvoie de nouveau?

— Oui. J'aimerais autant qu'on garde nos distances.

— Ah oui, c'est vrai, j'oubliais! Vous avez raison, surtout, ne m'approchez pas de trop près, ça pourrait vous créer des problèmes!

Du grand François, pense-t-elle en apercevant sa moue désapprobatrice. Un pas en avant, trois pas en arrière.

— Écoutez, le soir de Noël, c'était une erreur et il serait préférable qu'on oublie tous les deux ce qui s'est passé. C'est mieux comme ça.

— Vous avez passé une sale journée et vous vous sentez obligé de vous en prendre à moi? attaque-t-elle. La classe de 3ᵉC a été si terrible que ça, aujourd'hui?

— Vous savez comme on est, nous les profs. Oui, j'ai eu deux semaines de vacances à Noël mais dès que la rentrée arrive, je me plains. Allez-y, dites ce que vous pensez, quand je ne suis pas en congé, je suis en grève, et quand je ne suis pas en grève, je fais la gueule, pourtant il n'y a pas de quoi, je n'ai que quinze heures de cours par semaine… J'ai l'habitude d'entendre ce couplet!

— Je n'allais rien dire du tout mais si vous voulez vous accabler, je vous en prie! Si j'avais voulu être prof, j'aurais été prof. On fait tous nos propres choix.

— Vous auriez voulu être prof? s'étonne-t-il.

— Non, j'aurais voulu être médecin.

— Médecin ?

— Oui, médecin. J'étais bien partie, j'avais validé mes six premières années mais la vie en a décidé autrement. Allez-y, dites ce que vous pensez, je suis auxiliaire de vie, j'ai trouvé ce métier faute de mieux parce que je n'ai pas fait d'études, je ne sais faire que la poussière et encore… J'ai l'habitude d'entendre ce couplet !

— Je n'allais rien dire du tout mais si vous voulez vous accabler, je vous en prie !

François voudrait lui demander les raisons qui ont motivé son choix mais se tait. Il commence à connaître Joséphine et devine que si elle avait eu envie de lui en révéler davantage, elle n'aurait pas hésité à le faire. Surtout, il a vu où cette proximité l'avait conduite le soir du réveillon de Noël et refuse de laisser à nouveau glisser la conversation vers des sujets personnels.

Il observe Joséphine se diriger vers la bibliothèque et en saisir un des romans policiers qu'elle lui a offert quelques semaines plus tôt.

— Je vous l'emprunte ! lui dit-elle sans lui demander son autorisation.

— Je croyais que vous n'aimiez pas les policiers.

— Changer d'avis, ça ne vous arrive jamais ?

— J'ai revu Madeleine aujourd'hui, lui dit-il.

— Moi aussi, figurez-vous.

— Elle m'a expliqué que son auxiliaire de vie préférée lui avait proposé de retrouver son fils sur Facebook. C'est une plaisanterie, j'imagine ?

— Non, pas du tout.

Tout à coup, elle maudit la vieille dame d'avoir abordé le sujet avec son propriétaire.

— Vous ne pensez pas que vous devriez laisser son fils là où il est ?

— Je ne vois pas où est le mal, lui affirme-t-elle.

— Bon sang, Joséphine ! s'énerve-t-il. Si les gens s'éloignent, c'est qu'il y a une raison !

Son propriétaire emploie désormais avec elle le ton condescendant du professeur qui détient le savoir, la connaissance et la vérité et qui accepte généreusement de les répandre auprès de l'ignorante qu'il pense avoir en face de lui.

— Ce n'est pas parce que les réseaux sociaux permettent de réunir la terre entière en l'espace de trois secondes qu'il faut sauter sur la première occasion pour le faire. D'après ce que vous me dites, Madeleine a l'air de bien le vivre.

C'est comme s'il regrettait de s'être laissé aller avec elle et qu'il avait désormais besoin de reprendre le dessus dans cette relation en utilisant son grand air de donneur de leçons. Un air qu'elle trouvait terriblement paternaliste et profondément infantilisant.

— Parce que, naturellement, vous avez aussi quelque chose contre les réseaux sociaux?

— Je me méfie de tout ce qui est facile.

— Non, vous vous trouvez des excuses pour tout compliquer, c'est un peu différent.

— Les gens ne montrent que ce qu'ils veulent sur les réseaux sociaux. On ne peut pas dire qu'on connaît les gens avec ces trucs-là!

— Croyez-moi, quand on sait ouvrir l'œil, on en apprend beaucoup sur eux!

— Mais pourquoi prendre le risque de bousculer un équilibre bien établi? insiste-t-il.

François n'a rencontré Madeleine que deux fois et il semble désormais mettre un point d'honneur à la mettre à l'abri des frasques de sa jeune et impétueuse auxiliaire de vie.

Elle a désormais l'impression d'avoir face à elle le protecteur des opprimés face à une attitude qu'il tient pour irresponsable. Joséphine a émis une proposition, Madeleine l'a acceptée. Elle aurait pu refuser, arguant du fait qu'elle n'en avait ni envie ni besoin. La vieille dame ne l'a pas fait. Point final.

— C'est vrai, vous adorez ça, vous, les équilibres bien établis, ironise-t-elle. Surtout, ne pas prendre de risque, ne pas chambouler les choses, laisser tout en ordre!

— Il n'est pas question de moi! tempête-t-il. Il est question de votre bénéficiaire qui, à 90 ans, a eu le temps de faire son deuil!

— Il faut parfois forcer un peu le destin, rétorque Joséphine en haussant la voix. Le temps efface beaucoup de choses et il suffit de se donner la peine de faire un premier pas.

François et Joséphine sont désormais tous deux passablement agacés et cette joute verbale ne présente aucune issue.

— Ce n'est pas vous qui m'avez parlé d'une histoire de gouffre? la provoque-t-il.

— Ce n'est pas vous qui m'avez parlé d'une histoire de pont?

Chacun reste campé sur ses positions et se montre bien déterminé à imposer son point de vue à l'autre.

— Ça y est, vous le faites encore!

— Quoi donc?

— Vous déraillez! finit-il par lâcher. Comme quand vous avez décidé de lui offrir des cadeaux... Ou quand vous avez ramené Louis ici à Noël!

— Oh! s'exclame-t-elle sous le coup de la surprise, ne s'attendant pas à ce qu'il lui reproche maintenant la venue du vieil homme.

François la défie du regard avec l'air satisfait de celui qui vient de lui couper l'herbe sous le pied.

Il vient de lui porter l'estocade et, face à tant de mauvaise foi, Joséphine préfère quitter la pièce.

En revoyant Louis immobile, trempé et transi de froid, avec sa valisette posée à côté de lui, la jeune femme sent les larmes lui monter aux yeux et perd toute envie de se justifier auprès de son propriétaire, ce même homme qui lui a assuré deux semaines plus tôt qu'elle avait pris la bonne décision.

La dernière chose qu'elle souhaite, c'est perdre toute contenance face à lui.

Aussi, sans rien ajouter, Joséphine rejoint son studio et en claque bruyamment la porte.

Chapitre 28

Camille,

François forme à lui tout seul une immense contradiction! Je suis fatiguée par l'ambivalence de son attitude. Un jour, il mord, un jour, il baisse la garde, rendant ainsi cette cohabitation très contrariante! Son comportement me rappelle trop celui de quelqu'un que j'ai voulu fuir. C'est sans doute pour ça que je ne le supporte pas.

On s'est pourtant bien amusés le soir du réveillon de Noël... On s'est réfugiés dans les bras l'un de l'autre, sans rien attendre d'autre que de la tendresse, de la chaleur et du plaisir. Et ce soir, on est revenus à la case départ et il a fallu que je le vouvoie de nouveau! C'est complètement grotesque! Je me demande bien pour quelles raisons il m'a trouvée si horripilante ce soir. Car c'est exactement de cela qu'il s'agissait.

Il a même été jusqu'à prétendre que je ne te connaissais pas.

Comment ça, je ne te connais pas?

Je peux réciter tes nom, prénom, date et lieu de naissance, ta situation familiale, ton curriculum vitae (du nom des établissements que tu as fréquentés jusqu'aux entreprises dans lesquelles tu as été employé en passant par l'identité du professeur que tu affectionnais tant lorsque tu étais assis sur les bancs du lycée).

Je connais les restos que tu affectionnes, les commerces que tu fréquentes, tes lieux de séjour en vacances et tes romans préférés (puisqu'il a dernièrement fait forte impression auprès de toi, j'ai emprunté Le livre des Baltimore à François).

Je connais aussi tes recettes de cuisine favorites (j'ai été relativement déçue par la tarte fine au Saint-Félicien, aux poires, au miel et aux noix... Je m'attendais à une explosion de saveurs comme ça avait fait dans ta bouche. Mais pas du tout).

(Je n'avais ni poires, ni noix, ni miel, ça doit être pour ça.)

Je peux te rappeler ce que tu faisais le 14 décembre 2010, le 12 juillet 2012, le 1ᵉʳ février 2013, le 3 octobre 2016, le 26 avril 2017, le 31 décembre 2018 et à bien d'autres moments encore... Je peux même t'indiquer de quelle façon tu étais habillé ces jours-là.

J'ai identifié ta mère, ton père, ta sœur, tes oncles, tes tantes, tes cousins, tes potes, ta meilleure amie, ton ex (qu'est-ce qui est arrivé à son nez, il est un peu tordu non?), ton boss, tes collègues et même ton médecin traitant.

Je sais où et à quelle heure tu vas courir. J'ai identifié tes sentiers préférés, les blessures que tu as endurées, les courses auxquelles tu as prévu de participer et tes spots de prédilection. La Piquante Pierre en fait partie, tu y montes une fois par semaine. Je peux aussi totaliser le nombre d'heures où tu t'entraînes sur une semaine, un mois, une année et je suis au fait de la couleur de ta paire de godasses et de la marque de ton short.

Je connais la marque de ta voiture, sa couleur et celle de tes jantes, son modèle et même sa plaque d'immatriculation. Je sais quel autocollant est collé à l'avant de ton pare-brise (fais attention, ton assurance expire bientôt, pense à changer ta carte verte!).

Tes horaires de travail n'ont plus de secret pour moi. Il en va de même de tes congés, de tes jours de repos et de tes semaines de formation (ça a vraiment de l'intérêt les exigences réglementaires et environnementales relatives aux groupes motopropulseurs hybrides? Si j'étais toi, je «motopropulserais» autre chose!).

Je peux fredonner la musique que tu écoutes et lister les concerts auxquels tu as assisté. Je suis aussi en mesure de réciter par cœur la liste de tes artistes préférés.

J'ai remarqué que tu n'étais pas doué en orthographe et que tu faisais des fautes de conjugaison terribles.

Je sais comment tu te coiffes et de quelle façon tu te chausses et tu t'habilles.

Je suis aussi comme tu t'investis dans la vie de ton village (tu aurais pu trouver un truc un peu plus glamour que «l'Amicale des pêcheurs» non?).

(Quand tu assistes à leur assemblée générale annuelle, pense à bien tourner la tête vers la caméra. On ne te voit que trois millisecondes, c'est déjà frustrant, alors n'en rajoute pas en boudant l'objectif).

Je pourrais encore continuer la liste.

Alors, je te connais ou je ne te connais pas?

J'ai ta vie ancrée dans ma carte mémoire interne et je pourrais la réciter comme un poème.

Je reconnais qu'exposé comme ça, ça peut faire un peu peur. Tu ne voudrais pas être dans ma tête. De toute façon, c'est impossible, on est déjà plusieurs à camper là-haut.

C'est juste qu'il ne me reste plus que ça depuis que tu es parti.

Je dois me contenter d'entrevoir ta vie.

François a tort. Bref, peu importe, l'avis des autres ne compte pas. Combien de couples se sont construits comme ça envers et contre tout? C'est ce qui rend notre histoire si belle.

Madeleine non plus ne s'est pas vraiment montrée élogieuse à ton égard. Elle en a sans doute rajouté. Ta grand-mère est assez exubérante et c'est d'ailleurs ce grain de folie qui fait tout son charme. Ça fait longtemps qu'elle ne t'a pas vu et les gens mûrissent avec l'âge. Je ne peux pas croire que tu l'ignores quand tu la croises. Je sais que tu n'es pas cette personne-là.

Elle n'est pas la seule à te dénigrer mais je ne fais pas attention à ce que disent les autres. Tu le sais, hein? Papa ne croyait pas non plus que l'on puisse avoir un avenir ensemble et, pourtant, je suis là et je suis heureuse. Je lui ai donné tort.

Ce qui est vrai, en revanche, c'est que je ne connais ni ton parfum ni le goût de ta peau.

Quand est-ce que tu me laisseras enfin me blottir dans tes bras et enfouir ma tête dans ton cou?

Tendrement mais impatiemment,

Joséphine.

Chapitre 29

Cher journal,

J'ai passé une drôle de journée.

Il s'est passé quelque chose de très étrange en classe aujourd'hui.

J'ai rendu leurs copies à mes élèves de 3ᵉC et Théo a vu la trace de fruits rouges sur sa copie froissée. Il m'a immédiatement demandé ce qu'il s'était passé. Alors je leur ai raconté.

Je ne leur parle jamais de ma vie et je n'arrive toujours pas à expliquer ce qui m'a pris. C'est sorti naturellement, sans que je ne ressente ni gêne ni pudeur. Je leur ai parlé spontanément de la rénovation du studio, de l'accueil de Joséphine, de son anniversaire, de la bûche, des bougies puis des fruits rouges sur la copie...

Ça a duré cinq minutes à peine et l'on s'est remis au travail. C'est idiot mais j'ai eu le sentiment d'éveiller leur intérêt. Mon récit n'a suscité chez eux ni moquerie ni désintérêt. Au contraire, après ça, j'ai eu le sentiment qu'ils me regardaient autrement. Comme si je n'étais plus seulement «Monsieur Receveur, professeur d'histoire — géographie — EMC[7] » mais qu'à leurs yeux, j'étais devenu un autre homme. Avec une vie, des émotions, des ressentis... Il se trouve qu'après avoir renfermé cette parenthèse, l'heure de cours s'est passée à merveille.

La conclusion qu'il faut que j'en tire me contrarie. D'abord, on s'envoie en l'air à Noël. Ensuite, Joséphine fait une entrée fracassante dans ma classe de 3ᵉC.

---

[7] Enseignement moral et civique

Elle n'était pas supposée prendre une telle place dans ma vie !

Je regrette d'avoir été frappé à sa porte ce soir-là. Et si désormais elle se fait des films à mon sujet ? Joséphine est tellement imprévisible !

Je n'ai pas pu m'empêcher de la vouvoyer quand je l'ai revue aujourd'hui. Je sais, c'est idiot. Mais tout est tellement trop avec elle ! Voilà, c'est ça. Joséphine, c'est « Madame Plus ». Elle me fait l'effet de quelqu'un qui n'arrive pas à gérer ses émotions. Elle a cette incroyable capacité à capter les ressentis de façon très précise. Elle les fait siens comme si elle était une immense caisse de résonance et les enregistre tellement bien qu'elle n'a aucun mal à les restituer. Il n'y avait qu'à voir son trouble ce soir lorsque j'ai évoqué Louis.

Et il a encore fallu qu'elle propose à Madeleine de retrouver son fils sur Facebook !

« Quand on sait ouvrir l'œil, on en apprend beaucoup sur les gens ! » m'a-t-elle affirmé. Tu parles, oui !

Je me méfie des réseaux sociaux et de l'image que l'on renvoie de nous sur ces trucs-là. On ne voit toujours que le plus beau or, dans la vie, on ne peut pas toujours aller bien. Les jours d'orage font partie de la vie.

Rien que ce mot : « profil ». Ça signifie bien qu'on en montre qu'une partie et qu'on cache le reste. C'est pour ça qu'un compte Facebook ne s'appelle pas une vue à 360 °C.

Je ne comprends pas que Madeleine ait accepté une chose pareille.

Je ne sais plus dire si ma locataire m'agace ou si je veux lui éviter de commettre des erreurs. C'est comme si j'essayais de me réparer à travers elle, comme si le fait de lui reprocher ses propres faux pas m'aidait à me rendre meilleur. Je crois que je veux juste lui éviter des impasses que je n'ai pas su esquiver par le passé.

Parce que je sais qu'à ce rythme-là, on court droit à la catastrophe!

J'aimerais m'y prendre autrement mais elle paraît si entêtée, si sûre d'elle que je me sens obligée d'y aller en force. Je vis seul depuis si longtemps que j'ai dû oublier ce que c'était que de prendre soin de quelqu'un.

Lorsque, après le décès de ma mère, la mémoire de Papa a commencé à flancher, il a fallu que je sois là pour lui. Je venais de prendre mon poste au collège de Vagney, comme mon père me l'avait suggéré, et j'ai vite mesuré à quel point cette proximité allait me faciliter la vie.

Des souvenirs qui sortent un à un de l'esprit d'un professeur d'histoire, c'est pourtant un comble!

Au début, je me suis rebellé. Contre cette fichue maladie, contre ses souvenirs qui s'envolaient les uns après les autres, contre mon impuissance. Je me suis dit que je ne saurais pas m'occuper de lui, que je n'étais pas celui qu'il lui fallait et qu'il y avait des professionnels pour ce genre de prise en charge : des aides à domicile, des accueils de jour voire même des structures spécialisées.

Mais lui ne voulait l'aide de personne. Était-ce de la fierté mal placée ou avait-il bien compris, malgré la maladie, que je ne pourrais m'en sortir que grâce à lui? Je ne le saurai jamais. Ce dont je ne doute pas, en revanche, c'est qu'il m'ait sauvé de moi-même. Parce que j'étais fichtrement mal en point à l'époque!

J'ai pris une disponibilité. De toute façon, j'étais devenu incapable d'assumer mes cours correctement. Je me suis occupé de lui 24 h/24.

Son état de santé s'est détérioré à une vitesse ahurissante et, très vite, il est devenu incapable de rester seul, ne serait-ce que quelques heures.

« Papa, c'est moi, c'est François ». C'est ce que je lui disais chaque matin. « Casse-toi, connard ». Voilà ce qu'il me répondait. Ce n'était pas facile tous les jours pourtant, je suis nostalgique de cette période-là. J'étais là pour quelqu'un qui avait besoin de moi. Si seulement il avait pu se rendre compte avant de mourir du service qu'il m'a rendu…

Ce soir, je me sens un peu las de tout et je me demande si chacun de mes choix est bien le meilleur. Est-ce raisonnable de vivre avec le fantôme de mon père dans cette vieille maison ? De continuer à enseigner à des gamins au milieu de qui je ne me suis jamais senti à ma place ? Après tout, si j'ai besoin de prononcer le prénom de Joséphine pour susciter l'intérêt de mes élèves, n'est-il pas temps d'en tirer des conclusions ?

J'ai le sentiment d'être à un tournant de ma vie et je ne sais pas si je vais réussir à passer le virage sans faire plusieurs tonneaux.

C'est assez angoissant.

François

Chapitre 30

Joséphine examine d'un air circonspect les deux piles qui s'amoncellent devant elle.

— Je vous vois en train de compter les pelotes de laine, lui dit Madeleine. Mais je vous le dis tout de suite, il est hors de question qu'on en jette une seule.

Les instructions que sa bénéficiaire lui a proférées sont parfaitement claires : Joséphine ne doit rien jeter sans l'en avertir avant.

— À vue d'œil, il doit y en avoir une centaine. Êtes-vous bien sûre de ne pas vouloir vous séparer de certaines d'entre elles ?

L'auxiliaire de vie en saisit une et la caresse du plat de sa main.

— Vous avez raison, ce vert-là est très actuel, la taquine-t-elle.

La vieille dame la regarde fixement et descend ses lunettes sur son nez.

— On garde le vert bouteille, affirme Joséphine en reposant les trois pelotes de laine dans leur panier. Bon, bon, bon… Qu'avons-nous là ? Un micro-ondes ! Tiens donc ! J'imagine qu'il est en parfait état de fonctionnement ?

— On ne touche pas à ce micro-ondes. Il vient de chez Spiller Ameublement. Vous connaissez Spiller Ameublement ? Ils vendent des meubles à Saint-Maurice-sur-Moselle. Depuis 1957 !

— Et donc ?

— Ils ont un service après-vente qui a les reins solides. J'ai prévu de le faire réparer. On ne jette pas le micro-ondes, conclut Madeleine.

Face à cette nouvelle fin de non-recevoir, l'auxiliaire de vie poursuit l'inspection de l'armoire de sa bénéficiaire.

— Un… deux… trois, quatre, cinq catalogues La Redoute…

La jeune femme se tourne vers Madeleine puis ajoute :

— Vous allez conclure comme moi qu'ils ne vous serviront plus à rien, n'est-ce pas?

— Si!

— 1998, 1999, 2000, 2001, 2002, énumère Joséphine. Plus aucun de ces articles n'est en vente aujourd'hui!

— N'insistez pas, lui dit Madeleine en lui tournant le dos.

La tâche s'est avérée plus difficile que Joséphine ne l'avait imaginé.

— Puisque ça vous intéresse, je vais vous le dire! ajoute-t-elle en revenant sur ses pas. J'aime bien regarder les hommes en slip sur les catalogues.

Joséphine peine à réfréner un sourire.

— Ce n'est pas parce qu'on a 90 ans qu'on ne peut plus regarder la marchandise! s'exclame-t-elle.

— Enfin… Cinq catalogues… Ça fait beaucoup d'hommes en slip, non?

— Vous savez, les slips, c'est comme les chaussures ou les pantalons, les modes changent. Catalogue La Redoute, édition 1998, dix pages de caleçons, deux pages de slips. Catalogue La Redoute, édition 2002, les caleçons et les slips apparaissent dans une proportion égale! Le slip fait son grand retour! Tenez… François, au hasard…

— Au hasard, oui, bien sûr…

— Il porte des slips ou des caleçons?

Des caleçons! pense-t-elle.

— Mais je n'en ai pas la moindre idée! On garde les catalogues et on passe à autre chose?

Joséphine se place à côté de la grande armoire et constate que celle-ci n'est pas collée au mur.

— Mais qu'est-ce que vous avez caché derrière votre armoire? demande-t-elle à Madeleine en tâtant la planche de bois qui se trouve derrière.

— Ça, c'est un vieux bois de lit!

Joséphine examine les pièces de bois désarticulées et, aussitôt, une idée brillante lui traverse l'esprit.

— Si vous pouviez aider une personne dans le besoin, vous le feriez, n'est-ce pas?

— Je ne connais personne qui soit dans le besoin.

— Moi, si... J'ai un bénéficiaire qui met très peu de chauffage dans son appartement, qui a une silhouette frêle, qui a tout le temps froid et qui dort sur un matelas posé à même le sol. Et si par un heureux hasard, vous acceptiez de vous séparer de votre bois de lit pour le lui donner, je suis certaine qu'il en serait très heureux...

— D'accord, consent Madeleine. Mais je vous préviens, c'est un vieux machin.

— Ne vous inquiétez pas pour ça, je connais quelqu'un qui se fera un plaisir de le rendre fonctionnel.

— On est d'accord? demande Joséphine à Madeleine afin de s'assurer de son approbation. On jette le CIF périmé depuis 1998 et les bons de réduction valables jusqu'au 31 décembre 1994, on garde le micro-ondes, les pots de fleurs en terre cuite, la Vierge fluorescente, les pelotes de laine et les catalogues La Redoute?

— Oui, lui affirme Madeleine.

— On y voit un peu plus clair dans cette armoire, vous ne trouvez pas?

— Si vous le dites...

— Il ne nous reste plus qu'à faire un peu de tri dans ce tiroir et on en aura terminé avec cette armoire!

Sa bénéficiaire semble soudain légèrement mal à l'aise.

— Oui... Mais avant d'ouvrir ce tiroir... Il faut que je vous fasse part de l'existence d'un compagnon, lui expose la vieille dame, mystérieuse.

— Vous avez kidnappé un homme en slip! s'exclame Joséphine en pouffant de rire.

— Il a été oublié là par un maquisard au moment de la dispersion du maquis et je n'ai pas voulu m'en séparer. Je me sens en sécurité avec lui...

Madeleine ouvre le tiroir en question et en sort un fusil Lebel tandis que Joséphine étouffe un cri de surprise.

— Rassurez-vous, il n'est pas chargé!

— J'imagine que vous l'avez déclaré à la gendarmerie?

— Non, quelle question!

— On a assez travaillé aujourd'hui! Vous me racontez l'histoire de ce fusil? lui demande Joséphine.

— Vous ne voulez pas que j'appelle François? Je suis sûre qu'il serait heureux d'entendre cette histoire lui aussi!

— Il ne pourra pas se libérer, ment l'auxiliaire de vie. Aujourd'hui, il travaille toute la journée…

Chapitre 31

Un jour, trois maquisards sont arrivés chez nous pour venir chercher les armes qui avaient été abandonnées là par les soldats français et qu'on avait cachées à la cave.

C'était dans le courant de l'année 1944.

Ce n'était que des gosses. L'un d'eux était vêtu d'un simple costume et de chaussures de ville... Autant dire qu'il ne portait pas la tenue appropriée pour affronter les périls du maquis.

— Les périls du maquis ? s'étonne Joséphine.

Vous avez bien entendu, oui. Vous savez, on a souvent envisagé ces hommes comme des Robins des bois des temps modernes. Mais ce qu'il faut voir, c'est qu'ils vivaient dehors, au milieu des bois, en moyenne montagne, dans des conditions extrêmement difficiles.

Ma mère avait utilisé les couvertures laissées par les soldats français en même temps que les armes pour nous confectionner des vêtements parce qu'à l'époque, on retournait nos caves et nos greniers pour y trouver de quoi subsister. On faisait feu de tout bois. Mais elle en avait conservé une qu'elle leur a donnée.

« Vous en aurez besoin », leur a-t-elle affirmé.

— Vous m'avez dit que votre mère soutenait le Maréchal Pétain. J'imagine que celui-ci ne portait pas les maquisards dans son cœur. Qu'est-ce qui avait changé à ce moment-là ?

Beaucoup de choses avaient évolué, à commencer par nos états d'esprit.

Le mécontentement des Vosgiens était désormais palpable. Le ravitaillement devenait de plus en plus difficile, les prix ne cessaient d'augmenter, tout comme le chômage, la répression, les actions contre les Juifs...

Je me souviens d'une histoire qui avait fait grand bruit à l'époque. C'était en mai 1943 au Thillot. Des agents de la police française avaient souhaité protéger deux enfants de 6 et 9 ans d'un départ vers les camps en les emmenant dans une famille voisine. Les services préfectoraux avaient même interféré auprès des Allemands pour éviter leur arrestation.

— Que s'est-il passé ?

Les occupants ont exigé qu'ils soient emmenés avec le reste de leur famille et personne n'est jamais revenu.

— J'imagine que l'institution du travail obligatoire n'a pas dû apaiser les choses ?

Non, bien au contraire. La déception était déjà grande dans le milieu ouvrier. Le charbon, l'électricité, les matières qui faisaient défaut, les ouvriers spécialisés qui avaient été contraints de partir pour l'Allemagne ou le directeur de la boutique qui manquait à l'appel, tout ça se traduisait par des fermetures d'usine et des baisses de salaires. Alors quand les jeunes nés entre 1920 et 1922 furent forcés de partir avec l'institution du STO, la réprobation est encore montée d'un cran.

Sans compter qu'à mesure que les mois passaient, la victoire de l'Allemagne devenait de plus en plus incertaine. L'écoute de radio Londres, dans un premier temps cantonnée à des cercles restreints, s'était généralisée. Les nouvelles fraîches reçues des Alliés se colportaient et se commentaient beaucoup plus largement que par le passé. Les condamnations pour ce motif se faisaient d'ailleurs plus nombreuses.

— Les Allemands étaient conscients de la colère qui nourissait les esprits ?

Ce qui explique en partie leur nervosité croissante. Au cours de l'année 1943, les arrestations, les condamnations et les fusillades n'ont pas cessé d'augmenter. Mais leur présence dans le département se résumait, à ce moment-là, à quelques garnisons. Tant et si bien que les sabotages pouvaient avoir lieu sans trop de danger. Les sabotages et la structuration des différents mouvements de Résistance qui se partageaient jusqu'alors le département.

En effet, depuis 1940, des organisations s'étaient spontanément créées et des réseaux s'étaient tissés. L'année 1943 a vu ces mouvements s'unifier. Des chefs ont été nommés et, sous l'effet du STO notamment, les effectifs ont pu s'étoffer.

— Les armes que ces hommes sont venus chercher étaient destinées au maquis de la Piquante Pierre ?

Oui. Ces trois hommes les ont embarquées dans leur musette pour les emmener au dépôt de munitions situé bien à l'abri, dans la forêt. Il paraît qu'ils disposaient d'un vrai arsenal là-haut !

Car, bien entendu, à partir du moment où l'on commençait à regrouper des hommes, il fallait songer à leur armement.

— Ils n'ont pu compter que sur la récupération des armes françaises ?

Non, bien sûr. C'est la première chose qu'ils ont commencé à faire. Mais, d'une part, certaines d'entre elles n'étaient plus en état d'être utilisées et, d'autre part, ils ne disposaient pas des munitions correspondantes. Plus tard, ils ont pu compter sur les parachutages. Malheureusement, ceux-ci n'ont pas été suffisants pour armer tous les hommes présents là-haut…

— Ça ne vous a pas inquiétée de savoir un maquis si proche du village de Planois ?

Il est vrai que, dans un premier temps, on a pu craindre les représailles. Les Allemands avaient d'ailleurs reçu pour consigne de s'en prendre aux civils et de terroriser les populations afin de couper les maquisards de leur appui.

Mais, vous savez, ces hommes vivaient dans une zone reculée, au fond des bois, en toute clandestinité et lorsqu'on passait la route du col de la croix des Moinats, on ne décelait pas l'activité du maquis.

Et, une fois que le débarquement a eu lieu, en juin 1944, on a vu en eux un espoir plutôt qu'une menace.

La Libération de la France était en route et être soustrait au joug allemand n'était plus qu'une question de semaines.

Après que Madeleine a terminé son récit, Joséphine dégaine son téléphone et tape deux mots dans la barre de recherche.

Comme elle l'a négocié avec sa bénéficiaire, l'auxiliaire de vie a retrouvé une photographie de son fils André sur les réseaux sociaux, ce qui ne lui a demandé aucun effort puisqu'il y a déjà longtemps qu'elle a visualisé son profil sur Facebook.

— Vous avez l'air de vous y connaître, souligne la vieille dame.

— Vous n'avez pas idée… Le voici !

Madeleine saisit le portable de son auxiliaire de vie et regarde longuement le cliché qui s'affiche sous ses yeux.

— Si on appuie sur ce bouton-là, on peut lui envoyer un message ? l'interroge la vieille dame.

— Oui…

— On le contacte ? lui demande Madeleine.

Chapitre 32

En arrivant devant l'immeuble de Louis, Joséphine l'aperçoit, planté devant sa fenêtre. Il lui adresse un sourire et lui fait un petit coucou de la main. En le voyant ainsi en poste derrière ses rideaux, l'auxiliaire de vie se demande tout à coup si elle n'en a pas trop fait. Et si Louis lui avait accordé sa confiance trop tôt ? Et si elle n'était pas capable de se montrer digne de cet intérêt qu'il lui portait ? Si, du jour au lendemain, elle abandonnait les Vosges comme elle a quitté sa Bretagne quelques mois plus tôt ?

— Bonjour, Joséphine ! lui dit Louis, enjoué, lorsqu'elle pénètre dans son appartement. Je suis content de vous voir !

La jeune femme converse quelques minutes avec lui puis s'attelle à la tâche.

Elle va chercher l'aspirateur, le met en état de marche et commence un nettoyage méthodique de la pièce à vivre. Mais quelques minutes après, Louis s'approche d'elle.

— Vous venez boire un café ? lui demande-t-il suffisamment fort pour couvrir le bruit de l'aspirateur.

La jeune femme s'amuse de voir à quel point il recherche désormais sa compagnie et lui assure qu'elle s'assoira quelques minutes avec lui avant de partir pour sa prochaine intervention.

Mais Louis ne l'entend pas de la sorte et vient régulièrement la solliciter. Il agite même sous ses yeux un petit paquet de gommes au miel de sapin qu'il pose sur la table de la cuisine dans le but d'y attirer son auxiliaire de vie.

Joséphine finit par débrancher l'aspirateur pour s'attabler avec son bénéficiaire. Après tout, c'est ce dernier qui le réclame, son appartement n'est pas si sale que ça et le ménage peut sans doute attendre.

De même qu'elle a respecté le fait qu'il soit resté caché sous ses draps la première fois qu'elle est venue, elle accepte de lui accorder du temps lorsqu'il en a besoin. Il faut parfois savoir reconnaître que ce dont les bénéficiaires ont besoin, ce n'est pas d'un appartement parfaitement propre et d'un aspirateur bruyant, c'est de boire une boisson chaude avec leur aide à domicile.

Cette dernière n'ose pas lui annoncer qu'il dormira bientôt dans un vrai lit grâce au plan qu'elle a mis sur pied. Il lui reste encore à convaincre Gaston et François et elle connaît suffisamment son bénéficiaire pour savoir qu'il tuerait son projet dans l'œuf.

— Vous ne voulez pas mettre un peu de chauffage? ose lui demander Joséphine tout en resserrant les pans de son gilet sur sa robe.

— Vous avez froid? s'inquiète-t-il.

— Ce n'est pas pour moi que je m'inquiète. Moi, je me suis habillée chaudement. C'est pour vous que je me fais du souci.

— Ne vous faites pas de sang d'encre, je suis habitué.

— J'ai quand même une petite bricole pour vous, lui dit Joséphine, mystérieuse.

Elle extrait de son sac le quart d'une grosse citrouille qu'elle a pris soin d'emballer dans de la cellophane.

— À l'aide de ce morceau de potiron, nous allons préparer tous les deux une soupe délicieuse qui va vous réchauffer le cœur!

En partant au travail ce matin, Joséphine a trouvé le potiron au pied de sa porte d'entrée. François y a laissé dessus un petit mot à l'aide d'un post-it : «Régale-toi!». La formulation l'a surprise mais elle a pensé qu'une contradiction de plus ne devait pas étouffer son propriétaire, que ce dernier avait sans doute été pris de remords à cause de sa conduite d'hier soir et qu'une grosse citrouille était une jolie façon de faire un pas vers elle. Aussi a-t-elle décidé d'en faire don à certains de ses bénéficiaires.

Tandis qu'elle explique à Louis que le potiron est directement issu de la production personnelle de François pour achever de le convaincre, elle épluche les tranches de légumes et les coupe en morceaux.

— Je suis allé rechercher les mémoires de mon père, lui explique Louis tandis qu'elle dépose les cubes de potirons dans une casserole.

Ce faisant, il fait voir à Joséphine les copies de plusieurs feuillets.

— Pendant la Guerre, il a consigné plusieurs de ses faits et gestes. Après son décès, ma famille les a précieusement conservés et nous les avons ensuite confiés à la médiathèque de Vagney. Je m'y suis rendu ce matin dans le but d'en récupérer des copies.

— Vous êtes allé tout seul à la bibliothèque pour récupérer ces documents ? s'étonne Joséphine.

Ainsi, son bénéficiaire, habituellement apeuré par les rencontres et les contacts sociaux, et qui, d'après ce qu'elle a pu en voir, sort très peu de chez lui, s'est rendu tout seul et sans que personne ne lui demande rien, jusqu'à la médiathèque ! Il est fascinant de voir à quel point l'homme peut trouver en lui les ressources pour avancer lorsqu'il estime que la cause en vaut la peine, songe l'auxiliaire de vie.

— Je me suis dit que ces documents pourraient être utiles à François.

— Vous avez raison de le penser ! Je les lui remettrai dès ce soir.

— Elles sont écrites à la main, j'espère qu'il arrivera à les décrypter.

— Merci beaucoup, Louis… Allez… C'est l'heure de la soupe !

Une fois que Joséphine l'a servi, le vieil homme se dirige vers le réfrigérateur.

— Vous aussi, vous ajoutez de la crème et du beurre salé dans la soupe ?! s'exclame-t-elle.

— Oui… Comme les Bretons…

Tandis que Louis se délecte du breuvage chaud, l'auxiliaire de vie examine les feuillets que ce dernier lui a remis.

— Que s'est-il passé le 27 août 1944 ? l'interroge-t-elle.

— Vous ne préférez pas lire les mémoires de mon père ? lui demande-t-il.

— Je préfère vous entendre raconter votre histoire.

Chapitre 33

Le 27 août 1944 a eu lieu le premier parachutage sur le plateau de la Piquante Pierre.

Les hommes qui étaient présents là-haut avaient commencé par récupérer les armes françaises abandonnées par nos soldats en 1940 mais celles-ci étaient évidemment insuffisantes pour les armer correctement.

Les responsables de la Résistance en avaient donc appelé à l'aide des Alliés pour compléter cet attirail. Et à mesure que les effectifs du maquis s'étoffaient, leurs appels se faisaient de plus en plus pressants. La répression allemande se voulait de plus en plus sévère et les hommes devaient être en mesure de se défendre en cas d'attaque.

Le 10 juin 1944, le colonel Grandval [8] avait expliqué à Londres qu'il avait rassemblé des hommes dans plusieurs maquis et qu'il leur avait promis l'arrivée d'armes.

«De grâce, ne laissez pas ce nouvel appel sans réponse tangible». C'est ainsi qu'il avait conclu son câble.

Des prospections avaient eu lieu dans le secteur de la Piquante Pierre et ce site avait suscité un intérêt particulier dès le mois de juillet 1943. Londres avait confirmé son intérêt pour cette zone et celle-ci avait été affublée du nom de code «DZ Coupole».

— DZ?

Droping zone, cet anglicisme désignait les zones de largage des parachutages.

— Pourquoi le plateau de la Piquante Pierre en particulier? l'interroge Joséphine.

---

[8]   Le colonel Grandval a pris, en janvier 1944, la double fonction de chef des F.F.I. de la région C (région englobant neuf départements dont les Vosges) et de Délégué militaire régional de ce même secteur.

C'est un vaste plateau pourvu de peu de végétation et qui est entouré par de vastes forêts. Celles-ci étaient propices à l'installation d'un maquis car les hommes pouvaient s'y déplacer sans trahir leur présence auprès des Allemands sans compter qu'en cas d'attaque, ils pouvaient décrocher plus facilement.

De plus, cette zone se situe à proximité de l'axe Remiremont — Gérardmer — col de la Schlucht lequel débouche sur l'Alsace et la vallée du Rhin. À l'époque, il jouissait donc d'un intérêt stratégique pour les Alliés.

— Comment la Résistance a-t-elle été prévenue que le parachutage aurait lieu ce jour-là ?

À chaque DZ correspondait une phrase de préavis annonçant l'arrivée d'un parachutage.

Le 27 août, le message « J'espère vous revoir, chérie » est passé à deux reprises sur les antennes de la BBC.

Alors une fois la nuit tombée, le commandant Gonand est monté là-haut.

Il avait été prévu qu'une équipe monterait en renfort mais les hommes tardaient à venir. Le commandant s'inquiétait car, si personne ne venait, il serait tout bonnement impossible d'emporter en forêt le contenu des conteneurs. Le chef de centre avait été prévenu mais ces opérations relevaient d'une telle clandestinité qu'il était difficile de savoir si le message était bien parvenu à ses destinataires.

Enfin, une équipe est arrivée sur les lieux et tout le monde a été soulagé de les voir arriver.

Les hommes sont allés chercher du bois en forêt pour allumer trois feux, en ligne droite, chacun distant de quatre vingt-dix mètres d'intervalle. Ceux-ci étaient destinés à guider le pilote de l'avion qui était censé lâcher la cargaison à la verticale du deuxième feu.

Tout le monde attendait, sans trop oser y croire. Et, enfin, vers 1 h 15, la petite assemblée a entendu le ronflement d'un avion. Les hommes ont attendu avant de se réjouir car il pouvait tout aussi bien s'agir d'une patrouille allemande. Mais le commandant Gonant leur a assuré que ce ronflement était caractéristique du B24 des Carpetbaggers[9].

— Les avions venaient donc d'Angleterre ?

Oui. Ils effectuaient un trajet long de sept cents kilomètres pour équiper les maquis en armes, argent et matériel. Ces avions étaient repeints en noir pour éviter d'être repérés par la Flak[10] et spécialement aménagés en vue des parachutages.

Une fois l'avion en approche, les maquisards ont donné la lettre convenue en morse avec une lampe de poche. L'engin a décrit un grand cercle pour se placer contre le vent et ralentir la chute de la cargaison puis il l'a déchargée. Les hommes ont vu descendre du ciel, dans une liesse générale, un parachute, puis deux, puis trois... Il y avait dix-huit conteneurs au total. Ceux-ci prenaient la forme de longs tubes d'acier, pourvus de quatre poignées qui facilitaient leur déplacement.

L'avion volait à une altitude de deux cents mètres environ et, de là où ils étaient, les hommes auraient presque pu distinguer le pilote de l'avion !

Les conteneurs tombaient à une vitesse impressionnante malgré la courte distance qu'ils avaient à parcourir. À peine un des paquets avait-il atterri qu'il en tombait un autre. Les hommes avaient à peine le temps de les voir arriver. L'un d'eux s'est pris les pieds dans les suspentes d'un parachute, il est tombé à terre et a ri aux éclats. La situation était cocasse et émouvante à la fois.

— Votre père a assisté à tout ça ?

Non. Mais ces événements lui ont été racontés par les deux maquisards qui sont venus frapper à la porte de la maison au beau milieu de la nuit. À cause du vent, certains parachutes avaient atterri dans les arbres et il fallait absolument récupérer le contenu des conteneurs le plus rapidement possible. Car, au petit matin, il ne devait plus rester sur le site aucune trace visible du parachutage.

Ces deux hommes lui ont expliqué la situation et lui, bien sûr, n'a pas hésité une seconde. Ils savaient que, de mémoire d'homme, le

---

[9] « Basé à Harrigton dans le Northamptonshire, les Carpetbaggers ont pour mission de parachuter en territoire occupé des hommes ainsi que du matériel. Les parachutages sont exécutés par des bombardiers B24 Liberator ». Source : *Piquante Pierre, dernière bataille de la Résistance*, Michel Lemaire, (2014) éditions Gérard Louis.
[10] Patrouille anti-aérienne allemande.

père Abgrall n'avait jamais refusé de donner un coup de main à qui le lui demandait !

Il a abattu les arbres pour que les maquisards puissent récupérer les conteneurs et il les a ensuite aidés à chercher les colis largués en même temps que les parachutes mais qui, compte tenu de leur taille réduite, avaient été emportés par le vent et qui étaient plus difficiles à repérer, surtout de nuit.

Il était tellement content d'avoir participé à cette opération !

Pendant que les hommes s'affairaient, au beau milieu des bois, à ouvrir les conteneurs, mon père est rentré à la maison, empreint d'une certaine émotion.

« Ça y est, il va se passer quelque chose ! On va enfin pouvoir bouter les Allemands hors de France ! » nous a-t-il affirmé.

— Comment se présentait la situation militaire à ce moment-là ?

Les Alliés avaient débarqué en Normandie le 6 juin, puis sur les côtes méditerranéennes le 15 août. Une partie du territoire avait connu la Libération, la jonction des deux armées, celle qui arrivait de Provence, l'autre venant des côtes normandes, n'allait pas tarder à avoir lieu. Elles avançaient sur le territoire français à une vitesse époustouflante.

On s'attendait à vivre une nouvelle Blitzkrieg mais dont nous serions, cette fois-ci, les vainqueurs. La situation des armées alliées n'avait jamais été aussi favorable et les troupes espéraient finir la guerre avant l'hiver. On suivait la progression des Alliés par l'intermédiaire de Radio Londres, la défaite de l'Allemagne devenait désormais évidente et les troupes ennemies commençaient à se replier en désordre.

— Et du côté allemand ? lui demande Joséphine.

Les soldats ennemis erraient à travers notre département, refluant des territoires libérés. Ils volaient chevaux et bicyclettes dans l'espoir de rejoindre leur patrie natale au plus vite. Les cadres manquaient dans leurs rangs, leur moral était affecté et ils étaient, eux aussi, pressés d'en finir avec une guerre en laquelle ils ne croyaient plus.

— Cet état de choses devait enthousiasmer les maquisards ?

Bien sûr, oui! Ils étaient de plus en plus nombreux et ils se sentaient forts! La montagne sur laquelle ils étaient placés constituait une défense naturelle et compte tenu de leur position dominante, ils étaient convaincus de pouvoir terrasser l'ennemi en cas d'attaque.

On se disait que si les Alliés avaient commencé par envoyer des armes légères, c'est qu'ils n'allaient pas tarder à intensifier leurs envois tant en quantité qu'en qualité. On avait même entendu parler d'une grande opération aéroportée sur le plateau de la Piquante Pierre, opération au cours de laquelle serait parachutés une division américaine, des jeeps et des tanks. Appuyés par les maquisards, les soldats auraient pris les Allemands à revers et les auraient repoussés de l'autre côté du Rhin.

En août 1944, tous les espoirs étaient permis!

Joséphine saisit les documents qui lui ont été remis par Louis et le remercie une nouvelle fois.

— Au revoir, Louis, dit-elle au vieil homme en déposant une petite bise sur son front. Au revoir ma toute belle!

Elle revêt son manteau et avant de fermer la porte, ajoute d'un air malicieux :

— Et je n'oublie pas de fermer la porte en partant car Carole pourrait s'enfuir!

Chapitre 34

— J'aime pas le potiron ! bougonne Gaston.

— Oui mais ce potiron a quelque chose de particulier.

Joséphine caresse le légume du plat de sa main.

— C'est François qui l'a cultivé avec amour…

— Bon… s'il est issu de la récolte de François, c'est différent ! Vous savez qu'il est venu réparer ma colonne de douche ?

— Oui, je le sais parce que c'est moi qui le lui ai suggéré.

Face au désarroi de son bénéficiaire, Joséphine avait supplié François d'intervenir chez Gaston et, contre toute attente, son propriétaire avait accepté de lui donner un coup de main.

— Vous le remercierez une nouvelle fois.

— Je n'y manquerai pas.

— Il est sympa ce gars-là !

— Il est un peu comme vous, lui dit Joséphine. Il est parfois un peu bourru mais, au fond, c'est un tendre…

Alors qu'il se munit d'un gros couteau pour couper les morceaux de potiron, la jeune femme le voit pratiquer de petits mouvements d'épaule en grimaçant.

— Vous voulez que je le fasse ?

— Oui.

— Vous n'êtes toujours pas décidé à prendre votre traitement ? l'interroge-t-elle.

— Non.

— Ça vous aiderait à soulager la douleur.

Elle l'a constaté elle-même : Gaston n'a jamais pris un seul de ses cachets. Son armoire à pharmacie est une vraie droguerie.

— Dans ce cas, pourquoi acceptez-vous les prescriptions du médecin ?

— C'est juste au cas où ! Si un jour, je décide de le prendre…

Joséphine s'abstient de pointer du doigt cette contradiction et saisit une louche pour servir de la soupe à Gaston. Puis elle se dirige vers le réfrigérateur.

— Mais qu'est-ce que vous allez chercher là-dedans ? lui demande-t-il.

— Ben… De la crème et du beurre !

— De la crème et du beurre ? s'étonne le vieil homme. Certainement pas ! Je vais manger mon potage nature, ce sera bien meilleur comme ça ! De la crème et du beurre, marmonne-t-il. Encore un truc de Breton, ça…

— J'aurais un petit service à vous demander, lui demande timidement Joséphine.

— Je vous écoute, Miss Tréguennec.

— Imaginons que l'une de mes bénéficiaires conserve un bois de lit dont elle n'a plus l'utilité…

— Tout cela n'est que pure supposition, j'imagine…

— Puisque vous aimez bricoler, est-ce que vous pourriez ajouter à ce bois de lit le pied qu'il lui manque de façon à le rendre de nouveau utilisable ?

— Mais qu'est-ce que j'en ferai ensuite ?

— Il se trouve qu'un autre de mes bénéficiaires dort sur un matelas posé à même le sol et qu'il aurait grand besoin d'un bois de lit.

— Je savais bien que vous aviez une idée derrière la tête !

— Alors… c'est d'accord ?

— Oui, c'est d'accord.

— Super ! Après l'avoir réparé, j'ai plusieurs idées pour lui refaire une beauté ! Je vous donne ça en vrac mais sentez-vous libre de faire comme vous avez envie !

Gaston regarde son auxiliaire de vie d'un air circonspect.

— Vous pourriez d'abord enlever les moulures pour ensuite le repeindre… Ou appliquer une patine pour conserver le charme de l'ancien tout en lui redonnant un coup de jeune ! Oui, oui, une patine! C'est merveilleux ce truc-là! Vous savez, l'effet vieilli, c'est très actuel, on voit ça dans tous les magazines de déco. Ça mettra en valeur l'usure du bois et apportera un vrai effet! À moins que vous ne préfériez le blanchir avec de la céruse! Ça vous évitera d'avoir à le poncer pendant des heures!

Ce faisant, Joséphine s'approche d'un meuble afin d'imiter le geste tout en feignant une extrême fatigue.

— Mais rassurez-vous, je vous donnerai un coup de main... Si vous voulez, on ira tous les deux au magasin de bricolage! On peut opter pour une couleur neutre... Gris, ivoire... Ou miser sur la couleur. Tout est permis! Ou alors on l'habille de tissu ou on le recouvre d'autocollants. Ou alors on fait les trois à la fois.

— C'est bon, elle se calme maintenant, Valérie Damidot?

Joséphine le regarde avec un sourire dans lequel se mêlent la satisfaction et une petite dose d'étonnement. En effet, elle s'est attendue à ce que son plan suscite davantage de contestations. Mais chacune de ces personnes âgées semble vouloir s'y plier de bonne grâce. Tout est tellement facile quand elle va bien... Son entrain, sa joie de vivre et son aplomb ne la quittent pas au fil des semaines. Elle se sent toujours prête à soulever des montagnes et à profiter de chaque opportunité pour créer des rencontres.

Les rapports humains lui apparaissent d'une évidente simplicité et elle commence chacun de ses échanges sans retenue ni appréhension. La jeune femme est même si convaincue et si déterminée qu'il ne vient à l'esprit de personne de lui rappeler qu'elle n'est pas censée provoquer ces rencontres et que cela ne rentre pas dans le cadre de sa mission d'auxiliaire de vie.

— Alors c'est sûr, c'est d'accord?

— J'ai assez dormi sur des branches de sapin pour savoir qu'il est agréable de profiter d'un lit douillet...

— Sur des branches de sapin? s'étonne Joséphine.

— Oui, sur des branches de sapin.

— Vous me racontez?

Chapitre 35

Vous vous souvenez qu'après avoir refusé de partir pour Tréguennec, je vous ai dit avoir commencé une vie de fugitif?

— Je m'en souviens, oui.

Eh bien, le 29 août 1944, au lendemain du premier parachutage sur la Piquante Pierre, le commandement Gonand a demandé aux responsables locaux de la Résistance de faire monter les hommes au maquis. Les chefs de centre ont été prévenus et les résistants ont commencé à affluer de tous les villages environnants. Je faisais partie de ces hommes-là.

— Pourquoi ne pas y être monté avant?

L'arrivée des armes était la condition sine qua non pour étoffer les effectifs qui campaient déjà là-haut. À partir du moment où la Résistance commençait à regrouper des centaines d'hommes en un endroit, il fallait leur donner les moyens de se défendre en cas d'attaque.

Il se trouve qu'en septembre 1944, l'engouement pour le maquis a largement dépassé les prévisions les plus optimistes du commandant Gonand, à tel point qu'il a été demandé aux camarades habitant à proximité, de rester chez eux mais de se tenir prêts à effectuer toute action militaire qui leur serait demandée.

Avec plusieurs de mes compagnons de fortune, on est partis du village de La Bresse, dans la camionnette du boucher André Leduc[11]. Ce dernier nous a déposés au haut du col de la croix de Moinats et l'on a parcouru le reste de la distance à pied. Peu de temps après, on est tombés sur un homme armé d'un FM. «Halte, qui va là», nous a-t-il dit. On lui a donné le mot de passe et poursuivi notre chemin, munis d'un brassard tricolore marqué de la croix de Lorraine pour, enfin, arriver à destination.

---

[11] Un des responsables de la Résistance à La Bresse.

Au beau milieu de la forêt, les hommes s'affairaient à ouvrir les conteneurs arrivés par le parachutage de la veille pour entreposer les armes à la ferme dite des Fouillés qui constituait le dépôt de munitions.

— Où étiez-vous logés ?

Dans la forêt... La première chose qu'on a commencé à faire avec les copains, c'est installer notre campement. Les toiles de parachutes ont été récupérées pour nous servir de tentes et nous abriter. On a superposé deux toiles l'une sur l'autre et ajouté quelques branches de sapin au sol afin de nous protéger de l'humidité. Compte tenu du temps de l'automne 1944, la précaution a été la bienvenue... Certaines fermes des alentours se sont naturellement proposées pour accueillir des maquisards dans leurs greniers et leurs dépendances. D'autres ont été logés dans des fermes abandonnées...

— Vous vous étiez déjà entraîné à manier des armes ?

Bien sûr que non. Je n'avais même pas fait mon service militaire. On était de jeunes recrues peu habituées à la chose militaire, raison pour laquelle l'encadrement du maquis a eu à cœur de nous dispenser une instruction. On passait des heures à démonter et remonter les armes. Il fallait savoir le faire le plus vite possible, y compris les yeux bandés. Ceux qui étaient montés au maquis comme ils seraient allés dans une colonie de vacances ont vite compris où ils avaient mis les pieds !

— Comment ça ?

Il régnait au maquis une véritable discipline militaire. Lever des couleurs, prises de commandements, attribution de grades, répartition des hommes en sizaines[12], trentaines[13] et centaines[14], la direction du maquis avait multiplié les symboles pour nous faire comprendre que, désormais, nous étions des soldats. On dépendait d'une armée de l'ombre mais on était des soldats quand même !

Il nous était d'ailleurs interdit de quitter le maquis, sous peine d'être considérés comme déserteur.

---

[12]   Cinq hommes et un chef
[13]   Cinq sizaines plus un chef
[14]   Quatre vingt treize hommes, un chef et une sizaine de commandement.

Ce qu'il faut comprendre, c'est qu'on était que des gamins! Alors, à cet âge-là, certains d'entre nous avaient envie de s'amuser, de fumer, de boire, de danser et de voir les copains restés en bas, dans la vallée. Mais les ordres qui nous avaient été donnés étaient clairs : nul ne pouvait plus partir. Nous opérions dans la plus grande clandestinité et autoriser les allées et venues, ça aurait été permettre aux informations de circuler et signer notre arrêt de mort.

— Car faire partie du maquis, c'était risquer sa vie, n'est-ce pas?

Un jour, le capitaine Blaise[15] a demandé à son fils Savinien le nombre de balles que contenait un revolver. Après que son fils lui a donné la bonne réponse — six —, il a ajouté : «Si tu fais prendre par les Allemands, tu tires cinq balles et tu gardes la sixième pour toi». Ça fait froid dans le dos, n'est-ce pas?

On n'était pas là pour se cacher, on était là pour combattre.

«Votre vie dépend de l'état de vos armes», ça, on nous l'avait rabâché. Les officiers d'active nous avaient dit qu'en aucun cas, on ne devait se faire attraper vivant par une patrouille ennemie. On savait qu'en cas de capture, on serait tout bonnement exécuté.

Les Allemands nous considéraient, non comme des combattants, mais comme des terroristes. Ce qui signifie qu'ils se croyaient autorisés à réaliser contre nous toutes les exactions. Tortures, massacres, exécutions sommaires…

— À ce moment-là, les Alliés continuaient leur progression sur le territoire?

Dès le 1er septembre 1944, les Alliés ont entamé la bataille de Lorraine en pénétrant dans Verdun. Mais lorsqu'ils sont arrivés dans les Vosges, ils avaient déjà traversé la moitié de la France et ils étaient épuisés par des mois de combat.

Sans compter que, d'un point de vue stratégique, leur avance ne jouait pas en leur faveur. Plus ils progressaient, plus ils s'éloignaient

---

[15] Le capitaine Louis Blaise est l'initiateur des premiers mouvements de Résistance dans les vallées de la Moselle et de la Moselotte. Il rejoint le maquis de la Piquante Pierre le 28 août et son secteur inclut deux centaines. Source : *La Piquante Pierre, dernière bataille de la Résistance*, Michel Lemaire, (2014) éditions Gérard Louis.

de leurs sources d'approvisionnement en matériel et carburant tandis qu'au contraire, le repli de l'armée allemande rapprochait cette dernière du Reich.

— Mais celle-ci n'était pas elle-même épuisée et démoralisée par tous ces mois de combat?

Ce qui était vrai en août ne l'était plus en septembre. En effet, à ce moment-là, l'armée allemande s'est ressaisie de façon inattendue et spectaculaire.

Des éléments nouveaux, pas les moins fanatisés, ont été envoyés parmi eux, dont quelques unités spécialisées dans la lutte antimaquis.

Le Reich leur avait promis l'arrivée d'armes nouvelles au printemps 1945. Aussi, les troupes allemandes avaient reçu pour consigne de se maintenir dans les Vosges jusque-là. Résister jusqu'à la mort, tel était le mot d'ordre. Les Vosges constituaient le dernier rempart avant l'Allemagne, la défaite paraissait évidente, mais les Allemands entendaient opposer une farouche résistance aux Alliés. Les soldats voulaient poursuivre la lutte à tout prix.

Le Reichsführer Himmler est d'ailleurs venu en personne le 5 septembre à Gérardmer dans le but d'organiser la défense de notre département. Et en même temps qu'il ordonnait des travaux de fortification, il exigeait des soldats qu'ils suppriment les maquis situés à l'arrière des lignes. Les combats n'allaient pas tarder à être livrés dans les Vosges et les Allemands ne pouvaient pas se permettre de laisser planer au-dessus d'eux une telle menace.

Ils ont ainsi attaqué le maquis du Peut Haut sur les hauts du Ménil le 6 septembre, le maquis de Grandrupt-les-Bains dans la région d'Épinal le 7 septembre, le maquis du Séchénat sur la commune de Bussang le 8 septembre, le maquis du Haut-du-Bois à Eloyes le 9 septembre...

Le 16 septembre 1944, ce fut au tour du maquis de Noiregoutte d'être attaqué. Celui-ci était situé non loin de la Piquante Pierre et en assurait une partie de la couverture.

Le même jour, Paul Caritey qui était alors le chef de la Résistance à Vagney a été assassiné par les Allemands dans le couloir de la boulangerie Heissler. Ces barbares ont exposé son corps sur la place du village, cette même place qui porte aujourd'hui son nom, pendant vingt-quatre heures avec interdiction d'y toucher.

L'ennemi était devenu particulièrement nerveux et la menace se rapprochait.

À partir de là, on a su que l'offensive menée sur le maquis de la Piquante Pierre n'était plus qu'une question de jours...

Joséphine a d'abord interrogé Madeleine par hasard au sujet de la guerre de 39-45 puis s'est rapidement prise au jeu. Ces personnes sont dépositaires d'un morceau de l'Histoire, pas n'importe lequel. Elle les écoute désormais lui en raconter un morceau, impatiente de connaître la suite même si elle en devine déjà la fin tragique. Car «bouter les Allemands hors de France» comme l'avait dit le père Abgrall n'a pas été sans verser une goutte de sang. Loin de là.

La plaque commémorative apposée sur le monolithe de la Piquante Pierre est d'ailleurs là pour en témoigner.

Chapitre 36

— Bonjour Madame Le Bihan, lui dit son interlocuteur à l'autre bout du fil. Nous avions rendez-vous ensemble aujourd'hui.

— Zut! J'ai complètement oublié! Vous m'en voyez désolée.

Cela fait des mois qu'elle a fixé ce rendez-vous et ce dernier lui est complètement sorti de l'esprit.

— J'ai un désistement demain. Est-ce que vous pourriez vous rendre disponible à 15 heures?

— Non, ça ne va pas être possible non plus.

— Bien. À quel moment pourriez-vous vous rendre à mon cabinet?

— C'est-à-dire que… Je n'habite plus en Bretagne. J'ai déménagé dans les Vosges.

— Je vois. Et comment allez-vous?

— Je vais bien.

— À quel point est-ce que vous allez bien sur une échelle de 1 à 10?

— 112.

— Avez-vous interrompu votre traitement?

— …

— Il est inutile que je vous dise ce que j'en pense?

— En effet.

— Prenez soin de vous, Madame Le Bihan. N'hésitez pas à m'appeler en cas de besoin.

Elle voudrait lui dire qu'elle n'aura plus jamais besoin de lui, qu'elle a trouvé ce qu'elle cherchait et qu'ici elle se sent bien.

Mais Joséphine salue son psychiatre poliment sans rien ajouter.

Chapitre 37

— Vous n'auriez pas par hasard aperçu le potiron que j'avais posé dehors sur vos escaliers ? demande François à Joséphine.

— Vous voulez sans doute parler de cette grosse citrouille sur laquelle vous avez collé ce petit post-it ?

— Celle-là même, oui…

— Je l'ai trouvée, en effet. Et je vous en remercie.

— Vous n'avez pas trouvé bizarre que je le dépose dehors sur vos escaliers alors qu'on se croise environ deux fois par jour ?

— Ben non ! Vous êtes parfois si imprévisible…

François manque de s'égosiller mais s'abstient de relever la remarque de sa locataire.

— Il n'y a pas autre chose qui vous a paru étrange ? insiste-t-il.

— Ah si ! Maintenant que vous le dites, vous avez griffonné votre petit mot avec un crayon de papier. Je me suis dit que vous aviez perdu votre stylo quatre couleurs et j'ai passé ma journée à me demander si vous alliez survivre à un tel coup du sort.

— Très drôle !

— Ça y est, j'y suis ! Vous voulez faire référence à cette familiarité contenue dans ce petit bout de papier jaune !

— Par exemple oui…

— Je me suis dit qu'à force de passer du vouvoiement au tutoiement puis du tutoiement au vouvoiement, vous ne deviez plus vous y retrouver. C'est logique, ceci dit, n'importe qui s'y perdrait !

— J'aimerais que vous me rendiez ce potiron.

— Vous n'avez pas dit le mot magique.

— S'il vous plaît.

— C'est mieux comme ça mais c'est encore un peu timide, lui affirme-t-elle en adoptant une posture altière.

— Joséphine… Très chère Joséphine, vous me combleriez d'aise si vous consentiez à me restituer cette cucurbitacée à la chair sucrée. Je vous saurais gré des dispositions qu'il vous plaira de prendre pour y procéder le plus promptement possible.

— Vous voyez quand vous voulez! Mais qu'est-ce que j'y gagnerais?

— Mes sentiments les meilleurs.

— C'est tout?

— Mon immense et profonde dévotion.

— Et quoi d'autre encore?

— L'assurance de mon éternelle considération.

— Parfait! s'amuse-t-elle.

— Où est mon potiron? s'impatiente-t-il.

— …

— Alors?

— …

— Rendez-moi mon potiron! Immédiatement!

— J'ai passé ma journée à en faire de la soupe!

— Quoi?! Mais vous ne mangez pas de légumes!

— Ce n'était pas pour moi. J'en ai fait la distribution à tous mes bénéficiaires. Gaston et Louis ont beaucoup apprécié leur potage. Ils vous remercient!

François observe la mine innocente de Joséphine et l'imagine découper le gros légume en morceaux pour le distribuer à ses vieux.

— Ce truc-là est encore plus chiant à éplucher que dans mes souvenirs. Et comme Gaston a l'épaule en vrac, il a fallu que je pèle toute seule son quart de potiron. Je ne vous cache pas quand, lorsque je me suis coupé le doigt, je vous ai un peu maudit.

Ce faisant, Joséphine agite devant ses yeux son index recouvert d'un petit pansement en lui faisant pratiquer de petits mouvements.

— Et quand j'ai vu le nombre de pépins que contenait ce gros machin, j'ai crié à l'arnaque et je vous ai encore un peu plus détesté. Mais comme donner des potirons semble faire partie de votre langage affectif, je vous ai aussitôt pardonné.

— Quoi? Mais qu'est-ce que mon langage affectif vient faire là-dedans? Qu'est-ce que vous êtes encore allée vous imaginer?

— Si, si! Quand vous êtes de bonne humeur, vous faites ce genre d'offrande. Mais, vous savez, si vous voulez exprimer votre affection, vous pouvez dire «Joséphine, je vous aime bien», ne vous sentez pas obligé de m'offrir des légumes. Gaston mange sa soupe nature, sans rien ajouter dedans, ajoute-t-elle. C'est un peu étrange, non?

— Qu'est-ce que vous voulez ajouter dans un potage au potiron?

— De la crème et du beurre salé, pardi! On fait ça en Bretagne. Avec Louis, on a ajouté trois-cents grammes de crème pour six cents grammes de potiron.

— Trois cents grammes de crème! Mais c'est de la crème à la soupe!

— J'y ai aussi ajouté du fromage frais. Et du bouillon. Et du gingembre. Et du persil aussi!

— Ça sentait encore le potiron?

— Non. Mais ce n'était pas le but.

Face à son naturel et à sa spontanéité, François ne peut s'empêcher de sourire.

— Pourquoi est-ce que vous souriez comme ça? C'est quoi le problème avec ce potiron?

— Ce potiron ne vous était pas destiné. Il était pour Laurence. Elle devait venir le chercher cet après-midi.

Joséphine hausse les épaules, en signe d'indifférence. Elle n'est visiblement éprise d'aucune once de culpabilité à l'idée d'avoir subtilisé un potiron qui n'était pas pour elle.

— J'aurais un service à vous demander.

— Je vous écoute.

— Madeleine conserve chez elle un vieux bois de lit dont elle accepterait de se séparer. Est-ce que vous pourriez l'amener chez

Gaston pour qu'il le répare puis m'aider à le transporter chez Louis pour qu'il dorme dans un vrai lit?

— Je partage tout de suite avec vous mon sentiment sur la question ou j'attends un peu?

— Attendez un peu. Alors… C'est d'accord?

— Oui, c'est d'accord.

— Au fait, c'est qui Laurence? lui demande-t-elle.

La femme qui me gratifie d'un missionnaire tous les quinze jours, songe-t-il.

— Une collègue de travail. Je m'apprêtais à aller courir, lui dit-il pour changer de sujet.

La jeune femme finit sa journée de travail et entendait elle-même profiter de cette belle journée de printemps pour se défouler un peu.

— Vous venez avec moi?

Joséphine le regarde avec un air circonspect, se demandant s'il est en train de formuler une proposition sérieuse.

— Je monte à la Piquante Pierre, ajoute-t-il pour achever de la convaincre.

— Je me change et j'arrive!

Chapitre 38

Alors qu'ils se mettent tous deux en route, François enclenche la conversation.

— Le message que vous m'avez envoyé tout à l'heure a été lu par toute ma classe de 3ᵉC.

Joséphine n'a pas voulu laisser leur dernière dispute envenimer leur relation et lui a proposé d'enterrer la hache de guerre. C'est dans ce but-là qu'elle a envoyé un SMS à François cet après-midi.

— Ah bon? Mais comment vous vous y êtes pris?

— On était en train de visionner un documentaire, mon portable était connecté au tableau numérique de la classe et le texto s'est affiché sur le grand écran. Théo s'est exclamé «Hey! Mais c'est Joséphine! La bûche de Noël, l'anniversaire, les bougies sur les copies! C'est Joséphine! Comment elle va Joséphine?!». Ensuite, il n'a pas pu s'empêcher d'ajouter en gloussant comme une hyène enragée «Hey, Monsieur Receveur, vous voulez la pecho Joséphine?», ce qui lui a immédiatement coûté un exposé à me rendre la semaine prochaine.

Il pratique quelques foulées supplémentaires puis ajoute :

— Vous êtes une star dans la classe de 3ᵉC. Tout le monde vous connaît!

— J'en suis flattée. Vous voyez que vous arrivez à attiser leur curiosité! s'exclame-t-elle.

— J'en ai marre, lui avoue-t-il.

— Marre de quoi?

— De ce boulot, de cette vieille maison, de cette vie…

— Vous avez votre tête des mauvais jours!

— Je n'exerce plus ce métier avec passion. J'ai l'impression d'être malhonnête vis-à-vis de ces gamins… Peu de temps après avoir pris mon poste au collège de Vagney, j'ai dû poser une disponibilité parce que je ne pouvais plus assurer mes cours dans des conditions normales. Ça a duré un an, une année au cours de laquelle j'ai eu le temps de me poser un certain nombre de questions. Quand je suis retourné au collège, j'ai réalisé que j'y allais à reculons. Et trois ans plus tard, j'en suis toujours au même point.

— Alors changez!

— Tout a l'air tellement simple quand c'est vous qui le dites…

Tandis qu'il continue à parler, son propriétaire imprime un rythme soutenu à la course. Une cadence telle que Joséphine a du mal à le suivre.

— Il n'y a pas que vous qui faites du sport, la taquine-t-il.

La pente se montre de plus en plus raide mais il continue à trottiner à bonne allure. Il parvient même à poursuivre la conversation sans paraître essoufflé tandis que le rythme de ses réponses à elle s'espace considérablement. Encore dix minutes comme ça et elle sera à bout de souffle.

Joséphine laisse François la distancer lorsque, soudain, elle aperçoit un joggeur au loin en train de descendre la route qui mène au col de Menufosse puis, plus loin, au plateau de la Piquante Pierre. Celle-là même vers laquelle ils s'apprêtent tous deux à bifurquer.

Elle plisse les yeux dans le but de l'identifier.

Cette carrure, ce short de course, ces baskets vert fluo, elle les a déjà vus quelque part.

Se pourrait-il que…?

Oui, cette fois-ci, il n'y a aucun doute possible. C'est Camille. En chair et en os.

Joséphine ralentit son allure jusqu'à s'arrêter complètement, feignant de refaire son lacet pour pouvoir mieux l'observer.

— Mais qu'est-ce que vous fabriquez? lui demande François.

— Partez devant, je vous rejoins!

La jeune femme détaille Camille de haut en bas pour s'imprégner de son image, encore mieux que ne l'aurait fait un radar de l'aviation civile. Si elle était équipée d'aiguilles et de capteurs, ceux-ci s'agiteraient dans tous les sens.

C'est plus fort qu'elle, elle ne peut détacher son regard de sa silhouette et, lorsqu'il passe à côté d'elle, elle murmure un petit «bonjour» auquel il ne répond pas.

Et si elle faisait demi-tour pour lui emboîter le pas? se demande-t-elle.

Ils ne sont partis avec François que depuis dix minutes : elle ne peut pas décemment se lancer à la poursuite de Camille avec son propriétaire à ses côtés. Il suffit qu'elle sorte courir accompagnée pour le croiser, il n'y a vraiment aucune justice ! Ce n'est pourtant pas faute de sélectionner ses itinéraires en fonction de ses parcours à lui.

Son profil, les mouvements de ses muscles, l'expression de son visage, la forme de sa bouche déformée par son souffle, elle mémorise chacune des parcelles qu'elle vient d'apercevoir. Elle ferme les yeux quelques secondes pour bien ancrer ces images dans son esprit puis va rejoindre François.

— Pourquoi est-ce que vous souriez comme ça? lui demande son propriétaire alors qu'elle arrive à sa hauteur.

— Parce qu'on va faire la course jusqu'à la Piquante Pierre et que c'est moi qui vais gagner !

Si je gagne cette manche, je remporterai celle que j'ai engagée avec Camille, songe-t-elle.

Ce dernier vient de lui donner des ailes et Joséphine dépasse François sans difficulté. Sous l'effet de cette soudaine décharge d'adrénaline, son allure augmente considérablement et elle ressent avec vigueur la puissance de ses muscles. Sa montre GPS doit elle-même se demander quelle mouche vient de la piquer car les chiffres s'agitent sur le cadran. Ses jambes la portent sans qu'elle n'ait aucun effort à fournir. C'est comme si des ailes venaient de lui pousser dans le dos.

Elle a le souffle tellement coupé qu'elle ne peut plus articuler un seul mot, mais peu importe. Le but n'est pas de pouvoir papoter, l'objectif est de gagner cette course coûte que coûte.

François se plie à son jeu débile et accélère le pas pour la talonner. Le bruit de ses pas résonne sur le bitume et elle le devine tout proche. Elle l'ignorait si compétiteur et évite de lancer un coup d'œil dans sa direction pour ne pas se laisser déstabiliser. De toute évidence, il en a encore sous le talon.

Ils quittent tous deux la route goudronnée pour s'engager sur une piste forestière et elle allonge encore ses foulées. La coureuse se sent aussi à l'aise qu'un écureuil. Agile, rapide, sémillant.

Les chevaux sont lâchés, comme si elle jouait sa vie sur ce pari ridicule entre son cœur cabossé et son esprit tordu.

Plus que quelques mètres et ils atteindront le plateau de la Piquante Pierre dont elle aperçoit déjà le monolithe dominant fièrement les vallées environnantes. D'une certaine manière, c'est Camille qu'elle a en ce moment même en ligne de mire.

Un point de côté lui étreint le côté droit du ventre et la jeune femme commence à lâcher du terrain. Sa respiration est saccadée, ses muscles, douloureux.

Elle ne conserve plus désormais qu'une toute petite longueur d'avance sur son propriétaire.

Les yeux rivés sur l'immense caillou qu'elle veut s'empresser d'atteindre avant François, elle pose son pied sur une pierre instable et manque de perdre l'équilibre.

Son compère jette ses dernières forces dans la bataille et en profite pour la dépasser.

— J'ai gagné! s'exclame-t-il, fier de lui, en levant les deux bras en l'air en signe de victoire.

— …

— Mais qu'est-ce qui vous a pris? lui demande-t-il, à bout de souffle également. On s'assoit quelques minutes? J'ai besoin de reprendre mes esprits.

Il prend place sur un banc et boit quelques gorgées d'eau.

— Vous avez mal à la jambe? lui demande-t-il en la voyant s'étirer.

— Les restes d'un accident de voiture. Rien de grave, mais ça coince de temps en temps.

Puis elle prend place à côté de lui et murmure :

— J'ai perdu.

Chapitre 39

Camille,

Je t'ai croisé aujourd'hui! Tu descendais en courant la route du col de la croix des Moinats tandis que je commençais son ascension avec François.

Je suis persuadée que tu m'as vue. Tu as eu raison de ne pas venir me trouver. François était là et j'aurais détesté que notre première rencontre ait lieu en sa présence. J'ai trouvé ta pudeur très touchante. Ça ne rendra notre premier rendez-vous que plus savoureux encore!

Nos regards se sont croisés et je sais qu'il s'est passé quelque chose. Le simple fait de sentir tes yeux posés sur moi m'a irradiée de la tête aux pieds et je me suis sentie dans un état de fébrilité incroyable.

J'ai de nouveau reçu un appel de Papa aujourd'hui. Je n'ai pas décroché. Ainsi, il pense toujours à moi. Il ne m'a pas rayée de la carte. Il n'en reste pas moins que je préfère imaginer ses mots et les rêver plutôt que de les entendre. Un peu de distance et de hauteur, c'est ce dont on a besoin tous les deux.

J'ai quelque chose à accomplir avant de revenir vers lui.

Au fil des jours, je tisse les fils de ma nouvelle vie. Et ce coup-ci, je suis sûre de ne pas les emmêler entre eux.

Je pense à toi le jour et la nuit et je reste convaincue d'avoir pris la bonne décision. Je sais qu'il faut laisser faire le hasard mais, nous deux, ce ne sont pas des histoires que je me raconte.

La preuve, c'est qu'aujourd'hui, le destin nous a encore rapprochés.

La vie n'est pas belle, elle est truculente !

Je n'ai plus envie de t'écrire, j'ai envie de danser.

Lascivement,
Joséphine.

Chapitre 40

Cher journal,

Je viens d'apercevoir Joséphine danser au milieu de son salon.

Je m'apprêtais à aller la voir pour lui demander de baisser le volume de sa musique et de cesser son vacarme. Je voulais lui inculquer la notion de respect du voisinage mais, lorsque je l'ai vue, je me suis moi-même dépris du principe de non-intrusion dans l'intimité des autres. Je n'ai pas osé l'interrompre tant le spectacle était beau. Je me suis retrouvé sur le pas de la porte, la main posée sur la clenche, en étant incapable de regarder autre chose qu'elle. J'étais comme tétanisé. Incapable de penser à l'idée qu'elle allait me prendre pour un intrus si elle m'apercevait là. C'était juste plus fort que moi. Je ne pouvais plus détacher mes yeux des courbes de son corps. Les mouvements qu'elle lui imprimait respiraient l'énergie et l'agilité et ma locataire incarnait un subtil mélange de grâce et de sensualité. Il fallait la voir, c'est comme si le temps et l'espace n'avaient plus de prise sur elle. Elle flottait dans l'atmosphère baignée d'une musique rythmée et entraînante. Je n'ai pu que deviner son sourire mais tous ses gestes respiraient l'allégresse. Elle avait l'air tellement heureuse.

Je me suis vu entrer dans la pièce, l'enlacer, poser une main sur sa hanche et l'autre dans son cou, découvrir son corps avec des baisers et deviner ses formes avec ma bouche et mes mains. Comme à Noël.

Puis je nous ai imaginés tous les deux complètement nus dans un lac en plein mois d'août, puis dans ma voiture par une chaude journée de juillet. Elle, vêtue d'une simple robe, laissant apparaître la forme de ses seins ronds. Moi qui aurais baissé mon pantalon pour pouvoir l'accueillir. Puis dans une tente QUECHUA®. Puis, chacun seul dans un lit, en train de nous masturber en pensant l'un à l'autre. Sur la table de la salle à manger, contre la bibliothèque, dans le jardin, sous les étoiles et autour d'un feu de bois, dans le placard à balais de la salle des profs et dans un tas d'autres endroits improbables. Une vraie fabrique à histoires avec nous en dénominateur commun.

Elle a la vie devant elle. Elle est jeune, énergique, pétillante, solide, souriante, espiègle, athlétique, audacieuse, endurante, gracieuse, plaisante, délicate, intelligente, inventive, malicieuse.

Elle est juste magnifique.

Mais qu'est-ce qui m'arrive ???

J'ai l'impression que plus je lutte pour me tenir loin d'elle, plus je me prends les pieds dans la toile qu'elle tisse autour d'elle. Ça ne devait pas déraper de cette manière-là ! Rester comme un con devant une porte vitrée en m'imaginant faire l'amour avec elle ne faisait pas partie du plan. Je ne suis resté que cinq minutes mais c'était cinq minutes de trop. Je me dégoûte.

On est comme le jour et la nuit et l'on a vingt ans de différence. Vingt ans, bon sang !

Cette cohabitation ne va pas pouvoir durer.

Je vais faire en sorte de lui trouver un autre logement.

Il va falloir qu'elle parte d'ici le plus vite possible.

François.

Chapitre 41

— Vous avez l'air épuisée ! dit Madeleine à Joséphine.

— Je n'ai pas beaucoup dormi, lui avoue l'auxiliaire de vie.

La nuit dernière, Joséphine a écrit, dansé et regardé ses yeux verts encore, encore et encore, sans parvenir à trouver le sommeil.

— Ça se voit ! Même avec votre trait d'eye-liner qui fait comme une vaguelette, vous avez des yeux fatigués. Il faut que vous ralentissiez, Joséphine ! Allez, les beaux jours sont revenus, on va aller dans le jardin !

La vieille dame pousse l'auxiliaire de vie vers la porte-fenêtre qui donne sur le jardin et l'invite à sortir.

— Je vais vous apprendre la lenteur, ajoute-t-elle.

Lorsqu'elle se retrouve sur la terrasse, Joséphine examine, stupéfaite, ce joli jardin auquel elle n'avait jamais prêté attention.

L'endroit est situé à l'abri des regards et présente une taille réduite, mais chacun des éléments qui le composent — la petite brouette faisant office de jardinière, le salon de jardin en fer forgé, les deux transats — semble naturellement y trouver sa place.

La pelouse a été tondue et la haie taillée récemment. Les végétaux, sortis de leur sommeil hivernal, commencent à fleurir et à afficher ostensiblement leurs couleurs. Le lieu ressemble à une petite jungle luxuriante mais dont les plantations sont néanmoins ordonnées dans des rangées de terre bordées de cailloux blancs. De toute évidence, Madeleine a tenu à épargner son jardin du capharnaüm qui règne dans sa maison. C'est comme si, au milieu du chaos, elle tenait à disposer d'un havre de paix.

Madeleine prend place sur l'un des transats et Joséphine l'imite.

— Allez maintenant, on ferme les yeux et on arrête de gigoter !

Le ton employé par sa bénéficiaire est si péremptoire qu'il ne vient pas à l'esprit de Joséphine d'émettre une quelconque protestation.

La batterie de son téléphone est à plat, résultat de l'usage immodéré qu'elle en a fait la nuit dernière. La tentation de jeter compulsivement des coups d'œil sur son portable est donc loin. Joséphine ne s'en inquiète pas : elle connaît son planning de la journée par cœur ainsi que les adresses de chacun des bénéficiaires chez qui elle doit se rendre.

— On va écouter le chant des oiseaux, ajoute la vieille dame.

C'est comme si, derrière ses yeux fatigués, Madeleine avait décelé l'agitation qui règne en elle depuis qu'elle est arrivée dans les Vosges. Depuis son installation ici, ses pensées défilent à une vitesse ahurissante et les idées fusent dans tous les sens. Joséphine s'agite, s'affaire, s'anime. Elle a tout à rebâtir ici et, tel le maître d'œuvre pressé de finir la construction de la maison dans le délai imparti par l'architecte, elle pressurise les artisans de sa reconstruction avec fougue et impétuosité.

Elle oublie de laisser le temps se suspendre pour laisser à son esprit la possibilité de s'extraire de cette tornade intérieure. Enchaînant les journées de travail chargées — trop chargées — et y superposant des nuits courtes, Joséphine se sent entraînée par la vitesse qu'elle a choisi d'imprimer à sa vie et refuse d'écouter les rappels à l'ordre que son corps lui adresse.

Cela fait tellement longtemps qu'elle n'a pas ressenti un tel sentiment de félicité qu'elle se sent obligée d'en profiter et de ne pas relâcher la pression. Surtout pas. Ce serait prendre le risque que l'état de grâce s'envole et c'est la dernière chose dont elle a envie. Aussi s'accroche-t-elle au grand tourbillon pour valser avec lui.

— Et si je me trompais avec mon amoureux ? demande l'auxiliaire de vie à Madeleine.

— Ce serait si grave que ça si vous vous cassiez la margoulette ? l'interroge la vieille dame. Vous ferez comme tout le monde : vous apprendrez de vos erreurs. Si vous voulez, on pourra même comparer nos bourdes respectives et examiner qui a commis la plus grosse !

Joséphine voudrait que cette parenthèse ne cesse jamais.

— En tout cas, reprend sa bénéficiaire, si ça ne marche pas, sachez que François m'a parlé de vous en bien !

On dit souvent que la sagesse vient aux vieux comme l'ardeur devrait appartenir à la jeunesse. Mais c'est aussi pour ça que Joséphine apprécie Madeleine : son brin de fantaisie.

— Mon fils André m'a appelée, poursuit sa bénéficiaire. Il va venir dans deux semaines et il m'a promis de passer me voir.

Elles sont toutes deux installées à l'ombre d'un arbre, le vent balaie leurs cheveux et le soleil vient de temps à autre caresser leurs visages. En cette journée d'avril, la température est idéale.

— J'apercevrai son visage encore une fois avant de mourir, soupire Madeleine.

Sa voix berce Joséphine et son timbre se fait de plus en plus doux à mesure qu'elle parle. La jeune femme se sent profondément ancrée dans le présent comme si les paroles de sa bénéficiaire avaient cette douce faculté d'occuper l'espace et de l'arracher à son monde intérieur.

— Vous entendez le clapotis de l'eau ? lui demande-t-elle.

Joséphine a l'impression que la vieille dame l'emmène virtuellement se promener dans son jardin. Elle se concentre sur le gazouillement de la petite fontaine, imaginant désormais une rivière sinueuse entraînant ses angoisses et ses peurs comme des feuilles légères seraient emportées par le seul effet du courant. Rien de turbulent, non, juste ce qu'il faut pour les amener plus loin à un rythme tranquille mais assuré.

La vieille dame a raison : elle est épuisée et il est doux de s'interrompre l'espace de quelque temps. Tout en savourant la richesse des minutes qui s'égrènent, l'auxiliaire de vie prend la main de Madeleine dans la sienne. Elle s'est cramponnée à elle et plus rien d'autre ne compte. Elle décrit de petits cercles sur sa main ridée et se plaît à effleurer cette peau qui ne lui est pas familière. Entrouvrant les yeux, elle observe les taches sur sa peau et leurs deux mains liées. Ce contact physique avec elle est rassurant.

Le murmure du vent, le pépiement des oiseaux et le bruit monocorde des voitures circulant dans le col de la croix des Moinats s'effacent petit à petit.

Ici et maintenant, il ne peut rien lui arriver. C'est la dernière chose à laquelle elle songe avant de sombrer dans le sommeil.

— Bon allez, je récupère ma main, j'en ai besoin, conclut Madeleine pour la tirer de son assoupissement.

— Pourquoi est-ce que vous souriez comme ça? lui demande la vieille dame.

— Parce que je viens d'avoir une idée! s'exclame Joséphine.

— Mais vous ne vous arrêtez jamais de penser!

Au milieu du jardin de Madeleine, un nouveau projet a mûri. Lorsque sa bénéficiaire l'a tirée de son sommeil, il s'est imposé à elle comme une évidence.

Pourquoi n'y a-t-elle pas songé avant?

La vieille dame va pouvoir montrer aux jeunes la vieillesse qui va bien et François va retrouver la passion d'enseigner.

Quoi de mieux qu'une escapade à la Piquante Pierre pour enseigner l'histoire aux collégiens? C'est ce que faisait son père avant lui mais son propriétaire est tellement persuadé qu'il ne peut faire aussi bien que lui que cette initiative ne lui a même pas caressé l'esprit.

En écoutant attentivement les récits de ses bénéficiaires, il lui est apparu évident que Gaston, Louis et Madeleine ne pouvaient pas ne pas se connaître, raison pour laquelle elle est sûre d'obtenir leur approbation.

Madeleine a commencé par rencontrer François pour lui livrer ses souvenirs et depuis, elle s'est attachée à provoquer les rencontres entre les uns et les autres.

Désormais, il est temps de tous les réunir.

Chapitre 42

— C'est aujourd'hui qu'on va rencontrer Joséphine ? s'exclament en chœur les élèves de la classe de 3^eC. La Joséphine ? Votre Joséphine ?

— Ce n'est pas « ma Joséphine », se défend immédiatement François. C'est elle qui a réuni les témoignages des personnes âgées que vous allez rencontrer et c'est pour ça qu'elle est là aujourd'hui. On va monter ensemble à la Piquante Pierre et vous pourrez leur poser les questions que vous voulez.

En moins de temps qu'il n'avait fallu pour le dire, Joséphine, en accord avec François, a mis sur pied cette rencontre entre ses vieux et les élèves de François.

Une fois arrivés à la Piquante Pierre, François et ses élèves attendent impatiemment l'arrivée de Joséphine, Gaston, Louis et Madeleine.

— Roo, ça y est, la voilà, Monsieur Receveur ! s'exclame Théo. C'est elle, c'est Joséphine !

— Vous êtes trop belle, Madame ! ajoute Mathilde.

— Je suppose que vous devez être Théo et Mathilde ? leur demande la jeune femme.

François observe la grande camionnette stationnée sur le parking en contrebas, celle utilisée par Joséphine pour amener Gaston, Louis et Madeleine à bon port.

— Vous avez loué une camionnette ? s'étonne le professeur.

— Ce sera plus facile pour transporter tout le monde ! Je vous expliquerai…

Il y a une semaine, Joséphine a enfin pris son courage à deux mains et a décidé de franchir le pas de la porte de la concession Renault située au centre de la commune de Vagney puis s'est fait alpaguer par un commercial qui n'était pas Camille. Elle avait décrété qu'elle avait assez attendu et qu'il était temps d'aller à sa rencontre. D'un air avenant, l'employé lui a demandé ce qu'elle cherchait. «Camille Remy», lui a-t-elle répondu. «J'aurais voulu le voir pour acheter un véhicule», avait-elle menti. Quel véhicule, elle ne le savait pas elle-même mais ce commercial, lui, avait deviné ce qu'il lui fallait. «Si vous voulez rendre service à Camille, il a cette magnifique camionnette en dépôt. Très peu de kilomètres au compteur, c'est une superbe occasion! Je vous passe le détail du calcul de nos rémunérations mais il touchera une commission plus importante si vous la prenez avant la fin du mois», avait-il ajouté en chuchotant. Elle lui avait dit qu'elle repasserait mais il avait fait barrière de son corps au moment où elle s'apprêtait à sortir du magasin. «La fin du mois, c'est aujourd'hui. Vous lui rendriez un grand service! Si vous voulez, je lui laisserai votre numéro de téléphone pour qu'il puisse gérer avec vous la livraison du véhicule». Il n'avait pas fallu un mot de plus pour qu'elle signe le bon de commande. Mais lorsqu'elle était venue chercher la camionnette, Camille n'était plus en repos, il était malade…

— Alors, Monsieur Parisot, vous nous racontez comment ça s'est passé ce jour-là? demandent les élèves au vieil homme.

— Ce jour-là, leur explique Gaston, c'était le 20 septembre 1944.

— Vous saviez que vous alliez vous faire attaquer? lui demande un des élèves.

— On le savait, oui. Quatre jours plus tôt, le 16 septembre 1944, le maquis de Noiregoutte qui constituait une avant-garde de celui de la Piquante Pierre avait été attaqué. Cette offensive avait permis aux Allemands de tester la résistance qui leur serait opposée. Ce qui explique d'ailleurs la raison pour laquelle ils ont déployé de tels effectifs ce jour-là. De plus, la présence de nombreuses patrouilles allemandes nous avait été signalée dans la vallée de la Moselotte. Le 19 au soir, plusieurs unités ont été déplacées dans les villages entourant le maquis. Plusieurs camps de résistants avaient déjà été démantelés, Paul Caritey, le chef de la Résistance à Vagney, avait été assassiné… Le jour même de l'attaque du maquis, les Allemands se sont rendus chez les familles Bresson et Claude[16] à La Bresse dans le but d'y arrêter des membres actifs de la Résistance. Les Alliés étaient aux portes de Remiremont et on représentait une menace sérieuse pour les Allemands. Il était temps pour eux d'en découdre…

Ce matin-là, ils sont d'abord arrivés en nombre réduit avec des vélos et des chevaux dont les sabots avaient été enveloppés dans du tissu. On occupait déjà nos positions de combat car l'alerte avait été donnée. J'ai passé plusieurs heures dans un trou à hauteur d'homme à garnir le chargeur de mon FM, sans pouvoir fermer l'œil de la nuit. Ces trous-là, on avait passé des jours entiers à les creuser. On avait aussi multiplié les abattis pour barrer les chemins qui menaient jusqu'aux campements.

Peu de temps après, il est arrivé des camions et des camions de soldats! Les Allemands ont attaqué depuis la route de Planois que vous voyez là en contrebas et il y avait des véhicules partout dans le col de la croix des Moinats. Parfois, les nappes de brouillard se dissipaient et on les voyait décharger leurs fantassins. La défense de la ligne allant de la Piquante Pierre jusqu'au col de Menufosse était assurée par la centaine de La Bresse dont je faisais partie. Les soldats ennemis montaient en direction du monolithe en rangs serrés en poussant des cris de bête. Il m'arrive encore de les entendre quand je me réveille la nuit.

— Vous avez eu peur, Monsieur Parisot? lui demande l'un des élèves.

---

[16] Résistants originaires du village de la Bresse.

— Bien sûr! Je n'en menais pas large! J'étais quand même en première ligne! On avait reçu une formation militaire par les cadres du maquis et par les instructeurs qui avaient été parachutés mais je n'étais pas aguerri à la chose militaire. Si ce n'est les heures d'entraînement qui m'avaient été dispensées, je n'avais jamais eu ces engins de la mort entre les mains. Et on savait surtout que les Allemands, parfaitement entraînés aux techniques de guerre, en voulaient à nos vies. Ces gars-là avaient déjà plusieurs années de combat à leur actif tandis que certains maquisards, âgés de 20 ans à peine, n'avaient rejoint le maquis que trois jours plus tôt.

— Dès que vous les avez vus, vous avez tiré? lui demande Théo.

— Je ne les ai pas aperçus immédiatement, d'abord parce que les conditions climatiques étaient déplorables ce jour-là, ensuite parce que leurs casques étaient camouflés par des branches de sapins. De notre position, on apercevait des taches vertes se déplacer dans l'herbe et on a mis du temps à comprendre que, ce faisant, les Allemands étaient en train d'approcher discrètement nos positions.

On était persuadés de pouvoir les tenir en échec parce qu'on surplombait leurs positions et les chargeurs de nos FM étaient bien garnis. Mais on a vite compris qu'ils étaient montés en force et dans une supériorité écrasante. «Tu tires sans sommation», m'avait ordonné mon chef. Alors, j'ai ajusté mon tir et j'ai canardé.

J'étais positionné à cet endroit, leur explique Gaston.

Ce faisant, le vieil homme s'allonge dans l'herbe afin de leur montrer sa position de combat.

— Pan, pan, pan, pan! s'exclame-t-il.

— Vous ne conduisiez pas un tank, Monsieur Parisot? lui demande Théo.

— Si seulement j'avais eu un de ces engins entre les mains! Mais on avait que des armes légères, leur explique le vieil homme. Un armement qui n'était pas suffisant pour attaquer les Allemands, mais qui nous protégeait en cas d'offensive. Et encore…

— Les Alliés n'ont pas pu vous aider? l'interroge un autre élève. Ils auraient pu venir avec des avions pour les bombarder!

— La météo était trop mauvaise, ce qui n'a pas joué en notre faveur. Les Alliés n'ont pas pu assurer notre couverture car leurs avions ne pouvaient pas voler dans ces conditions. On était seuls pour se défendre et ce brouillard à couper au couteau a permis aux Allemands de nous approcher facilement. On a réussi à tenir nos positions. Jusqu'à ce que, vers midi, on aperçoive un petit rassemblement de femmes à proximité du rocher de la Piquante Pierre.

— Un petit rassemblement de femmes? s'étonne Mathilde.

— Oui, poursuit Madeleine. Je me trouvais à Planois à ce moment-là et, en fin de matinée, après plusieurs heures de combat acharné, les Allemands ont demandé au maire de requérir sept femmes[17]. J'étais l'une d'elles. Ils nous ont dit qu'ils savaient qu'il y avait un maquis là-haut et nous ont chargés d'une mission particulière. On devait se charger d'adresser un ultimatum aux maquisards : ces derniers étaient sommés de se rendre avec la promesse d'être traités en prisonniers de guerre, à défaut de quoi les villages de Cornimont et La Bresse et Basse-sur-le-Rupt seraient incendiés. On est montées là-haut, habillées en blanc et aussi vite que nous le permettaient nos sabots, et on y a retrouvé le capitaine Blaise. Ce dernier n'a pas hésité une seconde : il a refusé. Il savait quel sort avait été réservé aux « terroristes » lors de la reddition des maquis qui avaient fait ce choix-là : les Allemands n'avaient pas tenu leur promesse et les maquisards avaient été torturés, exécutés ou déportés.

On avait tellement peur pour eux! Nous sommes redescendues au village sous une pluie battante pour transmettre la réponse du capitaine Blaise aux Allemands. Face à ce refus, les Allemands m'ont renvoyée là-haut une nouvelle fois avec une de mes compères. Mais la réponse du commandement du maquis

---

[17]   Ces sept femmes étaient Henriette Fréchard, Geneviève Garnier, Annie Humbertclaude, Emilienne Mineratte, Lucie Richard, Marguerite Xolin et Suzanne Etienne. Source : *Piquante Pierre, dernière bataille de la Résistance*, Michel Lemaire, (2014) éditions Gérard Louis.

a été la même. Quand je suis redescendue la deuxième fois, les Allemands étaient en train de mettre en place des batteries de mortiers. Je me souviens encore de la détermination que j'ai lue dans leurs regards. Je me suis arrêtée à leur niveau pour observer ces énormes pièces d'infanterie mais l'un d'eux s'est assuré qu'on avait passé le message et m'a pressée de circuler. Cette fois-ci, les Allemands voulaient en terminer avec le maquis. On s'est dit qu'ils allaient tous se faire massacrer…

— Ils ont vraiment incendié les villages ?

— Non. Ces villages ont subi des destructions importantes durant les combats de la Libération mais ils n'ont pas été incendiés par les Allemands à l'occasion de l'attaque du maquis.

— Mais les maquisards étaient armés jusqu'aux dents, non ?

— Ils l'étaient, poursuit Louis. Mais insuffisamment. Après le premier parachutage du 27 août 1944, d'autres avaient eu lieu mais certains avaient dû être annulés à cause des conditions météo-rologiques. C'est ce qui explique notamment l'issue tragique des événements du 20 septembre 1944. Les premières lignes étaient équipées correctement mais, à l'arrière, l'armement faisait cruel-lement défaut. Sans compter que les Allemands étaient venus nombreux et que, contrairement aux maquisards, ils disposaient d'armes lourdes.

— Comment ça s'est terminé ?

— Les combats se sont poursuivis dans l'après-midi, continue Louis. Les obus pleuvaient, y compris sur le monolithe lui-même et les maquisards devaient essuyer les tirs des mitrailleuses lourdes. Tant et si bien qu'ils ont fini par se replier. La lutte était inutile. Les Allemands n'ont pas pénétré dans la forêt, où des centaines de maquisards se trouvaient encore. Mais ils ont bouclé l'orée du bois afin de capturer les hommes en fuite et ont procédé à l'incendie de toutes les fermes des Charmes et des Plateaux, considérant que leurs occupants avaient apporté leur aide au maquis. Le 20 septembre au soir, les habitants des villages situés aux alentours ont pu apercevoir les fumées noirâtres dans le ciel…

— Les Allemands sont revenus à Planois le lendemain, le 21 septembre, précise Madeleine. Ils ont sélectionné des hommes au hasard et les ont retenus en otage au café. Les soldats voulaient découvrir l'emplacement du dépôt de munitions pour le faire sauter. Entre-temps, ils avaient obtenu ce renseignement des maquisards qu'ils avaient torturés. Ils ont libéré les hommes et sont partis en mission de reconnaissance en direction de la ferme des Fouillés, plaçant des femmes devant eux pour les protéger. Ils ont trouvé le dépôt et l'ont fait exploser vers 16 h 30.

— On va y aller ensemble, leur explique Louis.

Le vieil homme conduit le groupe d'élèves à travers la forêt et tous cheminent à travers bois.

— Ça y est, Monsieur Abgrall! Je l'ai trouvé! Il est là, c'est le dépôt de munitions! s'exclame Théo en se postant devant un petit panneau explicatif. Rolàlà, Monsieur Receveur, je vis ma meilleure vie là!

Ils se postent devant la ruine de l'ancienne ferme tandis que Louis continue ses explications.

— Si on soulève ces grosses pierres, on pourra peut-être retrouver des armes! s'exclame le jeune garçon.

François imagine aussitôt le visage crispé des parents d'élèves si l'un de ces derniers rapporte une mitraillette Sten en guise de souvenir.

— Que s'est-il passé pour les maquisards qui ont été capturés par les Allemands? demande Mathilde à Louis.

— Après avoir été torturés par les Allemands, vingt-sept d'entre eux ont été fusillés aux Combes à La Bresse. Disposés en arc de cercle, ils ont tous été abattus froidement par les Allemands, sous les yeux ébahis d'une famille bressaude comprenant quatre enfants âgés de 2 à 7 ans. Des stèles de granit ont été posées à cet endroit en leur honneur. Treize autres ont été fusillés d'un coup de fusil dans la tempe au Pré de l'Orme dans la nuit du 20 au 21 septembre. L'autorisation d'enlever les corps n'a été donnée que plus tard par les Allemands. Le gisant aux fusillés leur rend aujourd'hui hommage. D'autres exécutions sont intervenues de façon isolée. Au total, ce sont cinquante-et-un des nôtres qui sont tombés au combat. Leurs funérailles ont été célébrées à La Bresse, le jour de Pâques de l'année 1945.

— Quand est-ce que les villages ont été libérés ? lui demande l'un des élèves.

— Le 20 septembre 1944, les Alliés se trouvaient aux portes de Remiremont. La ville a été libérée le 23 septembre. Le village de Vagney a quant à lui été libéré le 5 octobre, celui de La Bresse le 18 novembre 1944. Avant ça, les Allemands ont déporté tous les hommes du village à Pforzheim et, pratiquant la tactique de la terre brûlée, ont dynamité et incendié le village.

Louis se tait un instant puis ajoute :

— Les Allemands entendaient résister jusqu'au bout. Le département des Vosges, l'est plus particulièrement, a été, en France, l'un des plus touchés par la barbarie nazie.

Toute l'assemblée retourne ensuite à proximité du monolithe de la Piquante Pierre.

Madeleine prend la main de François qui, à son tour, offre la sienne à Joséphine jusqu'à ce que chacun les imite. Ils se tiennent tous la main, formant ainsi une ronde humaine autour de l'immense bloc de pierre afin de marquer que l'histoire a laissé une trace de son passage, et observent une minute de silence en signe de solidarité avec ceux qui ont sacrifié leur vie pour la Libération de la France.

Madeleine revoit les maquisards charger dans leurs musettes les armes françaises cachées pendant l'occupation. Gaston, les B24 des Carpetbaggers, décharger leur cargaison sur le plateau de La Piquante Pierre et Louis, son père abattre les arbres afin que les maquisards puissent récupérer les conteneurs.

Vaine préparation d'un combat qui s'est voulu en tous points inégal alors pourtant que les Alliés ne se trouvaient qu'à quelques kilomètres des maquisards.

Chapitre 43

Une fois que François a ramené ses élèves au collège puis les a rejoints, Joséphine prend la parole :

— Vous vous connaissiez déjà tous les trois, n'est-ce pas ? demande-t-elle à Gaston, Louis et Madeleine.

— Oui, murmure Louis.

Il hésite un instant puis reprend la parole :

— Peu de temps après l'offensive menée contre le maquis, les Allemands sont arrivés à la ferme. Dès que j'ai aperçu leurs uniformes vert-de-gris, je suis allé chercher mon père en courant et je lui ai dit « Papa, les voilà ! ». Déjà, ma mère s'affairait à cacher nos affaires en lieu sûr. Mais c'était trop tard. Pas plus que ma mère n'a eu le temps de préserver quoi que ce soit, mon père n'a eu le temps de s'enfuir. Les Allemands cernaient déjà la maison.

Ils nous ont tous fait sortir de là et ont commencé par fouiller la maison de fond en comble pendant qu'un de leurs hommes nous tenait en joue. De l'endroit où l'on se trouvait, on les entendait mettre notre habitation à sac. Fous de rage, ils retournaient les placards, éventraient les matelas et jetaient même certains de nos effets personnels par la fenêtre. On a réussi à comprendre qu'ils venaient de perdre plusieurs hommes, dont un de leurs chefs, ce qui avait probablement décuplé leur hargne.

Une fois la fouille de la maison terminée, ils se sont déplacés jusqu'à la grange et y ont trouvé des sacs de farine de seigle. Ils ont immédiatement compris que ces lourds paquetages étaient destinés au maquis.

« Papa, Terrorist ! » ont-ils hurlé. « Lui, reste, vous, partir ».

Maman a protesté et a tenté de prendre la défense de mon père en prenant les Allemands à partie. Elle les a suppliés de le laisser partir, arguant du fait qu'il était responsable d'une famille nombreuse. C'était un geste aussi désespéré qu'inutile et les soldats l'ont violemment poussée à terre.

« Pars, Marie-Jeanne », lui a ordonné mon père.

« Schnell, schnell ! » hurlaient les soldats allemands.

On s'est mis en route avec ma mère et mes cinq frères et sœurs. La dernière d'entre elles, Léonie, n'avait que cinq mois. Maman n'a pas eu le temps de pleurer : il a fallu qu'elle garde son sang-froid pour nous mettre à l'abri. Je crois qu'elle savait surtout qu'un jour ou l'autre, les agissements de mon père allaient lui coûter la vie.

On devait rejoindre la ferme de l'une des cousines de la famille. « Eugénie pourra nous héberger », nous a assuré ma mère. En chemin, on a été la cible de plusieurs tirs de mitrailleuses allemandes. Les soldats tiraient sur tout ce qui bougeait et à plusieurs reprises, il a fallu qu'on se cache derrière des pierres ou des arbres pour éviter d'être repérés. Les obus avaient fait des dégâts incroyables dans les champs et bon nombre d'entre eux avaient été minés. Il fallait prendre garde à ne pas marcher sur les fils métalliques qui reliaient ces engins de la mort entre eux.

On a croisé plusieurs maquisards en fuite. Maman les a aidés comme elle le pouvait, en leur indiquant l'emplacement des patrouilles et des sentinelles qu'elle avait pu repérer.

Après plusieurs heures de marche, on est arrivés. Tremblants, terrorisés, affamés et démunis mais sains et saufs. On était tous morts de peur en pensant à ce que mon père allait devenir mais on était vivants.

Avait-il été abattu par les Allemands ? Arrêté ? Torturé ? On n'en savait rien mais on imaginait le pire. « On ne le reverra pas vivant », nous a assuré ma mère.

— Je suis arrivé à la ferme Abgrall peu de temps après le départ de la famille, poursuit Gaston. J'étais seul et je cherchais discrètement un itinéraire de repli pour me sortir de ce guêpier. Je connaissais parfaitement les lieux et, à ce moment-là, c'était un atout précieux. Certains maquisards ont voulu rentrer chez eux en utilisant des trajets bien trop rapides et c'est comme ça qu'ils se sont fait prendre. Les Allemands détestaient s'aventurer dans les bois mais ils en avaient bouclé les abords en installant des sentinelles partout.

Dès que j'ai entendu les cris des Allemands, je me suis caché en haut d'un arbre. Assez loin pour ne pas me faire repérer mais suffisamment près pour assister à ce que ces barbares ont fait. Le reste de la famille avait à peine tourné le dos qu'ils se sont placé en cercle autour du père Abgrall.

Une chance qu'ils n'aient pas forcé la famille à assister à cette scène terrible. C'était une époque affreuse et on avait déjà connu des précédents de ce genre.

L'un des soldats a commencé par lui fracasser la mâchoire à coups de crosse et, ensuite, chacun y est allé à tour de rôle. Ils l'ont mis à terre et lui se trouvait sans défense. Son visage était ensanglanté et il hurlait sous le coup de la douleur. C'était un combat à un contre quinze, il ne pouvait pas lutter.

Si seulement, il avait été armé… Il aurait pu mettre fin à ses jours avant que les Allemands ne le fassent eux-mêmes.

Les soldats semblaient complètement ivres et leur sauvagerie ne semblait avoir aucune limite. L'un d'eux a même sorti un accordéon et ils se sont mis à chanter et à danser en même temps qu'ils frappaient.

J'avais évidemment conservé mon arme mais je n'avais plus de munitions. J'ai serré les poings aussi fort que j'ai pu. J'aurais voulu les abattre un par un mais ils étaient bien trop nombreux. Alors j'ai assisté à ça comme un con du haut de mon arbre, en priant pour que son calvaire prenne fin.

Peu de temps après, l'un des soldats a aperçu au loin un groupe de maquisards en fuite. Ils ont entrepris de les prendre en chasse. Ils ont incendié la ferme à l'aide d'un fusil incendiaire et, en quelques minutes, les flammes ont commencé à s'échapper de la maison. Les vaches étaient encore à l'attache dans l'étable, beuglant aussi fort qu'elles le pouvaient. Certaines d'entre elles ont réussi à s'échapper et se sont enfuies, blessées, à travers champs. Les autres ont été brûlées vives.

Puis leur chef a sorti un revolver de son trousseau pour achever le père Abgrall. Ce dernier était dans un sale état mais il a encore eu le courage de crier «Vive la France!». Ultime geste de résistance de la part de quelqu'un qui a donné sa vie à notre pays...

J'ai fermé les yeux et j'ai entendu le coup partir. Les Allemands ont balancé son corps dans un fossé comme s'il s'agissait d'un vulgaire morceau de viande puis ont quitté les lieux.

Les environs grouillaient de soldats ennemis, il n'était pas prudent de descendre de mon arbre immédiatement. Alors je me suis attaché au tronc avec les suspentes de parachute que j'avais gardées dans ma musette et, par sécurité, j'y suis resté jusqu'à la tombée de la nuit.

De toute façon, il n'y a plus rien à faire pour le père Abgrall, ai-je pensé.

J'ai passé ces quelques heures à me rejouer le film et à me demander de quelle façon j'aurais pu m'y prendre pour le sortir de là. Chaque jour qu'il m'est donné de vivre encore, je me dis que j'aurais pu le sauver. Quand je suis redescendu, j'ai accouru auprès de lui. Je me suis agenouillé et j'ai pleuré près de son corps. J'ai larmoyé comme un gamin l'injustice et mon impuissance. Et dire que, quelques jours plus tôt, je me sentais encore invincible avec mon FM en bandoulière! Si j'avais eu deux ou trois chargeurs sur moi, je les aurais dégommés tous autant qu'ils étaient.

Je me suis signé puis j'ai voulu lui fermer les yeux, recouvrir son corps de mon imperméable et le cacher avec des branchages en attendant que l'on puisse lui creuser une sépulture digne de ce nom.

Mais il a agrippé mon bras et c'est à ce moment-là que j'ai compris qu'il n'était pas mort. La balle avait sans doute ricoché et les Allemands l'ont laissé pour mort mais ces salauds n'avaient pas réussi à avoir sa peau!

J'étais fou de rage à l'idée de l'avoir tenu pour mort. Si seulement j'avais réagi plus tôt !

J'avais froid, j'avais faim et j'étais terrorisé mais, à ce moment-là, tout ce qui m'importait, c'était de l'amener à bon port pour le sauver. Je l'ai transporté à dos d'homme et, en chemin, j'ai croisé un groupe de maquisards qui avait aperçu la famille en fuite quelques heures plus tôt. Ils m'ont donné les indications nécessaires pour rejoindre la ferme où ils logeaient et m'ont proposé leur aide. Quand je suis arrivée là-bas, sa famille m'a accueilli comme le messie alors que je venais de me rendre complice de cette boucherie.

— Je me trouvais avec Louis et sa famille quand Gaston est arrivé à la ferme, continue Madeleine. On était proches de la famille et dès qu'on avait appris ce qui était arrivé au père Abgrall, ma mère m'avait ordonné d'aller proposer mon aide. Madame Abgrall avait réussi à mettre ses enfants en sécurité et dès que je suis arrivée chez sa cousine, elle a entrepris de retourner à la ferme. On apercevait les lueurs rougeoyantes dues aux incendies dans le ciel, elle était sans nouvelles de son mari. C'était risqué et on a tenté de l'en dissuader. Mais elle a tenu à y aller à tout prix. Pendant ce temps-là, Eugénie et moi, on s'est occupés des enfants. C'est à ce moment-là que Gaston est arrivé, accompagné de deux autres maquisards, traînant le corps du père Abgrall sur une charrette à bœufs. « Seigneur » s'est exclamée Eugénie en se signant. On l'a immédiatement installé sur un lit. Le maquis comprenait une infirmerie mais, à l'heure qu'il était, tout le monde s'était replié depuis bien longtemps ! Il fallait absolument lui procurer des soins. Alors je suis descendue jusqu'à Vagney pour aller chercher du sérum antitétanique. À l'époque, c'est ce qu'on injectait aux blessés en cas de blessure profonde pour éviter le tétanos. Les infirmières m'ont accueillie puis m'ont expliqué les techniques d'injection. J'ai parcouru le trajet à vélo et aussi vite que j'ai pu et je n'ai pas croisé de patrouilles allemandes, ni à l'aller ni au retour.

Quand je suis arrivée auprès de Monsieur Abgrall, je lui ai administré le sérum et on a attendu que Madame Abgrall revienne.

— La seule chose dont je me souvienne, explique Louis, c'est qu'une sorte d'écume sortait de sa bouche. Je crois que cette image restera à jamais gravée dans ma mémoire. Il souffrait terriblement et perdait beaucoup de sang. Rien ne paraissait pouvoir arrêter l'hémorragie ni apaiser sa douleur. Je vois encore la flaque de sang à côté de son lit. Le voir endurer le martyre comme ça était un vrai supplice. J'étais comme tétanisé, impuissant face à ses gémissements, et je n'osais pas le toucher. Mais lorsqu'il m'a tendu la main, je lui ai donné la mienne et je suis resté là, immobile, à côté de lui. Je me souviens avoir récité des « Je vous salue Marie ». Dans l'état comateux où il était, il appelait ma maman. « Marie-Jeanne, Marie-Jeanne », disait-il. C'est à ce moment-là que j'ai compris ce qu'était la guerre et à quoi tenait la vie. Dès que j'ai aperçu ma mère au loin, j'ai abandonné mon père et j'ai couru vers elle aussi vite que j'ai pu. « Tout a brûlé, il ne reste plus rien », m'a-t-elle dit. Elle était partie se réfugier dans nos décombres en espérant y retrouver quelque chose. J'étais essoufflé et je sanglotais. J'arrivais à peine à articuler. Je lui ai dit que Papa nous avait rejoints et qu'il était là, à la ferme, mais qu'il était gravement blessé. Elle était parvenue à sauver une bête valide qu'elle projetait d'emmener chez un cultivateur afin qu'il s'en occupe. Dès qu'elle m'a entendu, elle a lâché l'attache et s'est précipitée auprès de mon père. Je l'ai vu ôter ses sabots pour courir à travers champ, trébucher, se relever puis entrer dans la ferme pour rejoindre Papa. Ses larmes se sont mêlées à son sang et il a rendu son dernier souffle quand elle est arrivée auprès de lui.

François, Joséphine, Gaston, Louis et Madeleine, tous assis dans l'herbe, se donnent tous la main dans un élan fraternel et restent silencieux pendant quelques minutes.

— Vous êtes incroyable, chuchote François à Joséphine.

Ainsi installés, ils profitent de cette belle journée printanière pour admirer le panorama offert par le site de la Piquante Pierre sur les reliefs vosgiens. À plus de mille mètres d'altitude, cette vue saisissante ne peut que ravir les yeux de celui qui s'y trouve.

Cet espace dégagé laisse apparaître en contrebas les milliers d'habitations qui ont colonisé la vallée, laissant ensuite place aux massifs forestiers reprenant leurs droits de part et d'autre, et dont les crêtes sombres se détachent nettement du ciel bleu azur.

Chaque colline cache un mont, chaque mont dissimule un ballon et l'ouverture du paysage est si spectaculaire que celui-ci s'étend jusqu'aux points culminants du massif vosgien.

— Bon… intervient timidement Louis. On mange ? J'ai faim moi.

Joséphine était loin de s'imaginer la nature de la destinée tragique qui liait Gaston, Louis et Madeleine. Mais, malgré ça, il se dégage d'eux une vraie quiétude et même plus encore : l'envie d'être ensemble.

Chapitre 44

Cher journal,

Je me suis complètement fourvoyé. Je me suis trompé sur Joséphine.

Elle a fait des pieds et des mains pour organiser cette rencontre et elle a réussi à réunir ces gamins et ces personnes âgées. Rien ne l'obligeait à le faire. J'étais un parfait inconnu pour elle il y a six mois encore. Pourtant, elle a déployé autant d'énergie que s'il s'agissait de sa propre cause.

Quand je vois avec quelle facilité les élèves l'ont adoptée, ça me dépasse complètement! Et Joséphine par-ci, et Joséphine par-là. Mais comment, comment s'est-elle débrouillée pour parvenir à faire ça?

Joséphine a eu raison de le souligner : Gaston, Louis et Madeleine sont trois personnes merveilleuses, chacune à leur manière. On s'est retrouvés à la Piquante Pierre tous les cinq et on a vécu un moment incroyable. L'histoire du père de Louis est plus que tragique et, pourtant, je n'ai pas eu la sensation qu'elle les avait forcés à remuer de vieux souvenirs. Au contraire, c'est comme si, soixante-dix ans plus tard, elle avait bouclé la boucle. Après ça, on s'est parlé comme si on se connaissait depuis toujours. Ça aussi, c'est grâce à elle.

Je la revois claquer des doigts au rythme de la musique le jour de son arrivée ici, me sourire timidement dans le vestibule en tenant la main de Louis le soir du réveillon de Noël, éclater de rire devant son gâteau d'anniversaire puis m'annoncer tout naturellement qu'elle a fait de la soupe à tous ses bénéficiaires à l'aide du potiron destiné à Laurence...

Je crois qu'elle est éprise d'un homme. Je ne l'ai jamais aperçu ici mais je suis sûr qu'il existe. Personne ne regarde compulsivement l'écran de son téléphone sans raison. Je ne sais pas ce qu'il lui écrit mais elle attend ses messages avec beaucoup d'impatience. Peut-être est-ce lui qui lui donne des ailes? J'espère qu'il prend soin d'elle et qu'il lui rend tout ce qu'elle lui donne au centuple.

Et c'est moi le con qui me fais des films avec elle. Quel crétin je fais!

Non, Joséphine n'est pas du tout déséquilibrée, c'est juste moi qui suis dingue.

Dingue d'elle.

François.

Chapitre 45

Camille,

Tu ne postes plus rien sur les réseaux sociaux en ce moment. Que t'arrive-t-il ? Je suis en colère. Je peux accepter ton silence, à condition que tu me fasses découvrir une partie de ta vie. Je n'ai plus que ça pour me nourrir de toi. Et en ce moment, je crève la dalle, tu comprends ?!

Dans ton dernier message, tu m'as dit que tu avais besoin de temps. Et moi je t'ai répondu que je t'attendrais. Je t'en ai laissé du temps. De combien de jours as-tu encore besoin ? Je ne veux plus compter en mois ou en semaines, je suis à bout.

Je t'aperçois tous les soirs sortir de ton travail depuis cette petite cabane abandonnée mais c'est bien trop furtif. Tu sors sur le parking, tu jettes un œil sur ton téléphone, tu montes dans ta voiture et tu t'en vas. Toujours le même profil, toujours les mêmes gestes, toujours les mêmes rituels.

Tous les jours de la semaine, je suis animée du même désir de te voir. Mais je suis immédiatement saisie d'une angoisse lancinante quand je vois ta voiture s'éloigner. L'un et l'autre coexistent dans un espace-temps réduit, trop réduit et je ne peux pas me contenter de ce yoyo émotionnel. Je mérite mieux que ça. On mérite mieux que ça.

C'est toi qui es venu me trouver, c'est toi qui es entré dans ma vie, je n'ai rien demandé moi. Maintenant, tu te débrouilles comme tu veux mais tu assumes, tu vas au bout des choses et tu me laisses ma chance.

J'ai tellement cru que je maîtrisais la situation! J'ai pensé si fort que tu n'arriverais pas à m'attraper. Aujourd'hui, je voudrais encore vivre avec cette certitude.

À qui est-ce que tu pianotes des messages? Qui mérite ton attention?

Je sais que tu as beaucoup d'occupations, une vie sociale bien remplie et un emploi du temps chargé mais je me ferai toute petite. Tu n'auras pas besoin d'en pousser les murs, je te le promets.

Tu te dis peut-être que je t'ai oublié. Tu n'oses peut-être pas revenir parce que tu penses que je t'en veux. Je souffre de ton absence, mais je te promets de tout oublier si tu réapparais dans ma vie. Tu me manques terriblement et les réseaux sociaux ne sont qu'un petit pansement sur une plaie béante. Je ne parviens plus à contenir l'hémorragie.

Depuis que je suis arrivée, tu m'aveugles et, désormais, je ne vois plus rien d'autre que toi. J'ai lentement mais définitivement fermé les yeux sur la vie.

J'ai organisé cette rencontre entre mes vieux et les élèves de François, je nous ai réunis tous les cinq. Pourtant, même avec eux, j'étais là sans être là. C'est comme si je ne voyais plus ce qui se passait autour de moi. J'ai perdu cette folle capacité à m'émerveiller de tout. Je considérerai cette nouvelle vie comme un échec total si, finalement, je dois passer le reste de ma vie sans toi.

On n'a encore rien vécu tous les deux, alors essaie au moins! Peut-être que ça ne fonctionnera pas mais cette histoire ne peut pas garder le goût de celles qui n'ont jamais été vécues. Ces histoires-là sont les pires. Elles laissent des traces indélébiles et marquent l'esprit au fer rouge.

Cette histoire n'est pas terminée et je ne passerai pas à autre chose. Je suffoque rien que d'y penser. Sans toi, je ne me sens plus tout à fait complète.

Papa était persuadé que je me fourvoyais. Et je ne veux pas lui donner raison. Pas une fois de plus. Il n'a pas compris qui tu étais et n'a saisi ni la force ni la puissance de ce qui nous unissait tous les deux.

Je sais que c'est dément mais pour une raison qui m'échappe, je ne veux pas te laisser partir.

Reviens, je t'en supplie.
Fiévreusement,
Joséphine.

Chapitre 46

Facebook
Tweeter
Instagram
Google
Strava
Linkedin
Facebook
Tweeter
Instagram
Google
Strava
Linkedin
Facebook
Tweeter
Instagram
Google
Strava
Linkedin
Facebook
Tweeter
Instagram
Google
Strava
Linkedin
Facebook
Tweeter
Instagram
Et puis plus rien.

Chapitre 47

— François! crie Joséphine en tambourinant à la porte.

Joséphine pénètre dans sa chambre sans attendre de réponse de sa part.

— François! l'appelle-t-elle de nouveau.

— Joséphine? Mais qu'est-ce que vous foutez dans ma chambre?! lui demande-t-il tout en se levant précipitamment.

Un réveillon de Noël bis repetita? s'interroge-t-il en la voyant debout dans la pièce, vêtue d'une simple nuisette.

— Vous dormiez?

— Non, vous croyez?

— Désolée, c'est une urgence. Mon téléphone est en panne. Il faut que vous me prêtiez le vôtre. Cinq minutes, pas plus.

— Mais qu'est-ce que…

— J'ai juste deux ou trois bricoles à regarder et je vous le rends.

François regarde l'heure sur son radio-réveil.

— Nom de Dieu, Joséphine, il est trois heures du matin! tempête-t-il.

— Donnez-le-moi, s'il vous plaît. Je fais ce que j'ai à faire, je le repose là où je l'ai trouvé, chacun reprend le cours de sa nuit et on en parle plus.

François passe ses deux mains sur ses yeux encore endormis et étouffe un long bâillement. La situation paraît tellement improbable qu'il se donne une petite claque sur la joue pour vérifier qu'il ne rêve pas.

— Joséphine! Enfin! Est-ce que vous vous rendez compte de l'absurdité de votre demande?

— Vous ne comprenez pas! C'est important!

La jeune femme hausse le ton sans s'en rendre compte.

— J'en ai pour quinze minutes, lui répète-t-elle. Disons trente.

La jeune femme soulève une pile de livres posés sur la commode et se baisse afin d'en ouvrir un des tiroirs.

— Arrêtez immédiatement de fouiller dans mes affaires! s'agace-t-il.

— Il faut que vous me prêtiez le vôtre.

— Joséphine, je ne vais pas vous prêter mon téléphone. Il est tard et il est l'heure de dormir. Pour vous comme pour moi.

— C'est important, lui martèle-t-elle.

Un refus net et catégorique n'a pas suffi. Peut-être faut-il qu'il utilise l'humour?

— Écoutez, il arrive parfois la même chose à ceux de mes élèves qui se voient gratifier d'un contrôle parental sur leur téléphone. Pourtant, je vous assure, depuis la rentrée scolaire, je n'ai eu à déplorer aucune perte et mes effectifs sont stables. Si vous voulez, je vous mettrai en relation avec eux, ils vous expliqueront de quelle façon ils gèrent cette situation. Vous allez vous en remettre, ajoute-t-il en la poussant en direction du salon.

— Mais j'en ai vraiment besoin!

Cette fois-ci, elle ne crie plus, elle hurle en arpentant la pièce. La jeune femme est résolue à trouver son portable et semble prête à retourner sa chambre s'il le faut. Elle est si agitée que François se demande un instant si elle ne trouve pas sous l'emprise de l'alcool ou d'une autre substance.

Puis Joséphine se recroqueville sur le sol et sa respiration semble s'accélérer. Elle murmure des paroles que François n'arrive pas à saisir. Puis il distingue des sanglots étouffés mêlés à une véritable panique et comprend que l'humour et l'ironie ne suffiront pas.

Joséphine lui paraît à bout de nerfs et il n'a guère d'autre choix que de prendre ça au sérieux pour tenter de la calmer et reprendre le cours de sa nuit aussi paisiblement qu'il l'avait commencée.

Il pourrait simplement lui prêter son téléphone pour qu'elle lui fiche la paix mais il pressent que, ce faisant, il ne lui rendrait pas service.

— Je vais vous raccompagner dans votre appartement. Donnez-moi la main, lui ordonne-t-il.

La jeune femme s'assoit sur le parquet, baisse la tête, replie ses genoux sur sa poitrine tout en se balançant d'avant en arrière, sans qu'il parvienne à capter son regard.

— Joséphine, donnez-moi la main, lui répète-t-il en lui tendant la sienne.

Il s'agenouille auprès d'elle et tandis qu'elle relève la tête, il aperçoit les larmes ruisselant sur son visage. Ce dernier ne semble plus exprimer qu'un certain désespoir en même temps qu'une profonde lassitude.

Qu'est-ce qui a bien pu la mettre dans un état pareil? se demande-t-il. Une dispute avec son petit copain? Ou, au contraire, une révélation décisive qu'elle aurait à lui faire de toute urgence?

Quels que soient les motifs qui ont conduit Joséphine dans sa chambre à cette heure avancée de la nuit, rien, à son sens, n'est propre à justifier un tel état de détresse. Aucune querelle ni aucune déclaration ne peuvent expliquer qu'elle fasse irruption dans sa chambre à trois heures du matin.

François prend sa main dans la sienne et pose l'autre dans son dos.

— Je ne veux pas dormir toute seule, consent-elle à lui avouer.

Il s'arrête au milieu du couloir sombre, essuie les larmes qui coulent sur sa joue et la regarde fixement. Enfin, il arrive à accrocher son regard. Celui-ci lui paraît implorant et semble lui hurler «ne m'abandonne pas, j'ai besoin d'aide».

C'est comme si, enfin, elle venait de rendre les armes et de quitter sa réalité pour entrer dans celle de François.

— Je vais rester avec vous, lui promet-il.

Parce qu'il sait, sans doute mieux que personne, ce qu'il lui en coûte.

Ils cheminent tous les deux dans l'obscurité puis le propriétaire ouvre la porte du studio et constate qu'il y règne un certain désordre. Ses vêtements sont éparpillés aux quatre coins de la pièce, une pile d'assiettes sales est posée dans l'évier et quelques courriers qui ne semblent pas avoir été ouverts traînent à même le sol. Pourtant, il sait la jeune femme, non pas maniaque à l'excès, mais habituellement assez soignée. D'après ce qu'il a pu en voir, elle a pour habitude d'entretenir et de ranger son appartement.

En prenant garde à ne pas trébucher, François la conduit doucement jusqu'à son lit et la regarde s'allonger.

— Je vérifie mon portable une dernière fois, lui dit-elle en se levant précipitamment.

Elle appuie rageusement trois ou quatre fois sur le bouton «marche/arrêt» sans que son téléphone réagisse. Son propriétaire la laisse faire car Joséphine lui fait l'effet d'une marmite en ébullition. Vu les sentiments contradictoires qui semblent la traverser, la jeune femme n'est plus qu'une immense cocotte prête à exploser à tout moment. Aussi devine-t-il qu'il est inutile de provoquer une nouvelle confrontation.

— Il ne fonctionne plus, lui précise-t-elle.

— Venez vous allonger.

Elle laisse ses bras tomber le long de son corps et se déplace lentement en direction de son lit.

— Je vais éteindre la lumière et vous allez vous concentrer sur ma voix, lui ordonne-t-il sur un ton ferme.

Il lui faut absolument détourner son attention. Les paroles vagues du style «tu es forte, tu vas t'en sortir, tu peux vivre sans téléphone portable pendant trois jours parce que la grande majorité des gens peuvent en faire autant sans perdre le sommeil» ne seront d'aucun effet ce soir. Pas face à une telle panique.

Il va éteindre la lumière puis s'assoit à côté de son lit, sur le parquet.

— Savez-vous ce qui m'est arrivé aujourd'hui ?

— …

— Le petit Théo est venu pour me remercier. Pour cette sortie organisée avec la classe. Le petit Théo, vous vous rendez compte ?

— Le Théo ? La terreur ?

— C'est exact, oui. Avec plusieurs de ses copains, ils ont entendu parler d'un concours de la Résistance auquel peuvent concourir les élèves de collège. Ils voudraient y participer.

— C'est super. Je suis vraiment contente pour vous. Vous, au moins, vous réussissez ce que vous entreprenez.

— Vous oubliez une chose : rien de tout ça ne serait arrivé sans vous. Et d'après ce que j'en sais, vous n'avez pas échoué. Vous vous êtes installée ici, vous avez trouvé un logement et un boulot. Gaston, Madeleine et Louis vous aiment beaucoup, ça se voit.

Son prénom lui brûle les lèvres. Elle voudrait lui dire qu'elle a échoué et que Camille lui manque à en crever. Pour autant, elle n'arrive ni à mentionner son prénom ni à lui expliquer les tenants et les aboutissants de cette histoire abracadabrantesque. Malgré la conscience qu'elle a de ce grand dérapage, elle refuse de l'extérioriser auprès de François. Tout avouer, ce serait faire en sorte qu'il la tire de ce mauvais pas. Mais, cette fois-ci, elle se l'est jurée : elle s'en sortira seule. Sans le concours de son papa, sans l'aide d'un psychiatre, sans le soutien de François. Ce faisant, elle prend le risque de s'enfoncer un peu plus mais ce défi-là, elle se sent encore de taille à l'affronter.

— J'ai commencé le débarras du grenier et griffonné un genre de schéma pour réaménager la pièce à vivre, lui explique François.

Elle quitte le flot de ses pensées et se canalise sur sa voix.

— Vous aviez raison, si j'abats la cloison au milieu du salon, ça fera entrer la lumière, lui précise-t-il.

Il lui parle d'une voix douce.

— Ce n'est pas un mur porteur ?

— Non, ce n'est pas un mur porteur.

— On dirait que vous avez des projets.

— Tout ça, c'est grâce à toi, Joséphine.

— On se tutoie ? lui demande-t-elle.

Il s'est étonné du fait qu'elle lui avait offert cinq livres, qu'elle ait invité Louis à Noël, qu'elle ait acheté des cadeaux à Madeleine puis s'est ouvertement offusqué du fait qu'elle veuille retrouver le fils de la vieille dame sur Facebook. Mais même si cette situation présente, à bien des égards, un caractère plus insolite encore, François se garde de l'accabler.

— Ça me paraît plus approprié…

Au contraire, et sans qu'il puisse expliquer ni comment ni pourquoi, ce soir, il est saisi d'une irrépressible envie de la protéger et d'être là pour elle.

— Tu me prêtes ton téléphone ? lui demande-t-elle une énième fois.

Il prend sa main dans la sienne afin d'établir un contact physique avec elle. S'il garde ses distances, il n'arrivera pas à l'apaiser et à lui ôter cette idée saugrenue de la tête.

— J'ai fait une soupe au potiron ce soir, lui explique-t-il.

Il faut qu'il l'en écarte par le dialogue.

— Avec la crème et du beurre salé dedans.

Il n'a pas pour caractéristique première d'être un moulin à paroles.

— Comme les Bretons.

Et, malgré l'absence de toute réponse de la jeune femme, il continue à parler.

— Tu as raison, c'est bien meilleur comme ça, souligne-t-il.

De son potager, de sa classe, de ses bouquins, de ses projets, d'un petit sentier qu'il a découvert l'autre fois, quand il est allé courir et qu'il n'avait jamais vu jusqu'alors. Il lui susurre à l'oreille tout ce qui lui passe par la tête. Comme si, d'un seul coup, il avait oublié les barrières qu'il avait voulu dresser autour de lui et qu'il compensait en un soir ces semaines où il avait lutté pour se tenir loin d'elle.

Alors qu'elle s'agite une nouvelle fois dans son lit, il hésite un instant puis s'allonge à côté d'elle.

— Ça tangue un peu sur ton rafiot, lui dit-il.

Son propriétaire la prend dans ses bras sans qu'elle n'oppose aucune résistance.

— Il y a de la houle, on est au beau milieu d'une tempête mais ton équipage n'a pas encore quitté le navire.

Joséphine finit par poser sa main sur son avant-bras en signe d'approbation.

— Une idée de la conduite à tenir pour éviter la fortune de mer ? l'interroge-t-elle.

— Je sais que le matelot va redresser le gouvernail.

Il resserre encore son étreinte.

— J'ai le sens de la métaphore... Je pourrais encore en trouver deux ou trois comme ça.

Mais le voilà qui, tout à coup, se pose un tas de questions : n'y a-t-il pas un homme dans sa vie ? Alors que fait-il là dans son lit ? Pourquoi s'autorise-t-il à partager sa nuit ? Il se fait presque l'effet d'un intrus et se demande dans quelle mesure il n'est pas en train de profiter de la situation.

Et puis merde, au diable les convenances. Après tout, c'est lui qu'elle est venue trouver. Et, à cette heure-ci, François ne veut plus que l'étouffer de l'affection dont elle semble manquer. Joséphine lui semble d'ailleurs de moins en moins agitée. Ses sanglots cessent de secouer son corps, sa respiration s'apaise et son cœur tambourine moins fort dans sa poitrine.

Il repense à tous ces moments où il l'a crue inatteignable, presque hors de portée. Au contraire, elle ressent chacune de ses émotions avec bien plus de puissance que les autres. Le trop-plein aurait dû être évacué via un canal mais, ce soir, la pression a été trop forte et les vannes du barrage ont lâché.

— Merci moussaillon, souffle-t-elle dans un murmure.

Il se fiche désormais de ce qui est bien ou mal : il sait que c'est ce dont elle a besoin et n'affiche plus désormais aucun doute quant à la conduite à adopter.

François pratique de délicates pressions sur son avant-bras pour lui signifier sa présence, lui dire qu'il est là, qu'il a bien compris l'ampleur de sa situation de détresse et qu'il ne la lâchera pas.

Il ignore si elle s'est enfin endormie. Aussi reste-t-il désormais parfaitement immobile, son corps chaud serré contre celui de Joséphine, tandis que son bras se soulève au rythme de la respiration de la jeune femme.

Il est désormais plus de cinq heures du matin et il ressent sévèrement les effets de la fatigue. Pour autant, il ne parvient pas à s'endormir. Il veut être là au cas où elle ait encore besoin de lui car son calme n'est sans doute qu'apparent.

En effet, il connaît trop bien ce genre de comportement.

Celui de l'accro en manque.

Lui aussi, il a connu ça à une période de sa vie.

— Je sais ce que tu ressens parce que, moi aussi, j'ai traversé ça, finit-il par lâcher.

Mais Joséphine ne l'entend pas.

Elle s'est enfin endormie.

Chapitre 48

— Ça n'a pas l'air d'aller, constate Madeleine. Vous faites une tête de six pieds de long et vous ne portez ni robe ni boucles d'oreilles…

— Vous êtes observatrice.

— Vous voulez qu'on vide ensemble un nouveau placard ? lui propose sa bénéficiaire.

— Si vous me faites une proposition pareille, c'est que je dois avoir l'air bien mal en point…

— Vous n'avez pas prévu de voir votre amoureux ? Ça vous mettrait sans doute un peu de baume au cœur…

Apercevoir sa silhouette, entrevoir sa vie, percevoir ses états d'esprit, concevoir son emploi du temps, prévoir certains de ses déplacements, oui. Le voir, non.

— Vous ne m'avez jamais dit comment s'appelait d'ailleurs…

Joséphine hésite un instant, fixe Madeleine puis finit par lui avouer :

— C'est Camille mon amoureux.

— Camille…

— Votre petit-fils, votre Camille.

— Moon![18] s'exclame Madeleine. Camille ? Le petit Camille ?

— Oui.

— Non !

— Si.

La vieille dame reste parfaitement interdite, ne sachant quelle réaction adopter.

— Je vais nous faire un thé, j'ai besoin d'un remontant !

---

[18] Interjection répandue dans les Vosges

Elle s'éloigne vers la cuisine et Joséphine l'entend enclencher la bouilloire.

— Vous savez ce que j'en pense ! lui crie Madeleine depuis la pièce voisine. Il est ingrat !

Sa bénéficiaire revient à la salle à manger et pose un petit plateau sur la table.

— Et arrogant, ajoute-t-elle plus doucement.

— Il n'est plus celui que vous avez connu !

Alors qu'elle verse l'eau chaude dans les tasses, la vieille dame chuchote :

— Il a les oreilles décollées !

— Madeleine ! la réprimande gentiment l'auxiliaire de vie en esquissant un sourire.

— Je vous suggère de le retenir fermement au sol, il risquerait de s'envoler.

— Ses oreilles ne sont pas décollées, elles sont en pointe, la corrige Joséphine. C'est différent !

— En pointe, c'est comme ça… Décollées, c'est comme ça, lui expose Madeleine tout en tirant sur ses oreilles. Les siennes sont décollées, ça ne fait pas l'ombre d'un doute.

— Et si vous me montriez vos albums photos aujourd'hui ? demande Joséphine à Madeleine, les yeux rivés sur l'album de la décennie 1990-2000.

Ces livres épais contiennent l'enfance et l'adolescence de Camille et, en l'absence de téléphone, il lui faut un truc pour combler le manque. N'importe quoi. Quelques clichés feront l'affaire. Un seul même. Mais pas celui qui est accroché au mur du salon. Parce qu'elle le connaît déjà par cœur.

— Non, pas aujourd'hui, lui dit Madeleine sur un ton péremptoire. J'ai autre chose à vous montrer.

La vieille dame sort quelques feuillets d'une pochette plastique et les étale devant Joséphine.

En apercevant le nom du fils de Madeleine et les initiales de sa bénéficiaire sur ce qui semble être un contrat, Joséphine est immédiatement saisie d'un mauvais pressentiment.

— André m'a fait signer ce contrat, lui explique sa bénéficiaire. J'aimerais que vous y jetiez un œil.

La jeune femme parcourt le texte rapidement et comprend que Madeleine vient de s'engager à refaire l'isolation complète de sa maison.

— Il m'a expliqué que ces travaux-là finiraient par devenir obligatoires et qu'il valait mieux les faire dès maintenant…

Les yeux de Joséphine s'écarquillent lorsqu'elle aperçoit le montant en cause.

Quinze mille euros.

— Mes enfants auront déjà tellement à faire avec cette vieille bicoque… Et il avait l'air tellement content que je signe ! Alors je me suis dit que si je pouvais l'aider… Je n'ai pas voulu gâcher nos retrouvailles, vous comprenez…

Une chose est sûre, il n'a pas perdu de temps et, pour parer à toute éventualité, a même bouclé le financement de l'opération.

En effet, en même temps que le contrat, Madeleine a signé un prêt à la consommation de pareil montant. Emprunt qui, vu son grand âge, n'est évidemment assorti d'aucune assurance décès.

Joséphine aimerait pouvoir rassurer sa bénéficiaire mais lit le contrat une nouvelle fois sans y entrevoir aucune porte de sortie.

Si elle avait son téléphone avec elle, elle rentrerait immédiatement le nom de la société dans un moteur de recherche pour y voir les commentaires laissés à son sujet.

Mais, même sans avis des internautes, la conclusion qu'il convient d'en tirer lui paraît assez évidente.

Madeleine vient probablement de se faire escroquer par son propre fils.

Un enfant qu'elle ne voulait plus voir et que Joséphine a volontairement précipité dans sa vie.

Chapitre 49

— Qui est Camille ? demande François à Joséphine.

Cette dernière a murmuré ce prénom à plusieurs reprises dans son sommeil et François est déterminé à obtenir les réponses qu'il est venu chercher auprès de sa locataire.

Il croise les bras et fronce les sourcils. Face à cette attitude, la jeune femme pressent qu'il ne lui sera possible ni d'esquiver cette entrevue ni de s'en sortir par une pirouette.

— Je veux la vérité, ajoute-t-il.

Qu'à cela ne tienne, il va avoir le fin mot de l'histoire, pense-t-elle.

— J'ai rencontré Camille il y a environ un an.

— Rencontré, rencontré ?

— Sur Facebook. On a échangé quelques messages et on s'est très vite bien entendus. On s'est tellement bien entendus que nos échanges duraient du petit matin jusqu'au coucher du soleil.

C'est ce qui s'était passé : du jour au lendemain, Camille avait investi sa vie. Elle lisait ses messages en se levant, en déjeunant, en s'habillant, en se brossant les dents, en faisant ses courses, en parlant, en travaillant, en conduisant, en pratiquant la course à pied…

Mais François l'entend raconter son histoire avec l'accent de la nostalgie et devine immédiatement que leur histoire a très vite bifurqué dans une autre direction.

— Après ça, que s'est-il passé ? la questionne-t-il.

Une direction dont il est presque sûr qu'elle ressemblait à une impasse. Une voie sans issue dans laquelle elle a foncé tête baissée sans voir le panneau indicatif qui lui aurait permis de l'éviter.

— Ça a duré deux mois…

— Et ? lui demande-t-il pour l'inviter à poursuivre.

— Et du jour au lendemain, il n'a plus répondu à mes messages.

— À ce moment-là, j'imagine que tu as naturellement jeté l'éponge, ironise-t-il. Ça n'a pas été facile sur le coup, mais tu as repris le cours de ta vie et tu es passée à autre chose…

— Non, je me suis accrochée, consent-elle à lui avouer. Je voulais savoir si j'avais dit ou fait quelque chose de mal, je voulais au moins comprendre… Jusque-là, ça avait tellement bien fonctionné entre nous !

— Et ensuite ?

— Il s'est réfugié dans le mutisme le plus complet, il ne prenait pas mes appels, il lisait mes messages mais n'y répondait pas.

Joséphine avait tout imaginé : que son téléphone rencontrait un grave problème technique, que, pour une raison indépendante de sa volonté, il était dans l'impossibilité de lui répondre, qu'il était débordé, qu'il manquait de temps, qu'il avait subi un grave accident, qu'il avait été amputé des deux pouces, qu'il lui était arrivé malheur.

Mais l'activité frénétique de Camille sur les réseaux sociaux l'avait conduit à se rendre à la raison : il était bel et bien vivant, ses deux pouces aussi et il avait unilatéralement décrété de mettre fin à cette relation sans même la prévenir ni, a fortiori, lui fournir une explication.

— Trois semaines plus tard, il m'a redonné signe de vie. Il m'a dit qu'il avait besoin de temps. Puis, face à mon insistance, il m'a envoyé un ultime message.

— Que t'a-t-il dit ?

— Il m'a menacé de porter plainte si je ne laissais pas tranquille, murmure-t-elle.

François reste silencieux, ferme les yeux et frotte ses tempes avec ses index et ses majeurs, comme s'il essayait de remettre ses idées en ordre.

— C'était sous le coup de la contrariété, se justifie immédiatement la jeune femme. Il ne pensait pas vraiment ce qu'il disait ! Il m'avait dit qu'il ne voulait pas d'une relation à distance. J'habitais la Bretagne, il demeurait dans les Vosges. À ce moment-là, ça n'avait ni queue ni tête. Aujourd'hui, je suis là…

— Ok, les torts sont partagés, son attitude n'a pas été super réglo. Je te le concède.

— Au début, je me suis contentée d'espionner sa vie sur les réseaux sociaux. Je me suis nourrie de lui comme je pouvais. Mais ça n'a pas suffi. Alors j'ai pris la décision de venir habiter ici.

Ainsi, François a vu juste. Joséphine n'a pas atterri ici par hasard. La raison de sa venue à Planois ne résulte pas d'une simple coïncidence : le motif de son déménagement porte Camille pour prénom. Or, en se rapprochant de lui, Joséphine n'avait fait que nourrir l'obsession et créer un manque plus abyssal encore que celui qui l'habitait jusqu'alors.

— As-tu cherché à rentrer en contact avec lui depuis ton arrivée ici ?

— Non… Enfin… Pas directement…

— Comment ça « pas directement » ? s'impatiente François.

Sous le coup de l'incompréhension, son propriétaire se met à tourner en rond dans la pièce.

— Je connais l'emplacement de son lieu de travail, lui précise-t-elle. Louis habite à proximité et, près de l'immeuble collectif dans lequel il réside, il existe une sorte de cabanon laissé à l'abandon. Il m'est arrivé de me tenir là pour le voir sortir du boulot.

C'est là le seul palliatif qu'elle avait trouvé lorsque la morsure de l'absence atteignait la limite supportable.

— Tu le traques ? s'indigne-t-il.

— Non, je ne le traque pas ! Je l'observe cinq minutes. Et je rentre chez moi.

Les idées de François se bousculent mais il parvient malgré tout à démêler les nœuds de cette histoire les uns après les autres. Tout à coup, il repense à tout ce qu'il n'avait pas compris sur le coup mais qui l'avait interpellé et la lumière se fait tant sur les incohérences de certaines des déclarations de sa locataire que sur l'excentricité qui a parfois caractérisé sa conduite.

Voilà donc la raison pour laquelle elle avait trouvé naturel de faire intrusion dans sa chambre à trois heures du matin pour consulter son téléphone parce que le sien refusait de redémarrer.

— J'imagine que la Piquante Pierre présente une sorte de rapport avec lui ? l'interroge-t-il.

— Il y monte une fois par semaine en courant.

— Comment le sais-tu ?

— Il poste ses parcours de course sur Strava. C'est pour ça que je connaissais ce lieu avant d'arriver dans les Vosges. Mais ce sont des informations publiques ! se défend-elle. N'importe qui peut y accéder.

Puis Joséphine lui explique qu'elle a aperçu Camille en photo chez Madeleine et que, répondant en cela à une interrogation de sa part, sa bénéficiaire lui a précisé être sa grand-mère paternelle. Aussi, François comprend désormais l'attachement qu'a pu lui manifester Joséphine et l'insistance dont elle avait fait preuve pour que la vieille dame réintègre sa tournée, après que la directrice de l'association l'en avait ôtée.

— Quand je l'ai vu sur ce cliché chez Madeleine, je me suis sentie ivre de joie, lui explique-t-elle. Pareil quand je croyais le deviner dans une boutique, quand j'apercevais une silhouette semblable à la sienne ou quand je l'observais sortir du travail. Ça m'apaisait sur le coup et je ressentais du plaisir à le laisser occuper une telle place dans ma vie.

La nostalgie qui teintait jusqu'alors le récit de Joséphine semble céder sa place à la douleur. Une douleur sourde liée au manque, à l'attente, à ses desseins, à tous ces projets qu'elle a échafaudés mais dont elle devine désormais qu'ils ne dépasseront jamais le stade de la projection mentale.

— Très vite, le plaisir a laissé la place au désir et le désir s'est mué en souffrance, ajoute-t-elle. Plus les semaines passaient, plus je me voyais m'enfoncer. J'ai cru que j'arriverais à lutter, que je finirais par passer à autre chose, mais cette passion dévorante n'a jamais cessé de grappiller du terrain.

Parce que souffrir de son absence, c'est encore être avec lui, songe François.

Elle triture ses doigts et baisse les yeux, adoptant l'attitude de celle qui récite à voix haute un scénario qu'elle a maintes fois répété à voix basse et dont elle découvre seulement l'originalité et la fragilité.

— Quand je suis arrivée ici, j'ai commencé à lui écrire des lettres, ajoute-t-elle.

— Des lettres que tu lui envoies ?

— Non. Je m'adresse à lui mais je les garde pour moi.

François essaie de synthétiser toutes ces informations et se trouve désormais partagé entre l'envie de l'aider et la tentation d'oublier purement et simplement les tenants et les aboutissants de cette histoire abracadabrantesque.

— Tu vis avec un fantôme, lui dit-il doucement.

La situation est grave mais pas désespérée, pense François. Joséphine n'a pas été jusqu'à contacter Camille et ce dernier ignore encore sûrement sa présence ici.

— Tu te trompes, lui répond-elle, sûre d'elle.

Il connaît parfaitement la façon dont il faut qu'elle procède pour se sortir de ce guêpier.

— Tu as appris des tas de trucs à son sujet grâce aux réseaux sociaux mais cette relation n'existe que dans ton imagination.

Pour cela, il faut juste qu'elle accepte d'entendre ce qu'il a à lui dire.

— C'est faux. Il s'est passé quelque chose et s'il a déchaîné un truc au fond de moi, c'est qu'il y a une raison.

— Tu t'es fait assez de mal comme ça. Éteins ton portable pendant une semaine, deux semaines, trois semaines, quitte ton travail, change d'air, pars loin d'ici. C'est le seul moyen de t'en sortir.

— Je vais y penser, lui affirme-t-elle.

★

François s'assoit sur son canapé et prend sa tête dans ses mains.

Cette histoire est démente, songe-t-il.

Qu'a donc fait ou dit Camille pour que Joséphine s'entête à ce point-là ? Qu'est-ce qui justifie qu'elle s'agrippe à cet homme de cette façon-là ? N'importe qui aurait lâché l'affaire bien avant.

Compte tenu de la teneur du dernier message de Camille, sa locataire ne peut pas décemment envisager la fin heureuse d'une comédie romantique avec lui.

Pour autant, est-elle vraiment prête à capituler ?

Soit Camille est un homme exceptionnel avec des qualités humaines remarquables et une carrure d'athlète extraordinaire.

Afin de disposer d'un début de réponse, il tape ses nom et prénom dans un moteur de recherche pour apercevoir la tronche de ce gars-là.

Soit…

Soit il a réveillé chez elle et à ses dépens de bas instincts de destruction et d'autosabotage.

Mais pourquoi Joséphine chercherait-elle à s'abîmer ?

En dépit du fait qu'il ne possède pas toutes les données du problème, François devine, avec une prescience toute singulière, la suite du script.

Il le sait : le plus gros des tourments reste à venir.

Chapitre 50

Le sevrage est brutal.

« Pars loin d'ici ». Tel est le conseil que lui a proféré François. Joséphine lui a promis qu'elle allait y réfléchir mais elle s'en sait parfaitement incapable. Il a fallu qu'elle casse son téléphone pour se rendre compte à quel point elle a perdu la maîtrise des choses.

Pour combler le manque, elle écrit à Camille encore et encore. À peu près toujours la même chose. Elle ne prend même plus la peine de chercher de nouveaux synonymes, des métaphores originales ou des formules inédites. Il n'est plus question de produire quelque chose d'alambiqué, d'esthétique, de joli, mais de jeter sa douleur sur le papier telle que celle-ci lui apparaît. Brute, sauvage, entière.

La jeune femme en est devenue esclave et elle n'a plus que ça à se mettre sous la dent.

— Où sont passées vos jolies tenues colorées ? s'inquiète Louis.

C'est vrai que Joséphine n'avait pas envie de se faire belle aujourd'hui. Si elle avait pu venir en jogging ou même en pyjama, elle l'aurait fait. Sur elle, il n'y a plus ni couleurs, ni maquillage, ni bijoux. Son apparence porte les stigmates du vide qui s'étend à travers elle et ses gestes sont lents et fatigués.

— Vous n'avez pas mis de boucles d'oreilles aujourd'hui ? insiste-t-il.

— Non.

La jeune femme ne parle pas : elle murmure. Son entrain et son énergie se sont évaporés et elle tente de rester concentrée sur les tâches ménagères qu'elle a à accomplir pour fuir la compagnie de Louis.

Si seulement un long sommeil pouvait l'emporter durant quelques jours pour que la terre continue temporairement de tourner sans elle.

— Il vous reste beaucoup d'interventions à faire aujourd'hui? l'interroge Louis.

— C'est une journée chargée, oui.

— Et votre amoureux, il va bien?

— …

— Et François, il va bien aussi?

— Il va bien, oui.

— Et ses gamins, ils ont apprécié la sortie?

Louis déploie des trésors d'ingéniosité pour attirer son attention mais elle ne sent pas de taille à lui faire la conversation. Elle ne peut plus ni soulever de montagnes ni même essayer de lui arracher un sourire.

Le vieil homme prend Carole dans sa main et lui caresse doucement la tête.

Évidemment que son bénéficiaire est perdu à l'idée de la retrouver comme ça. Mais comment faire autrement? C'est plus fort qu'elle, elle ne parvient plus à donner le change.

Le monde tourne à l'envers car c'est le vieil homme qui prend les choses en main pour animer la conversation.

Tout ça pour un téléphone! Pauvre conne, songe-t-elle. Je ne vaux pas mieux que son fils qui l'abandonne pour le réveillon de Noël.

En passant l'éponge sur son plan de travail, elle feint une extrême application pour ne pas avoir à affronter le regard que Louis porte sur elle. Elle est tellement lâche qu'elle refuse même de lire l'incompréhension dans ses yeux. La honte s'empare d'elle et elle n'a plus qu'une envie : quitter cet appartement.

Non pas que Joséphine se fiche de Louis. Non, bien sûr. C'est simplement qu'elle n'est plus en mesure de rendre sa vie plus douce. Comment a-t-elle pu se croire capable de porter la misère du monde sur ses épaules?

— Je vous ai préparé un café, lui dit-il doucement.

Il pousse une chaise pour l'inviter à s'asseoir.

— Je suis désolée, je suis attendue pour une autre intervention, ment-elle. Il y a quelqu'un qui m'attend et je risquerais de me mettre en retard.

— Je comprends, lui assure-t-il.

Elle salue poliment Louis qui se retire déjà dans sa chambre à pas de loups en abandonnant Carole au milieu du salon.

La jeune femme tire lentement la porte d'entrée vers elle et descend les escaliers mais, sans que personne, ni Louis ni Joséphine, ne se rende compte de rien, la petite tortue intrépide se dirige à pas lents vers la sortie pour lui emboîter le pas.

Chapitre 51

En sortant de chez Louis, Joséphine se dirige vers le bar le plus proche.

« L'Estaminet ».

Elle pousse la lourde porte, pénètre à l'intérieur, s'assoit au comptoir et commande un Mojito. La caféine que lui a proposée Louis ne suffira pas, il lui faut une émulsion plus revigorante encore.

Attendue pour une intervention, tu parles ! pense-t-elle.

Le sentiment de culpabilité qu'elle ressent vis-à-vis de Louis est tellement grand qu'elle a besoin d'alcool. La jeune femme se sent tellement au bout du rouleau qu'elle ne trouve rien de mieux à faire que de jouer les piliers de bar. Ce ne sont pas trois feuilles de menthe écrasées au pilon dans un verre de rhum qui vont bouleverser sa vie mais c'est tout ce dont elle se sent capable : faire grimper son alcoolémie pour que la vie lui paraisse plus légère.

— Bonsoir, lui dit un homme qui prend place à côté d'elle.

Joséphine est tellement absorbée par ses pensées qu'elle ne tourne pas la tête vers lui, pas plus qu'elle ne répond pas à ses salutations.

Les amis qui se retrouvent, leurs rires, leurs plaisanteries, le bruit des fléchettes qui tapent la cible, le choc des verres entre eux, les cris qui s'ensuivent, tout ricoche sur elle sans vraiment l'atteindre. La jeune femme est complètement hermétique à cette ambiance chaleureuse.

Il y a encore trois semaines, elle aurait été capable de danser la salsa sur le comptoir mais, aujourd'hui, elle n'exécuterait pas le pas de base du rock'n'roll même si on lui offrait trois margaritas.

Tandis que le serveur dépose un verre devant elle, elle le remercie timidement, remue la glace pilée en tournant distraitement le bâton de plastique dans la mixture, le boit d'une traite et laisse la douce brûlure de l'alcool se répandre à travers elle.

— Sacrée descente! s'exclame son voisin.

Joséphine n'a envie de commencer aucune conversation et s'apprête à quitter le comptoir pour aller s'asseoir à une table. Elle a juste envie qu'on lui fiche la paix.

— Le Mojito, c'est pour moi! ajoute-t-il d'une voix forte à l'attention du barman.

Étonnée, elle tourne lentement la tête vers lui.

Ces traits-là, elle les connaît pour les avoir déjà vus quelque part et, après qu'il a décliné son identité, elle lui dit :

— Allons nous asseoir à une table. J'ai deux mots à vous dire, Bernard Abgrall.

Finalement, sa journée ne sera pas complètement perdue.

Si cet homme était venu chercher son père à Noël, elle n'aurait pas retrouvé Louis assis sur un banc et ne l'aurait pas convié à réveillonner avec elle. Et si Louis n'avait pas passé Noël avec elle, il ne se serait pas autant attaché à elle. Il serait resté caché sous ses draps et ne lui aurait pas demandé «Comment va François?» aujourd'hui.

Déformant la réalité à l'excès, l'auxiliaire de vie fait de Bernard le battement d'ailes de papillon. Celui sans qui elle n'aurait pas aperçu le regard triste de Louis ce soir. Elle a le sentiment de tenir en face d'elle le coupable idéal. Cet homme va lui permettre de vider son sac et d'amoindrir sa propre part de responsabilité dans toute cette histoire.

Elle vient de quitter Louis et elle est bien décidée à utiliser son sentiment de honte pour ordonner une attaque en règle contre son fils.

La jeune femme commande un deuxième Mojito et l'invite à s'asseoir en face d'elle.

— Je m'appelle Joséphine Le Bihan. Je suis auxiliaire de vie et j'interviens chez votre papa, Louis.

— C'est vous la fameuse Joséphine… La dernière fois que j'ai vu mon père, il n'y en avait que pour vous… Et Joséphine par ci, et Joséphine par là…

Sans laisser à Bernard le temps d'ajouter autre chose, elle entame un plaidoyer qu'elle a longuement mûri. Les mots sortent tout seuls, sans qu'elle n'ait aucun effort de réflexion à fournir.

Bernard Abgrall n'était jusqu'alors qu'un parfait inconnu, raison pour laquelle elle ne prend la précaution de n'utiliser aucun filtre pour s'adresser à lui.

Sans s'en rendre compte, elle hausse le ton et leurs voisins de table tournent leurs visages vers eux.

Mais Joséphine s'en fiche.

Tout ce qui lui importe, c'est qu'une injustice soit réparée ce soir.

Chapitre 52

— Monsieur Receveur ? François Receveur ?

— Qui le demande ?

— La gendarmerie nationale, Monsieur. Vous connaissez Joséphine Le Bihan ?

— Oui…

— Elle vient d'être arrêtée en état d'ébriété. Vous pourriez venir la chercher ?

— J'arrive.

François pousse la lourde porte de la caserne de gendarmerie et aperçoit Joséphine assise sur un banc.

Son propriétaire observe ses yeux hagards et serre les poings car il déteste par-dessus tout être mis face aux sévices de l'alcool.

Il lui lance un regard assassin, va accomplir les formalités d'usage puis la rejoint.

Les reproches qu'il est sur le point de lui adresser défilent dans son esprit les uns après les autres à une vitesse ahurissante. Qu'elle se mette dans un état pas possible parce qu'elle a cassé son téléphone, c'est une chose. Qu'elle conduise complètement ivre, c'en est une autre.

Pourquoi Joséphine n'a-t-elle pas pris la précaution de l'appeler ? Il ne l'aurait sans doute pas fait de bon cœur mais il serait venu la chercher et aurait ainsi pu lui éviter ces désagréments. À quel jeu a-t-elle voulu jouer exactement ? La jeune femme doit pourtant savoir qu'avec le métier qu'elle exerce, son permis de conduire lui est indispensable.

— On y va ? lui demande-t-il sur un ton sec.

Jusqu'à maintenant, il a fait preuve de tolérance et de compréhension. Aujourd'hui, elle va comprendre de quel bois il se chauffe. Elle ne peut pas conduire sa propre voiture dans l'état où elle est. Il aura donc vingt bonnes minutes pour lui passer un savon dont elle se souviendra longtemps. En prenant le volant en état d'ivresse, elle s'est mise en danger et les autres avec.

Joséphine doit comprendre dans quelle disposition d'esprit il se trouve car elle fait tout ce qu'elle peut pour retarder le moment où ils vont tous deux quitter cet endroit.

— C'est bon, tu as récupéré tes affaires ? s'impatiente-t-il.

— François ?! l'interpelle un des gendarmes alors qu'il se dirige vers la porte d'entrée.

— Salut Francis.

— Ça fait un bail que je ne t'ai pas aperçu dans nos locaux ! Comment tu vas ?

— Je vais bien.

Pressé d'en finir avec cette conversation, François ne lui retourne pas la question.

— Et ton père ? Comment il va René ?

— Il est mort.

— Merde ! Je suis désolé, je ne savais pas.

— C'est la vie…

— Tu t'es rangé, on dirait ! Ça fait plaisir à voir !

La conversation s'engage sur un terrain difficile et montueux et François se sent tout à coup très mal à l'aise.

Si seulement il avait pu ne pas croiser cet agent-là aujourd'hui.

— Oui, murmure François en le suppliant intérieurement de ne pas développer davantage.

N'ajoute rien de plus, Francis, songe-t-il tout en lui faisant de gros yeux. Pas là, pas maintenant, je reviendrai une autre fois pour discuter de tout ça tranquillement. De toi, de moi, de René, de tout ce que tu veux. Je reviendrai demain. Voilà, c'est ça. Demain. Tu es là demain, Francis ? Tu es en repos ? Flûte. Après-demain alors ? Tu n'es pas le plus finaud des individus qu'il m'a été donné de rencontrer mais tu t'apprêtes à me mettre dans une situation embarrassante. Tu l'as bien compris, Francis. N'est-ce pas ?

François recule de quelques pas et pousse doucement Joséphine en direction de la sortie.

— Il est un temps pas si lointain où c'est toi qu'on venait chercher en cellule de dégrisement ! ajoute l'homme en uniforme en lui donnant une petite tape sur l'épaule.

Les quelques gendarmes présents tournent leurs visages vers lui, tandis que Joséphine qui, jusque-là, paraissait particulièrement penaude redresse lentement la tête.

François le salue du bout des lèvres et invite sa locataire à sortir de la caserne de gendarmerie.

Accompagné de Joséphine, il prend place dans sa voiture et reste parfaitement silencieux tout le long du trajet. Les réprimandes attendront. Mieux vaut faire profil bas même si, avec un peu de chance, la jeune femme, encore noyée dans l'alcool qu'elle a ingurgité, n'a pas saisi la moitié de sa conversation avec ce gendarme.

Elle aura tout oublié demain, se rassure-t-il.

Depuis son salon, François distingue les bruits d'une clé dans une serrure.

Joséphine essaie d'ouvrir la porte de son studio, sans y parvenir.

— Mais qu'est-ce tu fabriques avec tes clés ? lui demande-t-il.

Il lui prend la clé des mains et l'agite devant ses yeux.

— Ce sont tes clés de voiture ! constate-t-il, exaspéré.

— On est dans de beaux draps ! lui dit-elle en pouffant de rire.

— Tu es encore complètement ivre, constate-t-il.

— Légèrement éméchée, le corrige-t-elle tout en s'appuyant contre le mur pour garder l'équilibre.

Puis elle sort une petite bouteille de vodka de son sac à main et porte le goulot à sa bouche.

Visiblement, son arrestation en état d'ivresse n'a pas calmé ses ardeurs.

— Tu n'aurais pas un peu de jus de pomme par hasard ? La vodka pure, c'est dégueulasse !

— Donne-moi cette bouteille, je vais faire quelque chose pour toi.

— Je savais que tu étais l'homme de la situation, minaude-t-elle.

François se dirige vers la cuisine et verse rageusement l'intégralité du contenu de la bouteille dans l'évier.

— Tu ne recommences jamais un truc pareil, c'est clair ? lui dit-il en pointant sur elle un index accusateur.

Lui qui est d'ordinaire si calme se met dans une colère noire et une véritable hargne se dessine dans ses yeux.

— Que s'est-il passé ? lui demande-t-il.

Joséphine lui avoue avoir rencontré le fils de Louis au bar et avoir discuté un moment avec lui.

— Je lui ai passé une telle soufflante que je suis prête à parier qu'il passera les dix prochains réveillons de Noël avec son père ! Et puis on a bu un deuxième Mojito, puis un troisième… Il a fini par aller voir son père pendant que, moi, j'arrêtais de compter les verres…

— Tu l'as laissé aller voir son père alors que tu le savais complètement ivre ?

Son propriétaire est pondéré, peut être pinçant et se montre souvent en désaccord avec elle. Mais il fait habituellement preuve de la plus complète maîtrise de lui-même. Elle l'a constaté lorsque, gardant un sang-froid incroyable, il a réussi à l'apaiser la nuit où son téléphone a rendu l'âme.

— Ivre ou pas, j'ai supposé que Louis serait heureux de voir son fils ! Souris et détends-toi un peu ! Ce n'est pas si grave !

— Et si ça revient aux oreilles du bureau ? Tu y as pensé ? Tu ne t'es pas dit que traîner dans les bars avec le fils de ton bénéficiaire pourrait faire un peu désordre et te créer des problèmes ?

— Je ne vois pas bien quels problèmes ça pourrait me créer.

— Et tu n'as rien trouvé de mieux à faire que de prendre le volant ensuite! Tu aurais pu m'appeler! Tu es complètement irresponsable!

— On dirait qu'il n'y a pas qu'à moi que ça arrive des bricoles pareilles! rétorque-t-elle du tac au tac.

Et merde! pense-t-il. Il n'a pas fallu une heure pour que Joséphine ressorte son passé de dessous le tapis pour le lui balancer à la figure.

— Oui, à une période de ma vie, j'ai été alcoolique! tempête-t-il. C'est pour ça que je refuse de boire du Pinot blanc avec toi et que je ne pose aucune bouteille d'alcool sur la table, ni le jour de Noël, ni aucun des autres jours de l'année. Voilà, tu le sais, tu te sens mieux maintenant?

Joséphine fixe la petite bouteille de vodka, posée sur le rebord de l'évier, celle-là même dont François vient de vider le contenu, et se sent tout à coup parfaitement ridicule.

— Je buvais du matin au soir, poursuit-il. Et chez moi aussi, le poids du manque était devenu insupportable.

François emploie volontairement les mêmes termes que ceux utilisés par Joséphine quelques jours plus tôt lorsqu'elle lui a décrit sa relation avec Camille. Car, en dépit de ce qu'elle peut prétendre, sa situation présente avec la sienne des ressemblances assez troublantes.

— Au début, j'ai cru que j'avais la situation sous contrôle. De gueule de bois en gueule de bois, j'étais même incapable de voir que j'avais perdu la maîtrise des choses! Puis un jour, j'ai participé, avec mes élèves de collège, à une séance de prévention contre l'alcoolisme. Il a fallu que je souffle dans un éthylotest à 9 heures. J'étais tellement dans le déni que je n'ai même pas imaginé que ce petit machin allait pouvoir me trahir. Lorsque ma collègue Laurence a aperçu la couleur rouge vif dans la barre de résultat, elle m'a immédiatement pris le ballon des mains et aucun des élèves présents ne s'est rendu compte de rien. Après ça, elle m'a ordonné d'aller me faire soigner.

— Comment tu t'y es pris?

— Je n'ai pas eu le choix. Papa est tombé malade. Cette saloperie d'Alzheimer a commencé à emporter ses souvenirs les uns après les autres et il a fallu que je m'occupe de lui. Petit à petit, son état a nécessité une vigilance constante. Il fallait que je l'empêche de s'échapper de la maison, que je le lève, que je lui donne à manger, que je lui change ses couches. J'étais sur le pont jour et nuit et je n'avais pas droit à l'erreur. Je me suis battu, je m'en suis sorti et je n'ai jamais replongé.

François se dirige vers la commode, saisit un petit carton et le tend à Joséphine.

— Tu as reçu un colis. Tu n'étais pas là, je l'ai réceptionné pour toi, il est posé sur la commode. Bonne soirée, conclut-il.

En apercevant les coordonnées de son opérateur téléphonique sur le carton, Joséphine comprend qu'il s'agit là de son nouveau téléphone. Elle ne peut pas laisser exploser sa joie devant François. Surtout pas après la révélation qu'il vient de lui faire et dont il se serait sans doute passé.

Mais ce n'est pourtant pas l'envie qui manque.

Chapitre 53

Enfin, Joséphine va pouvoir retrouver Camille.

Il lui a tellement manqué !

Elle se fiche de François, de son boulot, de ses bénéficiaires. À cette heure-ci, les autres ne comptent plus.

Son propriétaire a trouvé les moyens de s'en sortir face à l'addiction et son histoire force presque l'admiration. Dans pareille situation, combien d'enfants se seraient tournés vers un accueil en établissement spécialisé plutôt que d'avoir à assumer personnellement les soins dus à leurs parents ?

Mais elle n'a pas la détermination de son propriétaire et il ne lui vient même pas à l'esprit d'essayer de trouver une alternative. La jeune femme est faible et les faibles ne connaissent que les solutions faciles.

Joséphine l'a Lui. La situation est sous contrôle. Elle se sentira mieux après l'avoir vu, elle en est persuadée.

Son comportement trouve, à ses yeux, des justifications tout à fait crédibles. Après tout, combien de jeunes de son âge vivraient sans leur téléphone pendant plus de vingt-quatre heures ?

Elle déchire le carton, saisit le Graal, le met en état de marche, se jette sur Facebook, clique sur l'onglet « Recherche » puis sur le premier nom qui apparaît dans la liste.

La page met quelques secondes à se charger et le temps lui paraît interminable. Elle est complètement happée par la lumière projetée par l'écran et secoue légèrement son téléphone, comme si les mouvements de sa main allaient accélérer le processus.

Elle a tellement hâte de l'apercevoir !

« Sa bouée, son ancrage », c'est ainsi qu'elle l'a dépeint dans ses lettres.

La jeune femme a promis à François de faire un effort mais elle mesure aujourd'hui à quel point elle en est incapable.

Une nouvelle publication apparaît sur le profil de Camille.

Abondamment aimée et commentée.

Oh! Miracle! Il est toujours aussi beau.

Joséphine fixe son regard rieur, ses oreilles (en pointe), sa dentition, le paysage magnifique qui l'entoure.

Pourtant, elle a l'impression de tomber.

Ses mains tremblent, sa respiration s'accélère et elle déglutit péniblement. Elle, qui exultait de joie, se sent désormais comme une feuille ballottée au gré du vent.

Choquée, elle laisse tomber son téléphone sur le lit.

C'est impossible, ce doit être un rêve. Ou peut-être les vapeurs d'alcool lui font-elles voir n'importe quoi?

Elle s'assoit un instant, ferme l'application, se lève et se dirige vers la cuisine. L'eau fraîche qu'elle vient de passer sur le visage sera prompte à lui remettre les idées en place.

Elle redémarre son téléphone, rouvre la page quelques secondes plus tard et regarde la même photo.

Comment a-t-elle pu se fourvoyer à ce point? Pourquoi n'a-t-elle rien vu venir?

Il doit s'agir d'une blague ou d'un pari débile.

Une telle éventualité ne lui a même pas effleuré l'esprit.

Elle se voyait l'attendre pendant des mois, le désirer, le fantasmer, justifiant son silence et trouvant des tas d'excuses à son absence.

Les commentaires enthousiastes et élogieux défilent sous ses yeux et des centaines d'émoticônes avec des petits cœurs partout s'étalent sous ses yeux ébahis. Elle ose à peine lire le texte qui les accompagne de peur d'en découvrir davantage.

Elle peut vivre sans lui en le sachant seul, tolérer qu'il ne lui donne plus rien, l'attendre plusieurs semaines encore. Trouver les moyens de subsister sans sa présence physique à ses côtés et nourrir cette histoire autrement ne lui pose pas de problème particulier. Ou presque.

Il a voulu se donner du temps, elle a respecté ça. Joséphine s'est conformée à ses instructions : elle l'a attendu.

Elle fixe longuement ce nouveau cliché.

Celui où Camille n'apparaît pas seul, mais en train d'enlacer une magnifique jeune femme aussi souriante que lui. Une fille qui, contrairement à la précédente, n'a pas du tout le nez tordu.

Elle aurait voulu ne jamais voir ça.

Si seulement son portable avait mis six mois pour parvenir jusqu'à Planois !

Elle aurait pu imaginer qu'il s'agisse d'une copine, d'une amie, d'une sœur, d'une cousine…

Mais le commentaire qu'il a ajouté ne permet de laisser subsister aucun doute.

Camille se sent « amoureux ».

Chapitre 54

Joséphine a précisé à François qu'elle devait partir en intervention de bonne heure ce matin. Pourtant, ses volets sont encore fermés.

Et vu l'état dans lequel elle était hier soir, il n'est pas vraiment étonnant qu'elle dorme encore à cette heure-ci, songe son propriétaire.

— Joséphine! Réveille-toi! lui dit-il en tambourinant à sa porte.

N'obtenant aucune réponse, il réitère l'opération.

— Joséphine! crie-t-il.

Enfin, son propriétaire distingue du mouvement dans son appartement.

Joséphine apparaît, les yeux endormis, vêtue des habits qu'elle portait la veille.

— Il faut que tu ailles travailler, il est déjà huit heures, lui assène-t-il.

Sa locataire n'a même pas le temps de lui dire merci : François a déjà tourné les talons et a claqué bruyamment la porte de son salon.

Toute son attitude respire la colère et il a attendu le premier faux pas pour la laisser exploser.

De toute façon, il ne l'a jamais vraiment estimée, pense-t-elle.

Lorsque les gens s'éloignent, mieux vaut ne pas utiliser les réseaux sociaux pour les réunir. Tenter de réconcilier Madeleine et son fils André s'est avéré être une mauvaise idée et la jeune femme a l'intention de s'en excuser aujourd'hui auprès de sa bénéficiaire.

Joséphine enrage de devoir l'admettre mais François avait raison. Le contrat dont la vieille dame a évoqué l'existence s'est évidemment avéré être une parfaite arnaque et il va désormais lui falloir réparer les pots cassés.

Fébrile, Joséphine appuie une première fois sur la sonnette et patiente devant la porte.

D'habitude, Madeleine vient elle-même lui ouvrir en claironnant « Entrez, entrez » d'une voix chantante depuis le couloir.

Mais aujourd'hui, elle ne distingue aucun bruit dans la maison et, cinq minutes plus tard, la vieille dame n'a toujours pas fait son apparition.

L'auxiliaire de vie vérifie que les volets sont ouverts et sonne une deuxième fois.

Peut-être Madeleine a-t-elle oublié l'intervention? Il est déjà arrivé à Joséphine de trouver porte close. Dans ce cas, le protocole de l'association est clair : il lui faut patienter quinze minutes, laisser un avis de passage dans la boîte aux lettres de façon que l'association puisse facturer la prestation à l'usager et, par la même occasion, rémunérer l'auxiliaire de vie qui a effectué le déplacement.

Néanmoins, est-ce bien raisonnable de partir sans savoir où est Madeleine? Sa bénéficiaire a pu faire une chute ou un malaise. Elle est censée être équipée d'un bracelet de téléalarme lui permettant de prévenir l'association en cas de chute mais combien de personnes âgées oublient de le porter? Si ça se trouve, la vieille dame est en ce moment même allongée au milieu de son salon, attendant que quelqu'un lui porte secours.

Joséphine essaie de garder son sang-froid mais ne peut s'empêcher d'imaginer le pire.

Aussi tambourine-t-elle à la porte, tout en s'annonçant.

— Madeleine, c'est Joséphine, vous m'entendez?

Apercevant le voisin de Madeleine, Joséphine l'interpelle mais celui-ci lui indique ne pas avoir aperçu la vieille dame ce matin.

Elle essaie d'ouvrir la porte mais celle-ci est fermée à clé.

S'il lui est arrivé quelque chose, elle est sûrement en train d'endurer l'angoisse et la douleur.

L'auxiliaire de vie fait le tour de la maison afin d'avoir une chance d'observer le salon de Madeleine mais n'aperçoit pas sa bénéficiaire.

Ses appels téléphoniques restent, eux aussi, sans réponse.

Il y a un truc qui cloche, Joséphine en est convaincue.

Constatant que chacune de ses tentatives est restée vaine, l'auxiliaire de vie décide, en accord avec le bureau de l'association à qui elle vient d'expliquer la situation, d'appeler les pompiers.

Elle ne partira pas d'ici sans s'être assurée que Madeleine va bien.

Quelques minutes plus tard, les pompiers arrivent toutes sirènes hurlantes devant la maison.

— Ça fait trois quarts d'heure que je suis là et elle ne répond pas, leur explique Joséphine.

— On a ce qu'il faut pour entrer, lui explique l'homme en uniforme tant en allant chercher son matériel.

Sans perdre de temps, les secouristes s'apprêtent déjà à défoncer la porte pour entrer lorsque, tout à coup, Madeleine apparaît derrière ses rideaux.

Elle est debout, elle va bien, songe aussitôt Joséphine.

Pour autant, elle sent sa gorge se serrer et se sent profondément mal à l'aise.

La vieille dame ouvre la porte et s'adresse d'abord au groupe de pompiers.

— Inutile de dégrader ma porte d'entrée, je vais très bien et je regrette que vous vous soyez dérangés. Vous pouvez partir, leur explique-t-elle le plus calmement du monde.

Puis elle se tourne vers Joséphine et cette dernière perçoit un regard dur qu'elle ne lui a jamais connu.

— Vous n'auriez pas dû appeler les pompiers. Vous auriez dû laisser l'avis de passage et partir.

Madeleine est méconnaissable.

— Vous n'auriez dû faire que votre travail, Joséphine. Uniquement votre travail.

L'auxiliaire de vie le sait : Madeleine ne fait pas seulement allusion à l'intervention des pompiers.

Elle a semé le désordre dans sa vie, en même temps qu'elle a ravivé d'anciennes blessures. Cette intrusion lui paraît tellement grotesque désormais. Elle est pourtant la mieux placée pour savoir à quel point les relations d'un parent avec son enfant peuvent être compliquées.

Pour quelles raisons s'est-elle fait un devoir de réparer la vie des autres ?

— Vous allez appeler l'association et leur expliquer que vous ne souhaitez plus travailler chez moi, lui ordonne-t-elle.

Malgré sa colère, sa bénéficiaire a à cœur de ne pas créer trop de problèmes à Joséphine. Autant Gaston se montre coutumier des récriminations vis-à-vis des aides à domicile, autant ce comportement ne ressemble pas à Madeleine. Et si la demande émane de la vieille dame elle-même, cela ne manquera pas d'attirer l'attention de l'association. Aussi juge-t-elle préférable que cette initiative provienne de l'auxiliaire de vie elle-même.

Face à Madeleine, Joséphine ne trouve pas la force de protester ou de justifier son attitude.

Sa conduite est indéfendable.

Elle a réussi à braquer la plus joviale et la plus conciliante de ses bénéficiaires.

Les pompiers, encore présents, assistent à la scène, incrédules. Il en va de même de quelques voisins qui, alertés par la sirène, sont sortis et se sont rapprochés de la maison afin de comprendre ce qu'il s'y tramait.

— Allez-vous-en.

Mais la jeune femme n'a que faire de ce que tous ces spectateurs pourront en penser.

— Je ne veux plus vous voir, conclut-elle.

Elle se fiche en revanche beaucoup moins de ce qui est en train de se jouer entre Madeleine et elle.

Chapitre 55

Joséphine regarde attentivement le montant de ses dépenses, dont elle ne pensait pas la liste aussi longue.

Son autorisation de découvert a largement été dépassée et son conseiller financier a paru particulièrement agacé qu'elle n'ait donné suite à aucune de ses sollicitations.

Les courriers que lui a adressés sa banque sont restés sans réponse de sa part, de même que les mails. Quant aux alertes qui sont, semble-t-il, apparues sur son espace en ligne, elle n'a pu les apercevoir car elle ne s'y est pas connectée depuis six mois.

Bouleversée par tous ces élans qui changeaient sa vie, éprise de ces nouvelles rencontres, Joséphine a oublié d'établir mensuellement une balance entre les recettes et les dépenses.

Car quand Joséphine va bien, Joséphine est riche.

La jeune femme n'a jamais vraiment été amie avec les formalités administratives et mesure désormais ce que cette inimitié risque de lui coûter.

Sans compter que le chèque émis pour l'acquisition de la camionnette n'a pas encore été présenté à la banque. Que va-t-il se passer lorsqu'il apparaîtra sous les yeux de son banquier ?

Inutile de songer à demander l'aide de son père. Hervé Le Bihan l'a déjà tirée d'affaire à plusieurs reprises et cette fois-ci, elle est partie en se promettant qu'elle allait s'assumer et s'en sortir toute seule comme une grande.

Le paiement de ses heures supplémentaires mettra sans doute un peu de beurre dans les épinards mais il sera largement insuffisant pour couvrir le solde débiteur de son compte courant.

Et, en tout état de cause, malgré le nombre d'heures qu'elle déploie de façon hebdomadaire, son contrat n'est toujours qu'un temps partiel et son taux horaire est à peine plus élevé que celui du SMIC. Et, lorsqu'on ajoute à un maigre salaire des temps de trajets qui ne sont qu'injustement rémunérés, on arrive à faire du métier d'auxiliaire de vie une profession de laquelle il est difficile de vivre.

L'association qui l'emploie n'en est pas responsable, la faute échoit davantage à un système insuffisamment financé par les pouvoirs publics. Et dans la mesure où Joséphine a superposé à cette triste réalité des dépenses dispendieuses, il n'est guère étonnant qu'elle ait eu à subir le courroux de la Banque populaire de Bretagne.

Il ne lui reste plus qu'à demander une avance sur salaire à son employeur et un arrangement pour le paiement des prochains loyers à François. Si elle lui explique posément la situation dans laquelle elle se trouve, il comprendra.

Certains particuliers recherchent souvent des personnes comme elle pour effectuer quelques heures de ménage. Il ne va pas être évident de les caser dans son emploi du temps mais en ajoutant ces petits boulots à son emploi, elle devrait pouvoir s'en sortir.

Si la situation est grave, elle n'est pas désespérée, songe-t-elle.

Chapitre 56

— Monsieur Receveur ? François Receveur ?

— Qui le demande ?

— Hervé Le Bihan, lui explique une voix grave à l'autre bout du fil. Je suis le papa de Joséphine. Votre locataire.

— Comment avez-vous eu mon numéro ? lui demande François.

— J'ai trouvé vos coordonnées sur Internet. Je suis inquiet pour elle, souffle-t-il.

Moi aussi, songe François.

— Pourquoi ne pas la contacter directement ? s'étonne le propriétaire.

— Ça fait six mois qu'elle ne prend plus mes appels, pas plus qu'elle ne répond à mes messages.

Ce n'est pourtant pas faute d'avoir son téléphone greffé dans la main droite…

— Je sais qu'elle est venue dans les Vosges pour rejoindre un homme, lui affirme Hervé Le Bihan.

— Joséphine a un copain, je ne vois pas vraiment où est le problème, le coupe immédiatement François.

Ce dernier refuse de s'immiscer dans ce duo père - fille.

Peut-être Joséphine a-t-elle une bonne raison de ne pas prendre les appels de son père ? Peut-être l'a-t-elle fui pour des motifs qui lui appartiennent et sur lesquels il n'a pas à porter de jugement de valeur ?

— D'après ce que j'en sais, ce n'est pas vraiment son petit copain, le corrige-t-il. C'est une passionnée ma Joséphine…

Sur ce point, Hervé Le Bihan n'a pas complètement tort. Mais il n'en demeure pas moins que François ne connaît rien ou presque de la relation de Joséphine et de son père.

Mieux vaut afficher une distance de façade. Et il maîtrise cet art-là à la perfection.

— Je crois que cette histoire-là ne vous concerne ni vous, ni moi.

— Je veux juste la protéger. C'est une gentille, ma Joséphine. Mais je la connais et je sais qu'il lui faut un rien pour que la machine s'emballe…

Ainsi, le père de Joséphine a cerné les tenants et les aboutissants de cette histoire tordue et, en dépit de la méfiance qu'il affiche, il reconnaît à son interlocuteur l'authenticité de ses propos.

— Je suis malade, lui explique-t-il en toussant bruyamment.

— Joséphine le sait ? l'interroge François.

— Oui. Je le lui ai expliqué dans mes messages. Et j'ai plus que jamais besoin d'elle.

Ainsi, Joséphine a sciemment abandonné son père souffrant.

Voilà encore une conduite que François ne parvient pas ni à expliquer ni à justifier. Pour autant, il se garde de s'en offusquer auprès du père de la jeune femme.

— Je lui passerai le message.

— Je veux juste retrouver ma Joséphine, lui dit son interlocuteur d'une voix faible.

François croit distinguer quelques sanglots à l'autre bout du fil et ne peut s'empêcher de ressentir un sentiment de pitié vis-à-vis de cet homme.

— Je comprends.

— Ça fait maintenant six mois que je n'ai plus aucune nouvelle d'elle.

Il synthétise les informations qu'il reçoit les unes après les autres.

Joséphine est venue s'installer dans les Vosges pour un petit copain qui n'est pas vraiment son petit copain et cela fait maintenant six mois qu'elle ne donne plus aucune nouvelle à son père.

Bon sang ! Six mois sans donner aucune nouvelle à un père qu'elle sait souffrant ! Il entretenait une relation si chaleureuse avec son propre père que cela lui paraît complètement délirant. Toutes les apparences jouent décidément contre sa locataire. François sent la colère monter en lui mais s'efforce de garder la tête froide et de s'abstenir de tout jugement hâtif.

Après tout, qui est cet homme qui sort de nulle part et pourquoi accorder plus de crédit à sa parole qu'à celle de Joséphine qu'il côtoie maintenant depuis plusieurs mois ?

— Est-ce que je peux compter sur vous ? lui demande le père de Joséphine.

— Oui.

— Dites-lui que je l'embrasse et qu'elle me manque terriblement.

Les sanglots qu'il entend à travers le combiné sonnent juste et François n'y décèle aucune fausse note.

La jeune femme est capable d'inviter un parfait inconnu pour le réveillon de Noël parce que sa tristesse lui paraît insupportable et elle abandonne son père du jour au lendemain sans plus lui donner aucun signe de vie ?

— Je vais lui parler, lui promet François. Et je ferai attention à elle.

— Je peux vous donner un conseil ?

— Je vous écoute.

— Faites surtout attention à vous.

François le salue cordialement, met fin à la conversation et reste parfaitement interdit.

Les dernières paroles du père de Joséphine résonnent en lui comme un avertissement.

Loin d'être étouffée par les larmes, cette mise en garde était largement audible.

Mais qui est donc vraiment Joséphine Le Bihan ? se demande-t-il.

Chapitre 57

— Il faut que tu rappelles ton père, explique François à Joséphine.

— Mon père ? s'étonne-t-elle. Mais qu'est-ce que…

— On t'a accueillie mais on n'est ni ton passé ni ta famille, lui assène-t-il. Je l'ai eu au téléphone, il compte sur toi et il est fou d'inquiétude.

— C'est ce qu'il t'a dit ? Qu'il s'inquiétait pour moi ? raille-t-elle.

— Oui, Joséphine. Comme n'importe quel père s'inquiéterait pour sa fille ! Six mois sans lui donner aucune nouvelle, est-ce que tu te rends compte de ce que tu lui fais subir ?

Sous l'effet de la surprise, Joséphine esquisse un mouvement de recul. Elle peut tolérer qu'on lui adresse des reproches mais certainement pas qu'on la prenne en défaut au sujet d'Hervé Le Bihan.

— Justement. Ce n'est pas n'importe quel père !

Tout son corps est désormais tendu comme un arc.

Sans doute les effets de vingt-cinq ans de frustration qui sont en train de lui exploser à la figure. Vingt-cinq longues années sur lesquelles elle a cru pouvoir tirer un trait en s'installant ici.

Mais c'est sans compter sur l'opération séduction qu'Hervé Le Bihan n'a pas manqué de réaliser auprès de son propriétaire et, pour ce qui est de retourner toute situation à son avantage, son père est un as. Un tel génie de la manipulation qu'au terme de quelques minutes de conversation, il semble avoir réussi à rallier François à sa cause. De quel droit son père s'est-il permis de contacter son propriétaire ?

— Moi aussi, je me suis longtemps inquiétée à son sujet, figure-toi! Notamment parce qu'il a passé sa vie à me faire des promesses qu'il n'a jamais tenues.

La jeune femme se sent prise de tremblements et de vertiges. Ses lèvres tressaillent quand elle parle. Sans doute les effets d'un passé douloureux et traumatique dont elle ne s'est pas attendue à ce qu'il resurgisse maintenant, au milieu du salon de François. La rancœur monte en elle comme un puissant venin. Un poison qu'elle a cru pouvoir contrôler et enfermer dans une malle fermée à double tour mais qui s'insinue désormais en elle sans qu'elle soit capable de faire quoi que ce soit pour maîtriser son expansion.

— À 6 ans, poursuit-elle, j'ai attendu qu'il vienne voir mon spectacle d'école. À 10 ans, j'ai attendu qu'il me félicite parce que j'avais passé une classe. À 15 ans, j'ai attendu qu'il vienne me voir passer la ligne d'arrivée quand je suis devenue championne régionale d'athlétisme.

Le film de sa relation avec son père défile devant ses yeux en accéléré.

— À 22 ans, j'ai attendu qu'il m'encourage parce qu'au terme de ma quatrième année de médecine, je suis sortie major de promo. «Le niveau des étudiants a tellement baissé! Tu leur fais encore passer des examens? Autant leur donner leur diplôme tout de suite, n'est-ce pas Joseph?». Voilà la façon dont il m'a félicitée lorsque je me suis retrouvée, en sa présence, en face du doyen de la faculté. Je déployais des trésors d'ingéniosité pour l'éblouir mais rien n'était jamais assez bien à ses yeux! Au mieux, il minimisait l'ampleur de mes réussites, au pire, il jetait le discrédit sur elles. À 24 ans, quand j'ai eu un accident de voiture et que j'ai demandé à le voir, là encore, il a fallu que j'attende. Je suis restée hospitalisée durant deux semaines, je le voyais traverser le service plusieurs fois par jour, il me regardait droit dans les yeux à travers la porte vitrée qui me séparait du couloir. Pour autant, il n'a jamais daigné foutre un pied dans ma chambre!

— Je vois.

— Mais ça, bien sûr, ce n'est qu'un petit florilège, je n'ai gardé que le meilleur, ajoute-t-elle. Je ne compte plus le nombre de rendez-vous qu'il m'a fixés et qu'il n'a pas honorés sans pour autant s'en excuser, toutes ces fois où, pour apaiser sa hargne, il a fallu que je le rassure sur la quintessence de son être, toutes ces personnes de mon entourage qu'il dénigrait dans le but de se victimiser. À commencer par ma mère. Comme s'il n'avait pas pu la laisser là où elle était! Pendant ce temps, il a fallu que je m'oublie. J'ai passé ma vie à ramper auprès de lui, en attendant qu'il me dise «je t'aime».

— On n'a pas tous le même langage affectif. Tous les deux, vous avez du mal à vous comprendre...

— Il n'est pas question de ça! s'énerve-t-elle. S'il n'y avait eu entre nous qu'une vague indifférence, j'aurais pu le supporter. Mais ça ne s'arrêtait pas là. Il pouvait être cruel un jour et doux comme un agneau le lendemain. Il soufflait le chaud et le froid sans arrêt. C'était impossible de s'y retrouver!

C'est ce qu'elle a enduré pendant des années : des colères noires et des brimades injustifiées qu'elle ne pouvait ni comprendre ni maîtriser. Elle a cru longtemps en être la cause, raison pour laquelle elle n'a pas cessé de se plier en quatre pour apaiser une relation qui se voulait de plus en plus tumultueuse à mesure qu'elle s'émancipait.

— Il n'a jamais...

— Levé la main sur moi? Non, lui affirme Joséphine.

Le professeur Le Bihan avait une image sociale irréprochable qu'il tenait à tout prix à conserver. Son attitude relevait du châtiment psychologique mais jamais il n'aurait été jusque-là.

— Il était trop malin pour dépasser la ligne rouge, note François.

— Ce qui explique aussi que j'aurais pu essayer de crier au loup, personne ne m'aurait crue.

— Pourquoi ne pas t'être éloignée de lui?

C'est précisément ce que Joséphine avait voulu faire après avoir obtenu son baccalauréat. La jeune femme avait choisi la faculté de

Nantes. Mais Hervé Le Bihan avait refusé et l'avait inscrite d'office à la faculté de Brest. Elle dépendait de lui financièrement et n'était pas capable de s'assumer seule.

— «Je connais du monde à Brest», m'a-t-il dit comme si j'avais besoin qu'il connaisse le doyen de la faculté pour valider mon cursus universitaire. Surtout, il m'a affirmé qu'il avait besoin de moi et qu'il voulait garder sa petite fille auprès de lui… J'ai trouvé ça touchant! À plusieurs reprises, j'ai voulu quitter la maison et voler de mes propres ailes mais, chaque fois, il est parvenu à me retenir en sortant les violons. J'étais sa chose, son objet, sa proie. Bien sûr que je lui étais indispensable, il lui fallait quelqu'un à broyer.

— Tu prends sans doute les choses un peu trop à cœur, tente de tempérer François.

— C'est ce que je me suis longtemps dit : que c'était moi le problème. Que j'étais trop ceci et pas assez cela. J'ai l'impression d'avoir passé ma vie à lui courir après! Il y a six mois, j'ai réalisé que j'étais épuisée et que je n'arriverais pas à le rattraper.

— Mais c'est ton père… Tu ne peux pas le rayer de la carte! s'indigne-t-il.

— C'est impossible de discuter avec toi! D'après ce que j'en sais, tu avais une relation équilibrée et fraternelle avec lui et c'est tant mieux pour toi. Mais reviens sur terre. Tous les pères ne s'appellent pas René Receveur. Il y en a dont il faut se protéger, tu comprends? Peu importent les mentions qui figurent sur nos actes de naissance.

François se souvient de la conversation qu'ils avaient eue à son sujet lors du réveillon de Noël — le gouffre, la distance, le pont — et les choses lui semblent désormais un peu plus claires.

— Qu'est-ce qui a changé? Pourquoi avoir finalement pris la décision de partir? l'interroge son propriétaire.

— Il y a un an et demi, je devais présenter un mémoire devant un jury. Je venais de finir ma sixième année de médecine et cette soutenance devait me permettre d'intégrer le prestigieux cursus de cardiologie. Une spécialisation dans laquelle mon père avait précisément échoué. Cette fois-ci, j'étais sûre d'obtenir sa reconnaissance et son admiration. J'étais tellement impatiente! J'étais attendue à 14 heures à la faculté mais quand je suis arrivée, j'ai trouvé la porte close. Les locaux étaient presque déserts et personne n'était là pour m'entendre proclamer le fruit d'un travail que j'avais mis plusieurs mois à préparer. Je suis allée trouver l'un de mes professeurs dans son bureau. «Ta soutenance a été décalée à 9 heures, Joséphine. Le secrétariat de la faculté t'a envoyé un courrier à ce sujet, puis laissé un message sur ton répondeur. Je l'ai même rappelé hier à ton père quand je l'ai croisé!».

— Il a peut-être simplement oublié? hasarde François, fermement décidé à trouver des circonstances atténuantes à Hervé Le Bihan.

— Bon sang, François! Il a oublié le courrier, puis il a oublié le message vocal, puis il a encore oublié son entrevue avec mon professeur! Tu ne trouves pas que ça fait beaucoup d'oublis? On parle d'une soutenance de mémoire qui avait une importance décisive pour la poursuite de mes études! On ne parle pas d'un rendez-vous chez le coiffeur! Il n'avait jamais vu d'un bon œil que je suive une voie dans laquelle il avait échoué. Et plus l'échéance se rapprochait, plus il devenait hargneux. Il avait sans doute espéré que je me plante pour se gargariser encore davantage lui-même. Il me restait six longues d'années d'études à accomplir mais jusque-là, j'avais réussi. Mes examens, mes stages, j'avais tout validé.

— Tout n'était pas perdu. J'imagine que tu aurais pu négocier le report de la soutenance à un autre moment?

— Certainement, oui. Mais j'étais folle de rage et écœurée à l'idée d'avoir choisi cette voie-là. Après ça, je n'ai plus voulu entendre parler de cardiologie ni de quoi que ce soit d'autre. J'ai tout abandonné et je suis devenue auxiliaire de vie. Reste que je me sentais toujours verte de rage à l'idée qu'il ait voulu saboter mon cursus universitaire. Il y a six mois, j'ai décidé d'aller au front. Quand il est rentré ce soir-là, je suis sortie de mes gonds.

Jusque-là et par je ne sais quel miracle, il avait réussi à étouffer la moindre tentative de protestation mais cette fois-ci, il n'y est pas parvenu. Au terme de cette foire à l'empoigne, il m'a demandé de quitter la maison. Il m'a foutue dehors. Ce n'était pas la première fois qu'il me demandait d'aller dormir ailleurs. D'habitude, je partais pour la nuit, j'allais coucher chez une amie et je revenais le lendemain, une fois qu'il était calmé. Ce coup-ci, il avait préparé ma valise, il me l'a tendue et m'a fermé la porte au nez. C'était la fois de trop.

— Tu as pris ta voiture et tu as roulé jusqu'ici. Pour rejoindre Camille.

— Oui.

Joséphine est venue chercher auprès de lui l'amour que son père n'a jamais voulu lui donner, s'obstinant autant qu'elle s'est entêtée avec son père. Elle affiche une haute résistance à la douleur et peut endurer l'absence, la souffrance, la peur et le rejet. Ce faisant, elle reproduit un schéma qu'elle connaît parfaitement et dont les rodages sont parfaitement huilés.

Elle a attendu son père pendant toutes ces années. En attendre un autre, quel qu'il soit, pendant quelques mois, ne lui fait pas particulièrement peur.

— Camille n'est pas vraiment un homme. C'est le seul moyen que tu as trouvé pour te détruire, lâche-t-il.

Là où certains jettent leur dévolu sur l'alcool ou la drogue, Joséphine, elle, a choisi malgré elle de s'attacher à quelqu'un qui ne veut pas d'elle, s'enfermant dans une solide et tenace dépendance affective. Sans doute pour avoir toutes les chances de valider un constat qu'elle a maintes fois entendu et qu'elle a fini par tenir pour vrai. Celui qui veut qu'elle ne soit digne ni d'attention ni d'amour.

Nul besoin d'être psychiatre pour le comprendre.

— Camille n'a rien à voir là-dedans et je n'ai pas rendu les armes avec lui, rétorque-t-elle.

— Alors qu'as-tu l'intention de faire ?

— Je vais aller à sa rencontre.

— Quoi?! s'exclame François. C'est une plaisanterie?

— C'est ce que j'aurais dû faire dès mon arrivée ici.

— Il a menacé de porter plainte si tu prenais encore contact avec lui. Il te faut quoi de plus? Une condamnation pour harcèlement? Une injonction d'éloignement?

— C'était il y a un an, remarque la jeune femme.

Sa locataire ne semble pas vouloir comprendre et François commence à s'impatienter. La situation dans laquelle elle s'est mise dépasse l'entendement.

— Il a repris contact avec toi? Il t'a signifié son intention de te voir?

— Non, murmure-t-elle.

— Alors fuis, Joséphine. Laisse cet homme tranquille et pars. Cours! Cours aussi loin que tu peux.

Il faut qu'elle s'arrête immédiatement sous peine de s'exposer à de sérieux ennuis.

— Tu es en train de perdre la raison! ajoute-t-il.

— Je t'interdis de dire ça, crie-t-elle.

— Ouvre les yeux, Joséphine, tu ne fais plus partie de sa vie!

— Tais-toi! hurle-t-elle.

François regrette aussitôt ses dernières paroles.

De quel droit a-t-il osé lui dire une chose pareille?

Il lit aussitôt une peur terrible dans ses yeux et se montre convaincu d'avoir dépassé les bornes.

Il a été trop loin.

Beaucoup plus en tout cas que ce qu'elle est en mesure de supporter.

Chapitre 58

La visite de son fils aura sans doute mis un peu de baume au cœur de Louis, songe Joséphine en montant l'escalier qui mène jusqu'à son appartement.

La jeune femme lui doit une franche et honnête explication au sujet de sa conduite de la dernière fois.

Joséphine va lui expliquer que parfois, elle va bien, parfois, elle va mal. «C'est pareil pour tout le monde», lui dira Louis. Certes. Mais dans ces moments-là, Joséphine, elle, va un peu moins bien que les autres et devient parfaitement inaccessible. Un léger problème d'amplitude que son traitement était censé éviter. Là où la plupart des gens naviguent entre le tropique du cancer et le tropique du capricorne, la jeune femme vadrouille entre l'Arctique et l'Antarctique.

Et en ce moment, les sourires et les émotions positives sont cadenassés à l'intérieur et il lui est impossible de faire semblant. Elle rêverait de pouvoir donner le change mais sa part sombre prend une telle place qu'elle l'aspire tout entière.

La jeune femme ajoutera que son amoureux lui manque, que cette histoire est douloureuse, que ça remue à l'intérieur mais que Louis n'a rien à voir là-dedans.

Il posera sa main ridée sur la sienne en lui disant : «Ne vous inquiétez pas, Joséphine. Je suis là». Les rôles vont s'inverser et le monde va tourner à l'envers l'espace de quelques minutes seulement.

Elle éprouve énormément d'affection pour Louis et puisqu'elle n'est même plus capable de répondre à ses questions autrement que par «oui» ou «non», il mérite de connaître la vérité. Qui sait, le simple fait de vider son sac auprès de lui sera même peut-être salvateur.

En l'espace de 83 ans, Louis a certainement commis des erreurs lui aussi. Il pourra la rassurer et parodier Nietzsche en lui certifiant que «ce qui ne nous tue pas nous rend plus forts». Son bénéficiaire lui racontera un de ses chagrins d'amour et conclura en lui affirmant : «Vous voyez, je suis toujours là».

Le vieil homme n'a rien demandé à personne et n'est pas responsable de son état. Son bénéficiaire ne va pas retrouver la mini-tornade des premiers jours mais il saura que les sautes d'humeur de son aide à domicile ne lui sont, en aucun cas, imputables.

Joséphine frappe trois coups secs à la porte et attend que Louis vienne lui ouvrir.

Lorsque, caché derrière les rideaux, Louis aperçoit Joséphine se diriger vers son immeuble, il se retire doucement dans sa chambre. Son auxiliaire porte le même legging que la dernière fois et ne dit plus bonjour aux passants en souriant. Tout en elle respire la lassitude. La jeune femme porte même une capuche comme si elle tenait à se cacher afin qu'on l'oublie. Joséphine n'a jamais porté de capuche! Lorsque son auxiliaire de vie marchait sous une averse, elle virevoltait et donnait l'impression de danser sous la pluie.

La jeune femme lui semble méconnaissable. Si différente qu'il voudrait appeler le bureau de l'association pour leur dire «Ce n'est pas Joséphine. Où est passée Joséphine? Rendez-moi Joséphine!».

Louis ne veut pas avoir à se confronter à la détresse qui semble régner en elle. Le contraste est tellement saisissant avec son attitude habituelle que le comportement de la jeune femme l'attriste et l'angoisse en même temps. Sans doute sa solitude intérieure résonne-t-elle en lui plus fort qu'en n'importe qui d'autre.

Le vieil homme ne se sent pas de taille à y changer quelque chose. Que pourrait-il bien faire pour elle? S'il était le pitre de service, il le saurait. Elle doit avoir assez de soucis comme ça et il est inutile d'en rajouter.

Il s'allonge dans son lit et se tapit sous sa couette en attendant la fin de l'intervention.

Dès que Joséphine pénètre dans l'appartement, elle est happée par le silence.

Le même silence que celui qui enveloppait l'appartement lors de sa première visite.

La porte de la chambre est restée entrouverte et, lorsqu'elle s'en approche, elle peut apercevoir la même masse sous les draps.

Retour à la case départ. Inutile d'insister.

Elle aurait tellement voulu apercevoir son bénéficiaire mais, après tout, ne vaut-il pas mieux que Louis se protège d'elle?

Elle effectue son intervention en faisant le moins de bruit possible, puis s'approche du cahier de liaison pour y noter les tâches accomplies.

En y découvrant les derniers mots qui y sont inscrits, elle porte sa main devant sa bouche.

«Carole a disparu».

Alors qu'il entend Joséphine quitter son appartement, Louis pousse un long soupir.

Le vieil homme aimerait tellement prendre Carole dans ses bras. Mais sa toute belle, celle qui l'accompagne depuis vingt-cinq ans, s'est volatilisée. Sa petite tortue incarnait une présence, sa présence à lui. Sa lenteur était rassurante et lorsqu'elle levait sa tête minuscule vers lui, Louis avait le sentiment d'exister pour quelqu'un.

Il n'en veut pas à son auxiliaire de vie, non, pas le moins du monde. Il s'est tellement attaché à elle. Joséphine n'était pas comme les autres et ils avaient partagé tant de choses ensemble.

Entouré par ces gamins qui lui avaient posé toutes ces questions, il s'était senti utile et important.

Joséphine lui a redonné le goût d'entreprendre, de lire, de nourrir son esprit... Le goût de vivre. Avec elle, son existence semblait avoir un peu plus de sens.

Il voudrait tellement retrouver sa Joséphine lumineuse et pétillante. Celle qui avait fait un monologue à Carole la première fois qu'elle était venue dans cet appartement.

Mais cette Joséphine-là a disparu. Comme Carole.

Caché sous ses draps, Louis laisse silencieusement rouler des larmes le long de ses joues.

Chapitre 59

— Nous avons un problème de taille, expose la directrice de l'association à Joséphine.

La responsable pose son téléphone sur le bureau et l'avance vers l'auxiliaire de vie.

— C'est Bernard, le fils de Louis Abgrall, qui m'a envoyé cette photo, poursuit-elle.

Joséphine regarde longuement le cliché l'affichant avec un verre de Mojito à la main.

— Il prétend que vous avez travaillé chez son père en état d'ébriété.

— Quoi ?! s'étonne Joséphine.

Ainsi, le fils de Louis l'a injustement dénoncée auprès de l'association. Bien sûr qu'elle s'était montrée imprudente en prenant le volant ce soir-là. Mais jamais elle ne serait allée travailler chez un de ses bénéficiaires dans cet état. La jeune femme a du mal à en croire ses oreilles. Les déclarations de cet homme ne forment qu'un tissu de mensonges mais il a consciencieusement préparé toute éventuelle contre-attaque de l'auxiliaire de vie, allant jusqu'à la prendre en photo derrière son verre de Mojito sans qu'elle s'en aperçoive.

— Je n'ai pas fait part à Monsieur Abgrall des allégations de son fils mais lorsque je l'ai interrogé à ce sujet, il m'a répondu que ce jour-là, il ne vous avait pas trouvée comme d'habitude…

— Je vois.

Sans doute Bernard n'a-t-il pas supporté que Joséphine lui adresse des reproches au sujet du réveillon de Noël. Et il est vrai que, l'alcool aidant, elle n'y avait pas été de main morte. Heureusement qu'elle n'a pas été jusqu'à lui avouer qu'elle avait invité son père à réveillonner avec elle.

— Je ne suis pas là pour vous accabler, la rassure sa responsable. Je ne vous crois pas capable d'une chose pareille et je sais que Bernard Abgrall ment. Mais pour vous défendre, j'ai besoin de connaître la vérité.

Malgré ça, Joséphine reste parfaitement silencieuse. Il n'en faudrait sûrement pas beaucoup pour que l'association découvre que, ce soir-là, elle avait été arrêtée en état d'ébriété. Comment, dans ces conditions, espérer faire entendre la vérité ? Le concours de circonstances joue, de toute évidence, en sa défaveur.

— Écoutez, Joséphine, je connais la façon dont vous vous investissez dans votre travail depuis votre arrivée parmi nous. Bien que vous vous soyez abstenue de m'en faire part, je crois deviner ce que vous avez enduré auprès de Gaston Parisot avant qu'il ne vous adopte. J'ai conscience de tous ces remplacements que vous avez acceptés au pied levé sans que le délai de prévenance soit respecté et le nombre de jours et d'heures travaillés dans le mépris le plus complet des dispositions du Code du travail. Pour rendre service, pour faciliter la confection des plannings, pour pallier les arrêts de travail des unes et les incompatibilités d'humeur des autres. Vous n'avez jamais dit non, pas une seule fois. Je sais aussi que tous vos bénéficiaires vous apprécient. Et pour certains d'entre eux, le mot est faible.

De toute évidence, sa responsable a à cœur de la défendre et de sauvegarder sa place coûte que coûte. Elle fixe l'auxiliaire de vie assise sur sa chaise, muette et immobile.

Car quand Joséphine va mal, Joséphine se tait.

— On va se battre pour faire entendre la vérité. J'ai juste besoin que vous me fassiez confiance et que vous me racontiez ce qui s'est passé.

Mais se battre, c'est précisément ce dont Joséphine n'a plus envie. Elle est lasse. De faire la danse du robot à Monsieur Dufour quand il lui demande de l'aider à mourir, d'animer les conversations, de rendre les sourires, de se lever le matin…

— Je vais vous présenter ma démission, lui dit Joséphine, désormais pressée d'en finir avec cet entretien.

— Ces accusations sont graves mais on n'est pas obligées d'en arriver là.

— Ma décision n'est pas un aveu de culpabilité.

— Si vous changez d'avis, ma porte reste ouverte.

— Je ne changerai pas d'avis, lui affirme Joséphine.

Chapitre 60

Non, Joséphine n'est pas folle. Elle est juste folle de Lui.

Et Camille a juste besoin qu'elle lui rappelle que lui aussi est fou d'elle.

C'est pour lui qu'elle a chamboulé sa vie et, en dépit de ce qu'en pensent François et son père, elle est toujours convaincue de ne pas se tromper.

Elle consulte une nouvelle fois le profil Facebook qu'elle connaît désormais par cœur.

Aujourd'hui, c'est journée portes ouvertes chez Renault. Il vient de poster une publication à ce sujet.

Un signe, pense-t-elle. C'est un signe.

François a raison sur un point : elle s'est entêtée à l'espionner bien plus que de raison. Elle aurait dû venir bien avant et, désormais, il est temps de bousculer le destin. Gaston dirait qu'il est temps de lui donner un grand coup de pied au cul.

Autant parce que le poids du manque est devenu insupportable que parce qu'elle a construit sa vie autour de lui. Camille lui a demandé de ne plus le contacter, mais c'était il y a un an. L'eau a coulé sous les ponts. Il y a quelques mois, la distance les séparait. Aujourd'hui, elle est là et va donner tort à tous ceux qui refusent de lui faire confiance.

Oui, il a posté une photo de lui avec sa petite copine. Et alors ? Cette histoire n'a sans doute que quelques jours, quelques semaines tout au plus. L'Autre n'est probablement qu'une rustine, une roue de secours, un pensum qui ne peut pas faire le poids face à la puissance de leur attachement.

Elle n'a pas pu se fourvoyer à ce point, c'est impossible. Ils sont faits pour être ensemble et personne ne l'a compris.

Joséphine gare sa voiture devant le garage et attend quelques minutes avant d'en sortir.

Peut-être Camille l'a-t-il aperçu dans sa voiture ? Peut-être va-t-il sortir sur le parking pour l'accueillir et discuter cinq minutes avec elle ?

Voyant que rien ne se passe, elle se décide à franchir la porte de la concession.

Il discute avec un client potentiel et lève les yeux vers elle.

Son regard est fait d'un mélange de surprise et d'étonnement.

Dès qu'il aura terminé, il va venir vers elle, la regarder longuement et, sans rien ajouter, il l'embrassera. Car c'est ce qu'il veut aussi, c'est une évidence. Vu la façon dont il la fixe, il ne peut pas ne pas l'avoir reconnue.

Le temps lui paraît interminable.

Camille jette de temps à autre des coups d'œil dans sa direction et paraît pressé d'en finir avec ce client pour la retrouver, elle.

Il doit être si impatient !

Elle détaille le mouvement de ses lèvres quand il parle, sa façon de passer sa main dans ses cheveux et de redresser ses lunettes sur son nez.

Elle voudrait arrêter le temps pour ne plus cesser de le regarder.

Camille est là, en vrai.

Joséphine essaie de rester aussi statique que possible pour ne pas faire transparaître son stress et serre très fort les lanières de son sac à main pour masquer le tremblement de ses mains.

Enfin, il sourit poliment à son client et le salue.

La jeune femme a soigné son allure, en enfilant sa plus belle robe et ses bottes à talons, et s'aperçoit qu'un immense sourire s'est dessiné sur ses lèvres.

Elle avait imaginé autre chose qu'un garage Renault pour leur première rencontre. Un chouette endroit, une belle journée d'hiver, un froid sec et mordant. Elle n'aurait pas fait la difficile et se serait abstenue de demander un goûter ou un panier pique-nique, se contentant de sa présence à lui. Mais, peu importe, au milieu des Twingo et des Scenic, ce sera aussi bien.

Elle a tellement rêvé de cette première fois !

— Bonjour, lui dit-il. En quoi puis-je vous aider ?

Elle a l'impression de jouer une partie de poker mais dont elle connaît déjà l'issue.

C'est maintenant ou jamais.

— On se tutoyait par le passé, lui répond-elle du tac au tac. Ça fait longtemps, n'est-ce pas ?

Il lui adresse le même regard que celui lancé lorsqu'il l'a vue entrer dans la concession et elle le voit reculer d'un pas. Il ne doit pas en croire ses yeux et veut probablement la détailler de haut en bas pour savourer, comme elle, cet instant délicieux.

Lui aussi avait rêvé d'autre chose. Un truc plus glamour. Lui aussi aurait voulu que ce moment-là ressemble à un feu d'artifice. Ils sont tellement synchrones qu'il avait imaginé la même chose qu'elle. Mais il ne va pas lui en tenir rigueur. Ils ont toute la vie devant eux pour faire péter des fusées.

Camille regarde à droite et à gauche et semble surpris.

Logique. Il ne s'attendait probablement pas à recevoir sa visite. Peut-être aurait-il voulu porter autre chose que des chaussures de sécurité assorties à la veste réglementaire portée par tous les employés du garage Renault ? Il aurait voulu mettre un peu de gel dans ses cheveux et soigner sa tenue en sélectionnant un beau polo ou même une chemise.

Peut-être que se rendre sur son lieu de travail n'était pas une si bonne idée que ça ? se demande-t-elle tout à coup. Elle aurait peut-être dû le prévenir et convenir d'un rendez-vous.

— On peut se retrouver après ta journée de travail, si tu préfères ? lui demande-t-elle.

Camille passe sa main dans ses cheveux, puis finit par lâcher :

— Qui êtes-vous ?

— Oh ! Je t'en prie, ne joue pas à celui qui ne me reconnaît pas ! C'est moi, Joséphine ! Tadam ! s'exclame-t-elle en arborant un immense sourire. Tu finis à 18 heures, il me semble ? Il est 17 h 54. Alors dans six minutes, je te propose d'aller boire un verre, manger un morceau, dans un resto ou ailleurs. On peut aussi aller randonner, regarder les étoiles, allumer un feu de camp, manger des guimauves. Tu as carte blanche pour établir le programme ! C'est toi qui...

— Comment connaissez-vous mes horaires de travail ? Non... je ne veux pas le savoir. Peu importe. Écoutez, vous faites erreur. Vous devez me confondre avec quelqu'un d'autre. Ma fiancée m'attend sur le parking et je vais passer la soirée avec elle, lui dit-il en regardant en direction de la baie vitrée qui donne sur la rue.

— Mais...

— Je ne connais aucune Joséphine.

— Camille...

— Saluez-moi avec un sourire poli, sortez et ne remettez pas les pieds ici.

— S'il te plaît...

— Plus jamais.

Camille lui agrippe le bras et la serre si fort qu'il lui fait mal. Face à la fautrice de troubles qui se tient devant lui, son regard transpire la détermination.

— Vous m'avez bien compris ? ajoute-t-il en la regardant fixement, comme si elle était une enfant de cinq ans à qui il fallait répéter la consigne.

Son étreinte est si douloureuse qu'elle voudrait qu'il la desserre.

Quand, enfin, elle réussit à s'en défaire, il s'éloigne d'elle sans rien ajouter, jette un œil sur sa montre et va saluer ses collègues en plaisantant. Comme s'il avait déversé son agressivité à travers Joséphine et qu'il se sentait désormais délesté d'un poids.

Tout en caressant son bras douloureux, Joséphine s'éloigne à reculons, pousse la lourde porte de la concession et se retrouve sur le trottoir. Elle lance un regard discret en direction de sa petite amie.

— Qui est la jolie femme qui est venue t'aborder? plaisante celle-ci en feignant la jalousie lorsque Camille la rejoint devant la concession.

— Une cinglée qui croyait me connaître.

Chapitre 61

Joséphine gare son véhicule devant chez Gaston, se demandant encore de quelle façon elle va justifier sa venue chez lui. Qu'importe, elle trouvera n'importe quel prétexte pour s'introduire chez son ancien bénéficiaire. Lorsque les circonstances l'exigent, elle sait user de persuasion.

Son attitude va sans doute paraître grotesque au vieil homme mais elle fait fi de ce que Gaston pourra en penser. Ce dernier n'affectionne pas particulièrement les sensibleries et elle aura certainement à subir deux ou trois plaisanteries au sujet de l'étrangeté de sa conduite mais il lui faut pénétrer chez lui coûte que coûte.

Camille l'a rejetée, François ne la comprend plus, Madeleine et Louis ne veulent plus la voir.

Son propriétaire lui a suggéré de partir. Mais pour aller où exactement? En Bretagne? Certainement pas. Ailleurs? À quoi bon si c'est pour semer le désordre? Les cinglés comme elle n'ont leur place nulle part.

Il lui faut agir.

Elle sort de sa voiture et s'approche de la maison.

La lumière jaillit de la fenêtre oscillo-battante de la cuisine et de l'endroit où elle se trouve, elle distingue la voix de Gaston.

Mince! pense-t-elle. Il a de la visite.

S'il reçoit du monde, mieux vaut qu'elle revienne plus tard. Cela risque de mettre son plan en échec et elle n'aura pas droit à une seconde chance.

Pourtant, elle ne perçoit que la voix de son ancien bénéficiaire.

Fébrile, la jeune femme appuie un coup sec sur la sonnette.

— Bonjour Gaston, lui dit-elle lorsque le vieil homme apparaît à la porte.

— Joséphine ? s'étonne-t-il.

— Est-ce que je vous dérange ? Vous aviez de la visite peut-être ?

— Non…

— Je ne fais plus partie de l'association mais je tenais à vous dire au revoir, lui explique-t-elle.

— Entrez, je vous en prie.

Après qu'il lui a offert un café et avant qu'elle ne le quitte, Joséphine lui expose :

— J'ai une demande un peu étrange à formuler… Je suis partie de chez moi ce matin, je n'ai pas prévu de rentrer avant ce soir et j'ai mes problèmes de fille, voyez-vous…

— C'est embêtant.

— Très embêtant, oui. Très très embêtant. Est-ce que je pourrais utiliser votre salle de bains ? S'il vous plaît ?

— Allez-y.

La jeune femme ne ressent pas la moindre culpabilité à l'idée d'aller lui voler une partie de son armoire à pharmacie. Après tout, Gaston refuse de prendre son traitement et dispose au moins de dix boîtes d'avance. Même s'il change d'avis, il aura largement de quoi soulager sa douleur.

Elle saisit plusieurs plaquettes de comprimés, les cache dans son sac à main, salue poliment le vieil homme puis tourne les talons.

— Colette ! C'était Joséphine ! expose Gaston, une fois seul. Tu sais, je t'ai déjà parlé d'elle. C'est la jeune femme qui intervenait chez nous avant sa grognasse de remplaçante qui oublie de faire la poussière sur le dessus des portes. Joséphine ne fait plus partie de l'association et elle est venue me dire au revoir. C'est gentil, hein? Elle n'avait pas l'air dans son assiette et pour quelqu'un qui venait me faire la conversation, elle n'était pas bien bavarde... Si tu l'avais connue, je suis sûr que toi aussi, tu l'aurais trouvée sympa, Joséphine. Ça a mal commencé mais j'ai fini par l'apprécier. Oui... Je l'aimais bien, Miss Tréguennec. C'est comme ça que je l'appelais pour la faire enrager. C'est grâce à elle que j'ai fait la connaissance de François et que j'ai retrouvé Louis et Madeleine. Tu te souviens de cette escapade à la Piquante Pierre? Tu sais, ce jour où j'ai montré mon brassard FFI et ma musette de maquisard à ces gamins, tu te souviens? J'étais fier comme un coq! Voilà, ça, c'est grâce à Joséphine. L'association «Du côté de chez vous» n'en croirait pas un mot mais elle me manque. Tu te rends compte Colette? Elle me manque. Parce que c'est un sacré petit bout de femme cette gosse...

Le vieil homme marque une pause puis reprend:

— Même si, derrière son assurance et son entrain, il y a une fêlure. Elle souffre, Colette. Elle souffre terriblement. Je suis peut-être bourru mais j'ai vu clair dans son jeu. Tu crois que je pourrais faire quelque chose pour l'aider? Je vais appeler François pour savoir ce qu'il en pense. Je l'apprécie ce gars-là. Voilà, c'est ça, je vais appeler François. Ils sont comme cul et chemise ces deux-là. Il saura quoi faire. Je l'appellerai demain. T'en penses quoi Colette? Ça peut attendre demain, hein?

Chapitre 62

Joséphine est fatiguée de lutter. Lasse d'essayer de paraître à peu près normale dans un monde dans lequel elle n'a jamais rien compris. Elle ne sortira pas gagnante de la bataille que la vie a engagée contre elle. Car c'est bien ce dont il s'agit : d'un combat. Entre Joséphine et le reste du monde, il n'est plus question d'une cohabitation harmonieuse mais d'un affrontement permanent.

Elle est arrivée dans les Vosges avec sa petite valise sous le bras et une bonne dose d'espoir quant à une vie meilleure. Mais une fois de plus, elle a tout gâché. Ce ne sont pas tant ses propres blessures qui la remuent. Non. Car elle a l'habitude de se faire du mal, Joséphine. Les cicatrices qu'elle porte sur le poignet sont là pour en témoigner.

Elle a passé sa vie à se mépriser.

Vingt-cinq ans, c'est long quand on se déteste.

Plus encore, il lui a fallu gâcher aussi la vie des autres. Elle repense à tous ces moments où elle aurait pu faire autrement mais ils sont trop nombreux. Chacun de ses choix l'a enfoncée un peu plus.

Si seulement elle n'avait pu s'en prendre qu'à elle !

Un bulldozer. C'est ainsi que Joséphine se sent : comme une immense machine qui massacre tout sur son passage.

La jeune femme descend la route du col de la croix des Moinats en direction de Vagney où l'éclairage public est quasiment inexistant.

Ses pensées l'absorbent tout entières.

Avançant dans la nuit sombre et laissant son instinct la guider, elle perd presque la conscience de l'endroit exact où elle se trouve et étouffe l'idée de celui où elle se rend.

Elle chemine sans larmes, sans sanglots, sans cris. Toute sa tristesse reste coincée à l'intérieur. Elle ne veut plus en laisser une miette nulle part. Mieux vaut l'emporter avec elle pour partir en faisant le moins de bruit possible et cesser de semer le désespoir. Pleurer, ce serait prendre le risque de l'expulser et de changer d'avis.

La végétation devient hostile. Les ronces lui écorchent les jambes et les cailloux lui griffent les pieds car elle n'a même pas pris le temps d'enfiler une paire de chaussures.

Pour autant, elle ne cherche pas à esquiver la difficulté du terrain sur lequel elle se trouve. Elle se fiche d'avoir mal. Cette douleur-là est bien moindre que celle qui gronde au fond d'elle et elle veut se faire au moins autant de mal qu'elle a esquinté la vie des autres.

Ses vêtements sont détrempés et le vent lui gifle le visage mais les éléments n'ont plus aucune prise sur elle. D'une certaine façon, elle est déjà partie.

Le flot de ses pensées défile lentement et le contraste est saisissant avec l'agitation qui a caractérisé ces derniers mois.

On l'a souvent décrite comme originale et décalée, mais ça, ce sont les termes qu'on emploie pour ceux qui ne rentrent pas dans le cadre. Voilà, c'est ça : Joséphine ne rentre pas dans le coffrage. Elle a beau se contorsionner dans tous les sens, il y a toujours un truc qui dépasse ou qui ne va pas dans le bon sens. Chez les autres, c'est dans l'ensemble uniforme ou plus ou moins proportionné. Chez elle, il y a trop de fêlures internes. Inutile d'essayer de bricoler et de rafistoler, elle se sent comme irrémédiablement brisée.

La vie lui paraissait pourtant si douce il y a quelques semaines encore.

«Elle n'est pas belle, elle est truculente». C'est en ces termes qu'elle l'avait formulé dans une de ses lettres à Camille.

La jeune femme songe à Madeleine, à son regard lorsqu'elle lui a déclamé «Je ne veux plus vous voir», à François qui lui a affirmé qu'elle ne faisait plus partie de la vie de Camille, à Louis qui pleure, caché sous ses draps.

Elle a tout saccagé et les a brisés un par un.

Heureusement, François a fait le nécessaire pour effacer les dettes qu'elle a contractées, en honorant lui-même le chèque sans provision auprès du garage Renault. Parce que si Joséphine s'était débrouillée seule, elle aurait laissé une ardoise et, même partie, aurait continué à emmerder le reste du monde.

Le solde créditeur de son compte se trouve être à son image : il n'y a rien à convoiter.

Il fallait profiter ma belle, désormais, le jeu est terminé, pense-t-elle.

Désormais, Joséphine n'a plus ni boulot, ni argent, ni maison. Elle ne sait même plus vraiment qui elle est et murmure pour elle-même les derniers mots que son père a prononcés avant de jeter sa valise sur le trottoir.

« Tu veux rejoindre un homme ? Qu'à cela ne tienne.

Ne lui montre pas trop vite qui tu es, Joséphine.

Car sitôt qu'il le découvrira, il partira ».

Elle sort son téléphone de sa poche, appelle sa messagerie vocale et écoute une nouvelle fois le message que son père lui a laissé hier.

« C'est vraiment ça que tu veux, Joséphine ? Tu veux m'abandonner comme ta propre mère m'a délaissé avant toi ? Depuis qu'elle a mis fin à ses jours, tu es devenue ma raison de vivre. Tu n'avais que trois ans, elle a connu une énième dépression et elle est partie sans crier gare. Une fois de plus, j'ai été la victime collatérale de ses erreurs et il a fallu que j'en assume les conséquences. Depuis ce jour-là, je n'ai pas ménagé ma peine pour t'offrir tout ce dont tu avais besoin. Au premier chef, l'équilibre dont ta mère a toujours manqué. Mais plus tu grandissais, plus tu lui ressemblais. Je n'ai jamais supporté de la voir dans ton regard et la deviner dans ta silhouette. Tu adorais la vie un jour, tu la détestais le lendemain. C'était tellement fatigant de vivre à tes côtés, Joséphine ! Je comprends maintenant que je ne peux plus rien pour toi parce que tu es aussi cinglée qu'elle ».

Elle éteint son téléphone et le jette dans un buisson.

Que dirait sa maman si elle la voyait? Lui murmurerait-elle qu'elle avait sa place ici, qu'il fallait qu'elle se donne une chance, qu'elle n'y arriverait pas toute seule mais que ça valait le coup d'essayer?

Combien de fois aurait-elle fait couler ses larmes si elle avait dû ne pas les quitter si tôt?

Elle ne lui en a jamais voulu d'être partie si vite. Au contraire, elle comprend désormais, avec davantage d'acuité encore, que par le passé, les raisons qui ont pu la conduire à mettre fin à ses jours.

Ses longues expirations traduisent un profond désespoir mêlé à une sorte de paix intérieure.

Le tribut est beaucoup trop lourd à payer.

«Qui êtes-vous?». Les mots de Camille martèlent encore son corps, son cœur et son esprit. Ses yeux et ses gestes avaient trahi une telle hargne.

La voilà presque arrivée au centre de Vagney. Être là, c'est être encore un tout petit peu avec Lui. Il n'y a qu'ici qu'elle se sent en sécurité. C'est pour lui qu'elle est venue dans les Vosges et cet homme est devenu une partie d'elle-même. Elle aurait pu pallier l'indifférence, composer avec le silence, s'accommoder d'une certaine insensibilité mais ne peut vivre avec le rejet.

S'agrippant à lui aussi fort que possible, la jeune femme a, petit à petit, dressé des murs autour d'elle. Une forteresse si grande que plus personne n'a été en mesure de comprendre ce qui était en train de jouer derrière les larges murs de pierre. Et l'oublier, c'est laisser la place à un vide qui est, ô combien, plus angoissant.

Elle avait cru pouvoir combler les trous et boucher les failles mais rien n'y fait. Elle ne peut pas vivre sans Lui. Et surtout, elle ne veut pas avoir à le faire.

Joséphine rejoint le petit cabanon et s'assoit à même le sol.

L'idée même de mourir lui a effleuré l'esprit tellement de fois qu'elle lui paraît naturelle. Sans ressentir aucune peur, la jeune femme ferme les yeux et tâte la poche de sa jupe afin d'y vérifier la présence des comprimés.

«Vous avez besoin d'une béquille». C'est ce que lui a dit son médecin la dernière fois qu'elle l'a vu. C'est vrai qu'elle a besoin d'une canne, Joséphine. Elle claudique. Mais ce soir, elle l'a trouvé sa potence.

Inutile d'essayer de se rafistoler en appelant la chimie ou la psychiatrie à la rescousse. En elle, il n'y a plus ni de petite étincelle ni la dose de hargne suffisante. Ça, ce sont des rustines que l'on applique sur des âmes qui ne sont pas irrémissiblement brisées. La sienne ne vaut pas la peine que quiconque s'y intéresse.

Son horizon à elle est complètement bouché. Au loin, il n'y a plus une seule éclaircie. Elle n'arrive plus à penser qu'elle connaîtra des jours meilleurs. Non, ça ne passera pas. Pas cette fois-ci.

Joséphine affectionne les solutions radicales. C'est son côté sans nuance et sans concession. Mais ça a du bon de se montrer dur avec soi-même. Son intransigeance la rend plus obstinée et plus entêtée que n'importe qui d'autre. Il est temps de faire quelque chose de ce profond dégoût d'elle-même.

Voilà pourquoi elle ne disait jamais à ses vieux comme elle aimait les appeler : «je ne veux pas vous entendre dire que vous voulez mourir, vous verrez, ça ira mieux demain». Il est des peines qu'il faut accueillir et des chagrins qu'il faut prendre à bras-le-corps.

Elle saisit les plaquettes de médicaments et porte les comprimés à sa bouche.

Un comprimé

Ses gestes sont lents mais aucun d'eux n'est dicté par la peur.

Deux comprimés.

Elle se sent comme lestée.

Trois comprimés.

Un poids, voilà ce qu'elle est. Quelque chose de trop lourd à porter.

Quatre comprimés.

J'arrive ma petite maman.

Chapitre 63

— François ? C'est Gaston, lui dit le vieil homme. Que se passe-t-il ?

Alors que son interlocuteur lui explique la situation, le vieil homme lâche une bordée de jurons et converse quelques minutes avec François.

— Je l'ai vue en fin de matinée, lui explique le nonagénaire.

— Pour une intervention ?

— Non, elle m'a expliqué qu'elle ne faisait plus partie de l'association mais qu'elle tenait à me dire au revoir. Ça m'a semblé bizarre mais que voulez-vous... Je me suis dit que ça devait avoir de l'importance pour elle...

— Comment l'avez-vous trouvée ?

— Elle n'avait pas l'air dans son assiette...

— Effectivement...

— Que lui est-il arrivé ?

— Elle va mal... Vraiment très mal.

— Au point de... ?

— Oui, au point de. Elle s'est enfuie de la maison vers 16 heures. Je viens de la retrouver inconsciente et j'ignore ce qu'elle a avalé. Elle vient d'être conduite à l'hôpital de Remiremont.

— Attendez deux minutes... Lorsqu'elle est venue, elle a voulu utiliser la salle de bains...

— La salle de bains ?

— Elle m'a dit qu'elle avait ses problèmes de fille.

— Mais quel rapport avec...

— Ne raccrochez pas, l'interrompt Gaston. Je vérifie quelque chose.

Au vu du bruit, François a supposé qu'il s'était précipité vers un de ses placards dans le but d'en vider le contenu.

— Un, deux… trois, quatre…

— Gaston ?! Allô ?! Gaston ? Vous êtes là ?

— Nom de Dieu. Il en manque deux.

— Mais qu'est-ce que vous fabriquez ? Vous n'avez aucune idée de…

— Deux boîtes entières, l'a coupé Gaston. Il en manque deux… Elle ne voulait pas me dire au revoir. Elle est venue pour piquer une partie de mon armoire à pharmacie. Elle a pris les médocs !

— Ok. Admettons. Quel médicament exactement ? Vos antidouleurs ? Oh, non… Ne me dites pas que…

— Si. La morphine.

— Elle s'est peut-être plantée sur le dosage ? questionne François.

L'homme évacue presque aussitôt cette hypothèse : Joséphine est aide à domicile et a six années de médecine derrière elle. Elle connaît la posologie du traitement en question et sait exactement combien de comprimés il fallait dérober à Gaston pour parvenir à ses fins.

Sans compter que d'après son interlocuteur, elle est pourvue d'une dose suffisante pour faire le grand saut et plonger dans son dernier sommeil.

François a questionné le vieil homme et ce dernier n'a laissé planer aucun doute à ce sujet.

— Il y en a assez pour en faire mourir deux.

Chapitre 64

— Vous avez de la visite, explique l'infirmière à Joséphine alors que celle-ci sort doucement d'un demi-sommeil.

La jeune femme esquisse un petit mouvement de tête et les aperçoit à travers la porte vitrée.

François, Madeleine, Louis et Gaston.

La soignante lui précise qu'elle n'est pas obligée de les laisser entrer et qu'elle peut les renvoyer chez eux.

— Ils comprendront, lui assure-t-elle.

En les apercevant là, elle se sent tout à coup comme un animal en cage. Une bête féroce atteinte de la rage qu'il ne faut surtout pas approcher. Ils ne doivent pas franchir le seuil de cette porte, songe-t-elle. À défaut de quoi elle risquerait de leur nuire à nouveau. Comment pourrait-il en aller autrement ?

N'osant même pas soutenir leur regard, Joséphine pivote dans son lit, de façon à leur tourner le dos.

Elle ne les mérite pas. Ni eux, ni personne d'autre.

Elle n'apprécie rien, ni le calme de cette maison de repos qui jouxte l'hôpital psychiatrique, ni la bienveillance et la chaleur dont le personnel l'entoure. Elle subit tout.

Ses consultations avec le psychiatre ne sont que du temps perdu.

Joséphine n'a pas envie de se victimiser auprès de lui. Non, le bon bagage ne lui a pas été remis pour pérégriner sur le chemin de la vie. Il est des paquets qui vous lestent plus qu'ils ne vous aident. Son trousseau à elle ne contenait pas le strict minimum pour voyager dans de bonnes conditions. Pour autant, elle ne veut en tirer aucune excuse, trouvant plus facile de s'accabler elle-même.

Le sommet de cette nouvelle montagne est impossible à gravir et elle se sent parfaitement incapable de déployer l'énergie qu'elle a dépensée ces derniers mois. Sa tentative de suicide n'est qu'un énième échec, le dernier d'une suite interminable.

— Il faut qu'elle se repose, explique l'infirmière aux visiteurs.

François la regarde longuement, sans parvenir à détacher son regard de son corps frêle, secoué de tremblements. Il aurait tellement de choses à lui dire.

— S'il vous plaît, Monsieur Receveur, insiste la soignante.

— Est-ce que vous pouvez lui donner ceci? lui demande François avant de quitter la maison de repos.

— Oui, bien sûr.

Joséphine ouvre délicatement la petite boîte laissée par ses visiteurs et en examine le contenu.

Madeleine y a laissé un catalogue La Redoute, Louis, une photo de lui avec Carole datée d'il y a trois jours, Gaston, le petit pinceau qu'il utilise pour nettoyer ses plinthes et François, un stylo quatre couleurs. Son préféré.

Elle la range immédiatement dans sa valise, comme si ces présents risquaient de lui brûler les doigts puis s'effondre sur le sol en émettant une longue plainte qu'elle ne parvient ni à étouffer ni à contenir. Le coup de semonce est tel qu'il la cloue sur place.

Joséphine est à terre. Au sens propre comme au figuré.

Jusqu'à maintenant, la douleur était restée coincée à l'intérieur, la privant de toute énergie et engourdissant chacun ses membres. Loin d'être vivace, elle s'était sournoisement répandue à travers son organisme comme l'aurait fait un anesthésiant.

La jeune femme avait dit «oui» lorsque le médecin lui avait suggéré de reprendre son traitement et «merci» lorsque les infirmières avaient fait preuve de gentillesse. Ce n'était pas l'envie d'aller de l'avant qui l'animait, pas plus que le besoin de tirer les conséquences de ses erreurs. Tel un automate programmé pour ne pas se rebeller contre les consignes qu'on lui donnait, Joséphine avait obéi et souri poliment. Mieux valait qu'elle se prive de son libre arbitre en s'enfermant dans la passivité la plus complète.

Désormais, elle se fait l'effet d'un immense brasier. François, Madeleine, Gaston et Louis viennent, à leurs dépens, de la sortir d'un dangereux alanguissement en allumant une mèche. Chacune de ses erreurs auprès d'eux a laissé la trace d'une brûlure sur sa peau et cette petite boîte en carton a fait office de combustible. Sa carapace n'est pas ignifugée et elle n'est pas équipée du matériel pour éteindre l'incendie.

Rongée par le mal qu'elle leur a causé, plus que par celui qu'elle s'est infligé à elle-même, elle pleure tout ce qu'elle aurait dû faire autrement.

Et plus que tout, Joséphine ne parvient pas à se départir de la colère qu'elle ressent vis-à-vis de François.

«Vous pourrez dire merci à votre ami. Vous lui devez la vie», lui avait affirmé le médecin.

Il l'a fait conduire trop tôt à l'hôpital. Les secouristes ont eu le temps de lui administrer un puissant antidote et elle n'arrive pas à le remercier de lui avoir sauvé la vie.

Elle voudrait lui hurler «Pourquoi ne pas m'avoir laissée là?».

Tandis qu'elle frappe le sol avec ses poings, elle sent à peine les bras qui la portent pour la ramener jusque dans son lit.

Joséphine n'a qu'une envie : sortir d'ici et recommencer.

C'est la dernière chose à laquelle elle songe afin de sombrer dans un sommeil imputable au puissant tranquillisant que deux infirmiers viennent de lui administrer.

Chapitre 65

— Tu as des nouvelles de Joséphine? demande Gaston à François.

— Elle est partie.

Il explique au vieil homme qu'il a voulu aller voir Joséphine à sa sortie de son séjour en maison de repos.

— Son père l'attendait. Elle est montée avec lui en voiture et elle est retournée en Bretagne.

— Son père?

— Oui, son père. J'imagine qu'elle a un passé à reconstruire.

— Un passé à reconstruire? répète Gaston comme un perroquet.

— J'aurais voulu que les choses se passent autrement mais c'est sa décision. Je suppose qu'elle a eu le temps d'y réfléchir et je ne peux pas aller contre ses choix.

— Tu n'as rien fait pour la retenir? s'énerve le nonagénaire.

— Elle a besoin d'aide, Gaston.

— Elle a besoin de toi! lui dit-il en tournant le dos.

Le vieil homme rejoint sa cuisine et crie à François depuis l'autre pièce :

— C'est couillon quand même!

Il revient sur ses pas puis ajoute :

— Tu écris toujours à ton journal?

— …

— Moi je passe la brosse à dents sur mes joints de lavabo en papotant avec Colette. Tu peux me le dire que tu écris à ton journal…

— Oui, oui, oui, j'écris toujours à mon journal! s'impatiente François.

Gaston lui tend un stylo quatre couleurs et une feuille de papier.

— Oublie ton cahier du jour et envoie-lui un arc-en-ciel.

Chapitre 66

Un an et demi plus tard, en octobre

Plus que trois kilomètres et Joséphine parviendra à destination.
Elle regarde le GPS et l'inscription qui y est affichée.
« Planois — arrivée à 8 h 32 ».

Cela fait deux ans jour pour jour qu'elle a débarqué dans les Vosges avec une valise contenant le strict minimum mais des idées plein la tête. Le périple qu'elle a entrepris aujourd'hui semble être l'exact opposé de ce premier voyage. Cette fois-ci, elle a emporté avec elle bien plus d'affaires qu'il ne lui en faudra mais son esprit est exempt de tout projet d'avenir.

Une fois sortie de l'hôpital, la jeune femme a rejoint sa Bretagne natale, ce choix n'étant pas motivé par une réelle envie de s'y reconstruire mais faisant plutôt figure d'option par défaut. Très vite, les mièvreries de son père, sans doute calculées, se sont envolées et ce dernier a minimisé l'ampleur des événements, allant jusqu'à les tourner en dérision.

« Il faut toujours que tu tires la couverture à toi, tu ne peux pas t'en empêcher », avait-il raillé.

François lui a heureusement assuré son soutien en lui écrivant des lettres et si elle a d'abord trouvé le procédé terriblement ringard, elle a fini par apprivoiser autrement l'image que cela renvoyait de lui. Elle se l'est alors représenté en train d'utiliser sa plus belle écriture, choisir ses mots puis les aligner pour construire de jolies phrases, faire une rature, jeter l'esquisse à la poubelle en râlant, recommencer, se relire, plier soigneusement la feuille et la glisser dans une enveloppe.

Joséphine, en foulant le papier que François avait lui-même touché, a fini par apprécier la proximité ainsi créée entre eux, bien qu'elle ne soit pas réciproque. Car en dépit du fait qu'elle ait conservé précieusement toutes ses lettres, elle ne lui a pas répondu. Pas une seule fois.

François lui a parlé de sa vie, de ses projets, des légumes qui poussaient dans son potager, des dahlias qu'il faudrait bientôt rentrer parce que l'hiver approchait, des étangs, des tourbières, de tous ces endroits insolites qu'il a découverts au gré de ses balades, de Théo qui avait trouvé sa vocation…

Elle n'avait pas fait preuve d'indifférence face à cette attention qu'il lui portait mais ne s'en était pas sentie digne et n'avait pas envie de lui avouer qu'elle ignorait la direction à emprunter. Cette épreuve lui a ôté le désir d'entreprendre quoi que ce soit et il règne encore un flou incroyable dans sa tête.

Plus encore, cet homme incarne un passé dont elle avait cru ne plus vouloir entendre parler. Plus jamais.

Pour autant, la jeune femme n'a pas eu le cœur de lui demander de la laisser tranquille, se figurant que François, se heurtant à son silence, finirait par s'essouffler puis par l'oublier.

Il s'est entêté, lui proposant de l'appeler si elle en avait envie et lui répétant, dans chacun de ses courriers, qu'elle était la bienvenue chez lui.

Restant sourde à ces sollicitations, elle n'a ni décroché son téléphone ni organisé de séjour à Planois. Elle désirait le revoir, elle en crevait même d'envie mais elle avait peur d'elle-même et la méfiance vis-à-vis de ses propres émotions dépassait de loin le plaisir qu'elle pouvait en retirer. Plaçant François et Camille sur le même plan, elle ne pouvait que se délecter de ces quelques suggestions couchées sur le papier, sans toutefois avoir la capacité de les concrétiser.

Le coût de cet attachement excessif s'était avéré être hors de ses moyens et pour rien au monde, elle ne souhaitait que la machine s'emballe une nouvelle fois. À la lecture de chacune de ses lettres, d'immenses voyants rouges s'étaient allumés dans son cerveau comme autant d'avertissements.

Tout ceci avait été vrai jusqu'à hier, jusqu'à ce moment où elle a ouvert sa boîte aux lettres en y découvrant une ultime lettre. Une missive qui ne ressemblait pas vraiment aux précédentes.

Elle a passé sa journée et sa soirée à la lire, puis à la relire, pour être sûre d'en appréhender la portée exacte, puis a pris la décision de partir au beau milieu de la nuit.

Elle s'est attendue à trouver ce périple long et pénible.

Ces derniers mois, les événements passés se sont imposés à elle comme autant de flash-back désagréables et traumatiques et, en revenant ici, elle avait d'abord eu l'impression de devoir lacérer au cutter une plaie qui n'était pas cicatrisée et dont sa peau fragile portait encore les stigmates.

C'est pourtant tout l'inverse qui se produit. Sans doute parce que François vaut largement quelques coups de canif. Il en vaut d'ailleurs tellement la peine qu'au lieu de sentiments désagréables se mêlent en elle une sorte de sérénité et un certain apaisement.

Cette fois-ci, son autoradio est resté éteint et, si ce n'est le doux ronronnement du moteur, le silence l'a accompagné durant tout le trajet, lui laissant ainsi le plaisir de savourer la quiétude de la nuit.

Une fois arrivée à Vagney, elle décide de faire une halte à la boulangerie pour y acheter deux croissants.

— Hey! Bonjour, Madame Joséphine! lui crie un petit mitron depuis l'atelier, séparé du reste de la boutique par une unique cloison en verre.

— Ça alors! Théo! s'exclame-t-elle. Comment vas-tu?

— Je vais bien! Vous avez vu? Je sais faire du pain maintenant! Et des croissants aussi! Et des brioches!

— Je suis contente pour toi.

— Vous êtes venue voir Monsieur Receveur?

— Oui.

— Oh là là ! Il va être content de vous voir ! Ça s'voit trop qu'il veut vous pecho Monsieur Receveur ! Allez, bonne journée, Madame Joséphine !

— Bonne journée, Théo.

Amusée, la jeune femme rejoint sa voiture puis emprunte la direction de Planois.

Dès que Joséphine dépasse le panneau d'entrée dans l'agglomération, elle réduit sa vitesse à cinquante kilomètres à l'heure puis gare son véhicule à cent mètres de la maison de François. Juste pour pouvoir se dire qu'elle a encore la faculté de changer d'avis, de rebrousser chemin et de retourner en Bretagne.

Elle a prévu de lui rendre une ultime visite pour lui présenter ses excuses et mettre un terme à ce chapitre de sa vie. Ce territoire incarne, à bien des égards, des pages bien sombres de son histoire, mais cet homme l'a aidée et elle tient à être en paix avec lui.

Elle en profitera pour aller voir Gaston, Louis et Madeleine puis disparaîtra de leurs vies.

Ensuite, elle n'a aucune idée de ce qui l'attend.

Joséphine observe longuement la lettre de François, posée sur le siège passager à côté du sachet de viennoiseries, la sort de son enveloppe puis laisse ses yeux courir sur le papier.

Cher journal,

Je me suis complètement fourvoyé. Je me suis trompé sur Joséphine.

Elle a fait des pieds et des mains pour organiser cette rencontre et elle a réussi à réunir ces gamins et ces personnes âgées. Rien ne l'obligeait à le faire. J'étais un parfait inconnu pour elle il y a six mois encore. Pourtant, elle a déployé autant d'énergie que s'il s'agissait de sa propre cause.

La page de ce qui semble être une sorte de journal est datée d'il y a un an et demi.

Je la revois claquer des doigts au rythme de la musique le jour de son arrivée ici, me sourire timidement dans le vestibule en tenant la main de Louis le soir du réveillon de Noël, éclater de rire devant son gâteau d'anniversaire puis m'annoncer tout naturellement qu'elle a fait de la soupe à tous ses bénéficiaires à l'aide du potiron destiné à Laurence…

Elle se souvenait avoir dansé au milieu de son salon mais n'avait pas aperçu François derrière la porte et était loin de se douter qu'il l'avait observée.

Je crois qu'elle est éprise d'un homme. J'espère qu'il prend soin d'elle et qu'il lui rend tout ce qu'elle lui donne au centuple. Je ne sais pas ce qu'il lui écrit mais elle attend ses messages avec beaucoup d'impatience.

J'aimerais être à la place de ce gars-là mais, moi, je suis juste le con qui me fais des films avec elle. Quel crétin je fais!

Cet homme ne peut pas décemment l'envisager comme un avenir mais c'est pourtant bien ce que semble suggérer la page de ce journal. Pourquoi elle? Que pense-t-il qu'elle ait à lui offrir exactement? N'a-t-elle pas semé assez de désordre dans sa vie?

Non, Joséphine n'est pas du tout déséquilibrée, c'est juste moi qui suis dingue.

Dingue d'elle.

François.

Elle n'a pas eu le courage de l'accueillir à l'hôpital pas plus qu'elle a jugé utile de répondre à ses courriers. Il est temps qu'elle prenne ses responsabilités en faisant preuve d'un peu d'honnêteté.

Elle ne mérite pas qu'il l'attende et il doit le savoir.

★

En arrivant à proximité de la maison, Joséphine constate que la camionnette dont elle a fait l'acquisition quelques mois plus tôt est garée devant.

Pourquoi François ne s'en est-il pas séparé ? se demande-t-elle.

Elle se plante devant la porte et appuie longuement sur la sonnette en espérant qu'il soit déjà réveillé.

Rassurée, la jeune femme distingue le bruit des clés dans la serrure et aperçoit la porte s'entrouvrir doucement.

François ne s'attend probablement pas à recevoir de la visite à 8 h 30 du matin.

Dès qu'il aperçoit son visage dans l'embrasure de la porte, il ouvre celle-ci en grand mais reste parfaitement interdit.

— Bonjour, lui dit-elle. Je m'appelle Joséphine...

Gênée, elle regarde la pointe de ses chaussures puis ajoute :

— J'adore la vie à peu près quatre mois par an. Pendant les huit autres, je la trouve fade ou je la déteste... Mais je me soigne.

Elle débite ses paroles rapidement, comme elle arracherait un pansement.

— Je suis ravi de te connaître, Joséphine. Moi, c'est François.

— Quand j'ai emménagé dans les Vosges il y a deux ans, j'ai interrompu mon traitement... Mais mon psychiatre a résolu tous ces petits problèmes...

Elle doit à François une franche explication à ce sujet mais se montre toutefois pressée d'en finir avec cette partie de la conversation.

— Je n'ai pas peur de toi, lui affirme-t-il. Moi j'adore les stylos quatre couleurs, les dahlias et les potirons mais je déteste les stylos-plumes, les géraniums et les courges butternuts. On a tous nos petits travers...

Le sourire qu'il affiche ôte à Joséphine le mélange de peur et d'appréhension qui lui étreignait la gorge. François ne semble traversé ni par la colère ni par la tension qu'aurait pu faire naître chez lui cette visite ni prévue ni annoncée.

— J'ai apporté les croissants, lui dit-elle en exhibant le sachet de viennoiseries.

— Deux croissants… Ça risque de faire un peu juste mais on va se débrouiller! s'exclame-t-il en examinant le contenu du sachet.

— Oh! Il y a quelqu'un chez toi! Je suis vraiment désolée… Je n'avais pas envisagé cette éventualité.

La jeune femme se trouve tout à coup parfaitement ridicule et regrette amèrement de ne pas avoir pris la précaution de le prévenir avant de débarquer à l'improviste.

Évidemment qu'il ne l'avait pas attendue! Qu'est-ce qu'elle avait cru? Que François patienterait sagement en attendant qu'un jour peut-être elle daigne refaire une apparition dans sa vie?

En lui envoyant cette page de son journal, il avait simplement voulu lui signifier l'importance qu'elle avait eue pour lui à un instant T mais ce qui était vrai à ce moment-là ne l'était plus aujourd'hui. Seulement voilà, elle n'avait pu s'empêcher de faire sa Joséphine et d'échafauder un tas de scénarios romanesques à son sujet.

Mais quelle conne! pense-t-elle.

Qui est donc la mystérieuse femme qui s'apprêtait à partager son petit-déjeuner avec lui? Une blonde, une brune, une rousse? Une aventure, un passe-temps, une relation solide?

La jeune femme imagine déjà François effectuer les présentations.

«Joséphine, je te présente Laurence… Elle aussi, elle adore les stylos quatre couleurs, c'est pas incroyable ça?! Bon… qu'on se le dise, entre nous, c'est pas foufou tous les jours mais on s'amuse bien quand même. Laurence, je te présente Joséphine. Elle est un peu barrée mais tu vas voir, avec elle, on ne s'ennuie jamais».

Elle regrette aussitôt de n'avoir enfilé qu'un jean et des Converse. Pourquoi n'a-t-elle pas un minimum soigné sa tenue et son apparence?

— On est quatre à vivre ici désormais, lui précise-t-il, visiblement satisfait de provoquer une telle confusion dans l'esprit de Joséphine.

— D'accord… lui dit-elle, hésitante.

— Tu entres?

— J'arrive, j'arrive.

Elle accroche sa veste au portemanteau puis le suit.

— Le polyamour, c'est bien aussi! s'exclame-t-elle.

Il l'invite à entrer et, lorsque la jeune femme pénètre dans la pièce, elle a du mal à en croire ses yeux. La pièce à vivre est complètement métamorphosée. François a réaménagé son intérieur et a réussi à en faire un endroit spacieux et lumineux.

Mais, plus que tout, Gaston est attablé à la salle à manger et sirote tranquillement un café.

— Ah c'est vous, Joséphine! Ça alors! C'est une belle surprise! Vous nous avez manqué! s'exclame le vieil homme.

Puis il se tourne vers François et l'interpelle :

— Bon alors… ça y est? Tu l'as embrassée? Depuis le temps que tu nous en parles de ta Joséphine!

— Gaston? s'étonne la jeune femme. Mais qu'est-ce que vous faites ici?

— Je te laisse lui expliquer, marmonne le vieil homme en pointant son index en direction de François.

Il quitte la pièce puis revient sur ses pas.

— Mais embrasse-la avant! ajoute-t-il.

Dans ses courriers, François lui a indiqué avoir démissionné de l'Éducation nationale et a fait mention d'une reconversion professionnelle sans toutefois lui en préciser la nature.

— J'ai demandé un agrément pour devenir accueillant familial, lui explique-t-il.

— C'était donc pour ça la rénovation du reste de la maison dont tu m'as tant parlé!

— Gaston, Louis et Madeleine n'ont plus besoin d'aides à domicile parce qu'ils logent désormais chez moi.

— Louis et Madeleine aussi ?!

— C'est un peu comme un baby-sitter mais pour les vieux, lui explique Madeleine en entrant dans la pièce.

Soudain, la jeune femme revoit le gyrophare du camion de pompiers se refléter sur le visage de Madeleine et entend à nouveau les derniers mots que la vieille dame a prononcés la dernière fois qu'elle s'était trouvée face à elle.

« Je ne veux plus vous voir, Joséphine ».

Elle avait bien prévu d'aller voir son ancienne bénéficiaire mais sa présence dans ce salon est bien trop brusque. Elle n'était pas préparée à ça.

La photographie de son fils sur Facebook, les avertissements de François, sa visite chez elle, le contrat, l'arnaque... Les regrets et les remords la travaillent au corps depuis qu'elle a quitté les Vosges et c'est sans doute vis-à-vis de la vieille dame qu'ils s'expriment avec le plus de véhémence.

Joséphine reste parfaitement figée et n'ose plus bouger un muscle. François les observe toutes les deux, ne pouvant s'empêcher de redouter cette confrontation bien qu'il en connaisse déjà l'issue.

— Viens par ici, ma belle, que je te serre dans mes bras, finit par lâcher Madeleine. Oui, on va se tutoyer désormais, ajoute-t-elle.

— Tu veux toujours qu'on regarde celle de nous deux qui a commis les plus grosses bourdes ? l'interroge Joséphine.

— L'eau a coulé sous les ponts. Laisse tout ça derrière toi et regarde un peu le pull que je viens de tricoter pour Louis ! s'exclame Madeleine tandis que le vieil homme fait son apparition au salon, vêtu d'un pull vert bouteille. Je t'avais bien dit qu'il ne fallait pas jeter mes vieilles pelotes de laine !

— Bonjour Louis.

— Ça alors, Joséphine !

Sans aucune appréhension, le vieil homme s'approche de son ancienne auxiliaire de vie et dépose une petite bise sur sa joue.

— Bon allez, on vous laisse tranquilles! déclare Madeleine en sortant de la pièce tout en poussant Louis dans le couloir. On revient vous voir dans une heure quand vous aurez fini de faire ce que vous avez à faire.

Puis la vieille dame revient sur ses pas, s'approche de Joséphine et lui murmure à l'oreille :

— Au cas où tu aurais besoin de sous-titres, quand un homme te dévore des yeux comme ça, ça veut dire qu'il en pince pour toi!

— Tu restes manger avec nous à midi, lui dit François une fois seul avec elle.

— Je ne suis pas sûre que…

— Ce n'était pas une question.

François commence à s'affairer en cuisine. Il sort quelques carottes du réfrigérateur puis un économe de son bac à couvert.

— J'ai reçu tes courriers, consent-elle à lui avouer.

Elle s'approche de lui, puis saisit les légumes qu'il épluche afin de les couper en rondelles. Le texte qu'elle s'est promis de lui réciter est ancré dans sa mémoire.

«J'ai causé des dégâts dans vos vies et je suis venue pour m'en excuser. Je tiens énormément à toi mais il faut que tu penses à toi et que tu ailles de l'avant».

Elle l'a maintes fois répété sur le trajet et en a même inventé plusieurs variantes pour être certaine de disposer d'un plan B au cas où la version A lui sortirait de la tête.

«Ma venue ici n'était qu'un énorme malentendu et on ne construit rien de solide quand on a posé la première brique de travers. Il faut que tu arrêtes de m'écrire et que tu passes à autre chose parce que tu mérites mieux que ça».

Mais alors qu'elle l'aperçoit, debout dans sa cuisine, en train de laver et d'éplucher soigneusement les légumes dans le but de concocter un succulent repas à trois personnes âgées qu'il a choisi d'héberger à titre permanent, ces paroles si fluides et ses discours bien rodés ne pèsent plus désormais que le poids d'une plume. Elle n'avait pas prévu que cette proximité physique avec lui la trouble à ce point.

— Tu m'as manqué, finit-elle par lui dire.

Elle n'ose pas croiser son regard et se concentre sur le bruit de la lame du couteau qui frappe la planche à découper à intervalles réguliers.

— Désolée, c'est sorti tout seul... Je ne sais plus comment on fait...

Chlac... Chlac... Chlac.

— Comment on fait pour quoi? lui demande-t-il.

— Pour dire à un homme que moi aussi il m'a rendue dingue la première fois que je l'ai vu mais que j'ai mis plusieurs mois à m'en rendre compte.

Joséphine vient de commettre un immense dérapage. Ces derniers mots ne font pas partie du discours. Or, elle se l'est promis : ce scénario-là ne doit laisser place à aucune improvisation.

Tu t'en tiens au plan l'artiste, lui ordonne son metteur en scène intérieur.

Chlac, chlac, chlac, elle accélère la cadence pour se donner du courage et débiter rapidement un texte auquel elle ne croit plus du tout. Plus vite ce sera fait, mieux ce sera. Ensuite, elle sortira d'ici, quittera ce département et n'y remettra plus jamais les pieds.

— Mais ma venue ici n'était qu'un énorme malentendu et on ne construit rien de solide quand on a posé la première brique de trav...

François ne lui laisse pas le temps de finir sa phrase, pas plus qu'il ne lui permet d'opposer une quelconque protestation : il lui pose une main sur l'épaule, la fait pivoter afin qu'elle se retrouve face à lui, pose une main sur sa hanche et colle sa bouche contre la sienne. Ses gestes sont tendres mais spontanés et irréfléchis.

Il ne veut plus jouer au chat et à la souris, il en a marre d'attendre et ne veut plus employer aucune construction syntaxique compliquée dans le but de lui faire comprendre qu'il a envie qu'elle soit là, avec lui, et pas ailleurs.

La jeune femme aurait pu le repousser, protester, le gifler même. Elle aurait pu utiliser l'espace qu'il avait laissé libre entre elle et le plan de travail pour s'extraire de son étreinte.

Mais Joséphine a accroché ses mains autour de son cou et a répondu à son baiser.

— Le fait que tu aies étalé des fruits rouges sur la copie de Théo puis que tu sois devenue la mascotte de la classe de 3ᵉC était un malentendu, lui dit-il. Le fait que je te vois en train de danser à travers une porte vitrée était aussi un malentendu. Et le fait qu'on ait passé une nuit collés l'un contre l'autre parce que tu avais cassé ton téléphone était encore un malentendu.

Il approche sa bouche de son oreille puis lui murmure :

— J'adore les malentendus.

François desserre son étreinte, saisit à nouveau son économe et termine la préparation de son repas comme si rien ne venait de se produire au milieu de cette cuisine.

— Désolé pour le baiser. J'aurais voulu trouver une autre façon de le dire mais je voulais m'assurer que le message soit reçu cinq sur cinq, ajoute-t-il.

— Je suis un peu con, je n'ai pas bien saisi, lui dit-elle, espiègle.

Il avance à nouveau d'un pas vers elle, lui caresse la joue, passe sa main sur ses cheveux, l'enlace puis enfouit sa tête dans son cou.

— C'est plus clair comme ça, lui affirme-t-elle.

— Tu es en roue libre alors ? lui demande-t-il.

— J'ai roulé jusqu'ici la tête dans le guidon sans avoir d'itinéraire bien défini pour la suite, si c'est le sens de ta question.

— On pourrait rouler de front, non ?

— C'est dangereux de rouler de front, lui fait-elle remarquer.

— On va y aller en tandem alors.

— Que feras-tu lorsque je perdrai les pédales ?

— Je ne suis pas un dégonflé, j'arriverai à faire face… J'ai le sens de la métaphore, je pourrais encore en trouver deux ou trois comme ça mais comme tu es un peu con con, j'ai peur que tu ne saisisses pas bien les implications de la question qui va suivre.

— Tu ne manques pas d'air ! s'exclame-t-elle en le réprimandant gentiment au moyen d'une tape sur l'épaule… Quelle question ?

— Tu restes avec nous ?

— C'est vraiment ça que tu veux ? Jouer les gardes-malades ? s'indigne-t-elle.

Son regard trahit l'incompréhension la plus complète. Mais François ne vit plus seul désormais et elle a encore un argument de taille à lui opposer.

— Gaston, Louis, Madeleine… Tu leur as demandé ce qu'ils en pensaient ?

— Je leur en ai parlé, lui affirme-t-il.

— Et ?

— Et tout le monde t'attend. Regarde le planning des tâches qui est affiché sur le frigo. Ton prénom figure déjà dessus.

Joséphine s'approche du réfrigérateur et esquisse un sourire en apercevant le tableau en question.

— Gaston aime bien faire les plannings, ajoute-t-il. Ça le rassure. Le fait que tu ne sois pas venue avant l'a légèrement contrarié, il n'arrivait plus à s'y retrouver…

François saisit les carottes découpées par Joséphine et les dépose dans une casserole.

— Je voulais faire une salade de carottes râpées… Mais des carottes Vichy, ce sera tout aussi bien !

Il allume le gaz et les met à chauffer.

— Ça ne fait pas deux heures que je suis arrivée et je fais déjà tout de travers !

François essuie ses mains dans un torchon puis conclut :

— Je veux y aller clopin-clopant. Mais je veux y aller quand même.

Chapitre 67

Deux mois plus tard

— Mais qui a encore foutu de la crème et du beurre salé dans la soupe ? enrage Gaston. Joséphine, c'est toi qui as fait ça ?

— Non c'est pas moi ! s'indigne la jeune femme. C'est Louis !

— Il faut qu'il se remplume, p'tit Louis ! C'est l'hiver, intervient Madeleine.

— Louis ? appelle Gaston. Looouuuiiis ! Mais où est-il bon sang ? Il doit encore être en train de discuter avec Carole.

— C'est toujours mieux que de papoter avec un macchabée ! renchérit la vieille dame. Colette par-ci, Colette par-là, elle n'en a pas marre de t'entendre causer comme ça ta bonne femme ?

— Ne la ramène pas, Madeleine, veux-tu ! Va voir plutôt ranger ta chambre ! C'est un caillon[19] pas possible là-dedans ! Quand je suis allé la nettoyer l'autre jour, je me suis pris les pieds dans le grand chien en bronze.

— C'était avant ou après que tu jettes ma Vierge fluorescente à la poubelle ? Joséphine, tu savais qu'il avait jeté ma Vierge fluorescente à la poubelle ?

— Ah bon ?

— Elle me fixait avec ses yeux perçants ! lui soutient Gaston. C'est pour ça que tu as cisaillé mes chiffons microfibres à la scie sauteuse ? Tu peux le dire maintenant que tu as tronçonné mes chiffons ! François, tu savais que Madeleine avait une scie sauteuse portative dans sa chambre ?

— Madeleine, la réprimande gentiment François. On avait dit « que ce qui est utile et nécessaire ».

---

[19] Terme de patois vosgien qui signifie le « désordre »

— Et toc! la nargue Gaston, satisfait de constater que leur hôte prend son parti.

— Vous arrêtez de vous chamailler tous les deux ou je vous sépare, leur dit François, exaspéré.

— Si tu nous sépares, je révèle notre petit secret à Madeleine.

— Quel petit secret? interroge la vieille dame.

— L'autre jour, j'avais besoin d'un stylo et je n'en avais pas sous la main, consent à avouer François. Alors je t'ai emprunté un de tes stylos quatre couleurs. Et, par mégarde, j'ai oublié de te le rendre.

— Oh! s'offusque Madeleine.

— J'en avais besoin! se défend le propriétaire. Quant à toi, Gaston, tu m'avais promis que tu ne dirais rien!

— Ah, Louis! Te voilà! s'exclame Gaston en apercevant son compère entrer dans la pièce. Dis-moi, la prochaine fois que tu prépareras la soupe, est-ce que tu pourrais t'abstenir d'y ajouter de la crème et du beurre salé? Regarde-moi ça, c'est plein de graisse, ça fait des œils!

— Si tu arrêtes d'utiliser du vinaigre blanc pour nettoyer la salle de bains, on peut en discuter. Ça indispose Carole ce truc-là, elle a des rougeurs sous les yeux, lui répond calmement Louis.

— Tout le monde nettoie sa salle de bains avec du vinaigre blanc!

— Oui. Mais le commun des mortels ne la nettoie pas trois fois par jour, intervient Joséphine.

— Bien! Puisque tout le monde est contre moi, je pars! s'exclame Gaston en se levant de table.

— Rooo, ça y est, il est vexé, il fait son Gaston, constate Madeleine. Il va revenir dans dix minutes une fois qu'il aura rangé nos godasses à la parallèle sur le paillasson.

— Allez Gaston, reviens! intervient François. Tout le monde a fini sa soupe, j'amène le gâteau.

Le vieil homme revient sur ses pas et bougonne:

— C'est bien pour toi que je le fais, Miss Tréguennec! Seulement pour toi!

— Tout le monde se tait, j'allume les bougies! ordonne le propriétaire.

— Il est cassé ton gâteau, constate le vieil homme.

— Chut!

Joséphine regarde les flammes des bougies crépiter. Celles-ci semblent se dandiner en suivant le rythme d'une douce mélodie. Elle observe les mines amusées de François, Louis, Gaston et Madeleine et ferme les yeux un instant pour mémoriser cet instant suave et délicieux.

— Tu as foiré le démoulage, renchérit Gaston.

La jeune femme prend une grande inspiration et souffle sur les bougies. Les petites lumières tanguent et vacillent pour finalement s'éteindre tandis que Joséphine chasse la fumée du revers de sa main.

Cet anniversaire a comme un air de déjà-vu mais en trois fois mieux.

— Elle est un peu comme nous tous cette pâtisserie, constate François.

Tandis qu'il découpe le gâteau et dépose les parts dans les assiettes de chacun, Joséphine, Gaston, Louis et Madeleine lèvent vers lui des yeux étonnés.

— C'est un bras cassé, ajoute-t-il.

— Bras cassé toi-même, bougonne Gaston.

— Boucle-la, Gaston! conclut Madeleine. Allez, à défaut de pouvoir s'enfiler un canon, on lève tous nos verres de jus de pomme à Joséphine! Joyeux anniversaire!

François va chercher un lourd carton recouvert de papier cadeau et le tend à Joséphine.

Elle déchire le papier, ouvre la boîte et le regarde, étonnée.

— J'avais une furieuse envie de t'offrir un potiron.

FIN

Pour contacter l'auteure

Par mail : marie.claude@lilo.org

Sur Facebook : Marie Claude – Auteure